橙色光芒

高大果 著

重庆出版集团 重庆出版社

图书在版编目(CIP)数据

橙色光芒 / 高大果著. — 重庆:重庆出版社,2020.12
ISBN 978-7-229-15451-6

Ⅰ.①橙… Ⅱ.①高… Ⅲ.①长篇小说—中国—当代 Ⅳ.①I247.5

中国版本图书馆CIP数据核字(2020)第230718号

橙色光芒
CHENGSE GUANGMANG

高大果 著

责任编辑:袁　宁
责任校对:何建云
装帧设计:胡芸霄

重庆出版集团 出版
重庆出版社

重庆市南岸区南滨路162号1幢　邮编:400061　http://www.cqph.com
重庆出版社艺术设计有限公司制版
重庆市国丰印务有限责任公司印刷
重庆出版集团图书发行有限公司发行
E-MAIL:fxchu@cqph.com　邮购电话:023-61520646
全国新华书店经销

开本:889mm×1230mm　1/32　印张:12.75　字数:320千
2020年12月第1版　2020年12月第1次印刷
ISBN 978-7-229-15451-6
定价:54.00元

如有印装质量问题,请向本集团图书发行有限公司调换:023-61520678

版权所有　侵权必究

目录 | CONTENTS

引子 /1

第一章　机场遇周维 /3

第二章　从来只有新人笑 /14

第三章　明星创始人陨落 /26

第四章　一波未平一波又起 /32

第五章　我就是那只无脚鸟 /45

第六章　迟迟等不到的解释 /53

第七章　我只需要狼 /64

第八章　暗下离开之心 /76

第九章　想象力不够的人别做投资 /87

第十章　不谋而合的寒冬论 /103

第十一章　你站出来是为了我吗 /118

第十二章　最后一根稻草 /131

第十三章　被掏空了的口袋 /141

第十四章　家的温暖可治愈一切 /150

第十五章　缘分开启一扇门 /163

第十六章　我要毛遂自荐　/171

第十七章　来的都是客　/183

第十八章　我决定辞职　/191

第十九章　新的开始　/199

第二十章　资本背后的"没所谓"　/208

第二十一章　盛名下内忧外患　/220

第二十二章　董事晚宴上带节奏　/234

第二十三章　不要被情绪左右　/243

第二十四章　老将的掣肘　/262

第二十五章　这魅力难以抗拒　/269

第二十六章　从今天开始追你　/283

第二十七章　暗流涌动　/292

第二十八章　各人各命　/308

第二十九章　资本风云诡谲　/314

第三十章　资本需要赤子心吗　/335

第三十一章　防守两个对手　/355

第三十二章　倾听内心的声音　/367

第三十三章　决战最后一刻　/379

第三十四章　最好归宿　/393

尾声　心事成往事　/399

引子

凌晨一点。

空荡荡的办公楼漆黑一片,一个短发女子借着手机的光线,一路小跑,快步奔向位于顶层的办公室。

噔噔噔,噔噔噔。

门未锁,她进门环视,往日喧闹加班的办公室里空无一人,灯全熄灭。

她快跑到最里面的办公室,推门而进。

他在!

只见屋内烟雾缭绕,一个中年男人独自坐在写字台后,写字台上散乱堆着烟头,地上散落着文件。

中年男人抬眼看她一下,若有所思,欲言又止。

他伸手摸出烟盒,自顾自地又点上一支烟,却只凝神看着袅袅青烟,并不去吸。屋里一时寂静无声,陷入了黑暗和沉寂。

"老张,你别慌啊!有资金在,佳品就不会倒!"

女子定睛注视着中年男子,觉得他的状态不对,眼神恍惚,仿佛灵魂出窍一般。

"佳品,是我第三个创业项目,"男人幽幽地说。他右手夹着的烟头都已经燃尽烧到了手,却好像丝毫没有察觉到疼痛,眼神呆滞地盯着天花板。

"今年,是我创业第十个年头,我太累了……"

"胡说!你自己要振作!行业里的朋友都会伸手帮你!"

"谁都不会帮我了……"男人摇头,苦笑一声,叹气。

手中烟已燃尽,烟灰长长,飘落四散。

这时,一阵吱吱呀呀的推门声传来。有人来了。

女子转身去迎,当看清迎面来人,她瞬间愣住。

"是你?!"二人同时发问,语气中充满质疑和对抗。

扑通!

突然,窗外传来一声重响,有一个重物坠地。

二人一愣,一瞬后,拔腿冲进办公室。

只见办公室窗户大开,一把椅子歪倒在窗边。

二人急忙冲到窗边,心里不敢相信这是事实——

男人跳楼了!

从窗口往下望去,漆黑一片中,依稀可见一团黑影趴在地上。

很快,人声嘈杂,人群向这团黑影聚拢过来……

短发女子震惊得发不出声来,全身如石头般僵立。她突然感到眼前一阵恍惚,脚下发软,险些晕倒。

她仿佛看见坠楼后的那个男人,头发遮住脸,血从鼻子、口中涌出……

她无论如何也想不明白,是怎样可怕的绝望,压垮了这个不久前还跟她把酒言欢、畅谈未来的创业老兵,竟让他如此决绝地一跃而下……

第一章　机场遇周维

佳品智能终于上市了！

深圳证券交易所的敲钟大厅里，掌声雷动，连绵不绝。

台上的江小河，一袭深蓝色小西装搭配干练的短发，举止从容地站在笑逐颜开的创业老兵张宏达身旁，媒体记者架着各式相机对准了她，拍照声"咔嚓咔嚓"清脆悦耳。

台下第一排坐着世纪资本创始人、小河的老板于时，带头鼓掌，眼中溢出赞赏。

晃荡荡，晃荡荡。

小河突然感到脚下地板在动，自己身体摇摇晃晃，台下众人的面孔变得扭曲模糊，于时也突然消失不见……

"……飞机正在下降。请您打开遮光板，收起小桌板，调直座椅靠背，系好安全带……"

耳边响起空乘悦耳的提示声，下降中的飞机有些颠簸。

江小河被晃醒。

果然是梦。

过完这个春节，江小河将满三十岁，正式奔四。

凌晨一点，上海浦东飞往北京的航班终于落地，整整延误两个小时,坐末班飞机是出差大忌。

下机前,江小河翻掏出"化妆包"——超市促销送的零食小布袋权充化妆包。干瘪的小布袋里仅有一支橙色口红和一盒粉底。粉底是最深的色号。小镜子中的嘴唇薄而玲珑,唇珠俏皮,嘴角天然微翘。这支橙色口红她一直随身携带,口红柜姐说只有橙色衬她小麦色的肌肤。

啥小麦色,就是皮肤黑呗。从小到大,白净、温柔、娴静这些词儿都与江小河无缘。

已经过长的刘海被她抓挠两下塞在耳后,再用纸巾蘸着矿泉水拍拍眼眶让自己清醒些,随着人流往出口移动。

走下飞机的江小河打了一个长长的呵欠,身子骨比前两年单枪匹马徒步四姑娘山后更绵软无力。今年原定的徒步稻城亚丁已然泡汤,那开春至少在京郊云蒙山撒欢一天吧。

小河瘦削的肩膀被双肩电脑包压着,整个人也被裹在厚厚的黑色羽绒服里面,这姑娘已经完全没了几个小时前在会场跟创业者们谈笑风生的璀璨利落。

江小河作为世纪资本的投资人代表,此次去沪参加一场创投论坛。会议结束后,年轻的创业者们一拥而上,围着她交换名片,寒暄。

虽然自知仍没办法在这样的社交场合游刃有余,但既是工作需要,小河保持身体前倾的站姿,将两大盒名片像蒲公英一般散发出去。飘落纷纷,没指望开花结果。

连续四十八小时只睡了六个小时,小河早已疲惫不堪。困顿的意识几乎快要将她的身体拖离地面,她只想赶紧回家,抓紧时间睡几个小时,但一定要赶在八点前到公司。

"明天要抓住于时早晨空闲的时间,把这几个大家在抢的项目快速过一下。得安排他尽快见见创始人,之后把Term发出去锁定……"

小河一边沿着机场廊道往外走,一边盘算着未来一周的会议安排。

"江总——江总——"

小河听到有人喊自己。她回头看去,只见是一位男生向她招手。男生见她回头,面露惊喜。

小河无奈站住,避开人流,侧身到靠近墙边儿的位置等他,揉揉眼睛,拍拍脸颊,驱赶困倦。

男子跑近,翻出名片双手递上。双手接过名片的小河进入投资人状态。

握手。

"江总,真没想到在这儿遇到你!"这位年轻的创始人一脸掩饰不住的兴奋。

创始人声情并茂地向小河介绍起他的创业项目,且已有机构要给他们出Term Sheet,但他觉得估值太低,想跟世纪资本再聊聊。

半小时后,同班飞机的乘客已经离开了廊道,创始人滔滔不绝终于告一段落。

小河捶捶腰,语速保持她惯常的飞快:"这样,我已经充分理解了产品,我认为这个项目距离我的预期相差较远。谢谢。"

创始人的笑容僵在脸上,喉头动了动,咽下唾沫,急急打断小河:"不是不是,我觉得你没理解啊,是这样……"他心有不甘，面红耳赤地跟小河争辩。

困意顿消，小河来了劲头儿，拉住他到旁边避开出港人流，掰着手指讲这个项目存在的问题，未来在融资上会遇到的潜在障碍。

创始人叹口气，却仍不死心，直到自己已拿不出任何摆事实讲道理去推挡。在小河应允以后再约后，这才不舍地离开。

望着创始人快速消失在廊道尽头的背影，小河心下轻松，右手轻打三个响指，该说的都说了。

她倚在玻璃幕墙边，望向墙外灯光闪烁的停机坪。只觉眼前豁然开朗，一架大飞机正欲出港，庞大的机身泛着晶莹的白光，在深蓝色的夜幕中，熠熠生辉。

小河就势盘腿坐在地上，注视着飞机的移动，转向……

忽地，她感到身边有个人也坐了下来。

小河扭头一看——这，这不是周维么。

周维，民营公司元申股份的副总裁。投资圈内人皆深知元申股份财大气粗，投资收购作风彪悍，一旦锁定一个产业领域，就会重金布局，高举高打，很快就会将这个领域初露头角的创业企业打趴在地，全无还击之力。而且，更令创始人们恨得牙痒的是，即便是"幸运"地被元申股份收购，大多创始人也会很快就被清盘出局，黯然离开自己一手创办的公司。

五年前，刚入行的小河在一次培训会上听过作为特聘讲师的周维讲座。那时，二十五岁的小河，苹果肌嫩得发亮。

此后不久，在世纪资本和元申股份联合投资三诺影院这一创业公司时，两人曾经短暂出现在共同的邮件抄送群组中，算是有一丝浅浅的工作联系。不过，却也未曾面对面开过会。所以，二人的确谈不上"相识"。

再后来，世纪资本的于时抬高估值，独自投资三诺影院，将本轮投资份额全包，打了元申股份一个措手不及，元申被迫退出投资。自此，她与周维再无任何交集。

这一仗暗度陈仓，是彼时于时津津乐道的一个投资案例。

"周总，您好！"小河将额前碎发快速抓了几下做整理，这短发已肆意乱如小鸡窝。

周维身着深色休闲大衣，内里是黑色高领毛衫，身高中等，身形偏瘦，线条利落而温和。他微笑着向小河轻点头应下，接着转头向着幕墙外，视线随远处大飞机移动。

周维似自言自语，声线是磁性的低音炮："我们国家终于有了自己的国产大飞机。"

小河悄悄扭头看向周维的侧脸，鼻子挺拔，双眸清澈隽永，额头光洁。这个温润如玉的人，却有着投资界所传杀伐果断的行事风格。

周维目送大飞机在跑道上速度由徐转疾、加速、拉升，冲上云霄。

"你在投资行业工作？"周维问。

面迎晨曦，面前女孩儿小麦色的皮肤像是上了一层光滑的脂，微微泛着光。周维只觉二人并肩而坐这一幕似曾相识。

小河却自知周维并不记得五年前那晚偶遇的白T恤女孩儿，当然也不会辨认出邮件列表中一串英文字符与她之间的联系。她也没打算提当年初识。

需要做个正式的自我介绍吧。"是的，周总，我是世纪资本的江小河。"

小河依稀了解世纪资本与元申集团的过节，但自报家门是礼貌。

"哦，世纪资本"，在周维眼中却捕捉不到任何波澜，声线依旧温和，"走吧，天要亮了。"

她自知做不到没话找话，索性裹紧羽绒服，步履加快，跟上周维的步伐，并肩向机场出口走去。

"资本逐利，亦要有义"，周维放慢脚步，缩小步距，就着身边这个寡言的瘦小女生，"如果有什么人生契机能点燃一代人的激情，可以让年轻人对自身和未来抱有期望，那就是创业。而投资不仅仅要追求利益，也是助力创业的加速器。"

小河听惯了大佬们讲大道理，即便这"道理"从周维口中道出，她也本能地想要拗一句："不过，大多数人会以创业失败收场，'死'得很惨。"

周维忽略小河的小傲娇："创业失败，并不代表人生失败。"

两人的正前方正是机场大幅广告，周维指指广告语："人生每一步路都不白走。"

她笑了，他也笑了。

投资人的成功，在于投资了优秀的项目。而创业者的失败，往往伴随着满盘皆输，甚至导致人生也一蹶不振的案例也比比皆是。小河叹身边这位大佬自然有大佬的觉悟，或者说是——站着说话不腰疼。

二人步行至机场出港处，周维的司机已经等候多时，他接过周维的行李，安静地走在前面。小河了解与周维交流的时间不多，但无奈仍敲不开发木的脑袋，找不到合适的搭讪话题，很快两人便走到了电梯旁。

二人去的楼层不同,小河看着周维步入电梯。

电梯门关闭的那一瞬间,小河心下空落,又无奈:自己到了需要社交的时候就拙嘴笨舌,无解。换作他人,比如那个唐若,即便没跟着大佬周维谈成生意,也至少交换联系方式,并巧笑倩兮地埋个二次见面的机会。

十分钟后,已是凌晨两点。周维微阖双目,靠在舒适的椅背上。

刚刚的女孩儿前一刻明明面对一个小创业者爽飒利落,侃侃而谈;后一刻面对自己却又沉默少言。有趣。

这么个瘦削的女孩儿却裹了那么个大廓形的黑色羽绒服,这一回想,女孩儿小麦色的脸庞,天生俏皮的嘴又浮现在了周维眼前——她叫江小河。

她在世纪资本工作,真是巧。

小河也终于坐上出租车。

出租车师傅看来跟小河的爸爸年龄相仿。

小河的父母都是东北老国企的普通退休工人。爸爸性格温吞,年轻时有些小情调,喜欢读诗写字;妈妈能干利索,操持家里家外。爸爸本想将宝贝女儿养成个精通琴棋书画的大家闺秀,谁知道她生来不是个乖俏的主儿,打小儿就上房揭瓦,如男孩儿一样溜冰、瞎跑。上学后又偏科严重,语文作文篇篇是老师口中范文,数学勉强中游,但奈何物理化学一塌糊涂,成绩一直令父母提心吊胆。好在高三总算发愤图强上了北京一所二本学校。一步一步,居然远超父母所期,在北京站住了脚,而且还进了投资界这个听来充满金光的行当。

闪烁的霓虹不停地掠过视线,滟滟的流光映上车前玻璃。凌晨的北京城,在层层叠叠的灯光下,显露出与白天的繁忙熙攘全然不同的目眩神迷,好似罩了一层海市蜃楼般模糊的光影。

这一年终究还是要过去了。

之前若是谁说女人到了三十岁就如同逐渐枯干的玫瑰,小河都会不屑地怼回去,再有韵律地甩下她的短发。而今时今日,小河是真切地感受到这三十岁当真就是女人的坎儿。她过往通宵工作从不觉得累,而现在却觉得全身骨头几乎散开,头疼欲裂。

小河翻下遮阳板,对着上面贴着的小镜片照了照自己——重重的黑眼圈,清晰的眼角细纹,鼻翼新冒出来的雀斑……自然也心有沮丧,但沮丧后的她咧着嘴给镜中的自己一个笑容,镜中那个原本颓意尽显的姑娘就又活灵活现起来。

"搞金融的吧?"司机跟小河有一搭没一搭聊起来,问她职业,一猜就中。

小河朗声笑着应声,追问司机缘故。

猜中乘客职业的成就感让司机打开了话匣子:"这个点儿还没睡,飞来飞去,也就搞金融和互联网的了。看小姑娘你不像个码农,那肯定就是搞金融的。我将来也让我闺女干你们这行,挣得多,出门儿都是打车,从来不坐公交,出差都住高档酒店,酒店早点的自助餐都是一两百一位呢!哪像我啊,累死累活的,早晨俩油条就碗豆汁儿,五块钱儿!"

小河苦笑,不了解投资行业的人总是盛赞这行的人精力过人,工作狂热,赚钱海量。其实是行内人更懂得"做人不勤力,办事不投入,永远不成功"的道理,高收入均是高强度的工作所换的。

小河不是金融科班毕业,学的又是市场营销这个杂家学科,毕业之后她放弃了回家乡小城的城市银行坐办公室的机会,执拗地一定要留在北京打拼,转而留在毕业实习时做过几个月商务工作的创业公司佳品智能,立志要在火热的创业大潮中摸爬滚打锤炼一番。

因为这个决定,妈妈几个月都没理她。一个女孩子放弃银行稳稳当当、风吹不到雨淋不到的铁饭碗工作,留在北京,跟人家合租房子,又到创业公司折腾个啥?

小河没跟爸妈解释她的想法:银行的工作一眼望到边,一想到未来十年都要在银行规规矩矩地工作,小河就觉得心闷。而她江小河要的是一个变幻绚烂的未来。

小河在佳品智能勤勤恳恳地干了两年,这两年还把财务专业的在职研究生考了下来。佳品智能创始人张宏达对她的评价是"话少出活儿","独来独往不八卦,但心里有数","有股子执拗劲儿"。

两年后,意外的机遇到了。

世纪资本准备投资佳品智能,在做尽职调查的当口儿,张宏达让江小河配合协调和对接。小河随着尽职调查团队朝九晚十二,埋头连续一个月,在尽职调查顺利结束后,世纪资本投资了佳品智能。

那时,世纪资本刚刚成立,于时正是用人之际,要找个懂些商务和财务的助理做些杂七杂八的事情。恰好,小河在尽职调查中的出众表现也令于时觉得"还算能用",更巧的是彼时于时恰在考察三诺影院这个项目,而三诺影院的李维清恰是小河家乡邻居,见着小河长大,也向于时推荐了江小河。

就这样,小河误打误撞进入世纪资本,成为一名投资人。

彼时小河的工资极低,比世纪资本的前台还低,一个月挣的相当于时一顿饭的钱。

小河认得清自己的背景劣势,不挑活儿不拣活儿,就从助理做起,搜集数据、写分析报告。因为并没在高大上的投行工作的经验,各种投资知识和条款都要从头学起,那时挨于时的骂是家常便饭,更没少受同事的奚落。跑步爬山流汗之后,小河继续补习短板。一年算下来,加班属她最多,出差属她最勤。

高大上的同事不睬她,她也不迎合,只求交付工作尽善尽美。先她入职的海归投资经理们,互相防备,却发现让江小河这个小助理配合工作倒是的确利索省心,反正项目成功了都算到自己头上,而江小河又是全公司最没有抢功机会的人。

年终回顾的时候,于时忽然发现这个平日里几乎没面对面沟通过的江小河对项目的理解之深远超他的预期。再深聊,江小河不仅默默参与了世纪资本几乎所有项目的配合工作,而且自己学习写的调研报告也有几百份。

这样的勤恳程度,于时知道还有一个人也曾做到:刚工作时的他自己。

人生没有绝对的公正,但相对公平。时光从不辜负奋斗求真的人。就这样一年一年过去,不断有高大上的队友离职,而"性价比极高"的小河终究是跟上了于时的节奏,成为于时最好用的助手。

司机师傅继续自说自话,这回有些犯酸水了:"几年前快车公司没边没沿给补贴啊,花的都是投资人的钱,那时候我们开快车的挣得特别多,但现在不行了,车太多了,而且补贴给得也鸡贼。你搞金融的,你估计着下一波什么赚钱……"

小河没有回答他。互联网已经给传统的出租车行业带来了冲击,又同时彻底地改变了中国的出行领域,方便了人们的生活。而这对行业的改变的背后,也站着她们这样的投资人。投资人凭借着资本的指挥棒,在无声无息而又大刀阔斧地改变着中国的各行各业。

在这一年国内投资格局正在悄然发生改变,多位知名机构投资人自立门户,"90后"新生投资人群体开始崭露头角,江小河目标明确,坚定不移——投资出伟大的公司,做个卓越的投资人。

江小河脑海里浮现出迈克尔·莫瑞茨的一句话:

"我们是一群人,非常非常勤奋地工作,试图确定我们投资的下一家小公司能够变得伟大。"

第二章　从来只有新人笑

可怕的事情是：好日子就像小精灵一样，在你前面探头探脑地召唤着你，就在你兴冲冲地奔过去要抓住她时，她总是跳着一闪而过。

回到在北京四环外租住的小房子，囫囵睡了几个小时后的小河被闹钟吵醒。

她爬起来冲澡擦干，从衣柜中拣出黑色毛衣、牛仔裤，麻利地套在身上，举起强力风筒将一头短发迅速吹干，又抹了粉底遮盖睡眠不足的倦意，从冰箱翻出来即将过期的面包，裹上黑色阔大的羽绒服和大围巾，挎起帆布大包，出门。

看了看表，从起床到出门，二十分钟搞定！

江小河给自己耳边连打三个响指，清脆指鸣，既有对自己今晨精神俱佳的赞赏，也算预祝自己今日与于时过项目顺顺当当的行军号。

女孩儿成天打啥响指？妈妈若在身边，定会唠叨起来。

妈妈给她取名为"小河"，既平易近人，又暗含"楼枕小河春水"的诗意温婉，却没能成功培养出女孩儿温婉知性的调调，反而是一身的男孩儿习性。

历时一小时，两次换乘，从肉罐头一般的地铁中挤出来的小河精神抖擞，快步随熙熙攘攘的人群，奔向世纪资本位于东三环CBD的办公室。

顶级写字楼大堂内挂满了节日气氛浓郁的广告和饰物，正中一棵挂着小彩球和礼物的高大圣诞树尤其应景，呼应着人们热闹欢快的心情。

小河绕着大圣诞树转了一圈儿，又向上抬头看着圣诞树的顶端，那儿立着一颗金色的五角星。她被圣诞树周身悬挂的彩灯晃得有些睁不开眼，心里涌上一层奇怪的不安，自己此时就好像在爬这棵树，在努力地爬到最高处，即将伸手摘下这颗金灿灿的星星的时候，却一把抓了个空。

小河端着一杯温热的美式咖啡走进办公室，戴上耳机，径直走到自己的工位。

老同事素知她不合群，新同事对她敬而远之。话不多的她，从不跟大家八卦打诨，在办公室坐定就开始啃自己的行业分析，看新项目或与创业团队讨论公司发展。同事中，她只跟同年进世纪资本的程迈克关系要好。

程迈克的工位就在小河的工位旁边。迈克在美国读本科，回国后加入咨询公司，随后加入世纪资本，到京工作一年后，他就泡遍了北京的酒吧夜店。

小河对迈克的评价是：单纯，聪明，没耐心的大男孩儿。也是八卦源头、消息集散地。

小河拢拢短发，放下帆布大包。

此时，能把西装穿出痞气的迈克正伸着脖子，顶着精修发型，跟大家品头论足刚出的一款短视频制作工具。一转头看到小河，咧嘴笑着打招呼，露出一排晶莹的大白牙，随后指了指自己鼻梁上的新眼镜。

"Fred新款全框。"迈克炫耀完自己的新眼镜，一本正经地说，"小河，黑色真衬你，哎，不过，你应当配个撞色围巾啊，比如黄色……"

小河直接打断迈克的搭配心得："你那智能门锁的项目，于时怎么说？跟不跟？"

迈克眨眨眼，朝于时办公室努努嘴："唐若还在里头呢，两小时了，哥今天又排不上队过项目了。"

于时的办公室门正紧闭着，里面已经开会多时。

于时，成立五年的国内新晋私募基金——世纪资本的合伙人，投资界的冉冉新星。世纪资本的几十号人，就是在这马力强劲的火车头带领下，飞驰电掣地前进着。

透过于时办公室的玻璃墙，可见身材颀长的于时身着宽松款灰色毛衣，双手插着裤袋，靠坐在办公桌旁，正与来访者侃侃而谈。如果说男人的好看分很多种，那于时并非世俗认知的俊朗，他散发出来的犀利和张扬，是令人眼前一亮的有型有款、英挺飞扬。若说一人气质有十分，则于时是二分神气，三分帅气，还有五分则是——霸气掺着坏脾气。

对小河来说，于时总是那个游刃有余的掌控者。

五年前，初创的世纪资本只有为数不多的几杆"枪"，并不被业内看好。年轻而精力旺盛的于时似乎永不知疲倦。常常是小河凌晨回复完他刚发的邮件，第二天清晨起床一打开手机，就见到于时的回复邮件已经躺在邮箱里。

小河与世纪资本因佳品智能结缘，小河进世纪资本后，佳品智能自然也就划归给小河做投后管理。而今，佳品智能在公司创始人CEO张宏达的带领下，发展得欣欣向荣、生机勃勃，被国内众多创投媒体争相报道，一时间名声大噪。

而自从佳品智能成为年度创业黑马，获得一众殊荣之后，小河感受到自己在创始人中突飞猛进的受欢迎程度，"江小河"这个名字在投资圈里也有了一点辨识度。明星项目是投资人的骄傲，亦是在行业内闯出名号的硬通货，而佳品智能正是小河的这张名片。

圈子里大家都觉得小河是于时最信任的人之一，所以跟各家投资人都混得人头熟烂的FA给世纪资本推荐项目时，都会优先推给小河。（注释：FA：finance advisor，理财顾问。）在FA的"投资人小黑账"上都是这么记录的："江小河，世纪资本老人、不喜欢参加社交和沙龙，兴奋点只在新的有趣项目。跟合伙人于时关系近，可以推案子。"

既然于时的时间被霸占着，小河坐定，拎起来刚刚提起来的智能物联网的行业话题："这个领域现在很热，我这次去上海看的项目里面，也有佳品智能的竞对。"

"嚯，假借投资之名，取经去啦？"

"扯，"小河心知这在投资圈已是见怪不怪，但向来反感这种做法，"商业模式、产品技术知易行难，投资人去聊上那么几句话，用处有限。"

迈克知道小河对这些原则有着极高的洁癖，赶忙改话茬儿，"知道知道——不过话说回来，听说明年年中家用智能单车就会推出样机。家用健康和健身领域市场空间足够，而且现在算是蓝海。"

"是，"江小河想着这家公司日益清晰的商业模式，"靠品牌卖硬件，硬件获取数据反哺内容，内容和硬件继续带来新的流量，最终形成闭环。只是目前的资金需求压力很大。"

两人又聊起佳品智能最新的这一笔融资。迈克不由感叹元申股份投资佳品智能来得真是及时。

小河点头："虽然元申股份的投资金额并不多，只有一个亿，但是元申股份的王东宁承诺投资后会提供资源支持，助力佳品上市。资源加持比单纯的资金更重要。"

"王东宁，哦，那个眼睛挺小的瘦高个儿？长得妥妥一码农，没觉得那哥们儿像干投资的，想不到还混得不错。"

"程迈克，说正事儿。"

"江小河啊，你看你成天一本正经的，所以嫁不出去，"迈克借势装模作样地来了个前展背阔肌，"说正事儿，说正事儿，王东宁是向周维汇报吧？周维，啧啧，这周维算是我在圈子里看好的为数不多的人。当年他带领元申重组、融资、上市三部曲，利落干脆，Cool！简直是资本神话啊！"

听到"周维"二字，昨日机场偶遇的一幕忽然涌上心头，小河抿一口咖啡，掩饰内心的悸动。

小河此时还不知道自己与周维算不算是有"缘"。五年前刚入行时的偶遇，即便周维已然不记得，却一直是小河心中的一个念想。自那之后，小河对周维这个名字格外敏感，她能捕捉到媒体间闪过的关于这个男人的任何只言片语。似乎这个男人与自己是多年老友，只是暂时失去联系。

"哎，你说人家周维，事业有成不说，老婆也找得好，创投媒体一姐谢琳慧啊,多模范,"迈克沉浸在艳羡中,"今晚上谢琳慧在那中商浪潮网有个沙龙小局,大家喝喝酒,一起?"

每个投资公司都有那么一撮人,特爱混饭局,以掌握最前沿八卦为荣。还有一撮人,特爱晒周末又跟谁谁一起吃饭,搞得跟名媛似的。

小河摆手拒绝,她向来不热衷这类活动,也不喜在这种喧闹中获取安全感。与其参加这些局,她宁可去练练拳,就图那一身大汗淋漓,或在泳池一跃中舒展身子。

"What a pity!(很可惜)"迈克耸肩。

小河不理迈克的洋腔洋调:"给,新出炉的物联网行业报告,你憋不出汇报可以直接用。"她丢给迈克一大厚本行业报告,里面她已经密密麻麻做了批注,正是迈克急需。

迈克接过来,见批注上都是她对行业分析的干货,嘻嘻笑着双手合十道谢。

小河端起咖啡,又灌一大口提神,分析产业投资人与财务投资人的不同,语速飞快:"产业投资人重战略协同,确实跟我们只重视市场空间、财务收益等方面不大一样。将来如果佳品智能发展好,也有机会被他们直接收购,连股权退出变现都一并解决。"

"对对对,这才叫投资!别人家的投资人才不像咱们那位——"迈克努努嘴,往于时办公室的方向示意,"盯着memo,做尽职调查能把人生生磨死,太细碎。其实VC相对PE、二级市场证券基金,在最终投资收益率上并没有什么优势,这在美国早已得到证明。世纪资本要想发展起来必须走黑石的路,一二级市场通吃,早中晚三个阶段用不同的基金去接。"

迈克瞧不上于时,他觉得于时资源还不够丰富,所以世纪资本发展比较吃力。而自己虽高瞻远瞩,却不得于时赏识,空有一身好本领无用武之地。

"我觉得于时不行,定位有问题。"迈克压低声音,撇撇嘴,挽起袖子,开始讲演自己的宏图大略,"我要是他,我就这么玩儿:首先搞个壳儿,之后定增融资,拿着融来的钱做大手笔的收购。再控股一家证券公司,筹建民营银行。募投管退一条龙,你知道关键是什么吗?关键是得搞金融版图生态圈……"

又开始做白日梦了。小河微牵嘴角,指指刚刚送给迈克的调研报告:"程迈克,姐再送你一次这个送了无数遍的词——

"踏、实、做、事。"迈克早有准备,嬉笑着接过小河的话。

迈克知小河心直心善,再不扯东扯西,将一肚子"宏图大略"生吞回去,推了推鼻梁上的新眼镜,坐下来继续赶工。于时让他今天完成的"磨死人"的项目备忘录,才刚起了个头。

小河甩甩短发,一并甩走心头的粉红杂念,帅气地打三个咔嘣脆的响指——开工!

小河看着电脑屏幕上由黑转彩的开机画面,算算日子,有两个多月没见过张宏达了。这几天得约一下张宏达,对一下佳品智能最近的业务发展情况和资金使用规划。

国家政策鼓励创新创业,新的创业项目层出不穷、缤纷闪亮。小河在外面打着飞的接连见新项目和创业团队,像佳品智能这样重要项目的投后管理却有些耽搁了。

张宏达,工科男,业内很有名气和声望的电子产品极客,连续创业者,前面两个项目都失败了,佳品智能是已年过四旬的他用尽心力的创业项目。老树新花,格外不易。小河还记得张宏达当年在酒席上伸着喝得通红的大脸，立下的誓言：不成功，便成仁。

那时的佳品智能还只能算是潜力股，但张宏达凭自己的行内声誉，聚集了一批在智能产品领域颇有建树的研发人员，只用极短的时间，就击败各个竞争对手，将一家名不见经传的公司做成行业翘楚，拥有多项知识产权和专利产品，还参与制定了一些产品的业内通用标准。

西北汉子张宏达最爱吃羊肉火锅，周末会叫着随自己创业的兄弟们一起吃饭喝酒，也常常叫上小河，大家喝酒吃肉，大快朵颐。

那时的于时年轻气盛，脾气不好，要求又严格。刚入行的第一年，菜鸟投资人江小河被于时骂得很惨，太难过、压力太大的时候，她就会跑到张宏达那儿，跟熟悉的前同事们一起蹭个加班晚饭。看到这项目欣欣向荣、人人奋发，再看到张宏达大哥爽朗而积极向上的状态，小河权作充电。

就这样，乐观向上的张宏达激励着小河从菜鸟到小天鹅一步步地转变。而去年，佳品智能成为创业黑马，被创业媒体选为年度创业公司TOP10。

小河拨张宏达的号码，准备约个时间见面。然而，整个上午，张宏达的手机一直关机。

小河估计他可能人在飞机上，留言：

张总，有事碰，看到信息联系我，多晚都没问题。

一上午，小河埋头整理、完善这次出差见的几个项目的详细会议纪要，写完后打印出来，再逐字检查一遍，确认数字无误后，将邮件发给于时。

临近中午，于时办公室的门终于打开了，创业团队鱼贯而出。跟在于时身后款款走出的是世纪资本的"今日之星"——美女同事唐若。

唐若，海归，金融科班，在国外投行工作三年后，回国加入世纪资本，而今入职一年多，俨然是世纪资本的一枚冉冉新星，聪敏伶俐、能说会道。不同于小河独来独往不合群而产生的强烈距离感，唐若深谙人情之道，明显比小河更招其他同事喜欢。唐若最强的技能就是，即便前一刻还怒气在心，面对他人时瞬间就能将标准的笑容洋溢在脸上。

小河对唐若格外没有好感，总觉得她那娇俏笑颜后面掩藏着功利心和虚伪。而且这唐若自入职以来，就像一条蛇一样，紧紧缠着于时，几乎寸步不离。

唐若今天踩着一双黑色高跟鞋，上着深V宝蓝色裙子，高腰线，小裙摆，羊毛小外套搭在肩上，莲步轻移、腰肢如柳、风姿绰约，青春气息满溢又不失职业气质。

唐若走出于时的办公室，满面春风地迎向正欲去向于时汇报的小河，标准的露齿笑，明艳照人："小河，你回来啦？最近这几天上海一直下雨呀，你辛苦啦。你去看的几个项目之前于总跟我也提过的，智能家居领域他蛮看好的。"

小河没有接话，视线绕过唐若直接看向她身后的落地窗，仿佛她是个透明人。这种"问候"实在无聊，小河心里规划的是佳品智能未来的产业链大图谱。

见于时送客后返回办公室，小河端起水杯就凑了过去，刚刚张口说了声"于时……"，于时就摇手止住她，反而指了指唐若。

"唐若，来我办公室。"

小河半张着口，止步半途。

唐若扭头莞尔，饶有意味地看了眼小河，带着些许的挑衅，转身走进于时的办公室，随手关上了门。

于时的办公室是玻璃幕墙，并无遮挡。

大家都能看见于时跟唐若在会议间隙时讨论项目，二人不时地在白板上写写画画。沉浸在讨论中的于时，时而踱步，时而沉思，时而大手一挥，在白板上快速地写着中英文夹杂的思路。唐若则时而双腿并拢挺臀站直，时而做抱臂沉思状，尽显前凸后翘的曼妙身材。

同事们面面相觑，还有一两个不怀好意的家伙，向小河的方向努努嘴。

世纪资本的人都知道，学历背景差强人意的小河算是于时带出来的"好学生"。一直以来，大家对她的那一层羡慕也掺杂着嫉妒。现在眼看着唐若成为"新红人"，不由得看着"旧人"江小河幸灾乐祸。

小河用掌心狠狠地揉了揉自己的太阳穴，头疼阵阵袭来。她背靠着转椅，原地转了一圈儿，让自己舒舒服服地歪靠着，打量着电脑屏幕上的商业计划书，抿口咖啡，专注地梳理起行业调研报告。一上午很快过去，然而，直到午休时间，自己发给于时的邮件还是显示"未读"，于时和唐若仍然在兴致勃勃地讨论着刚刚看过的项目，未出办公室一步。

下午这两人又一同外出。一整天，小河不仅没逮到于时过项目，而且连只言片语都没有。再想到于时对自己摇手的样子，分明还夹杂着些许不耐烦。

小河意兴阑珊。

这张宏达也不回信息,电话还是关机。九个小时都在天上?难道是提前安排去欧洲休假了?圣诞节扫货?怎么也不跟我打个招呼……

算了!去练个拳,明天再早些来,一定要抓住他过项目。这几个项目最近热度都很高,得尽快推。

小河直奔惯常去的拳击馆。

拳击台上的小河舒缓筋骨,将一切抛到脑后,她对着匹配的对手狠狠地挥动着拳头,力道稳健,拳拳生风,与她瘦弱的身躯不成正比,对手叹服地向她竖起大拇指。

她最喜欢拳头挥出后收回的那一刹那,这是她最能清晰感受到自己力道的时刻,拳的轻重不是最重要的,收放自如才是拳击的精髓。

下了拳击台,小河又洗了个热水澡,浑身轻松地走出拳击馆。

此时已是华灯初上,却突然飕飕地刮起了寒风,吹得街边的塑料袋四散纷飞。

小河打了一个冷战,掩紧外套,掏出手机看看张宏达是否有给自己回复。

手机上显示有十五个未接来电!

八个来自迈克,其他是投资机构的熟人、媒体朋友……小河来不及细看。

一定出大事了!

迈克留言,声音异常焦急:

小河，佳品智能的仓库着火了……着火了！情况很糟糕！

速回电话！

速回电话！

急急急！！

第三章　明星创始人陨落

一个小时前，晚间新闻经济报道。

佳品智能位于河北的仓库起火！

当晚西北风正劲，火势迅猛，虽然大火不久就被消防员扑灭，但预计损失货值过亿，所幸并无人员伤亡。起火原因仍然在调查中。

"这是佳品智能最大的仓库，高单价商品都存在这里！"

小河不敢相信这是真的！

接着，她的手机弹出几大资讯平台的新闻链接，镜头中大火汹汹，人声嘈杂，火烧过后的现场一片狼藉。

小河反复在新闻报道的视频中寻找张宏达的身影，却只见一个运营副总在现场主持大局。她一遍一遍拨打张宏达的电话，始终关机。

小河搓搓被冻僵的手，拨于时的电话。

过了很久，于时才接起电话。

"于时，佳品智能……"小河压住心头慌张，尽量平和语气，然而刚刚开头就被于时打断。

"我知道了，明天一早八点到我办公室。今天手机保持开机。看一下都有谁给你打电话，但都不要回复——记住，微信、电话都不要回。我会处理。"

啪，电话被于时挂掉。

听着那边嘟嘟的忙音，小河一阵心堵。这么多年，世纪资本每遇大事，都有于时顶在前头，此时此刻的小河没了头绪，她腿一软，就地坐在马路边。

朋友圈里有关佳品智能的各种消息已经被转疯了。有几个同行将社交媒体上爆出来的新闻链接与视频发给小河，评论中还有不怀好意的人，说这是"自毁证据"，"早有人举报佳品智能上销售的商品假货横行，这是'金蝉脱壳'……"

小河不愿分辨这里面哪些是假惺惺的问候，哪些是看好戏，哪些是担忧。现在，她一个都不理会。然而，冷静下来的她反而有着一种不真实的茫然感。

小河有种直觉——此时此刻，张宏达就在佳品智能的办公室等着她。

已近夜晚十二点。小河叫上车，让司机直接奔向位于中关村的佳品智能办公室。她要找张宏达问清事实的真相，她要控制住整个局势。

佳品智能办公室位于中关村创业大街，小河赶到时已是凌晨一点。

佳品智能所在的办公楼漆黑一片，电梯正在维修中，小河打开手机的手电筒，一路小跑快步上楼，奔向位于顶层的张宏达的办公室。

噔噔噔，噔噔噔。

大厦空空如也，楼道里面回响着小河快步上楼的声音。

门未锁，小河进门环视，往日喧闹加班的办公室空无一人，灯全熄灭。

小河快跑到最里面的张宏达的办公室，推门而进。

他在！

小河愣住，只见张宏达独自一人坐在写字台后，屋内烟雾缭绕，写字台上散乱堆着烟头，地上散落着文件。

她用手机手电筒照了照张宏达，他并不躲开，光一晃，只见多日不见的张宏达胡子拉碴。

小河去找灯，却被张宏达拦住："别开灯，你把手电筒也关了。"

小河照办，站定在他面前，语速飞快："老张，新闻我看到了，我们赶紧想办法。我在路上想过了，第一，赶紧联系保险公司……"

"小河——"张宏达抬眼看她一下，若有所思，又止住了话。

他伸手摸出烟盒，自顾自地又点上一支烟，却只凝神看着袅袅青烟，并不去吸，屋里一时寂静无声，陷入了黑暗和沉寂。

"老张，你听我讲，不要慌！火灾的损失虽然大，但是我们把剩余的资金做好充分规划，重新再来，有资金在，佳品就不会倒！不要担心，老张！"

江小河定睛注视张宏达，觉得张宏达的状态不对，眼神恍惚，似乎灵魂出窍一般。

"佳品，是我第三个创业项目，"张宏达幽幽地说，好像没有听到小河的话，而他右手夹着的烟头都已经燃尽烧到了手，却好像丝毫没有察觉疼痛，眼神呆滞空空如也地盯着天花板。

"今年，是我创业第十个年头，我太累了。我全部的积蓄都投在了创业项目上,在北京没房没户口,孩子上学只能回老家,我老婆要两地跑,她跟我这么多年,福没享到,太苦了……"

江小河满脑子想的都是怎么救佳品,看着昔日充满激情的创业者张宏达今天异常的颓废,她怒其不争。

"一切可以重新开始!账上的资金还在,怕什么!还有,我们世纪资本也不会不管你,股东们都有很多行业资源的朋友,都不会坐视不管!"

"谁都不会帮我了……"张宏达摇头,苦笑一声,叹气。

手中烟已燃尽,烟灰长长,飘落四散。

这时,一阵吱吱呀呀的推门声传进来,有人进来了。

小河第一反应——是于时!太好了,于时一定可以让张宏达振奋精神,重新再来。

佳品智能也是于时很赞赏的创业公司,他不会袖手旁观。

可见迎面来人,小河却登时愣住。

"是你?!"二人迎面,同时发问,语气中充满质疑和对抗。

来的人竟然是——谢琳慧。

谢琳慧是"中商浪潮"——中国报道投资、创业、商业领域最为前锐的媒体的总编辑,被称为私募创投行业的无冕之王,是私募基金合伙人的座上宾。她曾组织报道了很多深喉文章,只要发文,几乎每一篇文章都被刷屏。其媒体用户群广大,文风泼辣,揭露黑幕,句句切中要害,纵然是于时也要敬她几分。不仅如此,众人眼中的她还是周维的完美妻子。

此时的谢琳慧,单手拎着细细的高跟鞋,光着脚,气喘吁吁地小跑进来,被小河拦着去路,便想绕开小河,闯进张宏达的办公室。

小河一把抓住她的手臂："你要干吗？外人别在这儿添乱！"

谢琳慧甩开小河，要往里冲。

她们推搡对峙中，却听到窗外"扑通"一声重响，有什么重物坠地。

二人同时惊呆，一瞬后，同时跑进张宏达办公室。

张宏达办公室窗户大开，人不在，椅子歪倒靠在窗边。她们急急赶到窗前，心里不敢相信这是事实——

张宏达跳楼了！

小河向下方张望，却只见漆黑一片，只依稀可见一团黑影趴在地上。很快人声嘈杂，人们向这团黑影聚拢过来。

小河震惊得发不出声来，如石头般僵立。突然感到头脑一阵恍惚，脚下发软，险些晕倒。

谢琳慧看着小河，错愕的目光很快转为了复杂莫名。

小河跌跌撞撞奔到楼下，谢琳慧也跟在后面。警察已经到了，正欲封锁现场。

小河拼命推开人群向里挤，她见到了坠楼后的张宏达的样子，头发遮住脸，血从鼻子、口中流出。

恍惚间，小河眼前一黑，跌坐在地上。

当第二天她到警察局配合做笔录的时候，她只记得张宏达被蒙上了白布抬走，而地上留下未干的血迹，勾勒出他胖胖的身形。

小河不知自己如何回的家，她一闭眼就是血肉模糊的张宏达在抽烟的样子。

她记得在佳品智能的誓师大会上，意气风发的张宏达充满斗志地给全员讲演，他兴奋时会涨红脸，那胖胖憨憨的样子犹在眼前；

她记得张宏达信心满满地告诉自己，这次终于赶上了资本市场的快车道，两年内佳品上市，要让这些跟着自己辛苦了几年的兄弟人人可以在北京买一套房；

她还记得张宏达曾经给她看过自己一双漂亮的儿女的照片，立志要让他们在北京上国际学校，之后出国读书，回来也做投资；

……

张宏达，这样一位朝气蓬勃的乐天派，是怎样可怕的重量终于压垮了他，令他绝望而选择结束自己的生命？！

第四章　一波未平一波又起

第二天是雾霾天。

雾霾像干燥的灰纱笼罩天际，蒙住了白日，空气中弥漫着呛人的味道。人们戴着大口罩，行色匆匆。

迈克担心小河，一大早赶到小河家里接上她，陪着她去警察局做笔录。

做过笔录之后的她浑身空乏，当在笔录末尾签字按手印的时候，她再次告诉自己：这一切是真真实实发生的。小河回想着来龙去脉，却摸不到头绪。

张宏达，这个活生生的人，死了。

从警察局回程的小河眼圈红红的，却流不出一滴泪。警察告诉她，张宏达这段时间一直在吃抗抑郁的药，她却对此一无所知。她更没办法原谅自己：他患上抑郁症，我却与他疏于联系。我见了他最后一面，他一定有很多话要说出来，我却蠢到去劝他重整旗鼓，我真蠢！我该死！这是濒死的人啊，如果我能让他把话说完，如果我能让他哭一场……他就不会死……我是有机会留住他的生命的……

这么一家声誉正旺，刚刚拿到一个亿融资，筹备上市的业内翘楚创业公司，一夜之间，仓库起火，创始人跳楼。

迈克从没遇到过这种事情，早没了头绪，更不知如何安慰小河。"小河，要是难受就哭出来，啊，小河，哭出来就好了。"迈克伸手拍拍小河。

偏偏小河一声不吭，滴泪不落。

驶入了东三环，熟悉的拥堵和繁华将小河拉回到投资人状态。张宏达已然离去，还有佳品智能这块牌子，公司的几百号人，人走了，公司不能亡。昨天虽没在电话里与于时碰上来龙去脉，但她相信于时断不会让佳品智能倒闭。

当务之急，保住佳品智能。

中午，小河和迈克回到世纪资本的办公室楼下。

在停车场排队进闸，前车正是唐若那辆娇俏的宝蓝色Z4。唐若在后视镜中也看到了迈克和江小河。

三人同一趟电梯上楼，相对无言。

办公室的落地窗外，太阳孤零零挂在空中，颜色浅而淡，令人倍感压抑，东三环的鳞次栉比的高楼楼顶都在尚未消散的雾霾之中若隐若现，好似一个大个子，却没了人头。

于时正在工位间指点员工工作，见迈克走进来，甩了个冷脸，让迈克马上进他的办公室，汇报一个跟进了很久的项目。他又看到随迈克进门的小河，缓了脸色，放低声音："小河，等我下。"

迈克麻溜地从工位上抱起电脑，翻出打印好的报告，随于时进了他办公室。

小河听不到二人的交谈，只见办公室中的迈克的头越埋越低，于时腾地站起来，将面前的报告甩到迈克面前，纸张散落一地。

于时看问题一针见血，驳斥人不留情面。世纪资本的投资经理们都以能在项目讨论会上顺利回答于时的提问为荣。而高傲如于时，从来不屑于跟任何人解释他判断的逻辑，只讲自己的结论。

会议室里的迈克手忙脚乱地将几乎被甩到脸上的报告收齐，缓缓站起身，推门而出，晃晃悠悠，一屁股沉坐到自己的椅子上。

"就纠结那些个没用的过程，"迈克对于时的批评很是不以为然，气恼得七窍冒烟，"说我财务模型的数字不够可靠，木杆用来作秀，而推杆则是用来赚钱的，懂不懂？过程为结果服务，推杆进球才重要。"

迈克跟于时过了一遍跟进项目的财务模型，被于时连续几个问题问住。

这场景并不少见。曾经有投资经理在项目讨论会上花了将近一个小时也讲不明白一个案子，被于时当场通知"你明天不用来了"，直接炒掉。这两年，于时连着踩住了几个风口，投资的案子发展迅速，脾气也日益见长。

江小河看着愤愤不平的迈克，本想多安慰下他，却听到背后于时的招牌男中音："小河，你进来吧。"

迈克向小河递过去一个"自求多福"的眼神。

小河进门，看到的是于时的背影，他背向小河看向落地窗外，看起来余怒未消。

"我上午去警察局做了笔录。"

"嗯。"于时并不回头，只淡淡回了一个字。

听到这一声"嗯"，小河的泪水不由得就溢满了眼，她渴盼着于时能说一句，我有办法。

可是，于时却仍旧不回头，语气放缓，但没有半点儿安慰小河的意思："昨天到现在，都有谁联系过你？"

小河翻开手机记录，递给于时，于时这才转过身来，脸色凝重。

谢琳慧，以及几个投资圈内人。

于时看罢，斟酌着："元申的人一个电话都没打过来？"

"没。"小河有些纳闷，旋即恢复了昔日的冷静，"我也很奇怪这一点，毕竟这对于元申来说是一次失败的投资，以其在业内的地位，到现在仍然不发声，令人意外。"

于时若有所思。

"于时，现在要救佳品智能还有办法……"

逆光，小河看不清楚于时的表情。

于时接下来的话，令小河错愕不已。

"几个事情跟你交代一下。第一，世纪资本现在已经不是佳品智能的大股东，两个月前我已经让张宏达回购了大部分世纪持有的股份，世纪收回全部成本，收益也说得过去。第二，我也不再是佳品智能的董事。第三，佳品智能的一切与世纪资本再无丝毫瓜葛。记住，在此期间你不要发声。我，更不会'救'佳品智能。"

如夜风般沉寂的语气令小河感到凛凛寒意。

两个月前股份变更？

小河回忆那时候，自己正在帮着王东宁完成新一轮融资的款项到账。于时为什么不通知自己？他这是刻意的。

而这才是张宏达绝望的原因！于时抽光了他剩余的全部资金，他没有弹药再重振佳品了。他在绝望至极、无人可靠的境地下，又遇到仓库被烧毁，自知无力挽回，才跳楼选择结束自己的生命。

"所以，事情都是你安排的！"小河压抑不住内心涌动的震惊，猛地站起身，盯着于时，"张宏达是因为资金链断裂，才绝望跳楼——"

于时显然并不意外小河的反应，厉声打断她的话，大声呵斥道："江小河，这是你现在该问你老板的话吗？佳品智能这个项目是你的项目，这么大的经营问题，你要我早告诉你？！我付你工资是要你来问我这句话的？！"

小河怔住，她猛地感到鼻子一酸，嗓子一哽……她赶紧仰头看天花板——让泪水留在眼眶里。

于时转过身背向小河，抬手看了看表，缓和下语气："我十分钟后有个会，你先出去吧，有事再来找我。今天下班前不许离开公司。"

小河夺门而出，她没有让泪水流下来。

小河不知道自己是怎么挪回座位上的。

"丁零零，丁零零。"

刚坐下，手机的来电铃声就急促地响起来。

谢琳慧！

又是这个女人，过往24小时，她就像年糕一样，穷追猛打。

小河拒接。

手机又响起来，屏幕上依然晃着"谢琳慧"三个字！

小河烦透了这个女人，接通电话一声吼："谢琳慧，我跟你没有可说的！"

久经沙场的谢琳慧语气不慌不乱，平静中夹杂着一丝嘲讽：

"江小河,我只是好奇在最后一刻你对张宏达说了什么,能让这么一个意气风发的创业英雄跳楼。所以呢,慧姐我是在给你个机会洗白自己——当然,如果你现在不想发声,也行。不过,我担心你很快就会后悔……"

"我不用洗白,也没做过任何不堪的事情。你给我听清楚,我永远不想跟你这种落井下石的人说话!"

啪,小河挂掉电话。

吼了一通解了气,小河周身气力亦被抽干殆尽。她浑身瘫软,趴在桌子上。

这一吼,把全办公室的同事们吓了一跳,全体噤声,都忍不住看向江小河的座位,迈克护着小河的感受,起身对大家说:"没事没事,别看了,大家都去忙吧!"

在接下来异常难挨的半日里,同事们对小河都保持着适当的距离,都在小心翼翼地避免提及任何与佳品智能有关的话题,连"智能平台"几个字也成了敏感词,仿佛一提这些就会引爆核弹。整个下午,小河用后脑勺都能感觉到同事们那同情、幸灾乐祸又唯恐引火上身的复杂情绪。

她偏偏就坐定在办公室,执意要坚持到下班。

终于熬到下班。

被于时下了最后通牒的迈克可能要丢掉饭碗,心情更差,拉小河去喝酒。

新源里,烤串店,小河和迈克挑了靠墙边的桌子坐下来。

迈克点了啤酒,给小河倒满。

"喝!醉了回家睡一觉,一切就翻篇儿了。"

小河不作声，一杯啤酒下肚，扬手招呼服务生给自己上白酒。

迈克解开衬衫第一粒纽扣，松松垮垮地靠在椅背儿上："咳，其实我也早有准备，跟着一个自己瞧不上的老板做事，我也累得慌。他看我烦，我看他还烦呢！就算他不撵我，我自己也会撤。今年资本市场这么好，我还能在这一棵树上吊死？而且每天这么被骂，我太压抑了，我都怕我哪天也跳楼……"

话音刚落，迈克赶紧收口，猛喝了一大口酒，他担心"跳楼"二字触到小河的痛处。

小河埋头一口一口灌酒，不搭话。

迈克按下自己的烦心事儿，安慰小河。自己平时挺能说的，今天却嘴笨至极，不知道说什么能让小河好受一点。他只能跟着小河回忆过去几个月发生的一切，拼凑种种细节，试图还原事件真相。

"当时佳品智能的股份回购，于时是让唐若去办的，而且特别嘱咐佳品智能的张宏达不要跟你讲。你那时在忙什么呢？"

小河梳理着时间线："那时？我正在帮张宏达和王东宁设计元申这一轮融资的资金进入，找银行对接通道。"

迈克点头："当时你天天在跟张宏达接触，他居然也不告诉你。"

小河皱紧眉头，逝者已逝，不损其名，"张宏达自然有他的难言之隐，当时于时为了基金尽快回笼资金，逼迫他回购股份。而且，我还充当了重要的工具——正是我在帮助张宏达整理各种融资资料，给新一轮的投资人看。"

迈克却有些纳闷："这元申股份在业内盛名在外，怎么看起来投资决策和风控流程却如此薄弱？关键是投资方案打款方案漏洞明显啊。"

"当时元申股份本来是说投资2个亿,分两笔打款,后来内部产生分歧,双方平衡的结果是,投资总金额被砍到1亿,另外的1亿再议。担心夜长梦多,于时跟我商量在境内先建议元申以借款的方式给到佳品智能用于经营。虽然这是不规范的入资方式,但木已成舟,王东宁讲经过他的争取,周维同意了。"

迈克点点头,拿出电子烟,吸一口:"一切偶然都是必然。"

小河酒量甚好,心思清明如镜:于时一边在秘密地将世纪资本的股份转出,并从境外抽走资金。另一边,却默许自己协助元申的王东宁将1亿投资款以不规范的方式打入佳品智能的账户。这样,靠着元申的救命钱,佳品智能又维持了几个月的经营,一直到昨天事件爆发。这一切圆满地保全了世纪资本的利益。

"就是于时干的。"迈克下了定论,"江小河呀江小河,你就像个大傻瓜一样心甘情愿地给于时做了工具,做了人格背书。于时那个小人,满嘴胡说八道!我就看不上他那个趾高气扬的样子,我不干了!我要趁这两年多投几个好案子,挣几笔……"

小河已经酒醉,举杯手颤,事已至此虽糟糕透顶,但论事实真相,也谈不上商业欺诈。而且归根结底,于时的所作所为也是为了维护世纪资本利益,不仅合法,也合乎商业规则。只是,他一切都瞒着我,只瞒着我一个。

小河趴在桌子上,泪水悄悄地落在桌面,吧嗒吧嗒。

空酒瓶摆满了小桌子。

迈克自言自语:"我也是纳闷了,不知什么机缘巧合,唐若这小妮子就得了于时的欣赏,混得八面玲珑。肯定是……"

迈克不自主地浮想联翩，没准儿这后头有啥狗血奸情，见小河已醉，吞下后面的话。

"话说回来，"迈克舌根发硬，满是嘲讽，"元申也有责任，是他们……他们的投资结构设计有问题，王东宁……那家伙根本不是做投资的料，整个一门外汉，土掉了渣儿……"

话音未落，小河只见一个高瘦的身影从背后靠近了迈克。

小河抬头欲看清此人面孔，却只听见"咔嚓"一声，一瓶啤酒自迈克肩头砸下，酒瓶在迈克肩上撞碎，哗啦落地，酒花和玻璃碎片四溅。

瞬时，一行鲜血自迈克手臂袖筒中流下来。

迈克的身后，是愤怒的王东宁。

酒醉而恼怒的王东宁脸色像酱猪肝一般深红发紫，他将桌椅一把掀翻在地，狂怒之下，牙齿咬得格格直响。高瘦的他用尽全身气力朝迈克扑过去，掐住迈克的脖子拼命推搡。

小河在这场景刺激下缓过神来，撑着身体站起来，想将两人拉开，才一伸手，就被这推搡中的两个大男人挤到旁边。一身肌肉的迈克，抹一把手臂上流下来的血，反手操起手边酒瓶就朝王东宁丢过去。躲过这酒瓶一击的王东宁更加恼怒，向迈克扑过去，却一脚滑倒在地上四分五裂的酒瓶碎片中。

烤串店里的客人们被这突发恶战惊得四散，老板闻声赶来，见压根拉不开酒醉的二人，急忙报了警。

几小时后，派出所的问询室内。

这是小河今天第二次到警局做笔录，上午是因为好友跳楼自杀，晚上是因为另一位好友替自己打抱不平跟自己的老同学打架。

迈克的肩膀是皮外伤，伤势倒不重。摸着包扎好的肩膀，迈克估计王东宁当时也喝多了，本是朝着头砸的，幸好落偏在肩膀，要不今天非得出人命不可。想到这，迈克狠狠瞪向颓然坐着失了魂儿的王东宁，咬牙切齿。

王东宁相貌平平，除了麻秆儿身形略有辨识度，平时提起这个人总要想上一会儿才记得起长什么样子。刚做完笔录的他，一脸血道子，垂着头，正单手举着冰袋敷在肿胀的脸上。

小河凑近他，轻声说："东宁，对不起。你……"

王东宁别过头去，不理小河。

小河更觉得过意不去。王东宁家境不好但一直对自己期望甚高。他在大学里不爱讲话，十分刻苦，成天泡在图书馆闷头看书，要么就在外找各种实习增加履历。同窗这两年，本就不合群的小河跟王东宁相交甚少。毕业后都在北京工作，偶尔发个问候信息。小河对王东宁的评价是：做事不灵活，但还算老实肯干。

因元申投资佳品智能，二人过往几个月接触又多了起来。在这次投资上，元申的一个亿在短短几个月内全部打了水漂，王东宁承担的巨大压力可想而知。

做完笔录后，民警告诉王东宁，他首先要赔偿烤串店的损失，烤串店老板报了五万的损失赔偿款。而且，王东宁涉嫌酒后寻衅滋事，殴打他人，要判处十天拘留，还要看迈克最终的医疗鉴定结果，如果是轻伤以上，还可能有刑事责任，那就是三年以下有期徒刑。

民警看看完全傻眼的王东宁，补了一句："除非——"

小河站起身："除非什么？"

民警看看小河，努嘴向龇牙咧嘴地似乎疼痛难忍的迈克："除非受害者程迈克不予追究责任。"

民警说完，推门而出，给三人一个小时协商解决，若协商不成，就按照正常程序走。

小河左看看迈克，右看看王东宁。事情因她而起，如果没有元申投资佳品智能，今天的一切都不会发生。

她拉着迈克走到问询室的角落，小声问迈克："烤串店的损失我来赔，咱要不别追究王东宁了？他现在也很惨……"

"怎么可能？"迈克一下子提高了声音，"你看看我？谁是真惨？我马上就要丢饭碗了，今天又平白无故被一通打，还好我福大命大，如果真砸了头，我今天可就挂了——不可能！甭想！"

王东宁"噌"的一下跳起来，指着迈克和小河："可耻！江小河，我王东宁哪儿招惹你了？啊?！我们投资了一个亿在你的这个骗子项目上！你还设计什么投资路径?！骗子！世纪资本都是骗子，你们和张宏达、于时，你们全是骗子！三个月，一个亿啊，一个亿全部打水漂！我……我……咳咳咳！"

王东宁气得直咳嗽，半天说不出话来。

民警在门外敲敲门呵斥："小点声儿，吵什么吵？商量好了吗?！"

迈克在心里盘算了一会儿，抬头对王东宁说："二十万。王东宁，赔我二十万，我直接撕掉这张医疗诊断证明，一笔勾销。但烤串店赔偿款你也得出，一来是你先动的手，二来江小河已经够惨，男子汉不能让人家一个女生出这钱。"

"二十万?！"王东宁腾地站起来。

对王东宁来说，这是一笔巨款。在北京工作这么久，因为要贴补老家家用，今年整三十的他才刚刚攒够东五环一套小两居的首付款，几周前他刚刚交了房子的定金，这几天正在办银行按揭贷款。

"你可别说你拿不出来啊？你连这点钱都没有，我可不信！"迈克激他。而且对于迈克来说，他真不觉得这是个天文数字，却居然让王东宁脸色都变了。

王东宁咬咬嘴唇，像是下了很大的决心："你们两个出去一下，我打个电话。"

迈克、小河照办。

十分钟后，王东宁让迈克和小河进去，瓮声瓮气地说："银行卡号码给我。"

几分钟后，迈克的银行卡里到账了整二十万。迈克的赔偿解决了。

给烤串店的五万赔偿款，小河坚持由她来承担。

三人协商解决完，走出派出所。

王东宁求助的人，是吴跃霆。

吴跃霆是如何发家的，在业内一直是个谜。他对外的正式头衔是合融财富管理公司的董事长，是各地金融管理机构的座上贵宾。合融财富的生意做得风生水起，账面资产几十亿是有的。但是，据说此人真正的财富远不止这些明面儿上的资产。他手段广大，精于资本运作，是一把好手。

吴跃霆本来跟王东宁并无交集，在一次投融资论坛上，吴跃霆是发言嘉宾，王东宁去换了名片。吴跃霆这业内风云人物，却对王东宁似乎青睐有加，后来吴跃霆去一些酒水饭局也会叫上王东宁，王东宁受宠若惊地跟着去结识大佬。这样一来二去，王东宁跟吴跃霆走动颇勤。

情急之下，王东宁只能求助"有钱的朋友"吴跃霆。

这点钱对吴跃霆来说不过一场牌局而已，电话中吴跃霆语重心长："东宁啊，佳品智能的事情已经搞得满城风雨。水逆之年要万事保平安，不可轻举妄动啊！"

王东宁只恨自己太鲁莽，垂头丧气："吴总，今年我是真不顺。自从周维升职到副总之后，梁稳森梁总就把我们投资线的汇报从彭大海彭总转给了周维。我们这些跟着彭大海久了的人，到周维那儿真是事事不顺。"

离开派出所的王东宁又打电话向吴跃霆道谢："吴总，钱我晚一些时间还给您。将来用得到我的地方，您尽管安排。"

吴跃霆在电话那头叹了口气："唉，跟我就别说谢了，谈什么还钱呢。你是有才华的人，要珍惜自己的才华，要做大事，要能忍旁人不能忍之事。"

"还要防小人！"王东宁加上一句。在他的"防小人辞典"里，包括了周维，现在也包括了江小河。王东宁的心里有一本账，谁得罪过他，谁藐视过他，他都会在这小黑本上记得清清楚楚。甚至有谁无意间的一句玩笑话，都可能让他思量许久，他会反复琢磨这句话背后对他的不恭，然后把这个人记上小黑本。

小黑本上每个人都是他努力工作的动力——他要用自己的学识和专业能力，将这些看不起他的人，一个一个，全部打败。

第五章　我就是那只无脚鸟

这一整天，不逊于室外的雾霾，整个世纪资本也是乌云密布。

任谁都看得出于时的不快，大家小心翼翼，生怕被于时拎去过项目。谁若撞上这个枪口，定是凶多吉少。

熬到下班，同事们才松了口气，三三两两地离开办公室。而唐若也随着同事们下了电梯。

"小河够惨的，看她今天真是挺伤心的。"不知哪个"善心"的同事挑起了话头儿。

听闻此言，唐若的表情显得比谁都黯淡。她垂头轻摇，连叹气都是梨花带雨："唉，小河不容易，希望她能快点儿好起来。"

跟同事道别后，唐若驾上自己的小车，绕着世纪资本外的小路兜了一圈儿，又将车停回原位。她在楼下茶餐厅买好晚餐，汤汤水水、有鱼有菜，拎着回了办公室。

同事们都已下班。世纪资本这偌大的办公室，白天随着创业者的出出进进，人声鼎沸，笑声嘈杂，而到了晚间，则安静得不真实。

于时独自坐在里间。

唐若掂着手边温热的饭菜，轻轻地敲了敲门。门内无应声，唐若推门而入。

于时抬眼见是唐若,又收回目光。唐若看他眼神中并无不快,便露出妩媚的微笑,软软地送出一句:"吃点东西吧。"

于时接过饭菜,放在茶几上,依旧板着脸。

唐若早有准备,娓娓道来:"于总,关于佳品智能的善后工作,我已经整理好方案,跟你汇报下。"

接着,从人到财到物,唐若悉数讲罢。条理分明,逻辑顺当。

于时的脸色逐渐缓和下来:"你去办吧。"

唐若不多话,退出于时的办公室,轻轻带上门。

回到自己办公桌前的唐若,轻舒一口气。刚才的表现,她是满意的。坐到位置上的她继续整理起资料,做行业分析,兼顾着看看手边的商业计划书。

许久,唐若听着一阵脚步声由远及近又远去,是于时离开了办公室。唐若以为于时会多拐几步绕到她的工位边打个招呼,然而于时并没有。

办公室里就只剩下唐若一个人,她放起最爱的钢琴曲《天空之城》,尽情独享这偌大办公室的惬意时光。儿时的唐若第一次听邻居家的姐姐弹奏这首曲子时,就爱上这旋律,要学钢琴,但妈妈不同意。自小到大,每当她疲倦了,就会听这首曲子。记得当年复习雅思,她挑灯夜读争取全奖,实在累得撑不住时,就全靠放这首曲子帮自己纾压解乏。

临近十二点,完成了一份行业分析报告初稿的唐若准备下班。这一天,她自评获了小胜,直到她转头隔着玻璃窗看了一眼于时的办公室——

她给于时买的晚餐,仍旧安静地放在茶几上,甚至连包装袋都没被打开过。

这一看让唐若的心里变得五味杂陈起来。

自小被父母冷落的唐若，无比清楚要摘到果子都要靠着手脚伶俐，只不过于时这棵大树更难爬而已。于时这块难啃的骨头，够硬。

此时的唐若非但不沮丧，反而感觉丝丝亢奋，这与她在美国留学时看美国同学吸大麻时的感觉如出一辙，她凭借强大的自制力抵挡住了诱惑。

今日于时的反应又给了她那种亢奋感。

一个小时后，唐若化好晚妆，她将眼尾眼线挑高，在眼窝处涂满高亮眼影，再放下秀丽黑发，狐魅多姿。她斜倚在卡座里，对面坐着的是她在国外读书同校的师姐——谢琳慧。

唐若回国后，在京人生地不熟，找到的第一个组织就是校友会。校友们大部分在金融领域就职，女生大多气质不俗，男生则外表喜忧参半。谢琳慧是校友会副秘书长，一来二去，唐若跟谢琳慧就相熟了。唐若嘴甜腿勤，工余在校友会里帮着谢琳慧做些联络工作。那时谢琳慧正在写一篇关于私募基金的文章，唐若帮着这师姐做了不少案头研究，谢琳慧就结交了这个俏丽的小妹妹。

十岁是女人之间最适宜年龄差，关系最舒适。

这次是谢琳慧邀请唐若小叙，目的明确——了解唐若所知道的佳品智能背后的资本故事，敏锐的谢琳慧清楚这会是一个新闻引爆点。佳品智能与江小河连在一起，也正是于时与江小河结识的源头。唐若内心其实是迫不及待想将背后故事发酵到百分之二百地倒给谢琳慧听。但是，她并没有。唐若讲话点到即止。

谢琳慧面露失望：唐若并没说干货。

唐若稳稳地看看谢琳慧迫不及待的眼神，心里打好了算盘，事情从她的嘴里说出来，那她唐若就成了泄密者。而泄密者这个称呼可不是她给自己的预定人设。

"慧姐，我对这事儿了解得挺少的，您知道我才来不久，佳品智能是江小河负责的项目，我参与得不多，不过——"她见谢琳慧瞳孔忽地黯淡下去，脸也板起来，赶紧扭转语气，"不过，元申股份的王东宁比较了解全貌，他是江小河的同学，也是这次元申投资的执行负责人。您看，我将他介绍给您？唉，他也蛮惨的，投资几个月就打了水漂，很多内情一定想一吐为快。"

谢琳慧听着"王东宁"三个字，已经在手机上搜索着王东宁的背景，心里琢磨着怎么尽快撕开个真相的口子，要将深度报道尽快发出来。

天下武功，唯快不破。年近四十的谢琳慧这么多年稳站在一线媒体人的位置，用她自己的话来说就是"通身充满了对新闻事件背后真相的贪婪和渴求"。

这个话题就此收住。谢琳慧虽然没从唐若嘴里探到究竟，但是还是感谢唐若的提醒，这王东宁身处旋涡之中，一定有料可挖。

两个女人说话间，中间的桌子上忽地放上了一瓶酒，一个清亮的声音响起来，

"慧姐。"

二人抬头，见来人伴着这声问好已经熟稔地拉了椅子坐下来。

唐若看这人面熟，待谢琳慧做了介绍，原来正是近日来名声大噪，广告遍布地铁，自己给自己代言的优尼酒创始人蒋成功。

唐若起身优雅地与蒋成功问好握手，这男人穿着黑色连帽衫，

黑框眼镜，面容俊朗中带着一点清秀，远比广告上举着优尼酒的模样更加清爽，唯独眼中露出漫不经心的随意，富二代的典型，痞帅风。

三人的话题就从这一瓶酒开始，蒋成功对酒如数家珍，他也是善于言辞的人，就一路说将开去。

唐若托腮看着对面的谢琳慧，自叹女人确是奇怪的动物。她见当蒋成功坐下那一刻，谢琳慧就不由得将略弯下的腰板儿拔直了些，显得胸也耸了一分，嘴角也翘起一点儿，嗖的似乎年轻了几岁。仔细端详谢琳慧，唐若发现刚刚端庄的御姐笑起来会露牙龈，她脑洞大开想着再多露一些会不会露出个菠菜叶儿。唐若想：女人终究是老的不如嫩的，即便谢琳慧这般年轻时标致的人儿，到现在快四十的年龄，也露出了老态。

谢琳慧跟蒋成功熟稔，搭起话来热火朝天。这是唐若第一次见蒋成功，她保持微笑，并不插话，只是静静地听着二人的交谈。而蒋成功虽然主要与谢琳慧交谈，但时不时也分给唐若一些目光以免冷落。唐若对蒋成功这种口齿伶俐的男人尚不感兴趣，却也暗叹他的高情商。

蒋成功谈着谈着，几句话就将话题转到了"女士怎么看待品牌"上，这就适时地将唐若切入到了话题中来，他的目光也就自然而然地落在了唐若的身上。

唐若轻轻将长发撩到耳后，耳钉璀璨闪耀，声线柔媚："我最近看了一些消费领域的公司，从消费者的角度看对品牌也有一些想法。"

见蒋成功的身子向自己这边略倾了一些，唐若明白这话题引起了他的兴趣："五个字，'我要我不同'，新生代消费者需要的是独特的、与众不同的品牌,限量小众品牌更容易成为新品爆款,引发热度。"

唐若的声线较一般女生更为低沉,而这低沉在酒吧慢摇的乐曲中更显出十足女人味。唐若言简意赅地讲完自己的看法,又将话题引回给谢琳慧。整个过程唐若小心地牵引着蒋成功对自己的欣赏,并平衡着谢琳慧仍旧为三人核心的关系,一切恰到好处。

唐若又将话题引到蒋成功的优尼休闲酒上,有些微醺的蒋成功提到自家产品,扬扬得意地将手臂舒展在椅背上,侃侃而谈,将优尼休闲酒的横纵打法悉数介绍。男人都是同一种动物,渴望成功和女人的欣赏,尤其是聪明而漂亮的女人。唐若认真听,并不打断他,自动过滤掉略有吹嘘的成分,等到蒋成功讲罢,唐若已经在脑中将这公司的关键情况悉数归档。

凌晨两点,唐若回到自己宽敞的大屋,坐下来将今天跟蒋成功的"会议纪要"整理完毕。结论是:优尼休闲酒是个可投资标的,蒋成功也是个可投资标的。唐若心知今天蒋成功并未被自己俘获,这个男人好的是"玩儿",女人、公司、钱都是他手中的玩具,他要的是有趣。跟这种人就要慢慢周旋,越吊着他的胃口,他就越嘴馋。

关了电脑的唐若服了胶原蛋白,贴上面膜,她靠躺在床上,拥着蚕丝靠枕,环视这宽敞的大屋,家居陈设都是自己精心购置的摆设,唯独屋子不是自己的。

一年多前,唐若刚回国找住处,跟着中介走进这小区的那一刻她就爱上这儿。地处东三环的高档楼盘,欧式尖顶,精心修建的绿植,客气的物业,安全的保安,一尘不染的园中石子路,果然是京城知名楼盘。她想做这个小区的女主人，她也配做这小区的女主人。总有一天，她会将自己的名字登记在这小区的业主名单中。而电脑中每一篇会议纪要，每一次与客户见面都向着目标近了一步，就如同当年考雅思出国，每多背一个单词，她都知道自己离梦想又近了一分。

只是考雅思的时候她只有二十岁出头，而今已奔三十。三十之后是四十，四十的极品职场女人也不过如谢琳慧，想到谢琳慧，唐若就想起她那露了牙龈的粲笑，心下唏嘘。

唐若不知道自己是什么时候开始讨厌江小河的，也许从她加入世纪资本的第一天，她就嗅到她跟江小河之间的那种微妙的相斥味儿。

她想，江小河，你有什么资格获得于时的信任?! 你那扁扁小小的身材，傻愣愣的性格，中式口音浓重的英文……没错，你勤奋，可是难道我唐若就不够勤奋？只是因为我比你晚进入世纪资本，比你晚认识于时，我就不能成为最耀眼的那颗星？即便是论外貌身材，我唐若是女人中的极品。你江小河凭什么压过我？

唐若的爸爸在她小时候出轨，为此妈妈与爸爸冷战十年，懦弱又偏执的妈妈被折腾得脾气越发古怪，将被爸爸冷落的原因归结为：唐若是个女孩儿，不能接手家里服装厂那摊生意，所以爸爸才会去找别的女人。于是，妈妈将在唐父身上受的气全撒到少女唐若身上。唐若十五岁的时候，妈妈冒着生命危险生了小弟弟，终于觉得扬眉吐气，而爸爸年龄日长，也便收了心，跟妈妈的关系慢慢融洽。然而，妈妈不仅将自己全部的爱给了弟弟，更觉得她的判断得到了验证：自己一生的不幸都是因为"克母"的唐若。

没被父母疼爱过的唐若在这个世界上只相信一个人：她自己。

想着想着，唐若很难入睡了。她翻出久久不下的围棋。

小小黑白世界，却有着神鬼莫测之变。这纵横19条线的围棋盘上的变化共为10的600万次方。

唐若开局。她在右上角置第一颗黑子走星位小目占角——是为自己。

夹起一颗白子，心中想着是江小河，占角星位。

再捏下一颗己方黑子，置于右下小目。

接下来一颗白棋，置于左上小目，这是于时。

先角后边再中央。

她记得金庸笔下脍炙人口的"珍珑棋局"，逍遥子的一盘棋喻示着"置之死地而后生"的道理。

年光似鸟翩翩过，世事如棋局局新。

我唐若人生的这盘棋，才刚刚开始。

第六章　迟迟等不到的解释

随后一周，小河身心俱疲，每天工作完毕，回到家就倒头便睡。

她不再主动过问任何跟佳品智能有关的事情，只是从同事们茶余饭后的谈话中，零散地得知佳品智能进入破产清算程序，公司中层们树倒猢狲散，离职求新门路，元申那边仍旧没什么动静，几个月损失了一个亿，似乎是认栽了……

每天早晨出门，她都在提醒自己要多看项目，好好做事，放下执念，这才是打不败、捶不扁的江小河。

然而，小河不知道的是，她想"放下"谈何容易！

风平浪静之下，暗流涌动。

中商浪潮刊发文章《圈套——资本至上，创业之殇》，署名谢琳慧。

谢琳慧的这篇稿子洋洋洒洒，将佳品智能一案再次发酵，激起创投圈、私募投资圈新一轮的轩然大波。

一时间，张宏达从一个自杀的悲情创始人，转为成受到资本力量推动，被迫联合作假去欺骗下一轮投资人、欺骗消费者的骗子。

全文既有事实再现，又有"合理"推演，虚虚实实、抓人眼球、字词若刀剑般犀利。谢琳慧不愧是资深媒体悍将，她将佳品智能成立至今的全部历程，主要高管的背景，各个轮次融资情况、经营发展情况一一列出。谢琳慧用了很大的篇幅去报道元申进入佳品智能是在其原股东的"诱骗"之下上的当。

而江小河正是这文中欲壑难填的背后推手投资人。

当时小河帮助转发的佳品智能的公司介绍及财务数据的邮件，介绍张宏达是优秀的创业者的信息，介绍银行的朋友尝试结汇入资的通道等信息也被悉数截图，随文辅证。

小河非常确定，这些资料均来自王东宁。

客观地说，这些资料的确是真的，结合当时的背景来看，完全没有不妥之处。比如说"小河刻意美化张宏达是优秀的创业者去欺骗元申股份"这一条，真实情况就是微信群拉群时的介绍。但是，谢琳慧实在是深谙笔法之道，起承转合，文字留白，刻意引导读者去脑补很多龌龊场景，将全文的私募基金资本参与商业欺诈的氛围烘托得火辣劲爆。

全文并没有提及世纪资本、于时、江小河的名字，但是投资圈、创业圈的人还是一眼能看出来这是哪一家机构、当事人又是谁。

一夜之间，数十万的转发量，足够一阵创投界的口水狂欢、话题盛宴。

小河是当事人，自然知道很多地方是刻意夸大其词以博取眼球。她终究是按捺不住，抄起电话拨通谢琳慧的手机。

谢琳慧应声，声音依旧甜润优雅，就好似这篇文章与她无关。

"江小河你好，有事请讲。"

小河诘问："谢琳慧！作为一个媒体人，你的公知在哪儿？满篇颠倒黑白，断章取义！"

谢琳慧在文章中透露出来的张牙舞爪与周维的温文尔雅形成了鲜明对比，简直玷污了与周维"模范夫妻"的美誉。

话筒那边传来一串笑声，谢琳慧的声音绵里藏针："江总啊，我列出来的都是事实，对不对呀？有哪一条是虚假、篡改的呢？或者，你来告诉我更真实的情况？"

如鲠在喉，是自己太单纯了。小河现在才发现，当时只一门心思想着能够帮助佳品智能尽快融资完毕，求成心切，居然完全不懂得在这些细节上保护自己。她无话可说。

挂断电话后，小河两眉紧皱，攥起拳头，心里充满了牢骚、怨怒，却又无从发泄。

小河电话联系于时，正要将刚刚的不快一股脑儿讲出来，却被于时不耐烦地打断："行了，到办公室见面再说吧。"

小河最近越发觉得，能够见于时一面、单独跟他说说话，怎么变得这么难。

一如既往，于时的会议排满全天。

往日总是昂着头、小兽一般风风火火、斗志昂扬的江小河，今天像一只受了伤的小猫，在于时的办公室前转悠了几圈，仍旧是得不到进门的机会。

好不容易挨到客人离开的空当儿，小河推开于时办公室的门，想跟于时商量这棘手的一切如何处理。

小河打了声招呼，于时却并不抬头，一边快速翻页看BP文件，一边漫不经心敷衍："那篇文章我看了。就算别人知道是世纪资本又怎样？知道是我于时，或者是你江小河又怎样？佳品这个烂摊子,我们世纪资本拿回了全部的本金,还有不错的收益,这就是最佳结果。"

于时下评语:"别看这些人现在喷口水,把自己当正义使者喷我们唯利是图,但凡长脑子的人都明白这才是资本的应有之道。那些脑子转不灵光的人,就别来蹚投资的水!"

于时抬眼扫了一眼面前这头萎靡的小兽:"你看看你自己这个状态,最近不要出去看项目了,手边几个在跟进的都转给唐若。文化娱乐行业最近有几个大动作,这个领域越来越有意思了,你研究一下,一个月后跟我过。我还有个电话会,有什么异常再电话我。出去吧。"

噼里啪啦,五分钟,于时没给小河说半句话的机会。

小河看着眼前的这个人,曾经带着自己横穿北京看项目,并肩作战过多少个项目,而现在他居然不愿意跟她多讲一句话。他变得越来越陌生。

小河目不转睛,直勾勾地盯着于时,见于时完全不想再理会自己,扭身快步出了门。

自己算于时什么人呢?若干个员工之一,好用一点儿而已。再想想风生水起的唐若,嗯,自己现在还不是最能干、最听话的那个。

于时看着小河噔噔噔快步离开的背影,摇头敛眉。他揉揉眉心,江小河让他恼怒之处在于,自己本对她利落大气、爽利皮实的性格有几分欣赏之意,也以为与她之间应该存在一种默契,却在这件事情上如此不分轻重主次。世纪资本的新基金融资正是关键时刻,要储备新项目、找新的行业方向去说服这些LP,而江小河却陷在这个芝麻粒儿里跳不出来。

"不懂事!"

在于时心中,女人首要的品德是"懂事",要懂得成就男人的"大事"。

于时并不想跟小河解释任何事情,作为世纪资本的老板,他要保证自己绝对的权威。员工必须有绝对的执行力,不允许对自己有任何质疑,身边的人都必须理解自己、服从自己。

她江小河即使有些许特别,怎可例外?

从创业初期至今,他的成就伴随着小河的成长,刚才他是刻意不细看小河的样子,恼怒是一方面,也是不愿多看她受伤的眼神。于时的字典里没有这种黏黏腻腻的心软。

于时一路开车回家,看着高架下万家灯火逐渐燃起,想起自己之前跟员工说过,决定世纪资本能不能走得更远,就在未来十二个月。

他在心里将这个期限又缩短了两个月。"保持饥饿",这是十年前,于时入行的第一天开始就时刻提醒自己的。

回到家,于时打开音响。

全屋渐渐流淌起小提琴的曲调——塔尔蒂尼的《魔鬼的颤音奏鸣曲》。

同一把小提琴,可以演奏出忧伤的夜曲,也可以演奏出非凡的快乐颂。于时喜欢这首奏鸣曲。这首奏鸣曲来自一个流传很广的传说:一天夜里,作曲家在梦里遇到魔鬼,魔鬼教他用奇妙的方法演奏了一首乐曲。这首曲子就好似作曲家在与魔鬼对话,气势雄浑、高难度的颤音让于时百听不厌。

于时想,其实人的身心就是一个复杂的乐器,演奏什么曲调完全要靠自己。

于时却总觉得他现在所体会到的这种巨大的成就感，分分钟会被剥夺。他带领世纪资本披荆斩棘的这几年，经历了太多的输赢，早已经在感觉上"疲"了"淡"了。世纪资本于他的意义，是让他感觉到自己影响力的延伸，是自己"一个人"的影响力的延伸。

今年资本市场来势向好，于时本想乘胜追击。自年初开始募集一只新的基金，目前融资没有预想的顺利，原本北京市属一只规模较大的政府引导基金已经走完申请流程，现在又拖拖拉拉，步步艰辛。

于时打开电脑，邮箱里面已经躺着一封小河发给他的邮件——《基金募资进展情况表》。

世纪资本并没有专门的IR（投资者关系）负责人，对外联系LP都是于时亲自负责，后续的联系事务等工作，以往都是小河在配合着于时跟进。小河每周末会有一封的沟通跟进邮件，让他了解流程进展。

邮件中列明了每一家LP沟通的进展，文件准备的情况，最近的会议安排，各家LP最近参投了哪些其他的基金，小河还会整理出几句简洁的注意事项提示于时。

即便最近遇到这么多风波，而且小河跟于时之间已经有隔阂，但是工作上，小河还是保持了一如既往的专业。这让于时略感欣慰。

这一封提示的注意事项是："西部高新区管委会的文件反馈已经超时两周。"

于时犹豫片刻，拨电话给小河。

最近的周末,小河前所未有地"闲"。

自从佳品智能出事以来,小河仿佛一夜之间被抽走了所有的工作,以往周末都响个不停的手机,现在除了广告短信,就只有迈克零星的几条微信。打探消息的同事、心怀不轨的同行、推销案子的FA,大家都像商量好似的,同时从江小河的生活中"蒸发"了。尽管小河努力维持着"正常",每天翻看大量的案子,想让自己忙起来,但奈何这一段时间因为各种各样的原因,没能约得成一个。

这种多年未有的"闲",让小河心里发慌,她得找点儿什么事让自己转起来,重回轨道。

电话响起的时候,小河正拎着一条绝望的鱼往油锅里放。手机冷不丁地响起,把小河吓了一跳,鱼脱手掉进油锅里,溅起的油花飞到了胳膊上。

电话里传来于时的声音,毫无客套,单刀直入:"高新管委会的文件反馈延迟是怎么回事?"

小河早习惯于时的风格,也公事公办:"不清楚,钱主任安排来跟我对接具体事务的小王说,钱主任在出差,所以管委会内部的审批文件没有那么快。我约了小王见面,她也没应下准确时间。"小河顿了一下,"小王问了很多'佳品智能'的事情……"

"你怎么解释的?"

"没有解释细节,只是说世纪资本退出佳品智能是很早之前就做出的决定,而并非是媒体传的'金蝉脱壳'。我还告诉她,细节上你跟钱主任交流得应当很充分。我不想让她揪住我没完没了,而且,我想——"

"嗯?"

"关于怎么去跟潜在LP解释佳品的事情,你早有答案,我不会给你添乱。"

于时在电话这边沉默。

小河最近遭遇这么大的风波,但是工作还是有章法、有分寸,又职业又认真。他感到一团温热涌到胸口,一时不知该说些什么,停住了追问。

小河等了会儿于时的回复,淡淡说:"我在做饭,先挂了。"

于时脱口而出:"别挂!"

居然有女人主动挂自己的电话?!于时觉得有什么东西在挠着嗓子眼儿,痒痒的。

小河听得到于时的喘息声,她静静等待于时的下文。

却没有了下文。两人沉默。

于时捏住手机,不知从何说起。跟她解释自己在佳品智能的"安排"都是为了世纪资本?跟她解释张宏达是咎由自取?跟她解释要她懂事理解自己?

话在嘴边,但倨傲如于时,他不习惯跟任何人解释,尤其是面对这个比自己更硬朗的江小河。

就这样,两端沉默良久。于时结束沉默,挂断手机。

电话里传来"嘟嘟"的忙音,小河放下手机,看了看自己光荣负伤的胳膊,摇头:新手受伤是必然,该来的尽管来,我江小河照单全收。

于时放下电话,音乐旋律进入低音合奏,如泣如诉流淌在耳旁,江小河认真思考问题时微皱眉头抿紧嘴唇,当想到解决方案,轻盈地连带三个响指的俏皮样子就晃在眼前。

回国后,于时身边相傍来往的都是长腿细腰的女孩,她们是玩伴儿,新鲜刺激,相处时男欢女爱玩到疯,相互厌倦就好聚好散,分手还是朋友,生意场再遇也不觉尴尬。无羁无绊无责任,这是于时习惯的男女相处模式。

过往数年,身旁的这个不起眼的"杂工"助理江小河日益成长起来,一颦一笑居然不时令他揪心。他知道自己很多次莫名其妙地想摸她的头,捏捏她的脸,用手抚平她微皱的眉头,阻止她无意识地咬指甲。于时自然没有让这些想法变成行动,反而开始刻意疏远江小河。以前带着江小河做的项目也被他分给其他同事,就是为了减少跟江小河相处的机会。

于时不会让任何女人拴住自己。对一个女人承担责任,还没列入他的人生计划表。

数日后,于时约到了高新区管委会钱主任。

此前高新区已经承诺了出资,而且也已到了最后批准阶段。这个时候如果出了问题,会有连带反应。于时赌不起。

管委会办公室地处北京西部,于时沿着长长的台阶往门口走,耳畔响起小河清脆飞快地提问:"于时,你知道政府办公楼和商务写字楼最大的区别是什么吗?"

回头却没见小河,自己居然出现了幻听?

于时不禁有些走神,回忆着跟江小河一起工作的一幕幕,脚下惯性拾级而上。

于时在会议室坐定。

人到中年满脸富态的钱主任端着泡着养生茶的保温杯走进会议室,他面容和善,眼神中却透着精明,与于时亲切握手,两人对面而坐。

"于总,最近管委会这边对于给你这只新的基金投资,有了一些新考虑,所以今天正好我们见面再聊聊一些新的安排。"

于时听钱主任语气不妙,不敢怠慢,尽力藏起锋芒,压住不快,向前探身做出一副洗耳恭听的恭顺样子,如刚刚毕业的学生听师长训话。

钱主任推了推脸上的无框水晶眼镜,慢条斯理地喝一口茶,这才开始讲"引子"。

"于总,去年下半年以来,国家通过成立各类各地的政府引导基金参投私募基金,从而支持新兴产业发展的力度很大。这个时候呢,我们也发现了一些问题。比如,有些社会化的私募基金在融资材料中作假,或者在投资时候的投向上没有严格按照当时申请引导基金的材料等。"

于时听着话锋不妙:"钱主任提醒得对。所以我们世纪资本一定严格按照申请资料上的投向来投资。您是了解我的,未来也特别希望您多参与我们基金的运营,多提意见,帮我们纠偏把关。"

钱主任面色缓和了些,显然对于时的诚恳态度是满意的。他继续摆事实讲道理:"出了这些问题之后,主管的副区长和我都很重视。国家的钱,要起到应有的产业引导作用,我们是守门人,压力也很大啊。"

"钱主任您说得是,您跟管委会一直对世纪资本支持力度非常大,我们一定不负众望。"于时恰到好处地点头附和。

"你了解就好。我们认识这么多年，我这人你也比较清楚，对你、对世纪资本，一直很重视也很认可。"但是现在出现一个新情况，区里接到了一封举报信，举报世纪资本在投资项目的投后管理上做得很差，你知道，最近佳品智能创始人跳楼的事情，搞得满城风雨的。"

"举报信？"

"是啊"，钱主任加重语气，"是实名举报，而且是业内很大的集团公司。这个呢，就给我们的审批带来很大压力。"

于时面色凝重起来，听这意思，世纪资本的申请怕是要歇菜。

钱主任又喝了一口茶，瞧见于时面上难看，改了称呼，"于总啊，你也不要灰心，今年接下来我们还要做几只新的引导基金，这只投资不上不要紧。后面还会有机会。苦练内功最重要。"

于时苦笑一下，点点头："钱主任，我懂。"

在送于时出门时，钱主任拍拍于时的肩膀，递来个亲近的眼神。

于时在回办公室的路上，一边啃着汉堡，一边想着在因佳品智能得罪了的人，想来想去，唯有资金全打了水漂的元申股份。在于时几乎已经板上钉钉的政府引导基金审批上横插一脚的，只有元申股份副总裁——周维。

于时用牙撕扯下一块鸡肉："周维，你给我来这手！"

于时顾不上愤愤不平，在这个圈子里，谁摆谁一道都不是稀罕事，你来我往而已，重要的是如何挽回颓势。

第七章 我只需要狼

往年，春节前各家私募基金都会办年会，通常就是自己人乐呵乐呵，吃吃喝喝，抽抽奖，做做游戏。然而，今年不同，今年是世纪资本的"整"日子，五周年，于时打算做一些有影响力的事。

周例会之后，于时讲了讲自己的想法，今年是募资关键期，而且要尽快挽回世纪资本在佳品智能事件上受到的声誉损失，所以打算把这次的年会要搞成一次行业盛会。

于时环顾会议室的同事，等大家的反应。

唐若第一个应声："时总说得没错，我们要邀请一些业内知名的行业专家、成功的创业者来参加，助力一年以来这资本市场的火热。我们还要在媒体发声，树立世纪资本的行业地位，更要灌输一种声音'世纪资本是中国新兴的私募股权基金的代表'，在当下的资本市场中，与世纪资本合作是初创企业和LP的最好的选择。"

唐若就是唐若，前几日她买的饭菜被于时置之不理，但她却不觉得这丢了面子，跟于时的沟通照旧如前，没有一丝的小性子。

小河并不看唐若，慢慢地讲自己的想法，声音比往常低沉得多："做论坛的方向是对的，但是在主题上要再想想，我认为现在的资本市场需要降温,而不是助力。不如将过往五年我们看到的创业失败的案例做一个总结,分享给创业者,让大家看到一旦资本寒冬到了,小企业可能会死得有多惨。"

小河将"小企业可能会死得有多惨"这句话格外加了重音,话语里的挑衅毫不掩饰。

在座同事听到小河这番明显与于时意图不符的话,都静了下来,一时间会议室里鸦雀无声,仿佛在等待着于时发作。于时却没说话,继续听小河下文发挥。

小河看也不看于时,甩出一句话:"居安思危,这更有意义。"

一周后,唐若将一份《世纪资本年会策划案》提交给于时。

文案做得相当漂亮、细致、有规划,几乎把于时的想法全部落实在了纸面上。

于时对这份策划案却只能打个七十分,缺的三十分正是小河提到的"降温"的环节。平心而论,于时同意小河的看法,但是,他仍然决定不将这个有些丧气的主题做到这次论坛中来。

他随手拉了一个"年会筹备群",把小河也拉进了群里。

于时先是把唐若发给自己的《年会筹划案》发到群里面,表扬了唐若"策划案准备得很用心"。接着又@了小河,告诉小河下周一早晨七点,跟他和唐若一起参加关于年会筹备的事宜。

小河清楚这次年会对于时和世纪资本的重要性。

于时拉群后,单独将小河叫到办公室,强调了这次年会的重要性,然后略收了犀利的言辞:"过往有些LP是你负责替我对接的,你也熟悉LP的风格,你一起完善这份策划案。"

小河见于时难得语气温和，也拿出自己的职业态度，打开于时发来的文案，一页一页翻看，越看越觉得很强的压迫和焦虑冒将出来。优秀的她任何事都不甘落于人后，但是这份精心准备的策划案和于时对唐若的赞赏，就像"啪啦"一个大嘴巴抽在自己脸上。

实事求是地说，唐若这份策划案写得非常好，策划主题、议程、建议地点、拟邀请人员……就连茶点选择推荐等都精心考虑，各有2~3个不同的选择建议，既顾及了重量级嘉宾应有的排场，又考虑到了大家共通的喜好，不会让人觉得厚此薄彼。

接下来要参加周一早晨的策划沟通会。小河早到了十分钟，在会议室等于时和唐若。

五分钟后，于时也到了，进门直接坐在小河对面。

两人隔着桌子，一时无话，半晌，同时开口道：

"早。"

再无话，气氛尴尬。

正在这时，唐若手提咖啡，袅袅婷婷地走了进来，仿佛没看到会议室里几近冰冻的气氛，用满溢着热情的语气向两人打招呼："呀，时总、小河都到啦。抱歉来晚啦。"她的出现倒是救了场。

小河瞄了一眼自己的手机屏幕，刚刚好七点，一点儿也不晚。刚在心里翻个白眼，一杯美式就落在了自己面前。

小河抬头对上唐若甜美微笑的俏脸。

"这是给小河买的美式，我记得你只喝美式对不对？"

唐若又手握两杯咖啡走到于时面前："老板，我看你喝过美式，也喝过拿铁，不知道你今天想喝哪个口味？这杯是美式，这杯是拿铁。选一杯，剩下的一杯给我。"

于时没抬头："你先选，剩下一杯给我。"

唐若的笑容里弥漫着牛奶般的甜香："那我太荣幸了，我就选美式啦，要向小河学习，保持身材呀。"

她说这话的时候离小河太近，身上的香气氤氲在小河周围，刺鼻得让人窒息。

唐若审时度势、察言观色、嘴如蜜糖。看着眼前那份细致周全的策划案……甚至是这一杯咖啡的妥帖。

会议开始后，唐若先有条不紊地解释了策划案的主题。

"我考虑，这次年会的总体方案是做成一次行业研讨峰会，一方面可以提升世纪资本在行业的专业辨识度，二来我考虑到很多投资人、创业企业CEO都会在年底受邀参加很多年会，如何让他们最愿意来我们这个年会呢？最好的方式就是给他们干货分享。而且，时总过往积累的很多投资方法论，对行业的看法也可以在研讨会上给各个LP一个系统的展示，对我们融资新基金会产生很大帮助。"

于时点头，示意她继续。

唐若见开局良好，更加自信地挺直了优雅的背，弯出诱人曲线："我考虑办四场行业主题圆桌会议。"

说到这里，唐若停顿了一下，看看小河，保持一个非常友善的微笑："小河姐，你在行业做投资蛮多年，也一起帮我参谋参谋这几场会议的主题是不是合适？"

小河按下心中思绪，点头。

"我选的四个主题是'企业服务''医疗健康''文化娱乐''生活消费'，这四个主题最近趋势比较明显，而且话题比较丰富，是容易激发兴趣和讨论的细分行业。"

"不错,趋势准确。"于时点头。

然而唐若似乎刻意想要小河发言一般,锲而不舍地追问:"小河,你觉得呢?"

"我就一个意见:加一个应对寒冬的话题。"

于时摆手:"不加。"于时定的这研讨会的调子是激人兴奋,而应对寒冬这个话题很容易引发旁支讨论,不加。

小河暗自捏捏自己的手指,看了于时和唐若一眼:"OK,我没有其他补充意见。"

于时示意唐若继续落实到细节。

于时将这次的年会论坛命名为《世纪超越·资本未来》。四个字竖着念下来,还可以被解读为"世纪资本,超越未来",可谓匠心独具。

虽然对唐若的策划案十分满意,但是为了保证整场论坛的完美无瑕,于时也同时聘请了专业的公关会议承办公司,做全场会议组织,并任命唐若为总负责人。

小河看着唐若迎合着于时的每个意见。二人一唱一和,琴瑟相和,低头看了看自己已经捏得发青的手指。

还好江小河约在后面开会的客人提前到了,前台过来招呼自己。小河庆幸这个救场,起身:"那我先出去开会?随时叫我吧。"

于时头也不抬:"小河,后面你配合下唐若。"

小河默声半晌,应下一个"好"字。

她合上电脑,走出会议室。

如果今晨这算是对弈一局,那么在这一局里,三人皆知小河败,唐若胜。

在会议筹备期间，于时没再提让小河配合唐若，唐若自然也不愿分功给小河。两人心照不宣地各忙各的。

接下来的日子如此难挨，小河每日沉默寡言，虽也照常上下班，但是日见瘦削，眼眶都凹陷下去。她努力对一切干扰因素视而不见，午饭也避开其他同事，塞着耳机听音乐。然而，工作效率很低，常常几个钟头下来还停留在一个文件上翻来翻去。

谢琳慧的文章继续发酵，惯蹭热度的其他的创投媒体公众号也来分享这场舆论盛宴，又搞出来了一系列文章："年度十大骗局"、"资本倾轧下的创业残局"等各种噱头标题。一时间，洋洋洒洒的批驳、嬉笑怒骂的转载评论……

资本圈，如同巨大无比的万花筒，任谁转一下，就千变万幻、花样百出，尤其是在这媒体资讯和信息爆炸的时代。

每周五下午三点，世纪资本的例行下午茶时间。

世纪资本的办公室算是私募基金中装修得很别致的一类，设计图是于时亲自审定，因为他在办公室的时间比自己家还要长。

于时将办公室中部视线最好的区域辟出来一个宽阔的观影沙龙区，cuir center沙发全套进口自法国，于时好红酒，早先入股了智利的一家酒庄，这酒庄的酒就排列进了世纪资本的酒柜。

靠落地窗的长桌上摆着各式点心、水果、软饮、红酒，骨瓷的餐具很是优雅精致，一大簇新鲜的百合静静开放。

照旧，大家喝着软饮、就着甜点，讨论当下的行业热点，进行头脑风暴。一些人坐着，更多的人则直接靠在长桌边，一边把点心夹进盘中，一边与同事闲谈，气氛十分轻松惬意。

于时很重视下午茶讨论,只要不出差,一定会参加。他一直谨记美国思想家爱默生的那句话:"一个机构就是一个人影响力的延伸",所以下午茶也是他布道的时间。

唐若身着一身收腰运动休闲装,将年轻的身材衬托得玲珑有致,眼线拉长略翘,桃红色唇釉清润欲滴,当真妩媚诱惑。

唐若见小河走过来,笑吟吟地迎上去:"小河,今天的橙子是我朋友送的,甜酸适口,一起吃呀。"

小河挤不出一丝笑容,索性当唐若如空气,径直走过。

唐若在众人面前被小河晾着,却面不改色,莞尔如常:"嗯,好的,我这朋友家是做进口水果生意的,小河爱吃什么告诉我啊,我让他们空运过来。"

连迈克都看不下去了,凑到江小河身边:"差不多行了啊,这么多同事在呢。"

小河瞪了迈克一眼,故意拿起一杯橙汁:"我只喝橙汁。"一屁股靠在沙发上。

于时也结束了会议走过来,将各式水果夹了一两片在小碟子里,走到大家旁边,边吃边聊:"今天人很全啊。嚯,这橙子相当不错啊,阿姨在哪儿买的啊。"

唐若清脆的声音响起来:"时总,是我的一个朋友送的,认识有些年头了,在进口生鲜领域里面做得蛮好的。他听说我来世纪资本了,还提到你呢,说知道你在零售领域看过蛮多案子的,也做过挺深入的研究呢。"

"嗯,在衣食住行中,食品的确是一个需要持续关注的领域,尤其是最近出来了一些基于互联网的泛食品餐饮大类的项目,倒是时候应当将细分领域的公司再仔细扫一遍挖一下了。"

"是的，这个判断很前瞻。几家垂直零售新品牌的估值都涨得很快，电商巨头也在搞食品生鲜零售新业态，还有一些外卖餐饮连锁店的数字涨得也很快……"唐若一边说，一边瞄着于时的表情。

唐若见这个话题已引起了于时的兴趣，继续："其实，这些也都可以算是新零售这个大赛道的。"

于时点头："唐若，这个领域你牵头再扫一下。"

于时环顾大家："世纪资本要形成自己的投资生态圈。我们每投资一个项目，就相当于在行业布了一颗棋子，要借助它们在行业的影响力，挖掘到聚集在其周边的项目。现在大家投资机会能力还差得多！"

唐若进一步借话："迈克之前也看过一些新零售这个领域的公司的，我们俩一起碰碰，给您一个汇报吧。"

迈克本来在看热闹，谁知击鼓传花一个雷传到了自己的手上，他心头暗骂：也看过？这个领域一直是我在扫，几个头部的案子都对接得差不多了。这唐若明显是来夺食的。

迈克心里不快，但是又不好在这一屋子表面其乐融融其实各揣心思的同事面前表现出来，咧起嘴角凑出微笑，向于时应道："没问题，我跟唐若碰一碰，再给您汇报。"

"迈克，那我也把我这边对接的情况和联系方式发给你，我们可以一起走一圈评估下。"

唐若表现出了高度的团队合作精神和执行力，立即就拉了一个群，里面拉进来于时、迈克，起了名字：新零售行业沟通。然后，唐若又在群里转了一篇于时几年前接受采访的文章链接，还跟了一个赞的表情。

小河远观这一幕，心想：从一个橙子扯到了新零售，这丫头片子是有缝儿就钻啊。几个月前，唐若就是这般取得于时的信任，让他将佳品智能的背后操作交给她，且嘱咐她不要告诉自己吧。

小河脑中就浮现出张宏达那胖胖的模样，那样一个活生生的人，一个多月前还在跟自己熬夜开会，讨论财务状况，畅想未来佳品智能的上市后扩张，却在一周前，因资金枯竭无力回天而绝望跳楼。

小河犹记得张宏达酒后那充满憧憬、意气风发的豪言壮语。

"小河啊，到时候你跟时总都得见证我上市的宏伟时刻啊。我这帮兄弟不少都是当年大公司辞职的，相信我，跟着我，没日没夜地辛苦了这么多年。等这回融资结束了，咱资金问题解决了，目标就是上市，成为中国最棒的智能家居产品公司！"

小河将思绪从张宏达那儿转回，看着于时。

于时环视着参加下午茶的这十几个人，充满深意："最近有个关于狼、兔子和坏人的讨论，你们怎么想的？"他其实并没想等大家的回答，直接讲他的看法，"世纪资本每个人都必须是一匹狼。狼有危机意识，鼻子尖，嗅觉灵敏，时刻利用它的尖鼻子在寻找机会。记住，你们每个人的工作不是靠我来分配安排，是你自己去找到工作量与突破机会。我喜欢进攻，你们也要有主动性进攻的意识，要让进攻成为本能。而兔子不一样，活一天算一天，容易满足，每天吃吃草混日子。再说一遍：我这里不留兔子。"

于时环视大家，大家静默不作声，见达到了效果，略收缓了语气，"比尔·盖茨说'微软离破产只有18个月'，而中国私募基金的投资和变现窗口更为狭窄，世纪资本能不能走得更远，就决定于未来12个月。"

同事们心头一凛,面面相觑,世纪资本融资已经进行了小半年,但是目前还没有完全结束,于时说"不留兔子",又放出"未来12个月是关键期"这句话,就是宣布有些他心中的"兔子"要被裁掉了。

小河坐在角落的沙发上闷头喝橙汁,心头琢磨着于时的话锋,看来自己已经被划在"兔子"之列。

这个晚上,小河独自在家看书,被一条信息打扰,这信息是来自于时,于时将一条他与圈内另一位网红级投资大咖之间的信息沟通截图转发给她。

对方给于时发的内容是:于时能在佳品智能大厦将倾之前将投资款保全,实在是"资本高手的操刀神作",还揶揄"元申股份这次赔钱赔名,只能认栽","老张栽在这火热的资本市场中只能怪自己运气太差"。

小河能想到于时转发这份聊天记录时的心态。他在倨傲背后,是忽视一切微不足道的小人物,忽视资本利益链条外的一切人与事。

从基金管理人的受托责任来看,于时的确没有错,而且做得很漂亮,但是,这一切是投资应有之义吗?看着分析报告上的一串串数字和比例是如此陌生,小河恍惚间觉得越发看不出投资这件事情还有什么意义。

小河合上电脑,春节假后就尽快离开世纪资本吧,再无瓜葛。她觉得自己就如同办公室大堂中那棵圣诞树上的一颗星星,从树梢跌落,直坠树根。星光不再,遍布灰尘。

出国读书倒是可以远离这乌烟瘴气，但如今国内资本市场、创投两旺，这两年正是做事情、快速获得职业成长的黄金时期，小河着实不愿放弃，而且实实在在的难处是，她要用钱啊。

小河翻出已经在邮件草稿箱里存放一阵子的辞职信，手指放在发送按钮上，犹豫着、犹豫着……她一天都不想再迈入世纪资本的大门，不想见到那群忙忙碌碌的同事，不想看到风头正劲的唐若，也不想见到于时。

一时间小河也分辨不出自己这种不愿见于时的情绪从何而来，是因为他的态度转变？自己的心理落差？还仅仅是因为唐若？

这几年跟着于时，忙项目的时候几乎朝夕相处，点点滴滴难以忘却，他对自己迄今为止的人生有着不可磨灭的影响，她曾经以为自己可以站到和于时对等的高度，成为彼此此生最重要的伙伴。而此时此刻，她却想要离开于时。

辞职信的内容扫了好几遍，她最终没有点击"发送"，因为她还没有任性的资格。

每个月要交近万元的房租；爸爸妈妈自东北老国企退休，退休金少得可怜，一次大病就可能耗尽全部积蓄；自己一直想买辆代步车，等爸妈来北京可以带着他们好好转转……这么多需要用钱的地方。在北京，她终究只能靠自己，再无他人可以依靠。

去年有一阵小河看过附近的小户型二手房。要在北京安家，总要有自己的房子才踏实，指望北京的房价能降下来那是天方夜谭。上次同学聚会，同学大多已经买了房，就与小河租住的小区隔一条街，户型方正，令小河和房屋中介都羡慕不已。而更早毕业的师兄师姐赶上了房价起跳还能够得着的时节，双方父母倾力支援，也拿下了红色的房本，算在北京立了足，唯有自己这样的民企小白领成了"夹心层"。看着赚得不少,但是处处用钱,总是存不下来。

小河算下手上的积蓄,本打算今年入暑就开始密集看房,争取能定下来一套小房子付首付,按期还贷,也算在北京有个属于自己的窝。随性这么多年的江小河,总以为自己天不怕地不怕,直到今天才深刻意识到,安安稳稳的生活对自己有多重要。

要养活自己,没有退路。而没有退路的时候,往往方向感最强——因为只能硬着头皮往前走。

幸好如今资本市场火热到爆,私募基金遍地开花,小河决定尝试换个新东家。

第八章　暗下离开之心

简历投出去没多久,猎头就给小河推了几个不错的机会。

小河先挑了一家去面试,这一家给的职位顶格儿——合伙人。

"私募基金招聘合伙人老板,有点儿意思。"

这是一家刚刚成立不到半年、最近被几家媒体争相报道的私募基金,给的工资薪水也相当可观,小河想着若是创始合伙人靠谱投缘,这个机会当真难得,势在必得。

为了面试,小河特意化了淡妆,看看镜中自己气色瞬间提升,由内而外的自信令她整个人闪着光。

小河将这一天的行程安排停当,只待这脑中的预演真实地发生。预演却没包含偶遇房东。

出门下楼,远远就看到正在小区花园遛狗的房东张小姐。

"早呀!"张小姐笑容恬淡地跟走过来跟小河打招呼,"江姐,你最近很忙吧,好久没见到你了,看你脸色还不错,比之前好多了,多休息还是很重要。"

小河看着年龄相仿的张小姐,鹅蛋脸,皮肤白皙透明,身材玲珑有致,水嫩嫩的样子。她知道自己的脸色看起来不错都是多涂了一层粉底的功劳,下意识地按按自己的下眼睑,希望粉底能持久遮住黑眼圈。

张小姐有钱有闲，自然可以保养得很好。小河从没见过张小姐的老公，只是从张小姐自豪的只言片语中得知她老公是商业才俊，又十分宠她，不想她上班受累。这小区里有几套房在名下，租金都给她做零花钱。

小河不愿破坏今日的好心情，站住脚打招呼。

张小姐笑眼弯弯，声音甜润："江小姐，北京的房价又涨啦，最近这一波房租也都蹿起来了。别的那几户，我去年九月份就都各涨了两千。跟你相处久了，就一直没提。"

话音落下，张小姐水灵灵的大眼睛看着小河，等着回复。

小河自然明白这是要涨房租："那我这儿也加两千吧。"

得到了满意的答复，张小姐跟小河道别。

又涨两千，一个月一万多的房租，都给这张小姐做了美容瑜伽，小河只愿今日一切顺利，拿下合伙人职位。

小河不羡慕张小姐做金丝雀，她的幸福列车是自己驾驶的！

去面试的路上，小河在出租车里又反复研究这家新基金，网上查询到这基金背后LP是地方引导基金和地方国企，上来就是十个亿的盘子。创始合伙人的微信头像是一位大美女，超漂亮。

小河找了找当"合伙人"的感觉，想着各种论坛上女精英们举手投足的气质，模仿了几下。觉得自己还挺有范儿的，连日来被摧毁殆尽的自信心又附身了。小河甚至脑洞大开觉得若跟这美女合伙人投缘，倒也是个宣传的好卖点："双星合璧"，"两位女性合伙人携十亿基金扎根中国创投界"。

白日梦一路撑着信心爆棚的小河准时到达面试地点。

面试地并非这新基金的北京办公地，而是约在了东三环一处写字楼顶层的会所。这是一家老会所，装修略陈旧，但是去会所面试，总是好过去咖啡厅面试吧。

这么想着，小河的小骄傲又冒了头儿。

小河到了会所，环视四周找了半天，没找到跟微信头像一样的美女合伙人，却听见旁边一个女生主动起身跟自己打了招呼。

"你是江小河？"

这声音甜腻高糖，但是，小河看了看这女生的脸，跟微信头像完全不同啊……实在是整得面目全非，眼睛是大的，鼻子是高的，下巴是尖的，嘴唇是水润的，单看都不错，可是凑在一起怎么这么别扭呢。

这花枝招展的年轻女生比小河还小几岁，指甲红如豆蔻，巧目盼兮。她自称原是某券商的行业分析师，之前参与的团队还上过新财富的排行榜。

小河提醒自己不可以貌取人，她跟这位美女合伙人认认真真地聊起自己过去做过的项目。

然而，在面试进行到半小时的时候，小河打断这位美女，她实在无法忍受这位全程都在滔滔不绝地表示自己与各个投资大佬都"相识相知"的合伙人，起身终止面试。

在回家的路上，小河脑子里还晃着那女生尖尖的下巴，不由得愤愤然——这么不专业的人，对行业的了解限于微信公众号上的几篇文章，不知道在哪个干爸老爹的身上弄到了钱，就开始招摇过市招兵买马做起投资来了，现在居然还装模作样地面试自己，真是玷污了"创业投资"这四个字，可笑至极。这些所谓的排行榜，也真是创投、金融圈内的一大顽疾。选票拉票，无所不用其极。

然而小河也替自己感到悲哀，居然沦落到与这种人打交道。

之后几个星期，小河陆续又见了几家类似的初创基金，都像皮包公司。她决定不再看这些成立不足两年的新基金，只看大的知名基金。

这一天，终于等到了适合自己的机会——海岸资本。

海岸资本是业内知名双币种基金，总部在美国，这家基金在几年前还参与投资了元申股份港股上市的Pre-IPO一轮。面试官是中国区的董事总经理William，哈佛毕业，又有过往在顶级投行光鲜华丽的工作背景，算是风险投资业中的海归精英派代表。

拆解职位JD来看看，小河并不完全符合要求。学历，人家的要求是"藤校留学，英语为工作语言"，小河是土包子，这个完全不符合。工作背景，"有顶级投行或私募工作背景"，世纪资本只算是国内新兴的私募基金，绝对谈不上是顶级和一线。

猎头兴致勃勃地做了推荐。小河为这个职位格外认真地做了准备，她跑项目跑得很勤，这只基金的投资风格和知名案例已经很熟悉，但还是花了几个晚上将这只基金过往的投资项目或成或败，关键项目发展的时间轴都复习了一遍，准备面试时当谈资。海岸资本的薪酬较同业高至少30%，她要认真争取拿到offer的机会。

面试当日。

海岸资本的中国区董事总经理William面试小河，本人比网上的照片瘦小了一号。

双方客气打过招呼，进入面试。

William刚开始聊的是投资业务，包括小河过去主要的投资案例和目前在看的投资领域。看上去William对小河的回复是满意的。

话题就自然而然地转到佳品智能上。

"江小河,我看在你的简历上列的投资项目中,并没有刻意抹掉佳品智能。我很意外,但是,还是想听你讲一讲这里面真实的情况。坦率地说,我们对于投资专业人士的职业操守的判断是一个重要考量点。"

"我并没有参与到媒体所谓的'金蝉脱壳'的过程。"

"但是事实是世纪资本金蝉脱壳了,不是吗?"

"这个我并不清楚,也无法回答。"

小河不愿意跟任何人提及于时,虽然她已经下定决心离开世纪资本,但是,于时是她进入风投业的领路人,甚至对她有着超越同事、朋友的意义,她不愿有哪怕是一点儿对这个人的贬义词从自己嘴里说出来。

"是于时吗?"对方喜欢给人施加压力。小河知道业内一些投资人养成了坏习惯,自诩甚高,做项目访谈一定要把创始人问倒才觉心甘,这位William显然是这一类的典型。

"抱歉,我不能回答。"小河别过头到一边,喝一口水,她真想起身终止面试,但是,权衡局势,她坐正身体,直面William,继续回答这位面试官的问题。

"OK,我们继续吧。张宏达跳楼的时候,你在现场?"

"我在现场,我在鼓励他。"小河强撑着继续回答。

"鼓励他?然后他选择跳楼?"对方揪住不放,这是一类投资人惯常的做法,喜欢揪住问题一查究竟,逮到弱点就犀利追问。

"William,我的确是在鼓励他。"

小河话出口的同时,嗖地站起身,但语气还是保持礼貌:

"William，如果您是这样判断一个投资人的话，我可能不适合海岸资本。"

小河挎起大包，三步并作两步，往面试会议室外走去。在推开门的一刻，回头看向有些惊愕的William，嘴角上扬，仰头帅气地甩下一句话："谢谢你的时间，海岸资本也不适合我。"

离开海岸资本，小河扑哧扑哧连打了两个喷嚏，她感到鼻子一下子通畅了不少，William身上的男式香水太刺鼻了。

出了门之后，小河有一点儿后悔，埋怨自己为何不顺着他说，先拿下offer，基础年薪百万啊。

不过，再转念想想，Wiliam这股子呛人的味道和标准的投行精英范儿，着实令她头昏脑涨。

小河自我解嘲：算了，香型不同。

又到周末，华贸中心星巴克，久未碰面的迈克约小河喝咖啡，一并开"吐槽大会"。

迈克找工作也有一阵子了，跟小河一样不顺利。私募基金给不到他想要的职位，新成立的基金他又觉得人家庙小，印上名片也总觉得有那么点儿寒碜。每天上班，看着气势如虹的唐若微笑灿烂地不断攻城略地抢占行业地盘，又实在很窝火。

不就是有胸吗？哼！迈克一想到唐若就不痛快。

"小河，你还记得兔子论吗？"

"记得，我不是兔子，也不愿做窝里的狼。"

迈克冷哼一声："你以为唐若是狼？这丫头是成了精的猫。"

小河皱眉不语。

迈克看看四周，喝下一口咖啡："公司里有两种人，一种是狗,就是天生做事儿的,一生劳碌命;还有一种人是猫,不用做什么事儿,可就是比狗高贵。现在想来,这话真是精辟。在世纪资本,谁是狗谁是猫,真是一目了然。"

小河话锋一转:"做得了猫是本事,做不了就安安心心地做狗。所以啊,既然是狗嘛,就得有狗的觉悟。"

小河跟迈克二人互相吐槽,互相激励,缓解各自心中的愤懑。

小河心里宽慰许多。虽然迈克身上毛病一大堆,但他人很聪明,心地善良,待人实在,在投资人的小圈子里人缘很不错。就是不够务实。

小河想想在北漂的白领大军中,尤其是在这资本圈内,有这样一个落魄时能商量事儿,去公安局作笔录愿意当司机,郁闷时可以毫无顾忌一起吐槽的朋友,也算是奢侈的事情。

"今年、明年应当是中国创投私募投资领域最火热的年代。"小河对迈克讲自己对这一年来创业投资行业的观察,"但是,这把火很虚。而任何行业到了这种极度膨胀的虚热状态之后,势必会有个拐点。中国的创业投资行业也一定如此。未来三年,只有一些优质的私募基金会留下来,而一大批没有投资成绩只靠混行情的私募基金会被慢慢淘汰出局。"

迈克点头:"这两年确实是好行情。"

"是啊,"小河沉默了一会儿,继续说,"迈克……我不希望我快四十的时候,还要为了一份工作受人摆布,那不是我想的生活。与其给人打工,咱们不如趁着行业好,搞一份自己的事业,也是长远之计。"

小河顿了顿,眼睛看向玻璃幕墙外大楼的高处:"我想做一支自己的基金,规模不需要大,投资最早期的种子项目,跟目前的A

轮VC基金形成差异化。名字我都想好了——就叫莹晖资本！"

以往的小河只想做个最专业的投资人，从未想过开创个自己的名号，但最近发生了这么多事，她想试试，这也许是留在投资行业最后的机会。

迈克之前从来没想过自己能干点什么事儿，小河的提议一下子将他从找不到好工作的尘土里拯救了出来，让他醍醐灌顶，止不住地兴奋起来——"干！"

他认为如今私募基金遍地开花，鱼龙混杂，这种乱世之下，那些什么都不懂的半吊子都能横插一脚，以江小河的专业能力和自己的社交能力，还PK不过这些半吊子基金？

至于为什么取名"莹晖"，是因为小河一贯都认为自己不是宝石，只是小石头。而"莹晖"就是寓意"光洁如玉的小石头也能发出闪耀璀璨的光辉"。

迈克对钱倒是敏感："我算算啊，如果不考虑退出收益，单单算一年的基金认缴总额的2%的管理费，都是好大一笔钱。"

小河见迈克首要关注的就是钱的部分，拍他肩膀一记铁砂掌："钱很重要，但，咱们也得有点儿人生观价值观啥的啊。"

"你别给我上高度啊，总得先有人生，先有价值，才能有人生观价值观吧？"迈克龇牙咧嘴表示小河掌力十足，"不过，咱们上哪儿募资去呢？"

迈克这问题直中红心，小河心里也有盘算。

"哎，你不是一直在帮于时募资啊、跟LP联系啊……这简直是瞌睡掉下个枕头。"迈克一拍大腿，高兴得差点儿蹦起来。

小河却不这么想，"这些是世纪资本积累的LP资源，都是于时的人脉，我们撬他的墙脚，一来不光彩，二来也是白白浪费时间。"

迈克不以为然："我是打算辞职的人，你把名单悄悄发给我，我去联系。"

"不行。"小河一口回绝。

迈克急得眼珠子要掉出来："小河姐，挣钱趁早，咱们得尽快成事儿。这股子资本市场的热火没准儿转眼就熄啦。"

小河抬手想拍迈克的肩膀，迈克却直往后缩，怕她又拍得没轻没重。

小河笑起来："热火熄了没事儿，有姐罩你。"

"迈克，咱们得花些功夫梳理清楚框架，做出这支基金的PPM（Private Placement Memorandum），把前期工作准备妥当，才能稳扎稳打。"小河在自己耳边轻打三个响指，"没有近路可抄。"

迈克将信将疑，却也选择相信向来有章法的小河："行吧，那咱们融到第一笔，就跟于时提离职。"

"把手边事做好吧，来，我们俩分下最近要做的筹备工作。"

随后几周，小河开始写PPM募资材料。PPM中通常包括几个部分，基金主要条款、投资策略、重点关注领域、储备项目等。她充满了兴奋，一边梳理自己对行业的理解，一边深入地思考。

回到专业领域，研究调研，这短暂的抽离与充实感令小河满血复活。

到了过往投资案例和业绩这部分，她将自己和迈克过往的投资案例都写上去，但看着还是有些单薄，毕竟两人入行年头都不长，无论写得多么天花乱坠，资历摆在那里，一目了然，也是没办法的事儿。

小河将写好的募资材料发给了迈克，跟他商量："我们这个小团队不够明星，而且还是'First-Time Fund'，最主要的是我们也没有特别拿得出手的业绩，这是我们的短板。"

迈克不以为然："前面两项咱们是改不了，不过，过往投资案例，倒是可以想想办法。我们过去跟着于时做过的项目又没贴标签，抓几个放进来，不就有底气多了？要不我们现在连见那些母基金合伙人的份儿都没有。起码有个敲门砖，后面再想办法呗。"

小河心知这是个馊主意："迈克，就算生活不易，也不能随意认领'孩子'，听到了没。"

迈克无奈："真是败给了你这不合时宜的原则。"

"这是底线，迈克。还有，PPM没有最终定稿之前，千万不能对外流出，记住。"

虽然迈克满口答应，但小河心里还是有一些没来由的不安。转念想都是要一起创业的伙伴了，用人不疑疑人不用，说多了又显得自己不信任，于是硬生生把心里的不安给压了下去。

晚上临睡前，小河畅想起未来，她要加紧做基金募资，只要稍有眉目就离开世纪资本。那时的自己跟于时说再见的时候，就可以面对面直视他，而不用在他人流穿梭的办公室门口等着该死的时间窗口，那时的自己可以镇定自若地告诉这个自以为是的人：于时，我要离开世纪资本了，因为，我做了一支自己的基金，名字叫"莹晖"。

小河心里知道，她是不能一直这样活下去的。

有的人生而恬淡，只要给他一个美好的家庭，物质上吃饱穿暖、不用到为钱发愁的地步，他就能高高兴兴地过一辈子；有的人要求更高的物质条件，必须要穿最贵的名牌，必须要提最贵的包，必须要有一个像博物馆一样琳琅满目的衣帽间；还有的人专注于精神追求，他们需要偶尔文艺一下，总有好多感慨，需要说给"懂的"人听，不然就会觉得日子过得很寂寞。

而还有一种人，他既不要求物质，也不要求精神，他分不清两万的包和二十的包有什么区别，无论是坐兰博基尼还是坐比亚迪，都不影响他的自我感觉。他也不要求过多诗情画意的日子，不会一心情不好就去沙漠戈壁"寻找自我"，对大多数文艺青年视若圣物的书和文艺片不感冒，神经粗大得也不会对着突然黄了的叶子伤春悲秋。

对他而言，没了什么都没什么大不了的。除了吃的饭喝的水和呼吸的空气，只有一样是生活必需品——就是要"行得正，坐得稳"。不一定非要流芳百世彪炳千秋，但至少要觉得心安。

这一晚，小河进入了一次难得的深度睡眠。

第九章　想象力不够的人别做投资

两天后的小河赶赴上海，来到浦东香格里拉酒店旁的一间创投咖啡馆。

这间咖啡馆占据了这繁华上海滩的黄金商业位置，可听到黄浦江中汽笛声声。借着酒店外墙那不断变幻的七彩灯光，躲藏在薄纱般江雾里的咖啡馆有种难以名状的浪漫。跟北京随处可见的那种创投咖啡馆里洋溢着的燥热截然不同，沪上的人即便是在谈事情，也是吴侬软语、声线低垂。

创投行业鱼龙混杂，每一天都有数百个项目冒出来，投资人对于项目的焦虑感逐日俱增。财务顾问就是投资圈里面的经纪人，他们首先获得要融资的项目公司的委托，去帮助项目公司在一定时间内找到合适的投资人。如果最终投资人投资了这个案子，那财务顾问会按照投资金额的2%~5%的一定比例抽取佣金。因此，每一个FA手里，都会储备大量的项目，顶级的FA，手里的好案子则更多一些。

同时，财务顾问有自己的人脉渠道，纵横捭阖，大脑就像数据库，对每个投资人在跟进的案子、每个投资人的风格，都心知肚明。甚至于哪个投资总监现在已经被边缘化，推不上去案子了，也都第一时间知道。这样就保证了作为财务顾问推荐案子的效率。

所以，财务顾问作为信息中枢的作用是每个投资人都需要的，不容小觑。

小河心知自己已经在世纪资本内部"失势"的情况躲不过财务顾问的耳目，因此特意约了相熟的FA，就是为了明确展示自己的实力，表达自己的态度。顺便透露自己最近在募集一支新的基金，希望FA与自己互帮互助。

新基金成立之后能给FA带来什么好处，FA自会判断。

与FA相谈顺利，愉快告别。离开咖啡馆的小河信步走到外滩，看那江面薄雾若有似无，一片混沌。转身过来，正面向华尔道夫酒店的门口。

忽然，小河看到从华尔道夫走出两个熟悉的面孔——于时、梁稳森。

于时居然跟元申股份的总裁在一起。

怎么会？

世纪资本在新的人民币基金即将募集完毕的关键时刻，与原定认缴数亿份额的一支国内重量级母基金的谈判仍处在拉锯状态。

原来，在刚刚募集基金的时候，于时曾经口头承诺过会给这支母基金额外几个点的返佣，是为"抽屉协议"。然而，此一时彼一时，于时现在不打算给这额外的返佣。于是，人家就压住即将定稿待签的LPA一揽子协议，基金交割受到严重影响。而其他准备签署基金LPA的投资人也处于观望状态。

如何跟其他LP解释？如何跟已经签了期限的项目解释？刚从佳品智能事件中恢复声誉，又赶上这个事儿。于时得尽快搞定一个有分量的行业金主入资做LP。

这个时候，于时想到了元申股份的梁稳森。

元申股份近年大笔收购、手笔阔绰，公司账上现金流应该十分充裕。

于时原本打算在年会上跟梁稳森搭话叙旧，但是碰巧赶上梁稳森要去国外陪儿子，就搁置下来。

而说起于时当年与梁稳森的相识，也是机缘巧合。本来二人并无交集，一次投资论坛前，二人同在休息区聊天。梁稳森向于时问起国外读商科专业的情况，原来梁稳森的儿子梁豪在国内高中成绩一般，清北无望。芝加哥大学毕业的于时向梁稳森详细介绍了几所国外商科学校的优劣特点，还主动帮梁豪写了推荐信。就这样，于时与梁稳森有了接触。

随后，元申股份疆域扩大，世纪资本也发展迅速，两人在不同的会议上也时常遇到，梁稳森欣赏于时青年才俊。二人虽然没有直接做过生意，但交情一直不错。梁稳森常让于时跟周维多交流合作机会。然而，于时跟周维却一直关系疏远，淡淡点头之交而已，甚至有些别扭。

此时，小河只见十几米外的于时礼貌而熟稔地跟梁稳森道别，梁稳森乘车离开后，于时转身也走向江边。

小河看得出于时眉宇舒展，心情不错。她不愿被于时发现，赶紧闪在一辆车后面。

于时的确心情很好。他有九成把握能拿下元申股份的LP份额。

就在刚刚过去的一个小时，于时和梁稳森坐在华尔道夫Pelham's西餐厅，一边品着配梨酱和樱桃酱的鹅肝，一边聊着中国的新兴行业趋势。

聊至兴起，于时顺势提到世纪资本的新基金募资，表示还有一些LP份额可以分给元申股份。于时讲了这支基金未来投资的方向，他将世纪资本在这几个领域研究所得的发展趋势报告也跟梁稳森做了分享。

于时自认已经引起梁稳森对于做基金LP的兴趣，然而梁稳森却没有立即拍板："元申股份是认可通过出资私募基金去拓展新领域、布局新行业的价值的，我总体上支持。这样，我安排你跟周维再把细节碰一下，包括出资额、基金条款这些具体的条件，你们再细聊。'专业的人做专业的事儿'。"

跟梁稳森道别后，在江边吹了吹微微凉风的于时又回味起梁稳森的话，想到接下来还要跟周维再谈一次，而且作为募资求钱的人，在跟周维谈的时候，自己的姿态恐怕还要放低一些。

"周维。"

想到这个名字，于时的心上涌上一股莫名的烦躁和厌恶。

而此时的小河却有另一层疑虑。

投资佳品智能，元申股份实打实地损失了一个亿，这不是个小数目。即便是梁稳森其人如坊间所说有大格局，也不会与于时再谈私交，这并不合理，但现在看于时跟梁稳森的关系融洽，这背后并不简单。

小河本就对媒体喧嚣中元申股份的沉默感到意外，她原本以为这赖于周维的克制，但现在，新的疑问点产生，背后到底发生了什么呢？

张宏达的死，将这一切都掩藏得严严实实。

而另一个知晓这背后谜团的人,是元申股份的王东宁,这段时间他的日子和江小河同样难熬。

由于佳品智能一案投资失利,周维坚持要查清背后真相,虽然被彭大海百般阻挠,梁稳森念及老将,并未追查,但自知在元申股份升职无望的王东宁,则更加消沉。

事有凑巧,正喝着闷酒的王东宁又碰到小河和迈克品评自己,虽然在吴跃霆的帮助下,没有造成太大影响。但是,他对周维的隔阂更深,埋怨也更重。

所以,在谢琳慧向他采访佳品智能背后的故事时,他才新仇旧恨一起报,大肆爆料,将能泼的脏水都泼到了小河和世纪资本头上,以尽力抹平自己投资失利的责任。

自上海返京后,小河约王东宁吃饭。一来是道个歉,她从心底对老同学过意不去;二来,王东宁是整个事件中的关键人,有些事情她还是要亲耳听到真相才能画上句号。她的微信已被这老同学拉黑,只好硬着头皮拨电话,发信息,几番下来,总算约到了人。

然而到了约定那天,距约好的时间已过去一个小时,王东宁还没现身。天色渐暗,小河看着已经点好的红酒,我等!能屈能伸,化敌为友。

终于,高瘦的王东宁晃晃悠悠地出现在酒吧,径直走到小河对面椅子边,把包砰的一声重重地扔到桌子上,一屁股坐下来。

"说吧,啥事儿?"

"对不起。"

"对不起?江小河,你跟一个被你害得要失业的人说对不起?"

"东宁,或许现在我解释什么你都不会相信。但是,今天请你出来喝酒,我就想告诉你,我从没做过昧良心的事。当时我一心只想着让元申股份的投资款快速到位后,帮助佳品智能快点发展起来。而且,资金快速进入也是应了你跟张宏达的委托。还有——"小河放慢语速,认认真真,"我跟于时不一样。"

过往一阵子,小河做了极大的努力,想将身边一切跟于时有关的东西都消除掉。但是,在不同场合,她却总是被人跟于时放在一起评论。

王东宁听出小河的声音发颤,他不再言语,带着点儿怒意喝了一口酒。

小河紧握酒杯,目光坚定地看着王东宁:"东宁,事已至此,是对是错,将来自然会水落石出。你我都是受害者。"

小河见王东宁的拳头微微抓紧,显然,自己的话触动了王东宁。

她就势给王东宁倒上酒,自己也续满。

小河续上自己面前的酒杯:"东宁,我连干三杯。我做错的,你包涵,既往不咎。未来能帮衬的,咱们协力。"

小河连喝三杯。王东宁随后也连灌自己三杯,但他不胜酒力,脸涨得通红。

"江小河,元申股份内部的考核非常严格,"王东宁放下空杯,抓起红酒瓶,仰头又咕咚咕咚灌了几大口,一抹嘴,"今年年底考核,是我一大关口。周维本来就看我不顺眼,又出了这事儿,他是不会轻易罢休的!他就是个小人!伪君子!"

对于王东宁给周维的评价,小河不置可否。这不是她今天邀请王东宁的重点,今天的重点是让王东宁充分发泄。

她又叫了一瓶酒,给自己的空杯也倒满。

酒后吐真言。通过王东宁酒后断断续续的话，小河逐渐还原了事件的大致脉络。

这个项目原本是彭大海作为零售业务线老大，表示要扩大在智能产品线上的零售布局，坚持要投资，投资金额2个亿，彭大海告诉王东宁就按2个亿报投委会。梁稳森、肖冰、周维三人组成的投委会通过了审批，但要求分两批打款，每次1个亿。

这时候又遇到了新问题，由于佳品智能的VIE结构，正规的入资需要走一个外管审批流程，时间很漫长，会增加变数。

正在王东宁为这个新问题发愁时，他遇到了江小河这个老同学给他"出了个好主意"。他相信了江小河，没有走外管审批资金的漫长流程，直接将资金在境内以不规范的借款形式打入了佳品智能。

而这种借款形式，不仅仅方便了彼时的佳品智能资金快速使用，回过头来看，元申集团正是侥幸才因此得以在佳品智能破产后作为最大的债务人执行其全部资产，包括知识产权等。

小河回忆当时情景，让自己帮着王东宁"多想想入资路子"的人，正是于时。

现在回头看来，与佳品智能相关的所有人都是受害者，只有世纪资本是唯一的保全者。

小河不是个意气用事的人，做投资这么多年，其实她非常清楚，站在于时的角度，他并没有错。而小河纠结在心的，并非于时的这些"巧妙"安排，小河最在意的只有一件：于时原本可以将这一切背后的安排告诉自己，但他从始至终，只字未提。

小河对王东宁本来就抱有歉意，而今虽觉事情背后仍有蹊跷，但在于时是佳品智能垮掉的最终直接推手这件事情,她没有理由不信面前这个已经烂醉如泥吐胡话的王东宁。

王东宁酒醉趴在桌子上,江小河给他叫了代驾。小河瘦小的身体支着王东宁的硕大身躯挪到马路边,所幸自己人瘦但力道够大,总算将东倒西歪的王东宁扶上车。

待车驶离,王东宁勾起嘴角,给自己换了个舒服的姿势,睁开充满红血丝的眼睛:江小河啊江小河,你当我王东宁真的憨傻么!

前一阵子,小河的基金募集不尽如人意。

基金募资就是"找钱",跟创始人找投资人一样。以现在市场火热的情况,想"找钱"说容易也容易,说难也难。小河和迈克在创投行业圈内都资历尚浅,人脉也不够丰富,缺少信任基础,这是最大的难点所在。

两人把手头能数得上的名片都摊在桌子上,拨拉来拨拉去,打起了"扑克"——这个平时没互动,这个上次联系还是半年前,这个据说已经换工作了,这个人长什么样来着……

从太阳当空照拨拉到日头西下,总算拨拉出来几个靠谱的联系人,两人将这几张精贵的名片摆到面前,仰天叹——

"唉!钱到募时方恨少。"

第一轮来自市场化母基金的反馈情况很糟糕。小河和迈克对焦问题,还是两人资历太浅,案例又不够重量级,专业投资人对于他们这支年轻的新基金信心不足。

这一阵子,小河将募资的重点又做了转变,她看圈内做早期投资的基金,募资对象往往是国内的高净值自然人,也就是民间的财富基金或传统企业家，通俗讲就是"有钱人"。于是，小河将接下来的重点放在跟这些财富基金的个人投资人做路演上，但是结果也不乐观。

这些基金管理人问的问题都是"这几个项目什么时候报材料上市？"他们大多连最基本的商业模式和主要业务领域都没搞清楚，只关心一个问题：何时上市。

小河沮丧。

几轮下来，小河翻着手边整理过的潜在LP清单，上面的名字已经被勾去大部分，所剩无几。

募资不顺利，储备项目也不顺利，迈克仍然是跟风走，火急火燎地引荐了圈内正火热的几个项目给小河看，小河却觉得这些混风口的案子，实在是拿不出手来。

顾得了东，就顾不了西。每天要见各个LP，就没空深入研究行业，指望迈克去研究行业，他又不专心。

唉，小河恨不得自己有三头六臂。

小河将过往几个月的募资做了阶段总结。

"迈克，我们募资的时机有些错位。现在股市这么好，证券公司都在排队开户，大家似乎都性子急得很，都说要快进快出。"

迈克十分沮丧，眉毛下耷："这种财富基金不会对我们这样的初创小基金感兴趣的。人家钱扔股市里，一个涨停就10%，咱们早期基金却是年化8%，搁我，我也不投资咱们这基金啊！"

小河捶了下迈克的肩膀，轻打三个响指："大家恨不得今年投资了明年就上市，完全不想等开花授粉，直接要瓜熟蒂落。我们再想想，还有什么能拿到的钱呢？"

迈克可不愿再把时间放在募资上，他也不想由着小河这样"浪费时间"，毕竟这股指涨得热火朝天，错过这一次，下次何时爆发谁知道呢。

"要不跟吴跃霆聊一下？"迈克建议，他在吴跃霆合融财富的"财富顾问"的"指导"下已经赚到了一笔钱："小河，天下武功，唯快不破。我们争取三年内实现财务自由。"

"吴跃霆？"小河对这个代表财大气粗的名字可没什么好感。这每天混局的迈克居然跟吴跃霆也有交集。

看着小河疑惑的眼神，迈克炫耀起自己最近在股市上的业绩，他投资的几只股票疯长，自诩新晋股神。

"小河，最近我刚刚挣了一笔钱，也不算多啦，十几万啦，不过牛的地方在于我是在短短一个月挣到的。人往高处走，咱们不能错过时代给咱们的千载难逢的好机会。"

小河提醒他注意风险："迈克，别把你买房的钱也折进去。"

迈克摆摆手，"没事儿！到年底是肯定没问题的。你看啊，注册制、国家级LP、放开外汇限制……好多利好消息要出呢！我手边的存款全部压到股市里，在里面一个涨停，就够半年房租。而且，我也不打算买房了，下个月打算换到国贸、华贸附近，租套大户型的。"

"你怎么放了那么多的钱？"小河不由得皱起眉头。

"我做配资加杠杆啊，杠杆做到1:3问题不大。我认识一哥们儿，做场外配资的，给我放的杠杆比别人还大一些。现在好多私募公司都在和证券公司合作，控制好平仓线，没啥风险。其实吧，小河，咱们的基金应当往这个方向走，做早期投资离钱太远，没啥意思。而且太累了，成天出差，跟销售真没什么区别。"

小河看着迈克的脸兴奋得涨红，突然想起了那挥舞着拳头、志得意满，立志在佳品智能上市后给哥们儿分钱的张宏达，又想到了高铁因疾速出轨。

高铁出轨之前，很多平衡感弱的人坐高铁时都曾经有过同样不好的感觉——太快了，快得让人心里不安。

迈克自打跟于时闹掰，反倒跟"不打不相识"的王东宁有了交情，又通过王东宁蹭上了吴跃霆。迈克虽还没从世纪资本正式辞职，上班也是混日子，就等着于时正式开掉自己。平时就兼着帮吴跃霆看看案子，拿点车马费。反正在世纪资本也是每天见不同的创始人，现在不过是自己见过，再引荐给吴跃霆而已。

吴跃霆精明得很：把银行股去掉，剩下整个A股2000多家企业，全年加一起净利润才一万多亿。而自己投资的GK股份，辛苦打理，一年主营利润千万而已，两年都赚不出自己那套四环边上的别墅。反而是自己代理理财的合融财富，做些不规范的投资生意，这两年赚得盆满钵满。

这段日子以来，吴跃霆对迈克的兼职工作基本满意，毕竟是在业内知名的私募基金做过专业的投资，加上人长得有模有样，嘴甜会办事儿，场面上的事儿料理得利利索索，尤其是见项目开会时，迈克举手投足中那种海归投资人的范儿，让吴跃霆感到颇有面儿。因此吴跃霆一听迈克说江小河正在考虑募集一支自己的基金，当下就表示很感兴趣。

吴跃霆找江小河自然不是为了支持年轻人创业成长，自己现在的各种幕后操盘实际上都是高危操作，随着资本市场的监管深入，私募基金行业监管也会越来越严格，吴跃霆心知需要一个干净的、能跟自己切割开来的白手套,帮自己赚钱。而有经验、好管理、根正苗红的江小河和程迈克再合适不过了。

吴跃霆看人先看眼睛,他最欣赏眼神中有野心的人。

就怕他们野心不够。

东三环一处茶室。小河与迈克赴吴跃霆之约。小河倒不是被迈克说动了,而是她也很想会一会这位江湖上有传闻的人。

吴跃霆时年四十五,身着中式立领上装,脚踩一双黑色手工布鞋。嘴唇宽厚,一双贼亮的绿豆眼上有两道又浓又密的眉毛。

小河的眉头不禁轻微一耸,但她马上告诫自己:人不可貌相。

三人坐定,吴跃霆抬起一双短粗胖的柔软白嫩手,亲自给二人斟茶:"我在西二环有处会所,下次去那边喝茶。这边我只是包了一间房,为的是东三环找人谈事儿方便。"

透明茶壶中,漂浮着嫩绿的龙井茶叶,清香扑鼻。

迈克赶忙接过茶壶,"吴总,我来倒、我来倒。"

吴跃霆笑:"年轻人有执行力、有干劲儿,又有专业能力,不错。"

这句话可说到了迈克的心坎里:"谢吴总夸奖,谢吴总信任。吴总啊,您最擅长的就是识人、任人、信人。我们敬您这句话。"

小河大大方方,礼貌回敬吴跃霆:"谢谢吴总今天的邀请。"

三人同时举起茶杯,一饮而尽。

小河知道吴跃霆是江湖老兵,今天就是当面看看眼缘。

饮了茶,吴总摊起了大饼:"募资难,不是你们的问题,是他们不懂。专业人才就负责专心找好项目、投出去,不要为这些琐事操心。"

小河微感诧异,她和迈克还没开口,吴跃霆就像自带X光机,看透了她脑子里在想什么,句句都提在点子上。看一眼迈克正心神萦绕,就等着接这天上掉的大馅饼。

"吴总放心,我们一定不负众望。"果然迈克满口应承。

小河却顺着迈克的话,讲起她对自己想做的这支基金未来投资方向的理念和想法。

迈克一个劲儿地给小河使眼色,让她现在别讲这些,小河却好像故意看不到一样。

小河仔仔细细地讲着,心里品着吴跃霆的目的,她已经看出来吴跃霆的心不在焉。

这吴跃霆到底打的什么算盘?

小河端起茶杯,望着杯中碧绿的龙井绿茶,缓缓啜饮,在心中琢磨着各方的利益平衡点,语气换缓:"吴总,我是这样想的,将来把基金搞起来,一起做事,首先就是目的和诉求一致。所以我刚才如果哪儿说得不对,您尽管纠正。"

迈克听到小河这话,这才略宽心下来,他心中的小河是有那么点儿执念和不合时宜的原则,但却也冰雪聪明。

吴跃霆看得出小河是爽利的人,他也不想绕圈子,与其遮遮掩掩,不如现在摊开了说。他眼中射出一道光:"我要找聪明人,赚快钱。"

说到重点,吴跃霆一改刚刚的心不在焉,语气依旧随意,但话语却组织得十分有心,他开始讲自己在就读的EMBA土豪俱乐部中见过的"丰功伟业"故事。

案例大家熟知,这种赚钱方法却非小河所愿。

吴跃霆看得出迈克的心驰神往和小河的漠然:"那套其实也不

99

复杂，还有个更简单的方法就是定向增发概念股。另外一边布好基金，在消息公布前买入，等到公司消息出炉后立刻卖掉。年轻人，想象力要大一些。"

小河垂头静听，琢磨着吴跃霆的"想象力大一些"。

迈克看着小河，分辨不出她的沉静表情是真是假，但他自己是的的确确被说动了。迈克琢磨着，既然吴跃霆这么个半路出家的投资人都能靠这个赚得盆满钵满，他更有信心也能在未来半年实现财务自由，最主要还有一个能干的江小河呢。

吴跃霆点到为止，不再多言，低头喝茶。他从不强迫人，世上赚钱的道儿很多，就看你取哪一条。

吴跃霆看人很毒，看小河眼中的爽利劲儿就十分满意。如果她能为己所用，那自然再好不过。但如果江小河不加入，单只是一个程迈克，他是不会长久大用的。迈克这个人终究太浮，不忠不定，不是长久做事出活儿的人。但是，今天他也看得出来，江小河还是抱定阳春白雪，"想象力不够"。

沉默喝茶，吴跃霆抬眼瞥下小河，幽幽地加了句："我这个人从不听媒体报道上那些扯淡的话。"

恰在此时，吴跃霆的手机响了起来。

小河礼拜站起身："吴总，时间也不早了，我们就不多打扰您了。迈克跟我回去好好商量商量，尽快给您个答复。"

趁着吴跃霆接电话，小河拉着意犹未尽、仍然打算听书做梦的迈克向吴跃霆告辞。

江小河拉着迈克前脚走，王东宁就赶紧凑到吴跃霆身边。他自知在元申集团已职位不保，现在还指望吴跃霆这儿能给他留个坑儿呢，此时唯恐吴跃霆将江小河招至麾下。王东宁一边揣摩着吴跃霆的态度，一边又巧妙地添油加醋："吴总，世纪资本的人，都一个一个那么假清高的样子。您看，他们的年会论坛，于时仍然没发邀请函给您吧？但元申那儿好几个高管他都是亲自送的邀请函。这些人真是太不懂规矩了……"

吴跃霆眉头一皱，王东宁立时噤声。

王东宁在吴跃霆眼中，似一条狗而已。狗，摇好尾巴就行了，别给主子添堵。

吴跃霆不是斗气的人，但王东宁却的确点到了他的七寸。吴跃霆确实正需要让于时这样自诩私募投资界正统派的精英，摆正位置跟自己建立个"平等的合作关系"。

"东宁啊，"吴跃霆勾手示意王东宁凑近，"替我送个'年会礼物'给于时吧"。

走出茶室的门，迈克还有些丈二和尚摸不着头脑，他以为小河是在考虑如何开始跟着吴跃霆做事情了。

小河回头看一眼迈克："吴跃霆的目的就是拿我们当白手套。"

迈克一听没戏了，沮丧起来。

小河想着二人在世纪资本正面临的困境，看向马路的尽头，"你有没有梦想过有一天能陪着咱们'莹晖资本'投资的公司一起上市敲钟？"

迈克心里的话没敢说出口，他知道一准会被小河给怼回来。他从来没有过陪着自己投资的公司上市敲钟的想法，他就觉得来钱快、来钱多就是好生意。小商贩倒买倒卖和投资人做投资对他来说没区别，都是低价进，高价出。他与吴跃霆的想法不谋而合，但他也清楚，没有江小河，就凭他自己做不成这个事儿。

迈克急了，拦在江小河的面前，"有的人牛，是因为他钱多地多财产多，有的人牛，是因为他能操纵的财产多，或者人路广，钱对于这种人来说，根本和普通人的理解方式不一样，不是用来花的，那是用来玩的，这么说你懂不懂？"

小河站定："程迈克，你看到的是人前玩钱的痛快，我看到的是有些人玩着玩着就把自己都玩进去了。"

迈克看着江小河的神情，心就凉了半截，知道这事儿百分百的没戏，江小河不想干的事情，一准儿不会干。

事后迈克也收到了吴跃霆对小河的点评："想象力不够的人做不了投资，你那个好朋友吃不了投资这碗饭。"

迈克倒不觉得小河是"想象力不够"，她就是轴，没辙。

第十章　不谋而合的寒冬论

"世纪资本·超越未来"论坛如期召开。

这次论坛的全部参会嘉宾均由于时亲自邀请。上市公司、保险集团、政府官员、成功的创业者、其他私募基金大佬……都是跟于时或多或少打过交道的人。

发言嘉宾的会议邀请函均由于时逐一亲送，他对这次年会论坛的重视可见一斑。在这些重量级嘉宾中，于时格外看重一个人——报道过佳品智能事件的谢琳慧。

谢琳慧因佳品智能的一系列报道大出风头，一时间成为创业者心目中的"知心大姐"。在于时看来，生意场上无敌我阵营，利益至上，各取所需。只要谢琳慧在这个圈子里有影响力，那她就是于时必须争取的人物。

论坛筹备之初，于时在位于东三环的京城四大扒房之一宴请谢琳慧。

订位靠近窗边，可见东三环车流不息，尾灯摇曳。

带血的五分熟安格斯战斧上桌时，红酒也醒好了，色泽诱人。配着海鲜沙拉和龙虾汤，精致又不显奢靡，让人舒服得恰到好处。

于时端起红酒杯，不避讳谢琳慧写的《圈套——资本至上，创业之殇》。

"慧姐,虽然我被你给描述成了'葛登·盖柯',不过能成为慧姐笔下的人物,我还是很荣幸。"

于时举杯示意,棱角分明的脸上挂着他独有的浅浅微笑,这话让谢琳慧心情舒坦。

谢琳慧轻摇酒杯,浅抿一口,含在嘴里,使舌头与红酒充分接触,徐徐咽下:"其实,葛登·盖柯这是我最喜欢的角色之一,我爱他的聪明,甚至渴望成为他的门徒。"

第一次碰杯。

"于总,你记得他最经典的台词吗?"

"贪婪是好事。"于时自然记得清。

二人会意地相视一笑,气氛便缓和了不少。

你来我往地半瓶红酒下去,二人关系拉近很多,到了可以聊一些亲密话题的阶段。

谢琳慧优雅地用刀叉将战斧边缘较熟的部分切成小块,一小口一小口地吃。于时则偏爱战斧中心略生的还带着的血腥味道。

"以慧姐在资本市场上的深厚功底,当初怎么会选择做新闻记者?"

"天生拥有富于远见的敏锐,我自然做这一行呢。"谢琳慧半开玩笑,又有些许自认漂亮的半老徐娘面对优秀男人时天然溢出的媚态,她举杯喝了一口酒,忽然换上慢悠悠的语气,"但其实,我最懊悔的,就是结婚后执意出国读书,这是我一生做过最错误的事,可能错失了人生最大的幸福。"

已经醉酒的谢琳慧看着窗外东三环的车流,托腮若有所思。

"你认识周维的,你觉得他像不像道格拉斯?有没有那种……

那种相同的感觉？"

周维与谢琳慧一直是圈内低调夫妻，二人同框机会十分少见。有传闻二人早已离婚，只是碍于双方特殊身份而一直保密，外人未得所知。现在于时听着谢琳慧对周维这崇拜又惋惜的语气和一番评论，二人离婚的传闻恐怕所言非虚。

于时本在犹豫是否邀请谢琳慧做圆桌主持，谢琳慧在餐桌上主动请缨，明言她就想做周维那一场圆桌的嘉宾。谢琳慧还应允力促梁稳森参加这个论坛。

于时见她微醺，想必是触及了这位媒体大姐大的情感之痛。他知道人与人之间的关系紧密与否，往往在于私密之事的分享，秘密越多，关系越近，这个大姐大虽是自己绝对要争取的重要人物，但他没再多问一句。于时对这些腻腻歪歪的男女之情向来不擅长。

有一个瞬间，于时想起了江小河。

小河与眼前的谢琳慧是完全不同类型的女人，她永远不会有谢琳慧这样在男人面前的妖娆媚态，她有的是那一组标志性的三声轻轻响指，弯弯上翘的嘴角，她清清凉凉、干干净净。

接下来，其他几位重量级嘉宾也陆续允诺出席于时的投资论坛，给了于时十足的面子。

元申股份总裁梁稳森在论坛举办期间刚好要赴美参加儿子梁豪的毕业典礼，时间腾挪不开，委托了副总裁周维代为出席。

这些投资 VIP 声名显赫，但凡能来一个，论坛都能上一个规格，更何况于时的邀请名单，几乎囊括了业内顶尖的大佬。

于时希望将这场论坛办成私募投资界一次有深度的盛会。到场嘉宾阵容强大,他自信在短时间内很难被同行超越。

而谢琳慧不负于时的重视,在她的媒体预热下,世纪资本的年终论坛规模之巨在行业内尽人皆知,未开先火。

筹备两个月的论坛今日开幕。

当天,当于时到达会场时,一切已井然就绪。暖场的音乐响起,灯光变幻,巨大背景屏上滚动播放着世纪资本的宣传视频,来宾在工作人员引导下纷纷落座,相聚交谈,冠盖云集,谈笑风生,气氛热络。

如此多重量级人物齐聚一堂,各家媒体自然悉数到场。

唐若在VIP接待处帮着工作人员做接待,她身着低胸白丝裙,长发妩媚,发尾垂落在雪白深沟上方,脸上蕴一抹迷人的笑容,高贵大方。

于时今日穿着整套Zegna羊毛精纺手工定制英式西装,纽扣系兽类角质手工打磨而成,配上BVLGARI蓝宝石袖扣,矜贵挺拔,跟美丽迷人的唐若站在一起,甚是养眼。

程迈克走进会场,看看身边黑色高领衫、牛仔裤、背着双肩电脑包的江小河。今儿的小河重涂口红,饱满唇色衬着发亮的小麦色的肌肤,这模样看起来倒也干净利索、元气十足。

迈克还是禁不住撇了撇嘴:"小河,不是我说你,参加论坛,好歹也换套衣服,打扮一下,别告诉我搽点口红就算化过妆。看看唐若,前凸后翘,真丝的材质尤其选得好啊,镁光灯下瓷白发亮,啧啧啧,真是狐媚子中的极品!"

迈克恨铁不成钢地看着江小河,凑近小河:"哎,你说于时看到唐若这狐媚子每天在身边晃来晃去是什么感觉?"

"坦白讲，虽然我讨厌极了唐若，但她能有本事穿着7公分的高跟鞋在接待处站上几个小时，我也高看她一眼。"

迈克不屑："唐若这个人无利不起早，付出一分想收回十分。能干我也承认，但人品嘛，还是不敢恭维。于时自诩聪明绝顶，我就等着他哪天折在这蛇精洞里。"

程迈克说完，也不等小河回答，溜溜地跑去跟日后有可能成为他LP的大佬们打招呼。

唐若踩着高跟鞋站几个小时累得腿酸痛，自然不是发善心白白做接待。

VIP接待区名单上列的都是业内大佬，以往唐若只能在网上看看他们的资料和新闻，今天却可得见真身，自是多累都心甘情愿。在接待处见到这些大佬，气质果然都超凡，是龙是虫，一目了然，更觉得自己英明神武，把接待工作牢牢抓在自己手里，能拿到名片不说，简单交谈两句就能留下些许好的第一印象。

她看着名单上还空着的几个名字，满怀期望地向入口处张望着。

这时，周维走进酒店大门，向VIP接待处走过来。唐若连忙将招牌笑容挂在脸上。

在唐若心里的名单上，周维的名字旁边是打了星标的，这个星标对于时来说，是VIP里的重量级嘉宾，对唐若来说，则是鱼池里的大鱼。

周维在投资圈里是出了名的低调。早年他在上交所工作时就因工作认真、专业过硬、为人谨慎被连升两级，后来加入元申股份，他快速重组业务，拆分智能医疗板块成立元申股份科技，并获得知名基金海岸资本的基石投资后，很快在联交所上市。

因成功操作"重组—融资—上市"这三连跳，并踩到了当年资本市场的热度，低调的周维一举在业内名声大噪，被称为"诸葛周"，赞赏他运筹帷幄又出拳迅猛。

周维如今已是元申股份的前三号人物，仅次于创始人梁稳森，与另外一位元申元老彭大海平起平坐，声誉甚旺。但其人依旧低调，以往极少参加这类社会活动，最近梁稳森身体状况不佳，周维才开始选择性地参加一些活动，露露面，为元申股份发出一些正面声音。

与于时高调的整套定制Zegna不同，周维身上穿着一袭黑色西装低调如他本人，然而眼尖如唐若，还是一眼从这西装的料子、版型，分辨出这是犹胜Zegna的老牌手工高定，出身高贵，血统纯正。

"这是一条真正的大鱼。"唐若想着，调整一下身姿，优雅地踩着高跟鞋，快步迎上去，笑容灿烂。

"周总，您好。请这边签到，这是您的名牌，我很早就留下来了呢。"

周维微微点头，从唐若手中接过名牌，简单道谢，签了到就准备去会场，眼神没有在唐若身上多停留半秒，礼貌而疏离。

唐若不死心，紧追两步："周总，我带您去休息室吧，请这边走。"

"不必，你们忙。我自己过去就好。"周维摆摆手，没再多看唐若一眼，转身离开。

唐若看着周维的背影，若有所失。

这人看似温厚不惹眼，却是手中操控着百亿资产的人，真真是条大鱼。可惜太过珍惜羽毛，针插不入水泼不进。

唐若想了想，把周维名字旁边的星标，从心里的名单上画去。对她来说，这样的人是棋高一着，自己没必要上赶着去焐那块冷石头。这鱼池中也不只周维这一条大鱼。

正在此时，她身后响起一个声音："唐若，早。还记得我吧？"

唐若回头，是王东宁。

在这样一个精英云集的场合，这王东宁竟穿了一身样式出挑的休闲格子西装，浑身冒着土气。唐若心里满是嘲笑，但脸上仍旧笑靥如花："王总您好，当然记得。元申股份，家大业大，我要抱大腿呢！"

唐若之前将王东宁介绍给谢琳慧，这才有了《圈套——资本至上，创业之殇》这篇文章激起来的轩然大波，这么说来，二人也算"共事"过。

王东宁签到的时候，李云清也来了。

李云清面容清秀，修剪得当的长发低调又不失个性，一身颇有设计感的墨绿色正装，衬得李云清尤为俊雅清淡。

握手。唐若看得出这位三诺影院的创始人对自己印象不错，虽然一直都是江小河跟进三诺影院的投后，但唐若热情地加深印象。

"李总，我是世纪资本的唐若，我真是太喜欢你们三诺影院的设计理念了。去过你们的影院，哪儿还愿意去其他影院呀。"

唐若的恭维实在好听，腼腆而艺术气息十足的李云清笑意溢出：能得到投资方的高评价，身为创始人自然颇有成就感。

小河也注意到刚进场的李云清，见他过了唐若设下的签到盘丝洞，朝他招招手。李云清亲切地朝小河点点头，微笑着向她走去。

还在老家上学时，小河的爸妈就总把"隔壁的云清大哥哥"挂在嘴边，"听说画画又在市里头获奖了，还是一等奖""看看你云清大哥哥，安安静静端端正正写作业，哪像你，写个作业三心二意，坐也坐不好，都趴桌上去了""云清写的是书法，你的字就是狗爬"……他就是那种"别人家的孩子"，存在的意义仿佛就是为了"打击"她江小河的。

少时的小河本是不服气的，自然就格外注意这个"云清大哥哥"。瞧着他清清秀秀的，画是真好，字也是真漂亮。原本小河还不以为意，直到某次校运会上，她蹲在千米赛终点想看看谁是全校跑得最快的人，没承想跑在最前面的人，正是那个爸妈老是用来"打击"她的李云清。从那之后，小河觉得自己对李云清的"不服气"有点变味儿了，不知不觉，心里逐渐认可这个优秀的学长，"确实比我厉害一点儿，但是，也就一点儿！"

但小河和这个学长的交集并不算多，李云清读书很刻苦，品学兼优，又一身艺术细胞，那种优雅脱俗的气质，曾经让小河羡慕不已，她一度认为自己性格应该和李云清中和一下，取长补短。但无奈自己实在是没有艺术细胞，又做不到优雅。这么想着想多了，内心难免生出一些微妙的憧憬来。

后来李云清考上北京的大学，学艺术设计。临入学时他将自己整理的高中学习资料送给邻居江小河。

在自己也说不清的少女憧憬驱使下，毛头小妹妹江小河被这些有着"隔壁的云清大哥哥"手记的学习资料激发出高度的学习热情，在没人看好的情况下，顺利考上了北京一所大学。

小河在北京上大学期间，跟李云清的接触却并不多。毕竟北京城那么大，彼此的学业也都不轻松，他们偶尔会联系但并没见过几次面。反倒是逢年过节放假回家，在家里还能和李云清多打几个照面，与这邻家的大哥哥也慢慢熟稔起来。

毕业后，小河加入佳品智能，后来进入世纪资本也与李云清的推荐略有关系，再后来又有了世纪资本正式投资李云清创办的三诺影院的合作。

不管怎么说，对小河来说，李云清算是曾经影响她命运的重要的人之一。

不等李云清在面前站定，小河就满脸兴奋地迎过去："我去过新建好的那家三诺影院了！"

"新建好的有好几家呢。"提起三诺影院，李云清一脸自豪，"你去的是哪一家？"

"四季青那家。前几天我去那边谈项目，看到附近就有一家，当然要去看看！"

"那家的设计是最完整的，讲讲你的观影感受！"李云清迫切地收集着"用户"反馈。

"票房卖品售卖处的用户体验非常好……"

小河刚准备形容，就被李云清接过话茬儿："我把那儿设计成复古的木质结构，这是设计思路的起点。现代连锁影院的售票亭都太单调，扫码取票，柜台卖零食，观众看电影前的状态过于游离，我设计的这个最大的特点就是将售卖功能和情怀结合，我用木质感包装了票房。哎，你看到取票屏了吧？透明屏！未来感与怀旧的融合设计！取票的程序设计也是下了功夫的，小河，你留意到了吧？"

"扫码之后，透明屏上就播放了我选的电影片段。"

"是十秒的预告片。这样，观众在取票时就已经对电影有了参与感。"李云清越说越兴奋。

"这个呢，我有不同意见。"小河却未给到李云清期待的大加赞赏，反而给了另一个建议。

"哦？说来听听。"

"为了增加出票量和上座率，你应当做的是分发同类型的其他影片的预告片，而不是播放我已经购票了的电影片段。"

李云清仰头想了想："你说的有道理啊，可以试试。"

江小河对三诺影院这个项目一直关爱有加，除了看好项目，更因李云清从小就是画画、写字的高手，少女时期缺乏艺术细胞的她内心无比羡慕这位邻家大哥哥。如今的李云清更是把设计才能尽情发挥，将三诺影院设计得人人称羡。

小河满心希望面前这位同来自东北小镇，优秀善良的"隔壁的云清大哥哥"能在北京这片土地上，收获属于他的成功果实。

论坛即将开始，主会场中明亮的灯光全部调暗，声光影的效果吸住全场注意力，深蓝色巨型LED背景屏上现出论坛的主题："世纪超越·资本未来"。

一束灯光亮起，自信的于时在光圈包围之中站定，灯光给他风度迷人的身影镀上柔和的光环。全场的目光凝聚在他身上，一道道目光中带着审视、崇拜、探究……林林总总，不一而足。

于时露出一个洞悉一切的笑容，偌大的台上，聚光灯只照在他一人身上，衬着他清逸的身形，举手投足风度翩翩。

于时将PPT打开，展示出一幅统计图表："这张图是我们总结了在过去15年间VC、PE每年的投资案例指数和支持的企业数量。有几个大数供大家参考。私募基金在过去15年间一共投出去了接近2万亿，一共投了3万家企业。而且，我们可以看到现在的很多超大型企业都是在VC、PE的支持下发展起来的。还有一个很重要的数据，现在每100家上市公司里面，有50家是VC、PE投资的企业……"

于时的分享张弛有度、条理清晰，台下人按捺不住纷纷拍照记录。几位前排就座的重量级嘉宾也不住地点头称是。

周维脸上始终挂着礼貌的微笑，面对着台上的于时，一副认真聆听分享、心无旁骛的样子。

小河远远地坐在后排，并不了解前排的你来我往。

于时所讲的这份PPT，她早就谙熟于心。她只远远看着周维穿黑西装的模糊背影，又想起在机场短暂的偶遇。尽管小河十分想上前跟他打个招呼，说一声好久不见，但她明白，在这样的场合，自己这样的小角色，根本无法也不应上前去跟他搭话。

何况，小河觉得就像现在这样，远远坐在后排，跷着二郎腿，欣赏着他模糊的背影和身形，来得更舒服些。

"……根据周期嵌套理论，长周期，也就是康波周期包含3个中周期，长度平均约为8~10年。而未来的十年必将是整个创业投资和私募股权投资以及创业企业共同发展的大十年！"

随着一众掌声，第一个圆桌论坛也应声开始。

这个圆桌的话题是"野蛮人在敲门"。这一场圆桌论坛，于时刻意安排了谢琳慧做主持人，于时自己、周维以及另外两位投资大咖做圆桌嘉宾。

周维稳稳坐定，环视台下。

小河远观谢琳慧，这个女人虽年近四十，但保养得当，皮肤白净，衣着品位不俗，可想象年轻时的光鲜照人。她脸上显然是刚刚打过玻尿酸，笑起来脸上就会挤出一坨不自然的肉。

谢琳慧深谙行业规则和内幕，又懂得调动观众情绪，第一个问题就问得剑拔弩张："于总给我这个题目让我非常兴奋，当下周总所在的元申股份等大型企业集团做并购来势汹汹，我想问问各位，这种情况下，像于总率领的世纪资本这样的私募基金还抢得上饭吃吗？"

旁边大屏幕的弹幕弹出：

"犀利！"

"求干货！"

……

谢琳慧继续加料："几位都与我相熟多年。这么多年来，我报道过大家的好，大家的坏。今天让我这照妖镜，来照照看到底谁真善、谁真恶。"

台下雷鸣般的掌声蜂拥而起。自古看热闹不嫌事大，观众们最喜欢看大佬们打群架了。

谢琳慧果然不负众望，一出招就尖锐无比："首先，我想请问各位过往在本机构投资的IRR。"

这个问题涉及保密信息，很难回答，但是公众场合，不回答就会显得小气，因此如何幽默地化解这个难题，就成了各位大佬比拼智商情商的关键。

于时的回答颇有于时个人标签，"我记得夏书记在拿到业绩报告的时候，曾经跟我说'你小子没给你爸丢脸'。如果大家相信我们的夏书记，那现在可以鼓掌了。"

台下为于时的直接和幽默响起笑声和掌声。

周维思考了一下，娓娓道来："在元申股份，投资的成功与否不仅在于资金的回报，更在于投资给整个行业生态带来的价值，在于我们如何更好地服务于庞大的消费者群体，而不是量化的一个数字结果。"

这算是中规中矩的周维范式标准回答。台下观众发弹幕，让媒体大姐大谢琳慧继续发问，定要从这温文尔雅打太极的周维口中问出元申集团投资的攻城之略。谁料谢琳慧居然高举轻落，不但没有继续追问，还将话题转了向，直接请周维总结他认为的投资的本质是什么。

这咄咄逼人的谢琳慧对周维格外开恩。

周维认真回答谢琳慧的问题，但并不多看她一眼，视线反而一直落在台下的观众席上，回答也仍旧是标准的周维范式："产业的升级要靠市场、消费和用户来驱动。所以，从这个大方针来看，元申股份专注于通过战略投资和并购为实体经济和产业升级赋能，从而产生爆发式的协同增长效应，进而给公司带来长期的战略价值。"

谢琳慧看向周维，一脸简直要冒出心形的粉红泡泡的表情，崇拜之情溢于言表。观众席距离远看不真切，但同坐台上的于时却尽收眼底。

此次圆桌的最后，谢琳慧问嘉宾对在座的创业者有什么提示。

周维说："去年以来，一把把火将资本市场烧得旺旺的。连续降准降息释放资金流动性，推进股票发行注册制改革，多层次资本市场的协同发展……但是，我想提醒诸位的是：寒冬就在不远处。"

周维寥寥几句话给台下的人浇了一盆冷水。

多少渴盼着尽快上市的创投企业，多少憧憬着一夜暴富终将实现的创业者像打了鸡血一样融资、推高用户、再融资、推高估值……而那些一年到头打飞的、看项目、写PPT的股权投资人，本以为自己即将投出一家上市公司，投出一家独角兽……兴致勃发的人们却听到这位业内出手最凶悍的投资人说出了"寒冬论"。

谢琳慧将话题赶紧岔开。

小河却在心中暗自点赞，这与她曾提议过的环节竟不谋而合。

男人的气场够神秘，看不到摸不着，却抑或拒人千里，让人臣服，抑或让人着迷。周维于她，正是这样充满气场的男人。

她看着气氛热烈的论坛上各位大佬们谈笑风生，台下掌声不断，烘托出一圈璀璨闪耀令人期待的资本光环，在座的圈内年轻人尽享这期待带来的美好憧憬："从此过上幸福的生活"。

"寒冬论"不是危言耸听。还有一些人，他们觉得自己被这幸福的列车抛弃了。

佳品智能这艘曾高速前进的大船，因船长张宏达的死而抛锚。而这船上还载着几百号乘客——佳品的员工、被欠货款的供应商。

这些人前一秒还沉浸在大船前进的浪花声中，吃着火锅唱着歌，后一秒就被无情地抛进冰冷的大海。而佳品智能的新闻，在短暂热闹之后，就被各个媒体端大量充斥的喧嚣淹没。高速发展的信息社会，最不缺少的就是各式各样的新闻——明星的八卦、政策的小道消息、国内外经济形势、各种各样的心灵鸡汤以及一夜暴富的神话。新闻过后，没有人会再记得那些新闻中悲惨的苦主，留给他们的，只有一地鸡毛。

那些因无处发泄而在心间横冲直撞的怨恨，如今在别有用心之人的利用下，正在向论坛会场聚集，这些愤怒都有个统一的目标——于时。

第十一章　你站出来是为了我吗

小河稍微提前些离开了会场。

这场圆桌会议是上午的最后一场。结束之后，参会嘉宾们就会去旁边的餐厅就餐。散会时难免遇到熟人，被问起近况还真不好答话，小河索性提前避开。她准备在附近找个餐厅一个人安静地吃午饭，补充好能量下午回会场继续听论坛。

这个回避尴尬场面的决定，却让小河意外获得了一线先机。

刚刚下到大堂，小河就听到喧闹声，往酒店大门外看，人群熙攘，正推搡着要涌入酒店。闹事者被酒店的安保人挡在了门外，群情激奋，气势汹汹，眼见已经动起了手。

小河心里一惊：难道是佳品智能的人？

她向酒店外看去，闹事者们已经在酒店门口架起了大横幅——"欠债还钱，天经地义""于时，还我血汗钱""世纪资本、资本恶魔"。

果然是因佳品智能而来，目标正是于时和世纪资本。

小河急忙返回会场，一眼看到唐若正坐在会场一边，忙着跟记者核对访谈问题清单。

唐若刚才明明也离开过，不可能没看到酒店门口的骚乱，返回会场时却是无事发生的模样——现在这节骨眼儿上，又是这么不同寻常的场合,若是蹚进佳品智能这浑水,极可能在这么多大佬面前失了风度,影响前程。看来善于趋利避害的唐若是打算与佳品智能划清楚界限,稳坐于会场中,静观其变。

小河看得明白,但眼下没心思计较这些,她快步跑到会场的最后一排,挥手引起于时的注意后,又举起手机示意他看信息。她在返回会场的途中已经给于时发了信息,说明场外的情况。

只见于时眉头轻皱。这其中的利弊很明显,如果会议结束之前不解决,让参会的嘉宾和媒体目睹骚乱现场,后果相当不堪。

小河很快收到于时的回复:"你处理。我会拖长时间。"

他将危机的解决完全托付给了小河。

小河收到信息,回:"好。"

小河转身三步并作两步往酒店门口走,她明白她得站出来。

好事不出门,坏事传千里。

走到酒店门外,小河站定,深吸一口气,给自己打三个响指,迈开大步走向闹事者。

首先需要吸引闹事者们的注意。

小河观察了一下酒店门口的环境,闹事者们聚集的位置旁边恰好有个小花坛,小河敏捷地跳上小花坛,站稳。

"我是世纪资本的江小河。"声音不高,但有力度。

闹事者们听到声音,回头看到了站在花坛上的一个短发瘦小的姑娘。

小河知道现在闹事者们眼里的她,只是一个瘦瘦小小,穿着黑色毛衣的普通路人,毫无说服力。

她需要尽快获得身份认可,稳住场面。

不少闹事者举起手机,将镜头对准小河。

小河一脸坦然,并不畏惧镜头,提高音量:"如果大家是为了佳品智能的事情而来,那我就是代表,跟我说吧。"

"你谁啊?不认识你!"

"我们找于时!"

"叫于时出来!还钱!"

人群中叫嚣得最厉害的一个男人,小河觉得眼熟。突破点就是他!她指着那人:"我认识你,你是佳品智能市场营销部的,对不对?"

但凡是工作中接触到的人,小河都会留心记住他们的特点和职位。

那人的眼神略有躲闪,但身边站着这么多同事,无法否认,只好点点头。

"好,那你告诉大家,我是不是世纪资本的人?是不是常常到佳品找张宏达谈事情?"

在众人环视之下,那人又只得点头:"是。"

这下发泄总算找到了出口,众人将目光聚焦在小河身上,愤怒的、哀怨的、不怀好意的……尽管被这些不善的目光注视着,她还是顺利取得了身份认可,下一步是获取情感上的认同。

江小河环视一周,表情温和下来,放缓了语气:"跟你们一样,我在过去一个月中过得很痛苦……"

这番煽情的开场白,让下面稍稍安静下来。

"在场谁是佳品智能的员工,能不能举个手?"

三分之二左右的人举起手来,都是与自己年龄相仿的年轻人。小河迅速判断出下一步——将这些佳品智能的员工争取为同盟。

"我也曾是佳品的一员。我帮佳品融资,帮张总梳理公司财务,帮他去找更便宜的仓库……现在,张总不在了,但是佳品已经是刻在你我每个人身上的一道烙印。无论这烙印是好是坏,都是我们人生的一部分。"小河说到此,确实有些动情,"在场的佳品伙伴们,你们好好想一想,过往大家在佳品的每一天,你们有没有得到过成长?有没有人生收获?有没有开怀大笑过?如果答案是肯定的,那我问问大家,张宏达愿意看到你们这样把大家曾经共同为之奋斗过的佳品智能的招牌彻底砸烂再踹上一脚吗?!我们都还那么年轻,与其把时间浪费在这无用的围攻和口水战上,不如尽快找到新工作,开始新生活!这才是对自己的人生负责!"

见下面的几位年轻人表情明显有些动容,小河暗暗松了一口气,知道自己的分化策略,略见成效,于是板起脸,换上了严肃的语气。

"余下的各位都是供应商吧?我明白大家做生意的不易,所以我尊敬每一位创业者、企业家。但是,经商首先要读法懂法!一家企业倒了,如何偿付,是有规矩、有法律的,大家都是生意人,难道连这都不明白吗?"

通过听完这段话的表情和反应,小河判断出哪些人是供应商,将目光投往他们的方向,继续发言。

"我告诉在场的各位,清算组已经在成立中,账目自然会公开透明给每一个人。破产公告马上会刊发出来,会有会计事务所做清算核算的,各位的欠账该如何清偿,自然有法规保护。"

这些话说得有理有据,眼见着大家情绪逐渐平息下来。

"别说这些没用的!"下面一个陌生的肥头大耳突然挑衅地高声叫道,"佳品智能欠了我们的钱,我今天就要拿回来这些钱!张宏达死了，就你们股东还！"这胖子手举着一张纸挥着往前挤。

在场的人的注意力都被这个大块头吸引了，事态骤然有了变数。

小河接过他手中的纸，赫然是一份张宏达签名的文件，并盖有佳品智能的红章。

小河仔细打量签名，眉头微皱，不慌不忙地打开手机上一条视频，反复比对。

她的表情由阴转晴，马上又再转阴，狠狠瞪了那挑事儿的人一眼。死胖子你栽在我手上了。

"签名是伪造的！"小河手一挥，将文件和手机展示给人群："这是银行需要做用户验证的时候，我帮助张总拍摄的亲笔签名视频。"

离得近的人可以看到，视频上正是张宏达在亲自签字，签下的字迹与文件上的明显不同。

来人显然没想到小河手里会有这般铁证，顿时蒙了。

"你！伪造签名！欺骗大家！"小河用食指直指胖子，眼睛紧盯着他，仿佛要射出钢针。

整个局面瞬间扭转，小河成功将闹事者们分为三种阵营——员工、合作伙伴、搅局闹事的人。

员工和合作伙伴都是来解决问题而不是来闹事，只有搅局者才会想将事情闹大。这个浮出水面的搅局者见众人态度已转变，知道大势已去，不敢再嚣张，灰溜溜地挤出人群。

矛盾成功转移，小河继续煽情："世纪资本的合伙人于时正在里面开一个很重要的会，不能亲自出来见大家。但是，眼见着年底了，他知道大家要返乡过节，特意通知我给每位佳品员工一千元路费，他个人自掏腰包。麻烦大家跟着我，往这边走！"

说着她跳下花坛，引领众人往酒店旁边的小胡同里走。会议很快就会结束，她必须让这群人尽快从酒店门口离开。

佳品的员工有些意外，旋即互相看看，眼里还有些犹豫。

小河加大嗓门儿再强调："我最后说一次，如果现在不过来，一分钱拿不到。大家伙散了吧，新的工作和美好前程都在等着大家！"

说完，小河走向酒店旁边的小胡同，她在心里赌的是"从众心理"，只要有少数人跟她走，其他人也会按捺不住。

果然，一阵短暂的沉默后，在场的人很快权衡出了利弊，原本想要大喊"这一切到底是怎么回事"的不满逐渐平息；"为什么是我遇到这种不公平"的愤怒与抱怨也被压抑了下来。

被欠款的供应商们悉数离开，佳品智能的员工也大多数随着小河走了。剩下几个有心闹事的人还想赖着不走，但这场围攻已成残局，就算强留下来也掀不起浪花，还没有任何好处，徘徊一番也就逐渐散去。

小河成功把人们从酒店门口引开，带到了旁边的小胡同里，给这些佳品智能的员工一一做了登记，现场给他们每人转账一千元，还特意说明没到现场的员工也会收到电话，于时会安排转账，让大家代为转告。如此一番操作，体贴周到，进退有据，让在场众人暖了心，不满和疑虑也就逐渐消散，陆续离开了。

直到最后一个人也走掉，小河才感到双腿有些发软，向来寡言少语的自己居然在众人面前讲了这么多话，她眼前一黑，险些摔倒。小河扶着胡同的砖墙，缓了半晌，发现背上的衣服已经被冷汗湿透了。

待到稍稍恢复些，却见到一个人站在自己面前，那双银色漆皮的高跟鞋，在阳光下闪着刺眼的光。

小河抬头，是谢琳慧。

刚刚，谢琳慧一从台上下来，就有人递消息告诉她佳品智能的员工来闹事了，为了第一时间抢到热点，谢琳慧匆匆离开会场，正好赶上小河那一番条理清晰、连敲带打又煽情的讲话。这小个子姑娘，面对着众人的诘问质疑，智慧又勇敢地化解了一场可能给世纪资本带来恶劣影响的公关危机，这勇气似曾相识，像极了年轻时的自己。

可惜啊，这姑娘恐怕再也做不了投资人了。自己的那系列文章，杀伤力之强甚至超过她的预期。

她想到年轻时的自己，就也想到了年轻时与周维度过的快乐时光，当时自己婚后一意孤行打掉孩子去国外留学，又在国外与美国帅哥发生一时风流，自以为找到真爱，执意与周维离婚……虽然自责，但她更埋怨周维对自己一贯寡淡、相敬如宾的态度。她渴望浪漫的氛围、炙热的情感，但是这些周维都给不了，抑或不愿意给。

她甚至不知道周维到底有没有爱过她，往事历历在目，而今却已物是人非，她与他的关系与其他熟人并无二致。今日论坛上的他双眸依旧闪亮，笑容依旧淡而温润，但这温润在她看来却那么充满男性的吸引力。

收起对周维的爱恨交织，看一眼扶着砖墙摇摇欲坠的江小河，谢琳慧心里一瞬间生起女人之间才会有的欣赏和怜惜，开口问：

"你没事吧?"

小河愣了一下,不知这谢琳慧又有什么企图,冷下脸,一声不吭。小河不等谢琳慧再说什么,站起身拍拍裤子上的灰尘,小跑着匆匆赶回会场。这女人既聪明又狡诈,惹不起总躲得起。

看着小河年轻倔强的背影,谢琳慧苦笑一声,罢了,既是不同立场,就已无法再做朋友。只是年轻人还不懂得,在利益面前,没有永远的敌人,自然,也没有永远的队友。

除了谢琳慧,还有一个人也将这一切尽收眼底——周维。

周维有事提前离开会场,刚出门,就见人群围着江小河呼喝着,江小河独自一人应对众人的呼喝,在高声讲着什么。向来喜静又从不凑热闹的周维低头避开这喧闹,坐进车里吩咐司机驶离,掉头时却在后视镜中发现事情风向有了变化,只见一众人随着这小姑娘往酒店旁的小巷子走去,周维起了好奇心,让司机跟过去,在车内一直远观着小河化解危机的后半程,直待到人群三三两两散开。

周维不由得对这短发女生心生赞赏,还叫得出她的名字——江小河,世纪资本的江小河。

事实上,他对小河的履历有些了解,他的电子邮箱里面有HR转来的江小河的简历。HR的转发却并非推荐,只是向副总裁周维揶揄江小河太自不量力,给元申集团造成这么大损失,居然还敢投递简历应聘云云。

周维当时猜江小河是为了深入"虎穴"调查佳品智能的真相。

今天虽然对这个女生心生赞赏,或是有些好奇,但对于是否给她这个"机会",周维仍有矛盾。

小河回到酒店门口，秩序已经恢复，仿佛刚刚的骚乱根本没发生过。众位满面红光的资本大佬正鱼贯而出。

好险！

返回大堂，于时急急迎了上来，他领着小河避开众人，低声而又格外加重语气说："谢谢！"

她轻轻舒了口气，淡淡地回道："我跟他们说，你要自掏腰包，给佳品的员工每人一千块返乡过春节的路费。我今天已经付了一些……"

于时想到今天小河出面解围，又想到她近日来受的委屈，语气缓和不少："小河，佳品智能的事情其实是张宏达咎由自取，公司搞成这个样子，我让他回购世纪资本的全部投资款，才能避免我们的损失。他自己是死是活我没办法控制，自己站不起来的人，我帮不了。"

"是你安排唐若瞒着我将资金转出。"

"没错，因为你跟张宏达太熟悉，你又容易意气用事，所以唐若比你更合适。"

就是这样的"安排"，这样的场合，这样的时机，于时一股脑儿地轻描淡写道出，一切都是安排好的。小河在高度紧张和疲累之后，内心反而一片平静，仿佛一切与己无关。

人说忧伤有几个阶段，否认、愤怒、协商、消极和接受，小河觉得自己已经到了最后一个阶段，接受。但是，这阶段却并非循环，一切都回不到最初了。

于时满意小河的平静，这才是正确的表现。倒是今天发生的这一幕让他知道不能掉以轻心，本不打算再与泥潭里的佳品智能有半点儿瓜葛，此时对于世纪资本来说，最好的善后就是直接进入破产清算程序，法院进入，依法办理，搞个一两年，公事公办。

难道佳品智能这家公司就像于时轻描淡写提及的那样，破产了？消失了？小河在今天这些"围攻"的员工中看到了窘迫、无助，那些似曾相识的面孔，更坚定了她要说服救佳品智能的这个决定。

心里考虑着，小河再次把目光投向身边云淡风轻的于时："我有个想法……"

小河正要向于时开口，于时却抬手打断了她，看了眼时间："我接下来在五道口还有个很重要的会议，我现在就得过去，没时间说了。"

看着小河急切的表情，于时又说："要不你听完论坛就去五道口，等我会议结束后再聊？"

时间不等人，小河只得点头。

几小时之后，已被夜幕覆盖的五道口霓虹漫天，下班高峰的车辆喧嚣热闹，提前赶到的小河在路边静静地看着车来车往发着呆。她没等太久，于时如约而来。

不知道是不是开完了会进入私人时间的缘故，于时整个人柔和了很多，轻声询问小河想吃什么。小河满脑子是佳品智能的事情，这才想起来五道口这样的地方，不提前订位，哪里还会有餐馆的空位等着他们去。

两人转了一圈果然到处爆满，于时看着仍有心事的小河："我有个好去处。"

于时说的好去处，就是清华园。

一路上于时跟小河说起自己在清华读本科时的种种青春往事。太多的回忆都留在清华园里，他早就想找机会来回味那段青春飞扬的时光。今天的会议地点在五道口，又刚好约了小河。择日不如撞日，今天就是最合适的日子。

小河看着于时神采飞扬的样子，一时间也有些恍然，怀念起自己虽非名校但同样青春洋溢的大学时光。

偌大的清华园被他们逛得差不多了，时间也接近深夜，这才想起还没吃东西。小河想着以前跟于时满中国跑项目时，也时常会为了工作废寝忘食，如今却已经想不起来上一次毫无芥蒂地相处是什么时候了，一切恍如昨日。

都这个点了，能吃什么呢？

于时环顾着夜色中的校园，又看看时间，笑着说了句："跟我来。"

这段时间以来，于时真的少有如此放松的表情，想必是因为在他熟悉的清华园里，确实有他寄托的情怀。

小河心里还压着石头，却也找不到机会表达，只得跟着于时走到清华园的西门外，稍走几步，就见路边有家煎饼店还亮着灯。

"还没打烊！"于时兴奋地奔过去，小河连忙跟上。

很快，饥肠辘辘的两人嘴里都塞满了喷香的煎饼。在店里角落的位子坐下，于时一边感叹这么多年味道没有变，一边又说起当年读书时深夜出来吃煎饼的趣事。

"这家老店原来在照澜院附近，有一阵儿我每天从图书馆看完书就去他家买煎饼。绿豆面儿加肘子加牛肉，那味儿真是绝了！"这会儿的于时，一点金融精英、高端人才的姿态都没有了，眼里的神情仿佛就像个还未走出校园的大男孩，"我觉得刚刚的煎饼店老板认出了我。"

小河闷着头啃煎饼,一声不吭。她觉出于时一直在看自己。

她下意识抬起袖子擦擦脸,再一抬头,于时一脸"鄙视"地伸过手来:"芝麻都吃到脸上了!"说着在小河脸上轻轻擦了一下,一粒白白胖胖的芝麻停在于时的指尖。

小河避开于时柔和的眼神:"难道佳品智能只能走清算这一条路吗?"

于时轻轻搓掉一直黏在指尖的那粒芝麻,收回柔和,没有回答。他平时的气场又回来了,气氛顿时压抑起来。

于时吃完煎饼,再次开口:"江小河,你知不知道你在多管闲事?佳品智能走到这一步,该有的结局避免不了。"

小河被于时强大的气场震慑着,公事公办的态度,让她不想多言语一声。刚才那个情怀满满的大男孩现在在于时身上一丝踪迹都找不到。

"走吧!不早了,送你回家。"于时自顾自起身,越过她向店外走去。

二人一前一后走了几步路,于时忽然转过身,抚住小河的双肩,目光灼灼地注视着她,仿佛想要看到她的心底:"江小河,今天你站出来,是为了我吗?"

小河别过头,没有回答。

于时放下双臂,他会再问小河的。

一天落幕。

陶杰在《杀鹌鹑的少女》中说:当你老了,回顾一生,就会发觉:什么时候出国读书,什么时候决定做第一份职业、何时选定了对象而恋爱、什么时候结婚,其实都是命运的巨变。只是当时站在三岔路口,眼见风云千樯,你作出选择的那一日,在日记上,相当沉闷和平凡,当时还以为是生命中普通的一天。

第十二章　最后一根稻草

冬季的北京城，空气中总是飘浮着厚重的雾霾，四处灰蒙蒙的，与阳光和蓝天一道被包裹进雾霾的，还有这个古老都市的躁动。

这过往的一个月，小河和迈克俩人从北京飞到成都，从陕西飞到上海，仍旧找不到出资的LP，莹晖基金募资的事也就这样不高不低地搁置了。

从满怀希望到认清现实不过短短一个月，小河的希望泡泡再次破裂。

周一下午，世纪资本大办公室。

公司全员正在开每周一惯例的项目讨论会，通常要从下午一点，一直到晚上十点，连开近九个小时。最久的一次是到第二天凌晨三点，所有人晚上吃过烤串夜宵之后，又精力旺盛地讨论几个有趣的案子，红着眼睛却兴奋不已。于时每到这个会议时，总是脑子转得飞快，两眼如鹰般放光。

优秀的投资人对于优秀的项目、优秀的创业者一定是饥渴的。这些人主动学习能力强、快速归纳能力强、接触新事物能力强，有很敏锐的捕捉能力，还有多线程处理问题的能力。从这几个方面来说，于时堪称是天生适合做投资的人。

讨论会的安排，照例是各个投资总监、投资经理依次介绍自己看过的案子，平均一次会议要提及几十个案子，这些案子里一半左右会被挑出来重点讨论，这其中又有几个项目是于时认为需要进一步跟进的，就会讨论得更加细致。

记录案子状况的分析师会按照合伙人的看法，将创投项目分为 cold、warm、hot 三个等级。其中 cold 就是基本放弃，warm 是保持跟进，hot 则是重点跟进。

若案子被划分为 warm 和 hot，于时会亲自见一下创始人，再做进一步评估。

在项目讨论会上，几乎所有的投资经理、投资总监都有被于时问住的经历，大家都以能够连续三次答上于时的问题为荣。

座位也形成了默认之规。于时总是坐在长桌一侧的中间，小河、迈克、唐若等人依次坐在长条桌另外一侧。

前几日论坛成功举办，于时心情大好。

小河走进会议室的时候，唐若正与大家谈笑风生，不时地甩一下马尾，露出白白的牙齿，给大家一个健康的笑容，又有活力又开朗，谁都喜欢和这个阳光明媚的女生多聊几句。这女人对自己每日的模样丝毫不懈怠，让小河叹为观止。小河自问，她实在是做不到像唐若那样，活成一个八面玲珑、没有情绪波动的芭比。

小河只跟迈克递了个眼神儿，算作打招呼，就径直坐到常坐的位置上，打开电脑，也不跟大家寒暄。

于时见人已到齐，抬眼扫过，示意坐在对面正中间的唐若："唐若，说说你上周看的案子。"

唐若利利落落地开口，有详有略地介绍自己看的几个创投项目。

于时不时点点头,他对新鲜有趣的案子总是充满热忱,更何况唐若的讲述清晰有趣、简单明了,更让于时满意。

唐若讲罢就轮到迈克。

迈克的心思早不在案子上,何况他一向不受于时待见,索性随便糊弄了一个案子讲了几句。于时听得心烦,也懒得回应,心里打定主意尽快开掉他。

迈克之后,便是小河。

小河刚准备开口,就被于时挥手打断:"你的文化娱乐行业分析做得怎么样了?"

小河被于时一催问,稍有不安:"在弄。要晚一点儿。"

于时面露不快,皱了皱眉,他希望小河尽快回到正轨。

"那说说你看的案子吧。"

小河最近忙于做自己新基金的PPM,心思完全没有放在看项目上,自然无法像以前一样侃侃而谈,只提及一个之前看过的新项目"尚品衣阁"。

"尚品衣阁是基于大数据做内容推荐的精品女装设计和定制平台,现在日活差不多300万,是当前这个行业里面增速最快的企业之一……"

于时却不甚满意,打断小河:"说说跟'有衣'的区别。"他对国内国外的竞品心中熟稔,从来就不是一个好糊弄的人。

然而小河在慌乱中,没有听清楚于时说的公司名字,卡住。

于时脸色沉了下来,直接问:"你聊过'有衣'吗?"

有衣——小河想起来了,也是当下VC追捧的一个在线精品女装设计定制公司。早先小河约了几次,创始人要么出国,要么见广告客户，这个约谈就拖了下来。

小河不愿辩解，毕竟自己工作出了纰漏，她心下羞愧，默不作声。

于时虽知小河最近这段时间不在状态，却没想到她竟然"堕落"到跟迈克一样的地步，会一问三不知地糊弄自己。

当着例会上这么多人的面，于时面露愠色，场面尴尬。

迈克在心里为小河捏了一把汗，生怕小河的自尊心受不住，他刚想开口帮小河一把，唐若清脆的声音就先他一步打破沉寂。

"于总，这个案子我有过一些了解的。"唐若抬头看于时，眼中闪光。

于时沉默一下，示意她讲。

唐若年轻时尚，喜欢买新衣服，之前借着兴趣将这类项目的公司认真扫过一遍，讲起来有章有法，头头是道。

连迈克也不由得暗自赞叹，这几个月眼看着唐若平步青云，成为世纪资本的冉冉新星，并非毫无道理。

在座的同事都看出来了，今日是唐若胜，小河负，比分悬殊，小河已无翻身的可能，于时定会将服装电商这个赛道交给唐若。众人都想着，这唐若当真是所向披靡，刚到世纪资本一年多，几个大的热门赛道都抢下来牢牢握在了手上。相比之下，江小河丢城失地，风光不再。

当众人心里各自盘算着小九九时，唐若已经把该讲的讲完，顺带还做了分析，讲出自己的看法。一番回答下来，于时脸色缓和，将胳膊放在脑后，头向后靠在手臂上，这表示他的状态已经放松下来，示意唐若继续。

唐若微笑了一下，她越来越佩服自己和老板沟通的本事了。她搞不懂为什么有人那么怕回答老板的问题。在唐若看来，向老板汇报的过程，就是一个引导老板提出问题，来把自己想说的话变成老板想听的话，再通过老板的耳朵放到老板心里的过程。

唐若沿着话题顺势介绍起自己的项目，"有一个项目'优尼'，预调酒国内销售额TOP2，第一名的公司已经上市。但是在产品细分类上其实二者相差很远。优尼的产品系列更适合年轻人，所以消费复购率很高，黏性更好。口碑传播力也更强，更贴近于C端用户。"

"方向有意思，约下创始人，我见一下。"

唐若就等着于时这句话："优尼的创始人蒋成功有些犹豫，推这个项目的FA说之前他给我们世纪资本推过，但是，不知道为什么一直没有推进这个案子……"唐若故意看着小河说，让于时明白那个更早接触过项目却没有做任何推进的人正是江小河，"所以，创始人这次见我的时候，还在疑惑我们世纪资本是不是对这个案子不感兴趣。"

小河虽明知自己已经背上了消极怠工的罪名，此刻确实不该回应，但唐若这吃相实在太难看，而且被她眼角眉梢的笑意激怒："是我收的BP，而且也进行了一些外围的行业调研，最近就会安排跟创始人的见面访谈。"

唐若转向小河，似乎与小河多亲近一般，开起了玩笑："不如咱们一起跟进？不过哦，小河，你如果把这个案子挪到你的新基金里面，那我可要跟你抢案子啦。"

新基金?!

什么新基金?!

唐若的话犹如平地一声惊雷，在座各位虽表面平静，心里却都翻起了水花。

这是哪一出？

会议室骤然安静，大家看看小河，再看看于时，屏住呼吸，等待狂风暴雨。

唐若这时却恰到好处地愣了一下，轻轻捂住嘴，仿佛知道什么不得了的事情一样，小鹿一般水灵的大眼睛里透出一丝无辜："呀，我是不是说错了什么？大家都不知道小河在做新基金吗？我以为大家都知道呢。"

唐若，原来你是在这里等着我，真是好手段！

迈克半张着嘴，心里暗自翻江倒海，基金的事还没个眉目，自己本还打算在世纪资本再磨蹭一段时间，起码有饭吃，谁料今天"东窗事发"，以于时的凛冽作风，断然是要立马清理掉他们这两个挖世纪资本墙脚的人。

迈克抱歉地看看小河。小河立刻明白，唐若恐怕就是从迈克这里探出的口风。本来嘛，这件事情还没大张旗鼓地进行，只有小河和迈克两个人知晓，不是从小河这儿传出去的，那就只有迈克。这个不靠谱的迈克，亏自己千叮咛万嘱咐，没想到还是出了这样的事情，看来自己之前那不好的预感还挺准。

于时死死盯着小河，他宁可相信小河前几个月的心不在焉是在调整心态，也绝不愿相信小河打算另立门户，背叛自己。

小河深吸一口气，心知不能回避，硬逼着自己平静下来，不理唐若，迎着于时复杂探究的目光："的确，我在考虑做一支基金，但募资并不顺利。而且，我没有联系过任何一家世纪资本接触过的潜在LP。"

说完这些话，小河反而松了口气，自己并没做错什么。

唐若没想到小河能如此坦然，一时不知该如何应对，表情有些不自然起来。

还是太年轻，小河想，纵然聪明，也没到妖孽的程度。

小河合上电脑，一改刚才的局促，起身侃侃而谈："现在私募基金的竞争更为激烈，世纪资本专注于单笔5000万左右的投资项目，在单笔投资金额低于2000万以下的项目少有布局。现在正值资本市场火热的时节，早期项目的成长期很快，分析表明，优秀的创业公司，从天使轮到A轮平均只需要6个月，这样看来，世纪资本很可能会漏掉一些优秀的项目早期项目。所以，在这支基金的投资上，我考虑会布局更早期的投资项目，成为世纪资本高质量案源的重要渠道之一。我在世纪资本工作五年了，双赢是最重要的。"

于时心里本对小河背着自己搞小动作是难以接受的，但他认同小河的这番分析。小河不是满嘴跑火车的人，她说的话都是过了脑子，认真思考过的。

小河颇在状态："世纪资本做到今天这个程度，的确是缺少好的种子期储备项目。如果能在项目早期就有所了解，有所跟进，相当于自己一手养起来的孩子，那长大的可能性就会大大提高。"

"创业公司不确定性实在太大，有些初时不起眼，过不了几年就成了一棵参天大树，有些初时特别牛气，拿了一轮大钱之后却烧'黄'了。投资界，有时候和古玩界有那么点类似，都考验眼力，都是三年不开张，开张吃三年。"

小河所思所想，均超前一步，且对世纪资本无害有利，这令于时心下稍缓。此事可行，更重要的是，小河坦荡的眼神也明示这些并非是小河临时起意的欺骗之辞。

唐若没想到,自己竟帮小河做了嫁衣,眼见着于时不但不在意,反而眉头舒缓,唐若继续出招:"小河,募集新基金,自然不会怎么样。但是——"唐若刻意拖长声音,环视所有人,"但是将于总和其他同事投资的项目算到自己头上,就不合适了吧?那我们在座的其他人算什么?你的助理吗?"

唐若拿出了"杀手锏"。

说罢,她极其迅速地打开一份基金募集说明书,输入密码,投屏到会议室的大屏幕。

封页是几个大字:莹晖基金募集说明书。

第一部分是基金概况,管理人果然写着江小河、程迈克的名字。

第二部分是行业展望分析。

第三部分是投资策略。

没错,是小河写的募资说明书。

这上面的每一个字都是小河亲手敲下,包括对行业的看法,对未来储备项目介绍。

当唐若翻到投资策略的时候,小河忽然叫停:"唐若,麻烦停一下。大家看,这一页上我写得很清楚,投资布局天使阶段的项目,这和我刚刚给大家的解释是一样的。"

迈克心想,幸好当初选择未来潜在项目,小河就偏向于更早期的项目,从根本上跟世纪资本做出了区别,不然今天真难收场。

"你继续吧。"小河被挑明了做新基金的心思,反而恢复了以前的自信,反戈一击控场,她的自信和从容来源于没有侵犯世纪资本的任何利益。

唐若冷哼一声，继续向下翻，翻到了过往案例，就此停住。

唐若将光标停在几个世纪资本的明星案例上，放大显示比例，全场同事盯住屏幕，开始骚动起来。很明显，里面的一些投资项目并非小河、迈克的项目，但是却被活灵活现地列示在二人的名字下面。

小河听到骚动，看着屏幕上的内容。这上面列示的一个一个项目，的确并非她和迈克的项目。这一个个被投公司名字仿佛在咧着嘴嘲笑着小河——欺骗、虚荣、沽名钓誉……

不对，这不是自己写的PPT！这上面的文字被改动过！

小河将愤怒的目光射向唐若，正准备指责唐若故意篡改PPT的内容，却猛然想到什么，扭头看向坐在自己身后的迈克，正对上迈克惊慌的眼神。

小河意识到，改动内容的人是迈克。

只听"哐当"一声，面色愠怒的于时火爆脾气发作，一把推开椅子，站立起身，大步迈出会议室，留下表情各异的同事们。

小河跌坐回椅子里，同事们纷纷绕开她走出会议室，嘀嘀咕咕小声议论的声音钻进小河的耳朵。

"没想到啊，说一套做一套。"

"原来咱们的项目都被她背后安成自己的了。"

"真是人品堪忧。我早说了佳品智能那篇文章都是真的嘛。"

……

唐若总算扳回此局，如愿达到目的，挺直腰板儿，给失败者江小河投来胜者为王的目光，下巴扬起，容光焕发地走出会议室。

待会议室空空如也，只剩迈克坐在小河旁边轻轻道歉："其实这些案例虽然不全是我们做的,但是毕竟我们也知道一些know-how,我觉得……"

小河已恢复冷静:"我说过,PPM没有最终定稿之前,不能对外流出。这份PPM是怎么到唐若手上的?"

迈克不安地看了小河一眼,"是吴跃霆,一定是他,我只给过他一个人!"

"吴跃霆?你怎么还在跟他来往?!"

原来迈克并没跟吴跃霆说实话,为了稳住吴跃霆,只说小河在考虑。他指望着小河过阵子能突然想明白,所以把小河的嘱咐抛在脑后,在募资说明上添油加醋一番,直接发给了吴跃霆。

至于这份募资说明是怎么被唐若弄到的,迈克倒当真不知情。小河没再追根究底,也并不想埋怨迈克。该来的总会来,接招就好。她将目光从迈克身上移开,望向落地窗外的高楼顶层。

夕阳西下,暮色袭来。晚霞收尽了最后一抹余晖,天地昏暗下来。

第十三章　被掏空了的口袋

冬日的早晨，小河从一个暖暖的懒觉中醒来，看看墙上的挂钟，居然已经十点半了。

上次睡得这么踏实，已经是很久之前的事了。

这五年来，小河匆匆忙忙，从这个会场打车奔向下一个会场，在车上还会回复几个漏下的讯息和电话；每日上下班挤入罐头般的地铁，翻看创投和行业公众号，遇上手机没电就好似世界末日，无所适从。

在这个世界上，对"时间就是金钱"最有体会的就是投资人。从成立一支基金开始，基金的LP就买了于时和江小河们3~5年的时间，而于时和江小河们则需要用这3~5年的时间给基金的LP赚到回报。

在投资上，还有一个最基本的企业价值模型——DCF（现金折现法）估值模型。这背后的逻辑就是"时间是有成本的"。一个创业项目，是在三年后给投资人带来1个亿，还是五年后给投资人带来1个亿，其中的价值悬殊。

投资的实质就是时间和风险的博弈。他们必须争分夺秒。

在这个暖洋洋的冬日清晨，小河看着天花板，悠悠地想：我们在将自己的时间转换为金钱，而吴跃霆、梁稳森这些人却已经让金钱成为自己的伙伴。记得有人说过：整天工作的人是没有时间赚钱的。

以往叮咚响个不停的手机这几天异常的安静，除了偶尔跳出的推送，就再没有别的人打扰。

最近的一封邮件，来自元申股份HR，小河还记得收到新邮件提示时的期待和点开邮件之后看到"很抱歉"三个字时的黯然。

果然，即使履历上所展示的工作能力与经验与元申股份的用人需求颇为贴合，却只需要"江小河"这个名字，就会在HR这一关被直接刷掉。

更早是猎头发来的信息，说手中掌握的资源没有与小河匹配的，还诚心道了歉，有合适的岗位马上联系她。小河心知这是对用人岗位风向极为敏感的猎头的婉拒之词。

再往前的通话记录，来自一位原本联系不上的LP，当她充满期待接通电话，对方却只是询问佳品智能和张宏达的情况，还有于时对她想成立自己的基金的看法……

与LP的电话差不多同时收到的，是迈克的文字留言，一贯不是留语音信息就是直接电话的迈克难得用文字留言，他承认错误，再小心地询问小河，融资阶段，这新基金的合伙人如果只放他一个人是否会好一些，由他出面去谈应该能避免提起那些情况。

小河却不怨迈克，也不想拖迈克后腿，她犹豫半响，回复迈克：好，但别用"莹晖"这两个字，这两个字对我很特别。

迈克回了拥抱的符号再加"保重"二字。

她低头看着手机屏幕上弹出来的各种广告推送，直接关掉了手机。

就在关掉了手机的一刻，她有一种奇怪的感觉——时间都变成了自己的。

那日小河被唐若"揭发"了在外搞新基金还"沽名钓誉"之后，她已经不想跟于时再解释什么，谁对谁错已理不清楚。

今天还有整整一个下午可以挥霍，她想去一个地方，张宏达跳楼的地方——中关村创业大街。

随人群走出地铁四号线出口，再走进这条无比熟悉的小街。

一百年前，这条街叫作"老虎洞胡同"，是当时的直隶海淀镇最繁华的商业街，人称"小大栅栏"。二十年前，这条街名为"北京海淀图书城商业步行街"，在清华、北大、人大三角地带，遍布书店、餐厅和小商品店。小河上学时，常常信步踱过来，吃根雪糕逛书店，买喜欢的小说。几年前创业创新大潮袭来，这条街被正式命名为"北京中关村创业大街"，从一条普通的商业街变成喧嚣的顶点，成为中国"大众创业、万众创新"的策源地。

这几百米的小街，曾经是中国互联网创业欣欣向荣的"纪念币"。"创业"这两个字之于年轻人，是创奇、是智慧、是梦想、是人生浓墨重彩的必需经历。而今，虽然创业公司驻地被其他创业园区分流，但这儿仍然被中国大多数的创业者所向往着，如同向往着一片乐土。

小河走到那个晚上张宏达坠地离世的地方，血迹早已不见，人来人往，脚步匆匆。

那日之后，无论小河如何拼命地回忆张宏达坠地的现场，却记忆模糊。此时此刻，身边行人如织，她刹那间甚至觉得佳品智能和张宏达从未在这个世界上存在过。

小河放慢速度，转过街角，收到路边小哥发来的传单，并被求"扫码"。小河打开手机,扫了码,收获一个感谢和小钥匙扣。她算了算自己这种扫街得到的"注册用户"的获取成本大约是5块钱,虽然自己黏性不高,但现在的行情,即使她这样的注册用户用来充估值,怎么着也值50块人民币了。

路过这家创投咖啡,小河见咖啡馆的外面竖立着几个易拉宝,上面写着:社交产品高峰沙龙——嘉宾是著名天使投资人。

小河上了二楼,层高展开,天花板上是各种遗留的蒸汽管道与线路,迎着门有一面巨大的招贴板,上面层层叠叠贴着各种招工帖,有招设计师,有招产品经理的,当然最多的还是招程序员——对大多数创业者而言,伟大的点子都已具备,缺的仅仅是一个CTO。

她粗略看了下,墙上的公司如果都能被做出来,世界将被重新定义一轮。

创业者们喜欢围在一起,打听彼此过去的工作和现在的创业模式。投资人也愿意入乡随俗,他们期望从跟创业者的谈话中了解行业动态,市场需求,更期望能从中捕捉到新项目的方向和灵感。

小河挤着坐到一张咖啡桌前,同桌是一位跟自己年龄相仿的年轻人,戴着黑框眼镜,身着白色衬衫,外套圆领咖色羊绒衫,他很熟络地跟她交谈起来。

"Hi,认识下,这是我的名片。"他拿出一个小名片夹,名片夹边缘已经磨破,可见内里的纸壳儿,他将名片递给小河,"你做什么项目的?ToC还是ToB?"

小河看着这名片,一支没听过名字的基金的副总裁,这年头职级膨胀得够厉害。她知道对方把自己当成了来听沙龙分享会的创业者，索性继续装下去："ToC，我没有带名片。"

"垂直电商平台吗？"

对面这位见小河认真点头，似乎有了心理优势一般地坐正了身体："用户量呢？"

小河认真"扮演"好自己的初级创业者角色："注册三十万，日活五万。"

"哦，那还比较早期，我不投种子期的项目。"这位年轻投资人听到数据略有失望，数据还太小，不像是个明星案子，对小河的兴趣迅速降温，再不搭讪，扭头要奔向另外一桌。

小河暗想，这所谓的投资人连自己"创业产品"的名称都还没问呢，真够抢时间，也够功利。

被"甩了"的小河转到咖啡馆后面的一片区域，一大片空间被切分开来，摆了一张张长桌，每张长桌上七八个电脑屏幕闪烁着，线路在地上交错缠绕，走路时得留意才能不被绊着。一半椅子空着，另一半上坐着的人，几乎都戴着黑眼圈。环顾一下，墙角处有几个小玻璃间，有人在里面窃窃私语。投资人可以在外面来回走动，遇到感兴趣的团队直接进房间聊。用金钱碰撞理想，双方聊到远大前程了，几张纸一签，小团队就可以哼着小曲搬出这个地方招兵买马去了。

一旦理想成交，怀揣梦想的几方皆大欢喜。

小河再转到另一个区域，嘉宾正在对着PPT进行分享，巧了，台上的嘉宾正是李云清。他的身份是成功的创始人，给其他的青年创业伙伴分享经验。认识他这么多年，工作上接触也不少，而这次见他在台上侃侃而谈，却觉得他不似那般稳重阳光，只觉他言辞匆忙，甚至略显肤浅。

李云清旁边的主持人，是唐若。

最近唐若刷美女投资人人设刷得很成功。圈子就这么大，唐若又是面面俱到、什么场合都撑得起的样子，已成功主持了多个沙龙。

台上的李云清和唐若都没有发现小河，继续在一来一回地讲述着创业中的种种。小河看着落落大方、气质出众的唐若在台上与自己熟悉又陌生的李云清配合默契，有虚有实地讲了许多连自己听了都觉得诚意满满的话题，心里自是一阵黯然。

唐若的控场能力，落落大方，侃侃而谈，曾经是初入行的江小河对镜苦练的金融精英范式的"才艺"，却终因无此天赋而不得要领，始终差强人意。

小河再次离开座位，去其他会场转了转，却也没半点儿有趣的内容。有一场是一位有些眼熟的嘉宾在讲着"一切设计要以用户需求为核心"，"脱离使用场景的功能都是耍流氓"之类的话，特点是非常正确的废话，创投鸡汤段子。可是现场的观众还是个个都举起手机拍起幻灯片，生怕落下一页。

分享嘉宾在点评某个创业者的项目："总体来说，这个赛道空间很大，我就喜欢和海归精英以及有冲劲的年轻人聊天，但你需要先证明你自己给我看。"

这位分享嘉宾余光也看到了小河，圈子里的人都熟头熟脑，二人微微点头示意，并不显热络。

小河觉得这位年轻副总裁、这些年轻的创业者、这位分享嘉宾都似曾相识。过去的自己如周遭的熙熙攘攘一样，对新信息无比焦虑，生怕错过了一丝机会，但是，今天却觉得这一切都是扯淡虚空，自欺欺人。

小河想到一个寓言，普罗米修斯创造了人，又在每个人的脖子上挂了两个口袋：一只装别人的缺点，一只装自己的缺点。他把那只装别人缺点的口袋挂在人们的胸前，另一只则挂在背后。因此人们总是能够很快地看见别人的缺点，而自己的却总看不见。人们往往喜欢挑剔别人，却无视自身存在的问题。

小河转身往回走的时候，迎面碰上刚结束访谈的李云清。唐若自然也在，小河不得不和她打个照面。

李云清兴致正高，"巧遇"小河更是高兴，非要拉着她去咖啡厅坐坐。

唐若见状便以有事为由先走了，临走还浅浅地看了小河一眼。小河从她的眼神里，看到了充满挑衅的胜利者的骄傲，忍不住别过脸去。

喝咖啡时，李云清脸上的兴奋还没有完全褪去，他现在的模样让小河很难将他与自己少女时认识的那个安静画画的李云清重叠起来。

"小河，唐若介绍合融财富给我融资呢。"

"合融财富？就是那吴跃霆？"原来唐若跟吴跃霆之间早通过王东宁的引荐有了交集。

小河猛然间明白了当时"莹晖"基金的融资PPT的确就是唐若从吴跃霆这边所得。真够恶心。

李维清仍然沉浸在公司的快速发展中："三诺很快就要再开十三家主题影院。每一家都会由我精心设计，而且每隔一段时间都会换一个主题。"李云清讲起自己的创业成果，神采飞扬。

小河确实是很欣赏李云清的创业理念，但她此刻觉得李云清的状态过于激进，尤其是跟吴跃霆和唐若搅在一起更令人隐隐担忧。小河做投资这五年来，她已见过太多项目的起起落落，加上此前佳品智能的事情，她已经不再是以往那个盲目贪多求功的江小河。

正在思虑着怎么劝说李云清，却听他提了句："其实佳品智能的张宏达张总，他的创业理念这些年都在影响我，我一直很理解他，虽然行业不同，但我认为他的方向是对的。"

听李云清的语气，想必他也是看过谢琳慧的文章，但显然并没有被文章左右想法，提起张宏达依然是认可的意思，那对于文章给小河安上的"罪名"，他也并不相信吧。

与张宏达相处的点滴画面又浮现于小河眼前，又听李云清说："张总在他那个行业所做的一切，将来都会得到验证，可惜他却在那之前走了，太可惜了。"

回想着与张宏达一起经历的种种，小河心中突然一凌，眼前的李云清正顺风顺水地往上走，可当时的张宏达又何尝不是这样呢？

小河提醒李云清："三诺影院现在需要稳定基础，扩张过快不适合三诺。"

小河快言快语提了几个项目因盲目扩张带来的失败。小河急啊，她希望能通过这些告诉李云清，应当进一步看清楚局势，来选择最适合自己的下一步。

李云清被泼了冷水，嘴角笑意收敛。小河是相熟多年的邻家妹妹，本意是想与她分享自己创业有成的喜悦，兼而安慰她。

"小河，你是投资方的人，你很清楚，于时对于三诺影院的业绩指标是有对赌协议的，后续的投后管理上，我这段时间也跟唐若交流了很多,她给了我不少实用的建议。所以,不用担心,我是考虑清楚之后才做这个决定的。"

小河看着李云清的神情,自己这一番劝说只怕是一点儿作用都起不了。

咖啡喝罢,被扫了兴的李云清问了小河接下来的安排,并说自己晚上约了人,与小河告别。小河心里也不痛快,却没再多说什么。

李云清走后,小河独坐在咖啡厅里,透过窗户看向外面街道上的华灯初上,回想着过往与李云清相处的片段。

当年那个激励自己发奋学习的"别人家的孩子",那个优秀又阳光的云清大哥,已经随着这城市喧闹的车水马龙,一起渐行渐远。

如今的情势,小河心明如镜:佳品智能的污点、募集新基金的无力、半个投资圈的误解……每一个出口都被堵死了。要么换行业。她如今想在投资圈求职的希望已经渺茫至极,她可以选择的就是,不再做投资人,离开北京。

要么就必须将过去的事情查清楚,否则污点不会自己消失,永远是她职业生涯上的污点。走出咖啡厅的一刻,小河觉得自己的身体似乎变轻了,什么明星项目,什么上市敲钟,都不重要了。该做出她的选择了。

她想回家乡了,回到爸爸妈妈的身边去。

也许,再也不会回来。

第十四章　家的温暖可治愈一切

小河的家乡在东北，四线小县城。她的爸爸妈妈原本在城中钢厂工作，前几年钢厂效益太差，年过五十的员工就被"鼓励"提前退休，爸爸妈妈就齐齐被鼓励着退了下来。退休后的那点儿工资只够买菜，好在小河的爸妈都勤快利索，在小城市中心的元申丽辰百货租了一个档口做米粉米线。夫妻二人经营有方，加上顾客也都是邻里常客，连卖货稍带拉家常，小饭馆儿总是热热闹闹。

夫妻二人以女儿为荣，在这小县城里，江小河考取了北京的大学，又在高级的写字楼里上班，这很是让爸妈骄傲。

这几年小河逢年过节回家，也都是带着好消息，升职啦，加薪啦，爸爸妈妈也都是红光满面、充满希望地迎接自己回家。

这次春节提早回乡，避开了春运高峰，她没坐飞机，而是改乘火车返乡，小河要循着十年前来北京上学的路再走一次。在长达近十个小时的路途里，小河一直无法合眼，她趴在车窗边，盯着外面的景色，生怕一闭眼就会错过什么。

越往北，越可见熟悉的白雪黑土，一片苍茫。东北的雪，起初如鹅毛，漫空飞舞；随后如棉絮，大团下落。再被北方劲风一吹，如沙如粉，整个宇宙变成了一片白色。

"方便面火腿肠矿泉水"，小河泡了一盒方便面，越往北走，身边乡音越重。

家乡真好，有爸妈盼望她回家的感觉真好。

过了山海关后，上来一家四口，小两口跟自己年龄相仿，但是牵的那对龙凤胎看上去有五六岁了。年轻的妈妈和小河对望了下，眼睛一亮，脱口而出她的名字："你是江小河！"说着兴奋地拉起小河的手。

小河记得这位年轻的妈妈是她的初中同学，却又想不出名字来，只好尴尬地笑着，不好意思发问。同学倒不介意，报了自己的名字，跟小河熟稔地拉起家常来，原来他们一家四口是从孩子们的奶奶家回姥姥家过年。

看着一家四口的穿着，小河看得出老同学生活并不富裕。

老同学知道小河在北京工作，眼中流露出无比艳羡，说自己高中时早恋，耽误了学习没考上大学，早早嫁了，二十三岁就生了孩子，再没上过班。

这对小朋友淘气得很，上蹿下跳，老同学一边和小河聊着一边忙着哄孩子，一会儿就折腾得浑身是汗。而这同学的老公则坐在旁边沉浸在手机游戏里，仿佛照顾小孩子跟他没有丝毫关系。小河没哄过孩子，有些笨手笨脚，连想抱孩子都不知怎么伸手。

餐车推过，小朋友跳着脚吵闹着要吃零食，老同学看了看零食上的价格标签又放下，神色尴尬，回身哄着孩子们说："这车上的不好吃，妈妈有好吃的。"

小河看出她是嫌火车上的零食太贵了，赶忙掏出钱包要买零食，却被老同学连连摆手推回去："我不是嫌贵，不是嫌贵。"小河不想老同学尴尬,收回钱包,再狠狠地从心里鄙视对面座位上这位全程只顾自己打游戏而不照顾孩子们的爸爸。

孩子们没了零食吃,又去闹爸爸,这爸爸来了脾气,不耐烦地吼了老同学几句,"你怎么管孩子的?连两个孩子你都管不住?!"

孩子们见爸爸吼妈妈,不敢再闹着要零食,加上也玩累了,不多时,一个躺在妈妈怀里,一个枕在妈妈腿上,睡着了。

小河看着乖乖睡着的一对小朋友,如同两只小猫咪,她觉得小家伙们好可爱,俯下身能看到小孩儿脸上特有的茸毛,她轻轻摸摸他们红扑扑的小脸蛋儿,软软滑滑的。

自己不再年轻,如果能有一个自己的小家、自己的孩子,也挺好。

孩子睡了,老同学终于能安生地跟小河说说话。她问小河北京的工作,问小河有没有结婚,问北京的好玩儿的地方,说自己一直想带孩子们去北京看看长城和故宫。

小河看得出老同学对自己的羡慕,在老同学眼里,小河是幸福而自由的。她不用为懒惰的丈夫发愁,没有调皮的小孩子们的烦扰,她一定有大大的房子,在高级的写字楼里面办公,还有很多很多的钱。

她还提到了李云清:"那个住在你家隔壁的李云清,听说他也在北京。你和他有联系吗?当年他可是咱学校有名的学霸。"

提起李云清,小河心里还是被撞了一下,她希望自己的担忧都不会应验。连忙笑着说学长确实就在北京,发展得不错。

小河不讲自己的烦恼,这老同学也听不懂这些烦恼,大城市工作的人,穿得好,用好手机,有什么烦恼呢。临别分手,小河给老同学留了电话,嘱咐她若带孩子们去北京玩儿一定找她,她来安排住处。

转头想想,自己在北京忙忙碌碌的五年,没房没车没家没娃,而今又可能没了工作,自己说要招待人家,可自己算是北京人吗?在那个熟悉又陌生的城市,自己到底拥有什么呢?

火车到达家乡的小站,已经是晚上九点钟。

在这小站下车的人并不多,小河随着稀稀拉拉的乘客走下火车,爸爸正向这边张望着,也看到了小河。

东北真冷啊,爸爸的眉毛已经结了一层白白的霜,背也更弯了。

年轻时的妈妈很严厉,家中一切大事由妈妈做主,妈妈对小河望女成凤,淘气的小河没少挨妈妈的揍。爸爸性格温和,对人对己都没有高要求,随着小河干这干那。

爸爸执意接过来女儿手中的箱子,箱子很重,里面还有小河的春装,这次她打算在家里多待几个月,她太累了,要在家里好好休息。

单手去接箱子的爸爸有一点趔趄。

小河心酸,爸爸老了。

爸爸领着小河去出站口,一边告诉小河:"你王叔在外头等咱呢,他一听是你回来了,不让我打车,非要开车来接你。王叔,你还记得不?就咱家饭馆儿旁边卖劳保用品的王叔,他闺女跟你差不多大,学习一直不行,现在也在他店里帮忙呢,他闺女生了一对双儿,一岁半都会叫姥爷了……"。

小河想不起是哪个王叔。每次回家,她去小饭馆儿去找爸妈,

153

爸妈一准儿是带着她挨个见附近小铺子里这个叔那个姨，介绍里面饱含骄傲。

正说着，就已经上了王叔的车。小河乖乖问好："王叔好，辛苦您了，这么晚了，您还来接我。"

王叔跟爸爸年龄相仿："这孩子，跟你王叔还说啥谢，我这不就顺路嘛。下雪我怕你爸不好打车，我就一脚油门儿的事儿。江哥，你闺女口音都是北京味儿了，没啥咱东北口音了。咱这片儿就属你闺女争气啊。"

听着熟悉的乡音，看看皱纹舒展，满面红光沉浸在自豪中的爸爸。小河别过头，眼泪顺着脸颊流下来。

父女二人到家，迎接小河的是家的暖洋洋。在东北的冬天，室内的暖气总是足足的，更有妈妈的大嗓门儿充实着熟悉的家。

小河的妈妈新烫了头发，染黑了颜色，为了迎接这个春节，为了迎接她的女儿回家。

桌上摆着三双筷子，妈妈从厨房中端出刚做好的热气腾腾的牛肉丸子汤。看到小河拖着大箱子，妈妈的絮叨开始了："小河，这次你咋带了这老多东西回家？这箱子这老沉，回北京你自己咋拎哪？再说你回来坐啥火车？你坐飞机啊，回北京一定买机票啊，你坐火车还得换车，大冷天儿的，你多折腾啊，你就是总这么胡来，咋说都不听，咋整……"

若在过往，小河已经不耐烦地回自己的小房间了，而今天听着妈妈的絮叨，却让她感到生活的真切，她真希望妈妈多说会儿。

接下来的日子，爸爸妈妈白天去小饭馆儿忙，小河就在家里归置自己的小房间，翻翻几年前买的杂志，也不开电脑，不玩手机,不打电话。

归置房间时,书柜上掉落一本日记,翻开才想起来是自己高中时写的。小河饶有兴致地读完,发现其中写满了自己对未来的梦想。如今,小河却似乎离梦想中的人生越来越远了。

思绪万千,接下来的路究竟该怎么走?

一晃一周过去了,爸爸妈妈都看出小河的异样,开始担心起来。

小河本没想瞒着爸妈,就将前段的经历一五一十地全说了出来。

自打小河去北京上学,这一家三口已经很久没有坐在一起谈心。花生瓜子摆满一桌子,妈妈难得听小河讲这么多话,起初边嗑瓜子儿边听得有滋有味,越听越觉得不对劲儿。

爸爸握着大瓷杯喝着热茶,半晌不讲话。他们都听得出,小河在工作上遇到了大麻烦。

妈妈走了神儿,过了一会儿,好像想起来什么,来了句神来之问:"哎,小河,妈问你,于时结婚没?"

小河哭笑不得地摇摇头。在妈妈眼里,小河身边任何一个年龄相仿的男人,都是潜在的女婿人选。

但凡是妈妈觉得优秀的男人,她都恨不得全塞给小河。而且在她看来,任何优秀的男人都应当是喜欢咱家小河的呀!

听完这几个月发生的诸多事情,妈妈认定自己能干的女儿就是在闹小脾气,想通了一定还是会回北京,好不容易在北京读完大学,难不成在这小地方窝着工作一辈子?

爸爸的看法却不一样,他记得看过城商行的招聘启事,咱们小河不如就留在家乡，工作不累，赶紧结婚生孩子就挺好。就北京那房价，咱小河那得多少年才能买得起房子啊！

小河妈妈的这个春节，过得有些不是滋味。

往年春节走亲戚是妈妈最得意的时候，因为小河在亲戚中这一辈儿的孩子里是最有出息的一个。小河小时候并不显眼，调皮捣乱，但是长大了却越发争气，之后又在北京做投资这么高大上的工作，公司棒、挣钱多。而这个姨那个舅的孩子都还在家乡小城里面，哪有我们小河的那份气质和气场！

但今年春节却情势大变，连小姨家的女儿都领了结婚证，开春就办婚礼，这一辈儿的孩子里，就只剩小河无着无落还单着。过去小河不结婚，大家认为那是理所应当，毕竟在北京嘛，又有大家艳羡的金牌工作撑着，年龄大一些没结婚也不算啥，大城市的人不都是这样吗？现在不同了，怎么唯独我们家小河是30岁的姑娘，两手空空。

爸妈支使小河去看望隔壁李云清的父母，小河不好推脱，只得准备了礼品上门。

李云清的父母照旧对自己优秀的儿子赞不绝口，这一回还顺带夸起他们的儿媳，还拿出他们的结婚照给小河看。

李云清是去年结婚的。小河知道他的婚讯，小河的爸妈还参加了他在老家办的汉式婚宴。回北京后李云清两口子又发了请帖约几个在北京的老乡朋友聚餐，也请了小河，当时小河刚好在出差，没能参加，所以也一直没见过李云清的妻子。

照片上新娘娴静美丽，与李云清确实很般配。听说是李云清大学时就交往的女友，多年感情，是水到渠成的美满婚姻。

小河回想起年少时自己对李云清的模糊憧憬，到如今有的却是对同乡学长的担忧。小河懂事地地顺着李云清父母的话好好地夸了李云清夫妻几句，老两口很受用，笑得更开心了。

只是这样一来，同在北京打拼的李云清事业、爱情双丰收，她江小河"反面教材"的形象就更突出了——大龄、未婚，只租个小房子，连最后能撑起场面的好工作也没了，混不下去只能"逃"回老家。

所幸，每天能变着花样儿给小河做各种东北菜，又让妈妈充实了不少。

过了正月十五，从小一直好运动而精瘦的小河居然胖了几斤，显出了双下巴。整个春节十五天，她都关了手机。直到正月十六，小河才打开手机。

手机是她跟北京投资圈的连接窗口，方寸之间如时光隧道。她打开手机的那一刻，透过朋友圈、微博，小河暖洋洋的小房间里就又充斥了北京投资圈的味道。

叮叮叮叮，响个不停。

数百条没有抬头的拜年信息，全是"某某携全家"之类的群发信息，还有不少未接电话提示。

小河只回了一个电话，是给程迈克。程迈克大喜过望，随着这信息中枢清亮的声音自电话那头响起，各种新闻轶事扑面而来：

世纪资本募资不顺利，于时心情很差；唐若风生水起，春节去参加一个欧美游学营；王东宁估计要被裁掉了……而程迈克自己则将在春节后自立门户，成立自己的咨询公司，目前的单子不多，主要来自给熟悉的圈内朋友对接个把项目，收点辛苦费。程迈克表示自己未来将宏图大展，致力于将咨询公司打造为中国最好的"精品投行"之一。还有个好消息是，迈克在股市里面赚了又一拨快钱。

"小河，别在家猫着了，回来吧，咱俩一起搞这个咨询公司。回来哥们儿接风请你吃三千一位的日料啊。"

小河应下，听着种种八卦，终是没忍住翻起了朋友圈。果然，唐若秀了在英国大本钟前的修长背影，傲人身材，腰线尽显。还有其他投资人秀南澳海景，北美雪场，种种。

迈克则每天晚上必转发各种资本圈的新闻，持续展示蓬勃向上的北京金融圈生活。他在电话后继续给小河语音留言，认真悔过自己胡乱添加项目名字给小河当了猪队友之余，又开始讲演自己的宏图大略，力邀小河跟自己一起做点"挣钱的事儿"。

"小河你肯定行，你可千万别在家里吃成个大胖子啊，到时候回北京都嫁不出去了"，"我最近认识一哥们儿，特帅，工行总行，回来你俩见一下啊，我感觉有戏"。

小河听着留言，明白迈克是担心自己颓废下去，在给自己打气，他要把自己尽快拉回到北京那光环中心重新开始。毕竟在所有人看来，只有在北京混不下去了，才会回家乡。

小河单独翻了于时的朋友圈，更新截止到了腊月二十九，之后没再更新。这不奇怪，他本就不喜欢发这些东西。

这些人跟自己大约这辈子不会再有交集。

小河惯常用大大咧咧的样子，将自己柔软的心包裹在男生般的外表下。她有种想骂人的冲动。小时候爸妈不许她骂人，她一直忍着，直到有次实在忍无可忍，第一次骂了人——那叫一个痛快！现在她心里想骂人却堵得慌，骂谁呢？唐若？迈克？于时？

王东宁？谢琳慧？都不是，小河想来想去，要骂就骂自己吧。

小河的自省被房东催问房租的电话打断，房东说如果不再续租，那就要解除合同了。

小河终究下不了决心，回复房东稍晚一周答复。

打开电脑，她会不由自主被每日投资要闻吸引，行业新产品新变化都令她兴奋，她仍然会饶有兴趣地对比着各家新创业公司的商业模式……她深爱这份做了五年整的投资工作。

她在努力说服自己与这份职业告别。

但放弃这份职业的感觉让她无着无落，如同一个陪自己朝夕相处、掏心掏肺了五年的朋友，突然抡了一棒子敲晕了自己，不辞而别。

小河强迫自己跟这位昔日"旧友"分道扬镳，开启新生活。就在家乡这片养她长大的黑土地扎根吧，何必再去想那光怪陆离的投资圈。

过了二月二，按东北老家的风俗，这春节就算彻底过完了。亲戚走动告一段落，爸妈开始辛劳工作。

爸爸和妈妈在小饭馆里倒班儿，妈妈上白班，清晨五点去接菜农送的菜蛋，晚上七点回家休息；爸爸则固定早晨出去打太极拳，中午前赶着顾客多的时候去帮厨，一直到晚上十点打烊。小饭馆专做米线米粉，几个店员都来自附近的农村，话不多但都勤劳肯干。

早晨爸爸出去之前必将早饭做好摆在桌子上，晚上妈妈则一定要给小河做晚饭，牛羊鱼虾换着花样儿地做。给小河做花式晚饭赋予了妈妈格外的成就感："我跟你爸平时吃得少，在店里随便对付一口就行,你回来我可有得施展嘞。"

在这红红火火的一家子中,小河是最游手好闲的那个。

不同于往年,爸爸不再问她北京工作是否有烦恼,妈妈也不再旁敲侧击问她在北京小圈子里面有没有遇到可心的男生。日渐年老的爸妈这格外细心的关怀,反而让她感到忐忑。

饭馆旁边的小铺子准备转让,妈妈有想法将这个小铺子盘下来,跟现在的店面打通做个大些的门面。但又需要一笔装修费,这让爸妈有些犹豫,让小河一起去看看,帮忙拿主意。

小河随着于时参加过那么多次董事会,又是成天摆弄财务模型的人,遇到这么个小问题,倒是有些兴奋。这个简单啊,做商业模型。先看客流,转化率,翻台率,客单价……小河看过那么多消费类的案子,对这一套熟得不能再熟了。

然而,当小河跟着爸妈到了饭馆里的时候,她才知道自己的纸上谈兵。爸妈转一圈儿,很快有了判断。嗯,这儿有个拐角,得少放两张桌子。后厨的灶要装。门口的卷帘门要换……小河还没来得及施展自己的财务模型本领,爸妈已经得出结论,值。咱盘下来装修,装修的成本六个月就回来了。

现在正是中午最忙的时候,爸妈一到小饭馆就进了后厨忙活起来。

小河也随着去帮厨,但切菜端勺这些她搞不定,面点也不会,在后厨反而碍手碍脚,前厅端菜倒水这些劳力的活儿她还干得来,就借了套店员的衣服,抢着要帮忙。起初年轻的小店员们跟她客气,不让她伸手,后来客人越来越多,催着上菜倒水,小店员们也就顾不上她是老板的女儿,又是大城市回来的白领,一起干起活儿来。

就这么忙忙碌碌一整天，日落山头，到了晚上八点，客人慢慢散去，才到了小店员们吃饭的时间。妈妈在柜台算着今天的流水，眼里带笑，她的心情总是与生意好坏成正比。爸爸三口两口吃完，跟隔壁的王叔下起象棋。小店员们跟小河也混熟悉了，围着小河说说笑笑。

一天的辛苦结束，他们最放松的时候到了。

小河问他们的年龄，居然大都才20岁出头，最小的只有18岁。有个小伙子起了头儿，随后他们就一拥而上对小河提问起来。

有问小河投资公司的钱为啥那么多，有问小河北京的房价那贼老贵都是啥有钱人在买，有问小河是不是以后会把爸妈接到北京养老看孩子……小河看着这些面容尚显稚嫩的弟弟妹妹们，笑着回答着。

小河问大家平时做什么，原来，大家工余会看短视频、打游戏、看网剧、听音乐……这些离家打工的年轻人的时间被手机上的各种娱乐占据。

小河的手机款式让他们羡慕不已，有个懂行的小妹妹说："这个是今年年前才上市的新款，老贵了，小河姐，你是不是一个月能挣好多钱？"

小店员们凑过来看小河这个"北京回来的大姐姐"的手机里都装了什么有趣的东西，又叽叽喳喳地纷纷掏出来自己的手机给小河秀自己新下载的有趣的APP。他们的手机大多是千元机，却被他们用保护膜保护套精心地保护起来。小河给他们解释，这里面有一些APP是自己看过的项目，也有自己参与过投资的项目，他们即将推出一些迭代产品会有什么功能……

小店员们崇拜地看着小河："噢，这几个都是用了你们的钱才发展起来的公司啊！小河姐，你忒厉害了！

忒厉害了？小河听着，发现自己心里有难以抑制的一种情绪在蔓延。这段时间，投资圈那些经历仿似已经过了很久很久，她以为再也不会引起她心里什么涟漪。可听到这些小店员们的叽叽喳喳，她才发现，自己仍旧没有放下"这个负了自己的名叫投资圈的朋友"。

这是一个轻松而温馨的傍晚。小河已经很久很久没有体会到这被爱和幸福包围的感觉了。

爸爸棋艺不精，又输给了王叔，输了棋，心情却还是很好，因为女儿在身边。王叔叔最近常常在网上下棋，棋力大涨。王叔叔告诉小河这下棋的网站的名字，小河随口说这也是曾经拜访过的公司，王叔叔伸出大拇指又夸小河的爸妈生了个有能耐的好闺女。

今天生意很好，妈妈心情不错，很多人都通过网上下单，这阵子外卖的流水涨得不错。

结束了一天的工作，小河一家三口一起下班，在小河近三十岁的人生中这是唯一的一次。雪天路滑，小河左手挽着爸爸，右手挽着妈妈。就像小时候一样，她在中间，爸爸妈妈在两边。

在家里待了整整一个月，小河决定回京，重返投资行业。

至于这份工作未来是否会有上市敲钟，是否会有光鲜亮丽的名片，是否在顶级写字楼，这些对于她来说都不再重要。

投资助力了产业升级，投资行业是她的主战场，这份职业将她跟身边每一个可爱的人连接在一起。

而且，这里还有一个她必须解开的结。

第十五章　缘分开启一扇门

临回京前几日，小河陪着妈妈去超市买家用品，结账排队的时候恰好遇到了王叔王婶老两口。

王叔正在跟王婶聊自己在股市的神绩，看到小河一家三口，就眉飞色舞地讲自己这个月已经赚了几千块。

王婶却面露担心，让王叔把股票账户里的钱都提出来，王叔很不情愿："你呀，见识太短。昨天的报纸上都写了，'股市万点不是梦，现在刚刚是起点'，这是专家的分析，你听听。这辈子你就是胆小，几次赚钱的机会都错过了……"

王婶被说得哑口无言，瞪了王叔一眼，在小河母女俩面前她又不好发作。

小河低头看着这老两口儿的购物车里面放着的打折的水果蔬菜，知道他们生活并不富裕。小河走向前去，离着王叔近了些，压低了声音："王叔，股市风险很高，尤其是现在。把钱都提出来吧。"

王叔本来以为小河这北京回来的投资专家能支持自己呢，却没想到她的意见反而是偏向着王婶。王婶见自己的主意得到了支持，将后背挺直了些，给小河一个感谢的微笑。

结账完毕，小河回头看了看还在怄气的老两口儿，不放心地走回去，对着王叔格外叮嘱："王叔，您信我一次，把钱都提出来吧。"

刚出了超市,小河见一行人匆匆迎面而来,小河瞥见一位身着深蓝色羽绒服的人被众人团簇在中央,在考察商场。

避闪之中,小河看向那人。天啊,居然是周维。

周维围一条黑色围巾,步履生风,在一行人最显干练利落。

二人擦肩而过。

小河今天没梳头发,脚上则踏着一双不大合脚的雪地棉鞋,这形象够邋遢。她没有走向前,反而挽起妈妈的胳膊,向相反的方向快步走几步,避开了。

小河清楚地感觉到刚刚周维的余光扫到了自己,她怀着些许期待,放慢脚步,又转头回看,却只见周维已率众人大步流星走远。

妈妈见小河还呆呆地盯着周维已渐远的背影,觉得这个人对小河来说很不一般。妈妈张嘴欲问,见小河神情黯然,努力咽下话,最终还是开口问小河刚刚偶遇的人是谁。

"也是一个做投资的人,嗯,不太熟。"

母女俩一路走回家,小河拎着重重的袋子,一路无语。妈妈心疼自小好强的女儿,想想自己跟老伴儿总归是越来越老,再想想怎么这么好的女儿到了三十岁还是没个疼她的男人呢,又想到女儿第二天就要去北京,接下来又是小半年见不到。妈妈心下一阵唏嘘,一阵焦急,长叹一口气。她真是拿小河这拗劲儿一点儿办法都没有。

东北的夜晚,入夜渐深。于她,回京并非返回从前,而是一个新的开始，一个与过去一刀两断的新开始。

小河将工作电脑中的私人资料悉数拷贝删除，将工作文件整理归档。

电子邮箱的草稿箱中存着的写了开头的辞职信。辞职信惯常的八股格式都是自回顾同事情谊起，接下一段是对老板衷心感谢，随后是表示未来将继续大展宏图，同事们继续加油、常常聚云云。

小河对这八股了然于胸，却着实按这个套路写不下去。

既然辞职信其实是增加一种跟过去道别的仪式感，而自己又格外讨厌仪式感，那又何必强求自己卖弄文字呢。

回京后，当面跟于时提离职吧。

在深黑的天空中，星星一颗颗跳了出来，那么多，那么亮，又那么近。

小河拿着手机对准星空，想到了周维。

坐起来，拉开窗帘，夜色朦胧，隐隐可见远处山的轮廓，月牙如害羞的姑娘，悠悠。

万家灯火如橘。

小河觉得也许二人之间有缘分，几次偶遇是编剧才会用的桥段吧。而此时此刻在家乡偶遇，更是小河想都没想过的事。

她拉回思绪到五年前二人的初识，陕西西安，上交所创业企业高管培训。

当时本来小河不符合这个培训的学员要求，托了研究生导师，找了上交所培训部，好歹才算拿到这个名额。

彼时的小河刚刚加入世纪资本，头几次开例会，自己对于同事们对于初创企业运营的规律讨论听得云山雾罩，一派朦胧。小河不服输，决心钻研成功企业的运营之路，再回头看创业企业的成长脉络或许会稍显清晰。

课程一共一周。请到的老师都是金融、企业、投资、财务税务方面的专家，参加课程学习的人分成几组，都是上交所上市企业的副总以上级别的人，坐在其中的小河唯恐大家发现稚嫩的她是混名额进来的。

大家都还是认真上课的，毕竟企业是自己的企业，说是公费报销，那也是自己腰包的钱。

小河认真记笔记，白天黑夜徜徉在企业经营案例中。

第四天上午。到"上市公司并购整合"这门课。这门课最难讲，一来是技术性强，天马行空地讲会被轰下来，二来企业并购这个事情本身就是随着监管政策走的。如果不是实际操盘手，空对空，是绝对讲不好这个课程的实操细节的。

班主任上台："今天我们特别有幸邀请到前上交所上市并购审核处周处，给我们讲这门课。"

"周处，辛苦您了。几次请您讲课都请不到，这次在西安，您的家乡，总算把您请动了。"

周维走上讲台。

中等身高，不戴眼镜，不胖不瘦，板寸头，蓝色polo衫，牛仔裤。

小河坐在第一桌，看得最清楚。

周维站定，抬头环视四周。那眼睛，清澈若水，双眸深邃。

小河心里一动。少见一个男人的眼睛这般的灵动清朗。

"大家好，我是周维。我半年前离开了上交所，加入了元申股份，未来我们常常聚，多交流。这门课，我会分成三个部分：……"声线低沉、纯净、有磁性。

随后三小时，没有乱七八糟的感言，没有俏皮话，没有荤段子。全是干货。各种案例，娓娓道来。每个案例都配了交易结构图、交易步骤，清爽的课件。

人如其文，清爽沉静。

三个小时，台下所有企业家均如回到高中，全神贯注，被课程牢牢吸引。

小河至今记得周维讲收购整合时所提及："……成功的收购不仅仅是收购了这盘业务，通常还包含引入被收购方有经验的团队进入管理层，并进行有机整合……"

周维上课临近末尾："接下来这三个问题，留给大家思考课下讨论，没有正确答案。感谢大家今天的时间，再一次感谢我的老同事招呼我过来。未来承诺随叫随到。"

课程结束后，大家都围上去要周维的手机号和微信。周维耐心地一一加好，每加一个人的微信时都会抬头看看，聊两句。

他向来不是敷衍的人。

个子不高的小河，总算是挤到前排加上了周维的微信。

回到座位。小河又端详起周维来。

鼻子高挺，好看。

这人真耐看。

可惜不是自己喜欢的类型……

哦，是吗？

小河自上大学入学，就笃定认为自己是喜欢体育健将类型的。她自知不是大家闺秀，小家碧玉，自己这好动的性格可能还得找个飒爽生风的篮球高手才有共同语言。可惜的是，小河尚未谈过恋爱。不知道"爱"一个男人的感觉，到底是什么呢？

那天下午,周维没离开教室,坐在最后一排,跟大家一起听下午的课程。

小河偷偷瞄了周维几次,他全神贯注,宛若身边没有这五十几人。

课程结束后,小河先回去查收邮件,打了几个项目上的跟进电话。

晚上照例是酒店自助。刚打算下楼就餐,突然想到可能晚上周维也在酒店自助吃饭。顿了顿,小河补了补口红。

对镜学下淑女的微笑,小河觉得这镜子中自己笑起来的模样还算过得去。眼睛灵动,鼻子也俏皮,可惜鼻头冒了几颗青春痘还红着。小河几乎从不穿裙子,翻拣着箱子半天也翻不出件有淑女样的衣服。只好继续穿起白天上课的牛仔裤白T恤。

一进餐厅,就见同桌的赵总招呼:"来来来,江小河,坐这儿,周维老师也在我们这桌儿。"

席间大家随意讨论,小河对于企业运营知之不多,只竖着耳朵听,时而被大家逗笑。

小河没想到周维原来是个如此幽默的人,说话不多,但是很会掌握节奏。大家扯来扯去不得要领,到周维这儿,他往往一句点睛。

有周维在席,小河总觉得一种说不上的拘谨。往日的大大咧咧、随性率意不见了,小河只觉得脸上发烧,摸一摸,还真有些热热的。

饭罢。大家依次散去,小河也随众人离开。电梯已经到了房间的楼层,却总觉得有件事情还没有做完,悬在心里空空的。

哦,没有单独跟周维说过话呢,一句都没有。

小河关上电梯门，随电梯下楼，她想再看一眼周维，即使不说话也行。也许能看到。

到一层餐厅，顺着走廊往花园廊道走，小河一路张望，找那个身影，酒店不大，走一圈，如果他还在，总能碰到。

可惜，没有偶遇，缘分开了小玩笑。

释然，怅然。但是好像也轻松了。

在酒店的花园廊道中有个小山包，曲折的台阶，通向山顶一个小平台，几株树下随意摆放了几块大石可坐可倚。

周维这个目标既已丢失，小河索性拾级而上去散散步。走到台阶半途，小河抬头，喔，星星。在北京可看不到星星，光污染太严重了。

于是小河的步伐更加轻快，去看星星。

到山顶，小河掏出手机，打开装了颇久的一个APP，这个APP可以将星星的星座标注出来。

哦，狮子座……小河举手过头，对着星空饶有兴致地辨别着不同的星座。

"看什么呢？"

吓了小河一大跳！

是、是周维！周维温暖地笑着，刚刚走上小石台。

小河回过神来："星星，你看，这个是狮子座，这个是大熊座……"

周维知道这个APP："好巧，我下载这个APP挺久，还没派上用场。"

两人于是都掏出手机来，对着天空，在原地转来转去找星座。

春季北方，天空常见星座不多，只有大熊座、小熊座、狮子座、牧夫座、猎犬座等几个。看了会儿，都查遍了。

举手举累了，二人坐在石头上。随意聊起来。

石台上有路灯，幽然，微晕。

小河也没有了拘谨，讲了不少看项目的狗血事情。

周维也讲起来自己刚入行时犯的各种错误。

两人不时哈哈大笑。

微风吹来，小河的头发吹过额头，她用手轻轻将这几缕调皮的刘海别到耳后，嫣然一笑。

周维看着小河，满眼笑意。

时年，小河二十五岁，周维三十三岁。对于小河这个刚刚入行的菜鸟来说，周维太过优秀而遥远，她对周维是满满的崇拜……

小河将思绪拉回当下。

此时此刻的她很希望能跟周维一起坐坐，说说话。但她不知道找什么理由去联系周维，就将手机握在手上，犹豫着顾虑着，终于没找到合适的理由。

思来想去，小河再难入睡。

滴滴滴。

手机响起，有讯息进来，同时间两条。

一条来自于时，一条来自周维。

于时的讯息："返京上班后，我要找你聊一下三诺影院。"

看来，于时又要拿这家公司"下手"了。

周维的讯息："江小河你好，今日偶遇，明天我仍在本地，若有空，一起吃个饭吧？"

小河一跃而起。

第十六章　我要毛遂自荐

同一个晚上，周维在电脑前重新翻看小河的简历，他之前没打算给这个江小河面试机会。江小河与佳品智能和世纪资本两个名字连在一起，周维并不想给自己添麻烦。他更诧异江小河之前居然会主动投递元申集团的职位，她知不知道元申集团上上下下视她如凶兽？

或者，她入此深潭是为揪出佳品智能倒闭的真相？这就意味着她既可能是一个不知何时会引爆的炸弹，也可能是一汪救命泉水。

周维微阖双眼，眼前闪过与小河相识的为数不多的几面。

他要不要给小河这个机会，也给自己一个机会？

周维将晚饭选在一家东北饺子馆，饺子馆布置得颇有东北特色。土炕上放着小炕桌，两人需脱鞋上炕，坐在炕上吃。

老板娘的招呼更有特点，一声洪亮的吆喝："回家咯！吃饺子咯！"

在这种熟悉的小馆子吃饭，让小河感觉心里舒适自在。

小河早10分钟到，周维准时。周维永远准时，如同不会失误的瑞士表，他事事稳妥、严谨。

二人没有像惯常的商务场合那样握手，却像是常常见面的朋友工作餐小聚，坐下之后不约而同脱下了厚重的外套，周维羽绒服下面穿着舒适的黑色高领毛衫，小河低头看看自己，自己也如此，黑色高领衫。

热气腾腾的饺子端上桌。

这是小河第一次跟周维单独吃饭，面前的这个人于她来说一直是只能远观的高山，可以用"巍峨"来形容——在小河心中，对这个人永远仰视。

小河问好："周总，您好，好久不见。"

周维停了一晌，温和地笑笑："是啊，上次还是圣诞节机场一起看飞机。"

小河奇怪自己居然鼻子一酸，这两个月的压抑、痛苦、烦闷，随着这句只言片语，即将悉数涌出。她将纸巾盖在眼睛上，将未及流下的泪水吸回，冲着周维笑笑："吃饺子，今天我请客。"

周维佯作未见。

近日由于佳品智能的风波，引发了各种喧闹，周维自然清楚，他略过不谈。

"我是过来做元申丽辰百货转型的考察，"周维介绍此次来东北的来意，"今天安排不满，跟你见面聊一下。"

听闻周维百忙中留出时间跟自己约的这顿午餐，小河眼神闪过欣喜，然旋而想到周维的妻子是张牙舞爪的谢琳慧，她压下这一闪念的倾慕，更多的还是仰视，是崇拜。

小河也避开佳品智能的话题，沿着考察商场的话题讲了自己对线下零售业态转型的看法："许多百货店不经营商品，也不服务顾客，丧失了零售业的基本功能。以客户为中心，拥有自有品牌且拥有体验式消费、垂直敏捷的供应链体系等,这些都是可见的传统零售业转型的成功方向。"

但回到了熟悉的领域和话题,她的自信又回归,语速加快,神采奕奕。

他们从"新零售体验店"到"人货场的重构"摊开讲去,周维站在产业的角度,寥寥几句点评,精彩。

席间,小河一直猜测周维今日约饭的主题,周维却似乎只当这次吃饭是旧友异地偶遇小叙。

元申集团在佳品智能的投资上几个月损失一个亿,小河知道这是一个不容回避的话题、一道必须过的坎儿。既然周维并不想提及此事,那就自己主动讲起。

小河抬起头,看着周维的眼睛,目光炯炯:"最近媒体的报道,不是真的。"

周维轻轻点头,笑意未减:"我知道的。"

一时间小河有许多话想说想解释,但不知道从何说起。二人就沉默下来,低头喝汤。

周维已然看出小河故作淡定自信下面掩藏的焦虑和惶恐。敏锐的他放松了语气,讲了自己在做的事情,在考察中遇到的趣事,就像故事一样,而小河就像听故事的学生,慢慢沉浸在情节里,心情随之放松,她瘦削苍白的脸上终于出现了久违的发自内心的笑容。

小河完全不掩饰自己募资"莹晖基金"失败,以及离京前各种面试均被拒绝的事情。她在跟周维娓娓道来这些往事时,语速飞快,客观冷静,又夹杂了东北尾音,有些单人脱口秀的风范。

周维被小河这与青春少女一般无异的情绪和活力感染,温和的笑容里更多了几缕春风。

小河放下碗筷，坐直坐正："周总，您今天约我本来是要？"

周维依旧笑笑："他乡遇熟人，坐坐。"

此时此刻，小河无比确定自己希望能够有机会加入周维的团队，重新做个投资人。说罢，小河看着周维的眼睛，毫不躲闪。她从未对一个地方和一个人有过如此的向往。

"好，那我向您毛遂自荐。"

面前这个女孩儿瘦小坚强，她正在独自承担着本不应属于她的责罚。周维感受得到她对自己的信任，他要给小河一个来自己身边工作的机会，无论这对于他自己是有利还是有害。

第二天下班前，小河即收到元申股份的面试通知，面试的岗位部门是"战略投资部"。

小河宁愿相信是缘分将她跟周维在此时此地连接在一起，唯有缘分才能让她放心去拉近跟这位心中偶像的距离。

回京后的小河续租小屋，打扫房间，除去满屋灰尘。

既然决定开启新生活，那就越早越好。

她首先迎来的是程迈克的欢迎饭。

迈克果然选了处人均三千的日料为小河接风。一来为自己之前乱安项目给小河带来的麻烦而谢罪，二来也迫切地分享自己近日在股市的激荡人心的经历，他凭借着场外配资加大杠杆，以很小的资金入市，狠狠赚了几笔快钱。

迈克兴奋地滔滔不绝，又开始给小河"支招儿"，自己已经喝得舌头发硬，还不忘给江小河"指条明路"："小河啊……咱们能不能别死心眼儿了？你前一段儿不是……不是犯愁缺钱给你妈装修家里的新铺子吗？我给你几个股票的号码……你就按照这几个买……等我过两天告诉你卖，再卖……"

迈克信誓旦旦："这号码是我一个靠谱的哥们儿给的……你就放心买吧，之前买过一次，很准的。我现在把我这两年攒的钱都放进去了……再过俩月全抛出，钱提出来，直接买大 house，换车！"

小河提醒迈克注意风险，见迈克那酒醉后满脸通红、充耳不闻的样子，摇摇头，罢了，随他去吧，也许迈克好人好运。

小河向来精打细算，临回京前将一些存款都给了爸爸妈妈做扩张店面的装修款，剩下的积蓄够一阵子的房租和开销。

进入元申股份通常是两轮面试，第一轮是部门负责人，第二轮是 HR，如果是面试总监以上级别职位的候选人，HR 会安排总裁梁稳森再见一下，按照小河的岗位，只需要两轮面试即可决定是否录用。

面试第一轮的面试官是用人直属领导周维。

面试的前一天，小河到商场转了几圈儿，试了几件看着有些女人味儿的衣服，却总觉得别扭。最后选来选去，还是决定维持原来的风格，衬衫牛仔裤。小河笨手笨脚地画了眼线，左看右看不自然，还是素颜吧。

小河按时走进周维的办公室，周维从办公桌后面迎上来握手，二人相对，坐在茶几两侧。

小河环视周维的办公室。办公室面积很大，但家具陈设甚少，显得空旷，书架上摆着几本晚清和民国的历史书。

寒暄几句之后，进入了正式的面试阶段。周维的考查点主要在于小河的专业上。

小河递给他一份早先打印好的《家庭医疗健康领域分析报告》。这是东北之行后,周维给小河留的作业。周维接过报告,小河从家庭医疗健康产品的消费趋势讲开去,"首先是'院用治疗类医疗产品的家用化',其次是'测量技术和人群定位进一步精准化'……"

小河控制时间得当,原定的半个钟头一到,最后一页恰好讲罢。

周维对其中的一些观点深以为然,他是满意小河的回答的。虽然小河的报告总体看仍有些纸上谈兵,但是分析的逻辑性强,而且在细节上也做足了工作,论据翔实。他本来有些担忧小河的专业能力是否足够胜任这份多线程的工作,现在他可以放下这担忧。

随后两人继续聊了一些近期的热点项目,周维先提出方向,让小河顺着方向举例项目,然后简单分析所提项目的优劣势。这一块是小河做足了功课的部分,讲得头头是道,不仅从项目本身分析了优缺点,还延伸开讲到了参与项目的各方都有什么擅长的,又存在什么短板,这些长处短处对项目的影响分别又是什么,影响大小如何。周维时不时地提出小河分析中存在的误差或者不足,小河迅速就能重新理顺逻辑和思路,利用周维的指点,将项目进一步分析完整。

"我都了解了。"周维点头。这个过程,周维更加深入和全面地了解了小河的专业能力。这个江小河是值得雕琢的好材料。

面试临近结束,周维舒展手臂,面色放松:"江小河,有没有什么问题要问我?"

"你怎么看企业战略投资跟业务发展之间的关系?"直截了当。

"很好的问题,"周维点点头,梳理思路,"这个其实也是我在一直思考的问题。战略投资是实现业务协同的一种方式,通过赋能被投资企业来创造元申生态体系更大的社会价值和经济价值。我常常提醒自己,投资只是做完第一步,一定要做好投后管理。这样才能实现通过投资来锁定资源、协同资源、重构资源、整合资源的目的。"

"如果在遇到了业务部门的想法跟投资考虑冲突的时候怎么处理?"

"战略投资应当服务于业务,但是又要超越业务,所以也要关注新赛道新商业模式,防止系统性踏空。"看得出来,周维是深思熟虑过的。

"这是个大命题,我们以后也多讨论。"

随后HR的面试都是例行公事,对于历经了上百个CEO访谈的小河来说,人事总监的面试实在是小菜一碟儿。

人事总监也知道这位"知名人物"是周维副总裁亲自推荐,又看到了周维第一轮面试的较高评语,知道面前这位一定是未来的同事了,未来少不了互相帮衬,所以就在轻松的气氛下结束了面试。

按说总监以下级别的候选人并不需要横向部门的副总面试。但在小河等待着offer到来的时候,又接到人事总监通知,元申股份的主管财务的副总裁肖冰要求增加一次补充面试,请她安排时间。

与肖冰这一轮面试用"冰"来形容不足为过。

肖冰的办公室跟周维的办公室规格一样，井井有条，一尘不染，茶杯茶具之间整齐划一，沙发靠垫整齐排列。小河原以为女人的办公室会多一些温柔的物件，却发现全房间也物如其名，冷冰冰的，再配上肖冰的冷面孔，这房间如冰窖。

肖冰大约五十岁的样子，很瘦，很像小河的中学语文老师，梳着爽利的短发。

"小江，请坐。"肖冰轻握下小河的手，手指尖冰凉。

"肖总，您好。"小河朗声问好。

小河近距离看着肖冰，她的脸有些松弛下垂，法令纹很重，嘴角略略下垂。

小河看她的样子感觉有些凶巴巴的，但经过几百次的访谈，小河的身体已经可以自动辨识对方的性格、态度、友善程度，并随之进行应激调整，这算是投资从业者的职业技能。

"小江，专业能力上有周总把关，投资也并非我专长，我不打算聊这个问题。"

小河想想不聊这些，那估计是要直接来个难缠的话题了，静待。

果然。

"佳品智能的过程，讲一下？"

"好，"小河毫不回避这个问题，"谢主编的报道论点不实。"

肖冰戴一副无框眼镜，细长的丹凤眼透过镜片射出犀利的目光："具体说说你在其中做的事情。"

小河语速飞快，清脆爽利："首先，在当时，我是应元申股份的项目投资负责人王东宁的要求可以使得资金快速进入，我设计了方案。这个方案从技术层面非常完善。其次,资金的快速进入解决了佳品智能的采购资金压力问题,保证了公司的货源稳定和业务的平稳发展。"

肖冰推了推眼镜,话题一转:"走私的问题是事实?"肖冰盯着小河的眼睛,好像要看穿她。

小河乍听"走私"这个词,是谢琳慧安给佳品智能的"罪名",她脸色未变:"不清楚。但,如果确有走私,那是错的。"她之前并未将佳品智能与走私联系在一起,为何肖冰会有此一问?

"元申股份在这个项目的投资上几个月就损失了一个亿,财报上全部确认为坏账损失,对当期财务数字的影响很大。所以,我也很好奇,你为什么会选择来一家被你所坑过的公司应聘。"

这句话的挑衅意味太浓了。小河没琢磨到合适的回复,沉默了会儿。

肖冰向后坐坐,眉头皱起来,脸绷得更加严肃。

这些损失对她这个主管财务的副总来说,实在太令人心痛。周维偏偏要招这么个人进到元申,更让她心下不快。

肖冰在心里是将周维这些后加入的人看作外人的,尤觉得这周维是凭借着跟谢琳慧的关系在元申平步青云,短短几年就与随梁稳森创业苦干了十几年的自己同列高管,平起平坐,更让她对小河全无好感。

更何况江小河这个人对元申股份来说是存在"污点"的,肖冰自奉"守土有责",不能让这样的人进入元申股份。

肖冰继续施压:"你应聘的是战略投资部的岗位,以你目前的资质,我并不觉得你能担得起元申股份的'战略'二字。"

小河已经感受到了元申股份内部战火重重。很明显,肖冰讨厌周维,捎带着也讨厌被周维推荐、还有"污点"的自己。

搞清楚了敌我立场,很好。

"我对自己的专业能力是自信的,'战略'责任重大,我可以承受这份压力,况且我应聘这个岗位,也是需要从基础项目做起,自然是需要让元申股份看得到并且认可我的能力,才能真正达成'战略'重任。"

肖冰听着小河不疾不徐的阐述,还是没有点头。

"直白一些,我不愿看到一个给我们造成了这么大损失的人加入元申股份!"

肖冰很直接,几乎要直接起身送客。

肖冰掩饰不住对面前这个"狗皮膏药"的讨厌:"而且——你应聘的战略投资部,我可以明确告诉你,元申股份投资部并没有这个空缺。"

肖冰嘴角挂上一抹意味不明的笑,似乎在期待面前的江小河怎么面对这个几乎无解的问题。

小河没料到还有这一着棋。

"人事总监还没来得及同步周总,即便你通过全部面试,你只能算外包员工,所以工资待遇只有正式编制员工的七成,而且很多正式员工的福利都不能享受。"

小河微微惊诧,但迅速理清思路:今天的核心要务就是一定要让这吹毛求疵的财务副总裁对自己的面试结果说"通过",进了元申再说,后面的问题再另行应对。

她面色不变,默示接受一切安排。

肖冰逼问:"为什么要应聘我们元申股份?"

小河笑答:"为什么不呢?"

遇强则强，惯于前进、不愿后退的小河却将接下来的话题转为示弱。

"肖总，我能理解你极度讨厌我，"小河放低声音，却显更为有力，"但是，现在也唯有您有权力决定要不要给我一个机会去挽回这些损失。我相信我能为元申股份创造价值。"

肖冰眯着眼上上下下重新打量着面前挺直腰背端坐的江小河，这个姑娘比自己的女儿大不了几岁，但是，却在即将丢了饭碗的时候，还能直面自己的诘问，毫不慌乱。她虽极度不情愿，却又无法再为难这小姑娘。

二人对视再无话。

肖冰起身宣布面试结束，嘱助理送客。

小河道谢后离开肖冰的办公室，将门轻轻关上，长长舒口气。小河判断自己有五成把握通过了面试。

送小河走后，肖冰手里拿着面试表，急急拨通周维电话。

"周维，刚刚我面试了你们部门要进来的那个江小河。"

"肖姐，您感觉怎么样？"

"我担心职业道德价值观的问题，而且她跟原来老板的沟通不够顺畅，性子又烈又拗，我非常担心她来元申股份这种大企业集团后跟各个部门打交道，会惹麻烦。"

"肖姐过虑了，虽然我之前对江小河也了解得也比较少。"周维话锋一转，"但是，最近的一些考查，我还是比较满意的。而且，既然我已经同意人事部给的建议安排她做外包，所以，即便未来工作不利，裁员也相对容易。就这样吧。"

周维料到肖冰会反对，因此，自己也默默接受了人事部刚刚的"建议安排"，没有给江小河正式的战略投资部编制，只作为外包,却不料肖冰仍然执意插手。周维提醒别太过"越界",欲挂断电话。

"慢!已经拟定终稿将于下月推行的《人员管理办法》中,对战略投资岗位的新招聘员工,包括外包派遣员工,我有一票否决权。"肖冰加重语气,"周总,你知道这是梁总已经批准过的版本。"

的确,财务副总肖冰是元申投资委员会成员之一,而在即将推行的《人员管理办法》中,投资部成员入职的确必须经她同意。她无比确认:江小河来者不善,她的到来必会像鲶鱼一样搅得元申集团不得安宁!她得替梁总、替元申守住这一关,不能让江小河这个祸害进元申集团。

周维握紧电话,凑近话筒,声音陡然放大:"如果——我一定要招聘江小河呢?"

"周维,你别坏了我们元申的规矩!"肖冰甩给周维一句话,气急败坏地摔了电话,周维现在居然为了招聘个小员工都能跟自己这元申元老呛声?!

第十七章　来的都是客

结束面试的小河走出元申股份的大楼，回望这座高耸的写字楼，大楼方方正正，中规中矩，巍然而立，迎着冬日正午的阳光，晶亮的玻璃幕墙反射出层层叠叠的光芒，恢弘醒目。

楼外人来人往，十字路口的标牌告诉她，这里是——北京。

江小河回来了。

喧闹的十字路口，小河看着穿梭其中的男男女女，忙忙碌碌接打电话，她感觉自己如赛车手重新驶回赛道。

一个月前，她打包收拾行李，带了春装夏衣回东北，甚至想删除所有痕迹从这个城市逃离，如今重新站在这座城市里，才更明白自己终归舍不下这片天空。

她不仅要做一位优秀的投资人，还要在元申集团这个离佳品智能丑闻事实真相最近的地方，找到真正的祸起源头。

这附近有一家枣糕店，以前来这边拜访项目的时候，常常见到排着长队买枣糕的人，只是每次她都是行色匆匆，约见项目、开会，她没空去排那长长的队。而今天，她有大把的时间挥霍。她循着枣糕热腾腾的香气走过去，排在长队的队尾。

刚出炉的糕点浓香四溢，这才是生活的一部分。

卖枣糕的小姑娘手脚麻利，小河很快排到了前面，"来一斤"。

小河付过钱,从长队中走出来,从里面抓出来一块还烫手的枣糕,塞到嘴里,口齿生津,可口怡人。

天色还早,小河去附近的科技园遛弯。在便利店结账时,她留意到收银台前的广告单,是优尼休闲酒正在做活动,"买二赠一"。小河选了三种口味,看着漂亮的瓶子,再想想自己一个月前还在意气风发地要约见这家公司的创始人,现在却在为找工作奔波。

优尼公司总部就在科技园里面,小河打开手机地图查到准确地址。很好,她打算直接登门做个"不速之客"。

优尼公司很好找,十几分钟后小河就站在了"Unique"招牌下的前台。

"请问蒋成功蒋总在吗?"

"您好,请问您有预约吗?"前台美女站起身来,嘴巴小小嘟嘟,眼睛大而忽闪,脸蛋亮白饱满,好似芭比娃娃。

"没有。"

前台看着白衫牛仔裤的江小河,脸上虽然依旧保持着微笑,但明显不耐烦了:"那很抱歉……"

刚好这时,蒋成功从公司里走出来。他身着黑色棒球衫,身材壮硕,皮肤显然是海边晒出来的古铜色。

小河认得他,他是自家产品的代言人,在几处地铁站的站台、换乘通道的墙壁上,都能见到他与当红小花一起拍摄的全幕海报。

小河喊住他:"蒋总,你好。"

蒋成功听闻声音扭过头来,看小河眼熟,又想不起来是哪位。

"我是江小河,我曾经跟您加过微信,后面还没来得及约见。"

小河自报家门，她见蒋成功还没想起自己，补一句，"我之前在世纪资本。"

蒋成功记起了这个前阵子被媒体轰炸的名字，上下端详一番，瘦瘦小小的一个人，脑后揪起一个小马尾，不像是那文章里勾绘出的那个玩弄资本的心机女。他伸出手握手："江总，你好。你今天这是……？"

小河料定蒋成功正在内心暗自核对人设，遂爽利说明来意："登门拜访有些冒昧。之前没约您的时间，我在楼下喝了优尼的休闲酒，想着好久之前就想约您，一直没成。今天就碰碰运气，上来认门。"

蒋成功恍然大悟，笑笑："无所谓啊！百闻不如一见，江总的风格果然特别，不请自来，确实少见。"蒋成功表现得很热情。

"来来来，到我办公室一起坐坐，恰好我下午的飞机，上午没有什么紧急的安排。"蒋成功将小河请到自己的办公室。小河心知，是自己那个被媒体扒皮点名为"逼死创始人"的投资人设定引起了蒋成功的兴趣。

小河一路打量这间办公室，并不像是一家酒业集团，反而有很强的艺术气息，米白色的水泥墙壁，没有吊顶，墙壁上画着彩绘，像从一家大工厂改造而来，从装修细节看得出设计的精心之处。

走进蒋成功的办公室。他的办公室并不大，却井井有条，非常干净，小茶桌上摆着巴黎进口矿泉水、咖啡、酒，办公桌上摆了两台显示器。

这是个利索、干净的人。小河记得蒋成功的微信头像是一幅酒瓶的简笔画，简单有趣、设定明确。

"设计感。充满美感的产品，会激发用户味蕾。"小河接过蒋成功递过来的一瓶优尼新款气泡酒，小气泡在她的舌尖略略停留，清爽。

这是自《圈套——资本至上，创业之殇》系列报道出了名之后，小河第一次见创业者。

蒋成功笑笑，"我没按着爸妈指示读金融，去学了设计，毕业后又在4A广告公司工作了几年，我现在也经常会跑一些设计软件，看图纸。"

人是社会动物，一旦到了自己熟悉的场景，小河投资人的精气神被唤醒。

"像我这样三十岁左右的人群是优尼酒的主要消费者吧。"小河不由得进入了项目访谈的节奏：了解目标用户。

"实际年龄段还要再小一些，三十岁可有些老了啊。"蒋成功"纠正"小河，"现在百分之五十的用户年龄在二十五岁以下，30%的用户在二十五到三十岁之间，只有少量用户的年龄会更大一些。现在酒品的消费主体也在更新迭代。年轻化、时尚化、低度化是一种细分趋势，这个市场过去只有几家，基本是空白的，但是我们的产品更注重品牌的设计感，所以品牌价值远高于其他竞品。"

"我记得有一幅广告立意，女生穿着不同颜色的裙子，配着不同口味和色系的休闲酒，配着不同的场景和场合。"

"这条广告是我自己策划的。"蒋成功轻轻指了指墙上这幅广告画的设计稿，语气里带着漫不经心的自豪。

小河看穿蒋成功高人一等的姿态，语速飞快："创意设计本身很不错，但是用颜色表达不同场景和不同性格的用户，立意模糊。这条广告起到了扩大覆盖面和提高知名度的效果，但在品牌本身的精准定位上并没有因此达到理想效果。"

蒋成功微微一愣,没料到这个江小河不仅仅登门拜访是不请自来,访谈风格也是如此单刀直入。有点意思。

以往的访谈,前期小河会尽量从被访谈公司最引以为傲的卖点去切入,再顺着这个点去横向扩展话题。这样最容易将创业者的话题打开,后面的访谈就会如流水潺潺一般顺畅。

换成新手,场景很可能已经变成投资人和创业者各自对着电脑屏幕一问一答,项目访谈就会变得像相亲现场,双方直奔主题,询问对方情况。

对项目约见来说,无论最后是不是走到期限协议、走到投资的阶段,至少这次访谈是要带来投创双方愉悦的。一些有经验的创业者还会请投资人介绍他们投过的同类型的成功案例,也引导投资人的情感投入。那么,这种谈话往往给两方的感觉都是惺惺相惜,离下一步的投资成功就又近了一步。

"渠道呢?渠道一直是新兴零售品的痛点,不好做。"小河将访谈引入更深的层次。

这一问显然触到蒋成功的痛处,他坐直身子:"这是我现在比较头痛的地方,优尼酒目前的渠道主要集中于超市卖场与夜场,销售渠道很单一。而休闲酒又不是主流消费酒种,年轻人从商超购买的重复消费率低。餐饮渠道市场现在还很难切入。"

"恰好,作为即饮消费场所,餐饮渠道的重复购买率是更高的。"小河接上话茬儿。

蒋成功深以为然,嘴上却道"渠道无所谓啊"。

小河仔细地听,在项目访谈中的有效沟通,在一个小时左右的时间内尽可能全面地掌握项目的要点,并做出对项目是否跟进的判断，是投资人起码的能力。

从这个话题继续，二人聊了产品的销售数据、财务业绩、供应链管理、团队、市场拓展。接下来聊到未来的短期和长期的发展战略。

一个半小时很快过去了。小河对这个项目有了初步判断：有一定市场空间，用户定位明确，公司销售额增长速度快，有先发规模优势，产品体系比较完善。但是，销售费用占比高，渠道单一复购率低，商超的超高速铺货可能透支了市场，餐饮渠道拓展存在不确定性。目前应当在资金投入高峰期。

"你现在考虑的融资金额和估值呢？"一般到了这个问题，就到了项目访谈的尾声。

蒋成功听到这个话题，脸上露出狡黠的笑："融资的事儿，我无所谓，跟你聊聊有点儿意思。"蒋成功说着舒展下胳膊，"你猜猜我为什么当时没听爸妈的安排去读金融，而是去学了设计？"

或许因为今天不是计划中的访谈，小河心境也完全不同，开起了玩笑："你肯定不是为了情怀，难道是为了追哪个设计专业的漂亮女同学？"

蒋成功却一本正经起来："把脑中的点子变为触手可及的实物的感觉令我很兴奋。创业这件事是有美感的，我最讨厌现在圈子里把创业这件事搞得苦哈哈，像苦行僧一样。"蒋成功适时打住题外话，"再回到你的问题，优尼酒是我的一个设计作品，这件作品在两年内就会在资本市场上释放价值。"

蒋成功家境殷实，人脉广泛。父亲是某地知名的地产商，蒋成功在这样的家庭环境中长大，一开始创业，给自己定的目标就不简单：五年内将一家从零开始的公司做到上市。这个目标让他很兴奋,现在离设定的倒计时还有两年。

蒋成功又介绍了几句自己的股东结构,言下之意是只要资本市场继续走高,上市公司会高溢价收购优尼酒。上市公司的钱来自散户韭菜,只需要做一次定增,资金转手就倒到优尼酒里,背后的几方利益分钱就行了,埋单人其实就是散户们。

小河一饮而尽瓶中酒:"我不认同你的做法,"空瓶子被她稳稳放在茶几上,"不过,你有你的道理。"

其实,消息灵通的蒋成功早知道江小河离开世纪资本几成定局,他本没打算接待江小河这个"待业青年",但一瞬间的好奇心驱使他想了解一下这个被媒体轮番报道的不堪的女投资人到底有多狰狞,而今日却见了个单纯直率的江小河。

蒋成功送江小河出门。

小河料定对资本圈子十分熟稔的蒋成功是知道自己已经是"待业青年"的。她直截了当:"是不是发现我并没有媒体描述的那么张牙舞爪?"

蒋成功被问得哈哈大笑,边笑边回话:"我无所谓啊!你这人有点儿意思,而且我也从不被媒体牵着鼻子走。"

这句话触动了小河内心的柔软,长久以来被误解的她,听闻这句带着些许公道,又含着些许理解的话,心下宽慰。

小河道别再握手:"谢谢!"

话音刚落,小河转身看到了刚刚从电梯走出的唐若。

唐若出电梯就看到谈笑风生的小河和蒋成功,颇为惊讶:江小河怎么从家乡回京了?而且居然又开始跟我抢项目?!

自上次二人在世纪资本不欢而散,她未曾再见过小河,而眼前的小河头发长了些,人也胖了些,她在脑后随意揪的小马尾,透出一些女生的俏皮，比在世纪资本时更耐看了。

唐若知道江小河回乡待了一阵子，也料想她会回京工作，却没想到她对优尼休闲酒这个项目依然感兴趣。她收回一刹那的不适，与蒋成功握手，动动嘴唇，解开脸上凝固的笑，准备跟小河打招呼。

小河却像没看到唐若这个大活人一般，略她而过，跟蒋成功简单道别，一步跨到电梯中。

见电梯下行，唐若舒了口气，毕竟江小河会丢掉世纪资本的饭碗，是自己加上的最后一根稻草。虽然唐若不愿意承认，但她对小河是嫉妒加畏惧的，江小河给的无形压力很大，大到只要小河在她旁边，她就如刺猬御敌，立时进入战备状态。

"江小河已经很久没来上班，估计很快就被我们世纪资本开除了。"唐若对蒋成功先甩出来这句话，言下之意，江小河没有投资你优尼休闲酒的可能了，然后跟蒋成功说明来意，希望有机会投资优尼酒。

蒋成功会意，耸耸肩："我无所谓啊，来的都是客。"

能干又聪明的女生总是让蒋成功这种人充满了征服欲望，如果再加上美丽和有野心，则更让他充满斗志。比如唐若。

第十八章 我决定辞职

于时这个北京大男孩儿爱极了滑雪。在他的记忆中，儿时的北京是寒冷的，而雪中的清华园是他最爱的地方。那时每年冬天北京都会下大雪，而下雪是他童年最快乐的事，除了能在二校门后的空地上打雪仗，还能在近春园湖上溜冰车，或者掰下工字厅大门前滴下的长长的冰溜儿做枪，跟同在清华园住的小伙伴儿追逐嬉闹。

于时是计算机系毕业转行金融，之后在大投行私募基金工作，能挣会玩，最爱的运动依然是滑雪。过往每年春节都是陪着爸妈过完初一，初二就奔赴国外几大滑雪场。

五年前，于时自立门户创办了世纪资本，一手一脚努力至今，总算在私募投资界有了一点名气，也投资了一些不错的项目。然而，五年是私募基金一个特别尴尬的年份，算是一个坎儿，因为基金满七年就到期了，这就意味着于时必须在未来两年将所有的项目尽快变现，要么上市，要么并购，要么创始人回购，然而都很难。

这个春节，即便是最爱的滑雪也没给他带来什么刺激，脑子里面混杂融资的不顺利，员工的不中用，被投公司的不省心……还有就是江小河仰头看向天花板抑制眼中泪水流出的样子。

说到底，这是江小河啊。

另一边，面试过了一周，江小河才等到元申集团人事经理给自己带来的一个通知，却不是发出offer的通知，而是通知她"她没有通过元申集团投资岗位的面试"，经过讨论，"觉得她资历可做元申集团周维的助理，只不过，工资比投资部外包员工要更低，如果您愿意，我们只能聘请您做这个职位。"

人事部经理夹在肖冰和周维两个副总中间，在给到正式的通知之后，又"满怀好意地"引导地劝说着："江小姐，要不然就这样算了？您再看看别的机会？我知道助理这个职位对您挺大材小用的，您想啊，您一直做投资，现在让您做助理，这是秘书的活儿——"

后来，江小河告诉周维，接到这个电话的瞬间她并不意外，那阵子该来的不该来的她都经历了，只是觉得"大公司玩法真多"，她说自己转瞬就明白没有通过的原因，也似乎是与周维有感应一般，明白助理这个职位是他的斡旋之宜，虽然周维并未提前通知她。

当时，在人事经理的一番长篇大论的"善意"劝说后，江小河斩钉截铁地回："我接受助理这个岗位，请安排入职吧。"

目瞪口呆的人事经理回过神，再三确认江小河接受助理这个岗位后，给肖冰和周维回了讯息："候选人接受'助理'这个岗位和待遇了，两位看怎么办？"

周维回："按规矩办。"

周维当然会按"元申的规矩"办事，但找条款漏洞这是他的专长，他饶有兴趣地暗度陈仓：他的副总裁助理一职一直空缺，而"副总裁助理"这个岗位并不需肖冰的审批通过。

"就按'副总裁助理'录用江小河吧。"

肖冰终于还是没能用"元申的规矩"阻碍江小河进入元申集团。

周五,江小河特意避开同事们都在办公室的白天,夹在下班的车流中一路堵车地来到久违的世纪资本办公楼下时,已是华灯初上。

从车上到电梯,她耳朵塞着的耳机里,一直循环播放着一首古早老歌:

"疲倦的双眼带着期望

今天只有残留的躯壳

迎接光辉岁月

风雨中抱紧自由

一生经过彷徨的挣扎

自信可改变未来"

走进办公室,同事们都下班了。于时的办公室果然还亮着灯,小河快步走过去,敲了敲门。

小河随着单曲循环的《光辉岁月》轻轻哼唱,想着怎么跟于时开口提辞职,他会是什么表情,自己如何应对。

办公桌后的于时将长腿交叉搭在办公台上,正嚼着饼干填肚子。他一边等着小河,一边翻着她过往发给自己的项目汇报邮件。心里想着也许自己之前对小河太过冷酷了。

小河走进来,于时抬眼看她。小河头发长已齐肩,胖了些,白了些,多了些女人味儿。她眼神比以往更坚定,神情却比以往更淡定。

他指指桌子上的两份盒饭，示意小河一起吃，然后将投屏打开。大屏幕上出现的是三诺影院CEO李云清准备的临时董事会资料。

一月未见，但于时没有开场白，直接进入工作状态。于时特色风格依旧。

于时本就是工作狂，又不拘小节，今天见小河气色变好，想当然地放心。小河跟着自己工作了五年，性子执拗，率性果敢，他早已了解和习惯。佳品智能的来龙去脉、小河要单飞做新基金，这些旧事如一页翻过去的纸，无须再提。

他不知道小河心里的诸多想法；更没想过小河今天来是为辞职。

"一起过一遍，之后我跟你说下安排。"于时递给小河一份盒饭，自己也拿起一份。小河摸着盒饭已经微凉，看得出于时等她有一阵子了，正想要拿去微波炉里热热，于时却已经一边盯着大屏幕上的资料，一边狼吞虎咽地吃起来，一看又是开了整天的会，还没顾得上吃顿正经饭。

小河心里不免有些过意不去，本打算一见他就立马提辞职，这口却张不开了。

于时没顾上小河的心思，逐页翻下去。

小河认真看着每一页PPT，她看得出李云清的精心准备，这份资料设计思路清晰，逻辑性也很强，很细致地介绍了公司过去一个季度的业务发展、下一个季度的业务规划。

小河比对核心数据："建设成本过高，短期看单店盈亏平衡点短期内难以达到，除非与场地业主谈战略合作以降低房租，共同应对扩张期的资金紧张。"

于时用筷子指指PPT："长线呢？"

"长线发展有赖于精细化的财务管理和运营，而这是李云清的短板。"

小河立时就明白于时的关注点，也瞬时就明白了于时这次安排临时董事会和让她一同看资料的用意。

于时知会小河："合融财富将入股三诺影院，但投资金额不高，他们更多希望在这个领域做一些布局。"

布局？小河为李云清隐隐担忧，吴跃霆这样一个贪婪的人入股三诺影院，必有埋伏，不仅是行业布局这么简单。

"现在正是资本最热的时候，"于时已经成竹在胸，转向小河，"我已经通知李云清，月底开一次临时董事会。我有几项打算和议题，其中之一是推荐你加入三诺影院兼任CFO，监管财务线。这项目是当时你随着我执行投资的，你熟悉公司也熟悉创始人。你去把这家公司管起来。"

于时的语气不是征求小河的意见，而是直截了当地安排，但这安排在小河的意料之外。

于时合上电脑，揉揉眼睛，倚靠在座位上，看着落地窗外北京东三环的夜景，充满疲惫，打了个长长的呵欠，微闭双眼："我认为下半年的股权市场不会继续这么热，股权市场一旦冷下来，就如同多米诺骨牌一旦被推倒，会倒下一批企业。我们在三诺影院的投资金额很高，一定要在市场变冷之前拿到回报，否则，对基金的整体回报影响太大。"

于时自顾自说着他接下来的安排，转向小河，语气放缓："我最近要多花一些时间在新基金募资上，年底之前要再CLOSE一支新基金，为之后股权市场的寒冬到来储备弹药。三诺影院这边，你想一下规划，之后跟我过一下。"

一刹那，小河心中柔软的部分被触动，她不言语。

于时睁开眼睛，回身将目光凝在小河的身上，好像要把她看穿，随后又低头吃饭，用小河从未听过的柔软声音说："接下来你就别再折腾了，好好工作吧。"

小河见于时这般疲惫，心里涌上一阵难过，她不知道如何回应于时的"理解"——如果这算是理解的话。

她到现在都没想明白，她跟于时这拧巴的关系到底卡在了哪儿呢？总是一个误会接着一个误会，这若换了其他人，两人坐下来喝顿酒，肯定能说得清清楚楚，误会解开仍是兄弟战友。但是，为什么她与于时，却总是不愿意给对方一个解释的机会，总是希望对方理解自己、明白自己呢？

而今日于时让小河深入到李云清的公司中，了解人，了解事，慢慢拿到财权人事权，又何尝不是为了随时接管公司、打包出售做准备。

彼时的佳品智能应当也有这么一场预先讨论吧，只不过上一次的巧妙安排，于时是在跟唐若仔细筹划。她不知道下一个张宏达会不会就是李云清。

"我不适合。"小河脱口而出。

于时抬头："什么？"

"我说我不适合。"

"为什么？"

"因为，我决定辞职。"

这句话说完，小河见于时正在扒拉饭的手突然停了一瞬，他垂下头不再说话，继续吃着盒饭。但是，他吃得很慢很慢。

于时将米饭一粒一粒地夹起来，缓缓送进嘴里。他没有说话，也没有表情，吃光了米饭，这十几分钟对小河来说，就如同是一昼夜。直到于时夹起最后一粒米放在嘴里，咀嚼着，抽出一张纸巾，擦擦嘴角。

"找到工作了吗？"语气平稳而缓慢。

"嗯。"

于时起身将空饭盒一个个地收进垃圾袋中，似乎在拖延着时间。

收拾完，于时转过身面向落地窗外三环上的车水马龙，只将背影留给小河。

许久，于时恢复了往日的凛冽语气："好，你办交接吧。"

小河曾经想过，于时要么会揶揄她哪儿有能比我世纪资本更好的地儿，要么就摔杯大怒，却没想到他会平静如此。

无论于时有何反应，辞职已经提了。小河郑重地从包里取出来一块微微发着光的石头，轻轻放在于时的办公桌。

五年前，小河刚入行，在项目中犯了错，被于时劈头盖脸地臭骂一顿，接着又带她出差。在出差地开完会之后的晚上，于时见她情绪低落，开车将她带到附近的湖边。当时于时丢下她，独自沿着湖边溜达了许久，小河则站在湖边郁闷地吹着风，不知道于时此举是何用意。二十分钟后于时快步走回来，塞给小河一块石头。

小河诧异地拿起来看，月光下的那块石头闪着微弱但不容忽视的光芒，只听于时说："我今天骂你是一块不开窍的石头，你自己看看这块石头还有没有开窍的机会。"

后来小河就将这块石头放在了工位上的抽屉第一层最靠外的位置，每次一拉开抽屉就会看到。再被于时臭骂，看到这块石头，也能激励起小河的好胜心，更有激情投入工作。

石头一样可以发光。

于时看到这块石头时，愣了几秒，像是一时没想起来这是何物，过了一小会儿，抬头说："你还留着？"

"这就是'莹晖'的来意？"于时沉默了一会儿，问道。

嗯，小河点点头，莹晖是指石头发着光。曾经想募集的那支基金"莹晖"是从这块石头想出来的名字。

与于时共事五年，在离开之前，小河决定将这块石头还给于时。她感激于时在投资这一行对她的引路之恩，也认可于时的才能，分道扬镳不是她初时想得到的场景，走到这一步的种种经过，也不是她一个人的原因。

于时神色有了微小的变化，他把玩着那块石头，抚摸了一会儿，拉开抽屉，将石头随意丢进去："不错，光泽感很好，我收了。"

她终究没把自己将入职元申股份的事儿跟于时讲，她知道于时对周维一直评价不高。还记得五年前从自己从培训会回来上班，自己兴致勃勃地跟于时提到在培训会上遇到周维这么个大牛人的时候，于时只轻描淡写地讲："我们气场不对。"

车窗外，熟悉的街道在缓缓向后退。

小河离开了世纪资本。

第十九章　新的开始

今天是小河在元申股份上班的第一天。

不同于在世纪资本的弧形大办公台，元申股份的工位很小。作为周维的助理，小河的工位就在周维办公室外不远。

小河不像很多女生，加湿器、小娃娃、小摆件儿都堆在办公桌上，她的桌面上只有几件工作的必需品，井然有序，清爽整洁。

小河耳机里还响着地铁上一路单曲循环的 *Born To Try*。

她定神看着窗外，望着东三环的方向，似乎即使隔着高楼大厦也能看到在那个方向的世纪资本办公室一样。

于时听闻小河要离职时的表情，不由得又浮现在她眼前。此时，小河的耳机里正响起这一句歌词："Sometimes you've got to sacrifice the things you like."

小河对在元申股份工作的第一天充满期待，又对世纪资本充满挂念，她还不确定自己对世纪资本的感情到底源于何处，是因为于时，还是因为五年的陪伴和熟悉。

也许，很多事情只有放下来，隔得远一些，才能看得更清楚罢。

"果然是你。"

沉浸在回忆里的小河被熟悉的声音唤回现实，是王东宁。

小河摘下耳机。从今天开始，王东宁成为她的同事。

"东宁，好久不见。"

王东宁的状态是夹着怨念的颓意，把双肩包重重放在桌上，扫一眼小河，一屁股坐在自己的位子上，瓮声瓮气，"周维招人进来是为了替换我的，不过，没想到居然是你。"

小河听了这话，心一下子沉了，她知道这个跟佳品智能相关，又不想放大这个影响，"哦，那你——"

"不过没那么容易。"

王东宁话音刚起，听到沉稳的脚步声由远而近，是周维正走进门。王东宁立马低眉顺眼地噤声，开电脑做出忙碌的样子。

周维一身整洁大气的深色西装，走路带风地径直走进办公室，关上门开始今天第一个电话会。

一小时后，周维把小河和王东宁叫进办公室，两人并排坐在周维的办公桌对面。

小河看得出，王东宁在周维面前十分拘谨，而今日办公桌前端坐的周维也的确不怒自威。

"东宁，江小河今天正式加入元申，做我的助理，过去你们也认识，她手上没有其他特别着急的工作。你跟进的项目，让小河配合你一下，让她了解一下元申股份的工作流程。"

周维语速颇快，安排小河接下来的工作："目前元申股份在跟进优尼休闲酒，准备出 term，团队上次沟通是说有几家基金在跟进，有一家出了 term，他们没签。我判断，优尼还是希望借助元申的零售资源快速拉升销量，你配合东宁一下。"

小河应下，在笔记本上写上"优尼"两个字。心想：这人生就是一个又一个巧合和偶然构成的命中注定，才刚刚离开世纪资本，又要跟于时和唐若针锋相对地抢案子了。

"时间表呢？"小河很快进入角色。

"东宁把握。"

这时，敲门声响，有人来找周维开会。

周维嘱咐："小河，这是你在元申做的第一件事情，在元申，我要求所有人要有独立的判断。先熟悉跟进这个项目，下周我会再找你谈一下别的工作安排。"

十分钟，从进门到出门。周维干脆利落，小河喜欢高效。

接下来一整天，进周维办公室的人就没断过，或者请他出去开会，或者来找他开会。

当晚，小河执意要请王东宁晚饭。她选择了望京一家安静的居酒屋，方便说话。

二人坐定，小河拿过菜单。

"我晚上吃得不多，两份定食，怎样？"小河见王东宁用食指向上推眼镜没推辞，"再加壶茶，多坐会儿。"

王东宁惯常的掩饰心下不安的动作就是推眼镜。

小河给王东宁续上茶，将话题直接切到二人一直都避而不谈的佳品智能："东宁，佳品智能的事情，我确实不知道于时后面的安排。"

王东宁的脸色陡然冷了下来。

"东宁，你看过《基督山伯爵》吧。"

王东宁不知小河突然问这个问题的目的，点点头："看过，印象不深。"

"法利亚神甫给邓蒂斯分析谁是诬陷他的人，他说陷害邓蒂斯的人一定是从他的倒霉中获得好处的人。"小河说完这句话，向后靠坐在椅子上，看着王东宁，"而我们现在是一对倒霉蛋。"

"其实，是不是你做的，对我来说也没有什么区别。结果都一样，在周维面前丢脸。"

接下来一阵子，两人无话，小河打破尴尬："优尼酒这个项目最近热度很高。"

"是，你老东家世纪资本跟得很紧，给的term条件也不错。"

"这个项目当时并不是我在跟进，所以细节并不清楚。元申股份对这个项目的投资逻辑是？"

"这个项目的投资其实周维的态度比较中立，但是彭大海很坚定要促成这笔投资。彭大海是随着梁稳森创业的副总裁，是元申的元老，有很大的话语权。"

江小河为在元申立足，已做功课。最近几年，元申股份的起家业务——以元申丽辰为代表的零售百货业务线这几年业绩下滑很严重，已经从"现金牛"变成了"瘦狗"。但是这一条业务线又是创始人梁稳森带着彭大海这几位元老打江山时打下来的，对元申来说是一种象征。这样，矛盾就来了：如何健康转型，又能确保元申丽辰在元申股份举足轻重的战略位置。

小河听王东宁开始抱怨周维扩展版图对元老彭大海管辖范围的侵蚀。

"周维非得在彭总的地盘儿上插手，而彭总则要通过投资几个不同领域的年轻的新消费品牌，扩大元申股份零售线的版图。"

这与小河之前了解到的情况相符。周维自重组元申股份之后，很快从设备、到民营医院系统，再到家用健康终端一系列布局，已经成为元申股份目前发展最迅速的业务线。从去年开始坊间传闻周维就在大力推进商场业务调整，其实是要转型并逐渐剥离元申丽辰这一条业务线，将大部分商场最终关掉，回笼资金用于新业务线的资本投入。

小河将话题引回到优尼酒这个眼下的工作，直言自己的专业判断，"从战略投资的业务逻辑上看，元申投资优尼酒并不成立，资源整合难度很大。"

王东宁不回复小河的话，他自然明白小河的说法是有道理的，但屁股决定脑袋。

王东宁端起杯子，在嘴边轻轻吹着热茶水，自眼镜上方瞄一眼小河："周维让你配合我做优尼酒这个项目，有牵制的意思。"

小河低着头，将一块已经凉透的鳗鱼送进嘴里，咀嚼着王东宁的"提示"，再回忆着周维提过的"要有独立的判断"这句话，明白了背后的深意。

王东宁是在提醒自己不要插手太多，这是他配合副总裁彭大海的项目，必须漂漂亮亮做好。

"这个项目的财务业绩怎么样？"小河没有明确表态，不慌不忙，她翻拣着套餐中的沙拉白菜丝儿，一条一条用筷子夹起来，再放下，品味着关于这个项目的几方立场和她应当有的站位，"东宁，我做财务投资出身的，如果财务业绩扎实，回报和估值合理，从我的角度看，倒也'没有不投资的理由'。"

小河表明自己的立场："东宁，你要认真想一想这个项目的投资风险是否可控。毕竟，信息不对称是投资人和创业者之间最大的鸿沟，而这个鸿沟所带来的投资风险很多时候只能通过协议条款去填平。"

小河已经给王东宁传达了她明确的意见：对于这个项目，我有一条底线。只要不触碰底线，也就是说项目本身财务数字没有问题，至少财务表现上没有投资瑕疵，我就会尊重你的意见。至于是否能够达到彭大海所期待的业务价值，我不会插手多说话。

王东宁依然用瓮声瓮气的声音说："这个案子的背景我讲过了，一定要谈成。业绩对赌只是周维的要求，而彭大海要的是一个'投成'的结果，可以快速扩大零售业务线的版图。"

"东宁，"小河想起当日她邀请王东宁喝酒时的承诺，"我说过，未来能帮衬到你的，我会尽力。"

王东宁推了下眼镜，他想起来那日他装醉，瘦小的小河一直撑着他扶他上出租车，心下有些尴尬，他转移话题："不过，小河，你离开世纪资本总归是好事，于时那人沽名钓誉，整个事情都是他一手造成，害得你我都很惨。"王东宁似乎十分有诚意，"我也向你道歉啊，当时给谢琳慧爆料时不冷静，明明于时才是始作俑者……"

这个饭吃得不轻松。

席间王东宁一直试探江小河来元申的原因，以及周维是否给过江小河什么承诺，比如替换自己。

小河则看出王东宁眼神游移，今日他所述之事有实有虚，这更说明了解真相的王东宁一直在隐藏。在佳品智能这一案上，元申集团一定有人参与整个过程，且与于时步调配合得当。

这个人最有可能就是彭大海。

二人饭后回到元申股份刚刚坐定，被周维招呼进他的办公室。

推门而入，小河见办公室里还靠窗站着一位身材魁梧的人，他额上墨剑浓眉十分突出，脸形方正，肉鼻通红，满脸横肉。

窗户略开着,还有烟味儿,看来这人是刚刚在屋子里开窗抽了烟。

"彭总。"王东宁点头致意。

小河知道这位就是彭大海了。

彭总语气中带着揶揄:"在你们周总这儿抽根烟还得吹冷风,没办法,等会儿还得上去开会,没时间去抽烟室。"

"优尼酒的项目谈得怎么样了?"周维要两人介绍下情况。

王东宁有些犹豫:"条款上还有分歧,对方不肯承诺'业绩对赌',而且希望尽快完成投资,蒋总说后面几家投资人在排着,嫌我们搞尽职调查的速度太慢。"

周维没表态,他看向彭大海,这个项目是彭大海坚持要投资的。

"老周,我觉得蒋成功这个年轻人是个干事儿的人,他们在我们商超下的销量都是实实在在摆着的,增幅很大。不要搞尽职调查那套虚的了,签协议吧。"

周维仍旧不表态,不点头不摇头。

显然,这个时候大家在等待王东宁发表自己的观点,他是项目实际负责人。但是王东宁搓搓手指头,夹在二人中间,不知怎么开口。

小河见王东宁犹犹豫豫的样子,实在心急:吞吞吐吐,扭扭捏捏,摆事实讲道理,把客观问题说清楚啊。

小河看看周维,见周维眼神中似有鼓励要她发言。

小河清朗的声音响起:"彭总,周总。"

周维听到小河开口,顺势介绍道:"大海,刚才我还没来得及介绍,这位是我们部门刚加入的新同事,江小河。"

彭大海"哼"一声,乜斜了小河一眼:"听过,很有名。"

小河心下暗嘲。这个彭大海霸道之名非虚,职场中但凡稍有礼仪的人在面对同僚时,或多或少要注意些言谈分寸,而彭大海却通身上下嚣张跋扈,骄横傲慢。周维要与这样的人日日相对,何其辛苦。

"彭总,周总,在来元申股份之前,我对这个行业做过一些分析。预调酒这个领域在品牌丰富的同时,并没有酒品企业做出非常个性化的产品,没有大单品出现,目前还在拼营销的阶段,以品牌驱动模式为主,在渠道的落地上非常弱。"

小河顿了顿,看一眼彭大海跟周维的反应,再看一眼王东宁。周维在认真听,彭大海面露不耐烦,而刚刚一直搓手的王东宁似乎从紧张中略微解放了一些。

小河继续:"以产业发展逻辑来看,这个领域很快就会从网红时代,进入到以产品为主的消费时代,而在这个过程中,会有一批企业倒下。"

周维默许她继续。

小河看出彭大海的眉头紧皱,火气升腾,她放慢语速以免立时点燃战火:"彭总,回到尽职调查上,专业的私募基金对这个行业自然也有清晰的判断,这么一笔大额投资,任何一家私募基金都需要严格的尽职调查,绝对没有闭眼给钱的人。"

瘦削的小河,语气镇定,沉着有力。

周维等彭大海接招。

彭大海看着初来乍到的江小河,眼神中是恼怒和怀疑,挑剔着小河刚才一番分析中的漏洞,满脸狂暴如狮吼:"周维,你的一个刚入职的助理,也能对元申集团这么重要的投资项目随意点评了?！这元申集团现在成了什么样子！"

彭大海粗厚手掌劈向靠背椅，靠背椅被他一推，可怜兮兮地在原地转圈儿。彭大海转头去看王东宁，王东宁早吓得别过头避开他凶巴巴的目光，不敢表态。王东宁的懦弱更让彭大海气不打一处来，他起身转向周维："周维，如果你对项目有什么意见，我们可以一起到梁总那儿去解释清楚。"

找梁总，又是这招。

周维笑笑："做判断的时候，是需要不同的见解的。这对决策做参考很有帮助。好了，大海，我尊重你的意见，往后走吧。"

彭大海被周维"哄得"发作不起来。对王东宁声色俱厉地呵斥："王东宁，你是这个项目的投资经理，我要的是一个'投成'的结果。两周之内，必须给我投掉！投资上有任何岔子，我唯你是问！"

说罢，彭大海用力推门而出。留下周维、王东宁和小河三人，神色各异。

周维虽被甩了脸色，面上却丝毫不变，坐下来继续安排手上的事儿。

这是小河加入元申的第一天，她越发感受到周维在这偌大的元申股份内所受的掣肘和不易。

王东宁和小河知趣地一同离开周维的办公室，回到自己的工位。

王东宁刚刚被吼过，心情极差，将头埋在臂弯间，一声不吭。

小河大步流星地走过来，拍拍王东宁的肩膀。

却不料王东宁猛地抬起头来，恶狠狠地瞪着小河，他内心并不谢她解围，反而怨她抢了自己的风头。

第二十章　资本背后的"没所谓"

蒋成功对元申给出的投资条款犹豫了一个星期，终于表示"在彭大海的协调下"，他同意接受元申股份开出的投资条款，但是有一个附加条件：两个星期之内必须做完尽职调查。按他的说法，"最讨厌投资人搞尽职调查，能把公司折腾个半死。"

随后的几周静悄悄，王东宁在执行优尼休闲酒的正式尽职调查流程时，全程避开江小河。

小河虽然心下不安，但是也挑不出毛病来。毕竟，自己在元申股份的职位是副总裁助理，而非投资岗，王东宁才是根正苗红负责这个项目的投资执行人。小河着急，但又插不上手。

这一天临睡前，小河手机弹出一封邮件。

"FYI，优尼酒项目尽职调查报告。"

小河打开尽职调查报告，这份尽职调查报告的签署日期是一周前。略一想，她就明白了：显然，王东宁是刻意没有同步她，但又不想在周维那儿落下口实，所以在临近决策的时候才发了这份报告。

上次在彭大海和周维面前，小河抢了王东宁的风头，让王东宁在原老板和新老板面前都没有拿到好的印象分。王东宁有意"屏蔽"自己，也是为了避免节外生枝，他必须得按照彭大海给的

"指令"把这个案子尽快成功入股。

王东宁转发报告的时间选择得很巧妙，周日晚上十点钟。

小河放弃早睡的打算，将电脑打开，靠坐在床头，逐页仔细翻阅。

法务尽职调查的报告侧重于历史沿革、运营资质、重大资产、关联交易、劳动用工、重要合同。总体上看，没有大的投资风险。财务尽职调查报告给出的也是比较乐观的结论。公司历年都做过审计，财务尽职调查报告所得到的数据跟之前获取的审计报告数字金额相差不大。

小河翻阅着尽职调查报告，业绩增长的比例非常完美，每年50%的增长，按季度的增长比例也符合市场行业规律，第四季度最好，第二季度略差……

一切数据，都近乎完美。

这一晚，小河反复研究报告，一边看一边将一个比例圈出来，然后打上一个问号：酒品零售精品店的销售金额占比？

继续看，"……经过我的调查和研究，优尼酒对外投资的项目包括一支新消费基金……"小河在报告上另一个不显眼的位置圈了一个圈，又打了问号。尽职调查报告上所列示的这支基金已经成立一年左右，应当正是遍地找新项目的活跃基金，小河奇怪手脚勤快跑项目的自己怎么从来没听过这支基金。

去工商信用查询网上查询，这支基金的基金管理人也是新加入不久的。

小河觉得需要提醒下王东宁，不能单单看尽职调查报告的结论，要看背后隐藏的风险。这两个地方存疑，明天要提醒他搞清楚。不知不觉，这一晚又是一个难眠之夜。

自从佳品智能的事情发生之后，小河总在提醒自己注意风险控制。有一个问题，她一直在问自己：投资最大的敌人是什么？是犹豫？是贪婪？是恐惧？还是……

这个答案因人而异，对于小河来说，她认为投资最大的敌人是自己用手蒙住了自己的眼睛。

多少投资人在写投资备忘录时，常常自说自话，自圆其说。当一篇投资备忘录写完落笔的时候，多少投资人长呼一口气，因为他已经沉醉于自己写就的这个故事中不能自拔。

当做出一个错误的决定的时候，很多时候只是因为你自己举起双手蒙住了自己的眼睛。

这么想着想着，小河入睡了。

第二天一早醒来，小河打开手机，看到凌晨两点左右自己被拉进一个关于优尼酒项目的工作群中。群里面有彭大海、周维和王东宁。

在人贴人的十号线地铁上，小河一边被人群挤得晃晃荡荡，一边翻着聊天记录：

彭大海问情况。

王东宁：尽职调查没有发现异常，准备提报IC。

彭大海发了一个OK的手势表情图。

周维没有回复，而是把小河拉进群里。

随后便再无发言。

什么情况？

小河到达办公室的时候，王东宁已经到了，正咬着吸管用力地吸光杯底残留的最后一点儿豆浆。

"东宁,我看了尽职调查报告,我觉得有两个地方还有点儿……"

王东宁直接打断小河:"我已经准备提报IC投资委员会审批了。"

小河不明白这个项目为什么这么着急。王东宁向身前身后看一眼,见周围工位上的同事都还没到,他压低声音:"小河,这个项目因为对零售业务线很重要,又有业务线老大彭大海的力挺,我希望能够尽快促成投资。"

"但是,风险确实是存在的。你看,我都标出来了,这个精品店的比例明显过高,不符合行业普遍规律。当然,我不是说一定有问题,但是至少要再看一下。"

王东宁推开江小河批注过的调查报告,他显然已对这个瑕疵问题做过功课:"就这一条,我已经问过尽职调查的事务所,他们执行了应当进行的尽职调查程序,甚至还发了询证函,执行了更为严谨的审计程序,结论是没有看到异常。"

王东宁又格外提示小河:"周总已经看过尽调报告,并没说什么。当然,你如果非得刷下存在感,也可以替周维看一下。"

王东宁语气充满了对江小河的对抗和嘲弄。

小河不再言语。毕竟王东宁之前因为她吃过苦头,差点儿丢了饭碗。

王东宁压低了声音:"而且,我是项目经理。我已经发了对尽职调查无异议的信息给几位老大了。"

小河突然意识到,显然王东宁也察觉到这里面存在隐患,只是现在这个时刻如果揪出来,就相当于推翻了自己之前说的话,尤其是面临着转岗的最后考核期。

王东宁坐在座位上自言自语，更像是自我安慰，"在这个时候，即使存在风险，我相信通过协议上的股东权利保护条款也是能够弥补的。"

这时一阵脚步声响，周维大步流星地走进办公室："你们俩来我办公室一下。"

二人随周维进到办公室。周维一边给自己倒水，一边问："尽职调查上现在有没有需要跟我讨论的问题？"

周维坐到办公桌后，端着水杯，喝一口水，注视站在对面的两个下属。

他鼻梁高挺，更显得眼窝凹陷，那一双眼睛似乎能够洞察到人心最深处，目光冷静而犀利。

小河看着默不作声的王东宁："周总，我来得不久，还不清楚元申的投资流程。接下来按照流程，是不是就要签约打款？"

小河心里盘算着，只要还没签约，钱也没打出去，任何投资风险都还在可控范围之内。而且她作为项目组成员，也有责任搞清楚优尼酒项目是否真的存在她担忧的财务舞弊，但现在需要时间去调查。

周维明白小河所问为何："按流程是这样，你们有需要提示我再格外关注的地方吗？"

小河刚要张口，又紧紧地合上了，她很犹豫。

这犹豫首先来自对项目判断的不确定，在佳品智能之后，她发现自己对于项目的判断变得不自信了。其次，她也担心会给王东宁再一次带来麻烦。

小河犹豫的眼神被周维尽收眼底。

"OK，那就这样，"周维见两人都不作声，"我还需要考虑下，如果没有其他问题，我会在一周后回复审批邮件。"

周维将"一周后"这三个字格外加重了语气。

这是周维留给小河的一周时间。

他们心照不宣，周维自然也担心这个项目存在的问题，但他还在承担来自彭大海和集团的压力。

在接下来的一周里，小河暗访了北京不同城区的几家优尼酒加盟店。但店内货品摆放整齐，客流兴旺，看上去一切正常。但直觉告诉她，这里面一定有问题。

还有一个周末就到了一周的截止日期。

小河仔细翻阅优尼酒的材料，发现优尼酒所参投的那支基金，虽然在业内几乎毫无存在感，但是半年前优尼酒却又追加投资了这支基金。小河把这支基金称为"幽灵基金"。她理了理思路，恍然大悟，将规模不断增加的"幽灵基金"和优尼酒过高的零售店销售比例之间连上了一条粗粗的红线。

现在的小河，更愿意相信自己看到的事实，而不是案头数据。优尼休闲酒在湖北、湖南两省的销量最令小河生疑，她相信自己的直觉，这里有她需要的真相。

只剩这个周末了，小河买了第二天一早去武汉的机票，她要去搞清楚事实。

凌晨出发，去往首都机场的路上还只是小雨，到了机场却变成倾盆大雨。点开天气预报直播，解说员正在说着这两天全国各地遭遇罕见大雨，长江中下游地区降雨量尤其大，提示暴雨红色

213

预警。

小河暗自握拳，没料到天气会在这个时候出来阻拦她。心存侥幸地在机场徘徊，却还是看到了航班取消的信息。

天色已经被暴雨浇得昏暗，小河立即打开12306订票。无论如何，她必须赶到武汉。

暴雨天打车艰难，她搭乘地铁赶赴高铁站，待机场线转地铁线加一路小跑地一番折腾到了高铁候车室，找位置坐下时，小河只觉脚下虚浮，力气仿似瞬间被抽空，随之而来的，是小腹一阵抽疼。

大姨妈提前了，也来凑这个热闹。

或许是受了这段时间起起伏伏的影响，这次的生理痛来得尤其猛烈，小河疼得嘴唇惨白，骨头酸软，满头冷汗直冒。

尽管腹痛如绞，眼看高铁开车时间将到，小河一咬牙，先上了车。过检票口时，检票员不禁多看了她两眼，开口询问，她挤出一丝笑容示意没事。

没问题的，她挺得住。

高铁上的几个小时，疼痛将小河折磨得有气无力，虚弱不堪，只得不断找列车员要热水来冲淡疼痛。

抵达武汉已是下午，武汉的雨果然比北京更大。小河下车后就近在车站里找了家快餐厅休整了好一会儿，向店员打听最近的药店位置，她需要止疼药。

在止疼药的压制下，小河终于缓过来了。

她的计划是扮作准备加盟优尼休闲酒的加盟商在武汉做考察，遍访当地几个零售店。

小河操着一口东北家乡话，被意外大雨浇得落汤鸡的模样，看上去确实像一个来取经的小本生意人。她尽力模仿家中小店街坊邻居平时做生意的言谈举止，花上三言两语，小河就打消了加盟商店主的疑虑。

雨天生意不好，加盟店主看着这么个东北姑娘来"取经"，也乐得磨嘴皮子"传授经验"。

凭借多年下现场看项目的经验，小河只转了转仓库看了看库存，再看看店员数量，就基本确定：这几家店绝不可能有账目上列示的那么多销量。

很快，小河就摸清了真相。

原来，优尼休闲酒的蒋成功资金实力雄厚，他通过"体外循环"给这些加盟店主资金，让他们去采购优尼酒，冲高销量，粉饰报表，而小河注意到的那支"幽灵基金"就是用来将资金导出到体外的。蒋成功随后再将资金转到加盟店，做资金循环，这样，加盟店不但有销量，而且也有资金回笼，一切都完美地符合审计和尽职调查标准。

加盟商将这些体外资金称为"补贴"。

这些加盟商只当小河是生意新手和晚辈，还热情地演示给她看优尼酒打给自己账户的钱。

"姑娘伢灵醒，加盟这个半年喔，蛮扎实！"

优尼酒在武汉几家元申的商场均有旗舰店，从看过的销量数据显示，这几家旗舰店的销量很高，远远超过同体量的其他店铺。小河留意到，这些店面都在元申商场里客流量最好的位置，通常这种位置都是通过招标来分配的，但她印象中并没有找到过相关的招标资料。商场这一条零售线是彭大海负责，利益输送难以避免。

她特意花了点时间，记录了这几家元申商场内的优尼酒旗舰店，发现虽然位置很好，但平均客流与报告上的销量不成正比。

小河在记事本上记录下这个现象，并用红色记号笔打了个大大的问号。

当天傍晚，小河离开武汉直奔长沙。她担心武汉今日暗访的加盟商会跟蒋成功谈及自己的到访。所以，她必须尽早赶到长沙，获得长沙地区的真实情况。

到了长沙，小河一刻不停地直奔长沙当地销量最大的加盟店。

当小河操着一口东北话，走进门正欲搭讪的时候，迎接她的人，是蒋成功。

蒋成功看着愣在原地的小河，却并无一丝恼怒，第一句话竟然是："走，别查了。带你吃臭豆腐去。"

蒋成功叫上车，带着小河直奔东瓜山。

小河看着车上蒋成功轻松自在的样子，全无即将被揭穿的懊恼不安。她倒是有些期待这背后的故事，想必会十分有趣。

在车上，蒋成功咧嘴笑笑："上午我在公司听武汉的朋友说有个东北姑娘来取经，嗨，我一猜就是你。我买了最近一班的机票直奔长沙。挺好，我是长沙人，本来也有些日子没回家看我爸妈了。顺路看看两位老人家，给我爸妈乐得直夸我突然孝顺了。哈哈。"

小河揪出来蒋成功的作假，蒋成功却大大咧咧完全不在乎。既然事情已经摊牌，小河跟蒋成功的谈话反而轻松。

小河注意到了蒋成功"我无所谓啊"的口头禅。

见过这么多创业者，小河心知这个蒋成功归属于当下中国的另一类创业者，不同于张宏达这样将身家性命押在了自己的企业上，一败俱损。这一类创业者家产颇丰，他们用玩儿的心态去创业，企业也只是他们手上摆弄的工具而已。这也是蒋成功虽被小河当面揭穿造假却也毫不在乎，甚至还觉得有个对手蛮有趣的原因，他们手上可打的牌很多。

东瓜山是当地人常来的夜宵地，小摊鳞次栉比，人声嘈杂，长沙本地口音叫卖声洋溢着浓厚的生活气息。

蒋成功也不客套，自顾自地买了肉肠、臭豆腐、毛豆，再叫了白酒。他给小河倒上酒："来，湘西的酒鬼酒，52度。上次看你品优尼酒，我就看出来你酒量不小，今天我陪你喝尽兴。"

平时的小河定会与蒋成功喝个痛快，偏偏这几天身体不方便，她可没那么没分寸，只得眯了眯眼睛向蒋成功示意。

蒋成功马上会意，对上小河丝毫不觉尴尬的眼神，禁不住哈哈大笑，江小河这个女人还真是爽朗率真得可爱："在我接触这么多投资人里，你是唯一一个让我觉得有趣的。这次的酒先欠着，来，你喝茶，我喝酒，干！"

小河以茶代酒，蒋成功并不介怀，几杯白酒下肚，话就全说开了。蒋成功畅快淋漓地讲，小河就认认真真地听，也给自己面前的杯续上了酒，回去继续靠止疼片吧。

原来，蒋成功很确定资本市场这股火烧不了太久，而他要上市的计划需要加快速度完成。国内上市对于业绩要求很高，新品牌是做不到这么高的连续增长的利润的。所以蒋成功就使了这套业绩虚增的方法。

"江小河，这套法子不新鲜吧。你也别说这些上市公司都是阳春白雪。"

小河不承认不否认，往嘴里塞着毛豆。

"而且，我名下的股份也不都是我自己的，里面有些隐名股东是我老爸的一些朋友，互相帮衬，都会力保我上市，拿不拿投资，其实我无所谓啊。想不想知道这些隐名股东是谁？"

蒋成功凑近小河，做出要透露秘密的样子。却忽地哈哈大笑，吓了小河一大跳："哈哈，我可没打算告诉你。"

小河举起一杯酒："蒋总，你很清楚优尼休闲酒的方向很好，你也是个经营人才……为什么不踏踏实实做公司，一步一步来？"

"我无所谓啊，但时间不等我。"蒋成功伸出一个手指头指向自己的手表，嬉皮笑脸，"资本市场向来窗口短暂……我赶上了这个窗口，下次可能是五年后……我不打算等那么久。蒋成功这个名字中的'成功'，听着土气吧。但是，我喜欢我爸妈给的这个名字！我喜欢快速地成功，不被超越！"

推杯换盏，两个人就着几碟小菜，居然喝了两瓶酒鬼酒。但是，让这两个年轻人醉倒的并非只是酒，更是有着对这光怪陆离的资本市场的无奈和眩晕。

喝开了的蒋成功嘻嘻笑着告诉小河，他正跟唐若打得火热："你是不是觉得我特别没品位？哈哈。"

小河直接告诉蒋成功自己极为不喜欢唐若，并反问蒋成功为什么男人都喜欢唐若这样的女人。

蒋成功悠悠地告诉小河："无所谓啊。在有些女人的心里，八百年前的仁义礼智信都还在心里根深蒂固。而另一些女人想得清玩儿得开，比男人都拿得起放得下。换了你是男人你好哪口儿？"

小河回敬："那是你们男人的归类，瞎扯淡。"

"哈哈，"蒋成功再举杯，"各有千秋。"

话说到这个份儿上，小河觉得蒋成功倒是明白人，而且他对于时、唐若跟自己之间的不快也心知肚明,小河问,以他这明眼人的理解,为什么于时要故意疏远自己。

"很简单啊,两个原因。其一,老板不会让任何一个员工搞特殊,当你自以为在老板面前是'独特不可替代'时,老板就要故意疏远以打压,让你摆正位置。"

"其二呢?"小河追问。

"其二,通常一个爱玩儿又没玩够的男人发觉自己可能爱上了一个女人的时候,会选择疏远她。"

一个周末的武汉长沙两地雨中行结束。

周一早晨,酒后的小河仍腹痛不已,她强撑着到了办公室,王东宁吃了一半的早餐放在桌子上,人却不在。

过了一会儿,周维的办公室门打开。王东宁走出来,回身谦恭地轻轻把门带上,他面露轻松又有失落:"小河,你不用调查优尼休闲酒了。蒋成功昨天发了信息给彭总和周总,说还是打算接受另外一家基金的投资,不接受我们的投资。投资终止。"

小河听完王东宁的一席话,松了一口气。

她有不解的是,周维只字未问调查结果,而因是蒋成功主动放弃投资,彭大海也无法再发狮吼。

事情看似就这样过去了。

第二十一章 盛名下内忧外患

元申新推出的家用智能人体健康监控仪新品发布会现场。

发布会的地址并未安排在元申股份惯用的自有写字楼一层的会场，而是选在交通更方便的东三环CBD酒店。现场发布会的素材和物料均十分精细，公关宣传媒体铺陈也规格很高，声势浩大。小河感受到大企业集团的气派。

为突出这款监控仪高端的设计感，全场发布会的现场展示策划也十分高端，在展示短片上下足了功夫。大屏幕上循环出现3D短片，对产品进行全景展示，全息立体投影，声光影的效果牢牢吸住全场注意力。

梁稳森刚刚参加完儿子梁豪在美国的毕业典礼回国，他虽一直感到身体不适，但他还是执意要亲自上台。

媒体、业内人士悉数到场，发布会正式开始。

梁豪也坐在台下，他刚刚读罢研究生毕业回国，梁稳森在让他慢慢熟悉元申股份的各条业务线，这也是梁豪第一次在众人前露面。他爱打篮球，个子高挑，皮肤被美国西海岸的阳光晒成古铜色，一笑露出整齐的白牙。

此时，发布会的背景屏上的画面仍在继续，炫目的功能展示正进行到精彩处。

主持人开场,倒计时开始。

"十,九,八,……,二,一!"

灯光全亮,梁稳森随着背景音乐走上台。

元申股份即将向市场推出的智能人体监控仪的样机放在玻璃台上,看上去设计感十足。第一个环节是梁稳森向到场嘉宾展示产品的功能和特性。

梁稳森的介绍虽老套但中肯,闪光灯不时闪烁,台下也不断响起掌声。

产品展示结束,下一个环节是记者提问。

会前已经安排好的发言记者问了产品对竞争对手的优势等。自然,在规定内容上,梁稳森回答得非常振奋人心,又激起一阵阵掌声。

一切顺利,眼看发布会即将在一派其乐融融的气氛下结束。

"最后一个问题,"主持人环视举手众媒体,"我们给那位一直举手的红衣服的女士提问吧。"

"一直举手的红衣女士"自然也是事先已经安排好的。

谁知主持人正要将话筒递给这位身着红衣服的女记者,却被她旁边座位的一个突然站起身的男人一把劫走了话筒。

这男人三十岁不到的样子,戴着棒球帽,留着小胡子,他举着刚夺到的话筒,语速平稳,显然早有准备:"梁总,在过去一年,元申股份科技之前推出过几款围绕人体健康的智能设备,比如智能体脂监控仪、智能血压计等几款围绕人体健康的智能硬件设备,但销量均不足百万台,与同领域的竞争对手相差很远,请您解释下这款家用智能监控仪较前面失败的作品有什么不同。谢谢。"

梁稳森原以为这个闯入者会问出什么刁钻的问题，这问题却如此轻易简单。梁稳森心里基本判定这位是通过这样一个发布会的提问来吸引元申各个高管的注意力，推销自己罢了。

他将声音放得温和，镇定回答："谢谢这位先生。这个问题非常好。元申股份自去年进入家用健康设备领域以来，我们走过弯路。我们认为，家用智能硬件设备具备功能性的同时，还应当是一件艺术品、设计品。"

梁稳森话锋一转："但是，这些还不够。健康大数据的整合和分析对于身体状况监测，疾病预防和健康趋势分析都具有极为重要而积极的意义，而更重要的是核心算法。在大家看到这产品的背后，正是元申股份关于人体健康大数据专业化处理和再利用的核心算法。"

席间掌声响起，为梁稳森的回答叫好。

梁稳森再朝这位男士笑笑，"小伙子，你好，现在元申正是用人之际，我们非常欢迎业内专家加入我们。"

这位发言者嘴角歪一歪："加入元申？我是 GK 的工程师，我们的专利被你们剽窃……"

一旁的主持人神色慌张地抢回话筒，试图救场："谢谢这位先生！那么我们今天的提问环节就到此结束……"

而发言者的一席话早已引得全场交头接耳，眼看着要激起一派哗然。

而这位气焰正盛的强行发言者并不甘心，索性不用话筒，大声喊道："我需要梁总对元申集团的专利剽窃给一个明确合理的解释！"

梁稳森站在台上，感到脚下发软，手握话筒的手开始颤抖，随后嘴唇不正常地哆嗦起来。

梁稳森的危急状况台下前排就座的人都看到了，大家的目光都望向周维。

周维站立起身，一步一步走上台，站在台中央，拿起话筒："您好，我是主管元申股份医疗健康板块的副总裁，周维。涉及这条业务线的具体问题，由我来回答。"

摄影机和全场观众的视线就这样被周维及时地从梁稳森身上吸引过去，大屏幕也自然切换给周维。

"您贵姓，怎么称呼？"

得知对方姓张，周维磁性的声音再响起："张先生，元申股份到今年已经推出几十款新产品，每款新产品从设计到开模，到样机，再到量产，全程都有元申股份的资深法务和知识产权部门做流程管理和记录。元申股份的科研团队均有着数十年的经验，而元申股份基于数年来与近百家三甲医院常年合作的信息系统也是目前国内最全的人体健康信息数据库。正是基于我们多年扎实的积累，才有了台上这精密的产品。"

周维用余光瞟着台上的梁稳森，主持人上台要搀扶他下来，他摇摇头，努力地站定，调节呼吸。

周维用感慨的语气继续："元申股份从重组成立之初就立足自主研发和创建自主品牌，我们创造了中国医疗设备领域的一个又一个第一。"

周维举起一根食指，比了第一这个手势，这有感染力的动作，伴随着富于激情的讲话，令台下响起掌声。

"张先生以及各位，创新和知识产权保护是元申股份的立命之本，也是护城河。关于GK与元申直接的诉讼往来，涉及知识产权专业领域，今天不便展开。我今天想再次明确两点：第一，元申集团立足于自主创新，我们对于知识产权保护向来认真对待。第二，对于任何恶意诽谤，我们也将要求相关方给元申股份所带来的影响做出经济赔偿，并进入法律程序，坚决遏制一切不正当竞争！"

周维临危不乱，有理有据地反将一军。台下有些骚动，观众都很鄙视地看着这位穿着浅色夹克衫的"张先生"，张先生很不自然地坐下，嘴里一直嘟嘟囔囔地在叨咕。

周维略转头，余光见梁稳森的脸色缓和，状态稳定了一些，便顺势将话题推到高潮。

"今天，我们要向大家再宣布一个好消息，中国科技部在下个星期即将公布：元申股份将被授予国家星火科技发明二等奖，这是中国民营医疗企业拿下的唯一一个国家级的科技发明奖！"

台下掌声雷动，气氛被带到最高潮，周维在掌声结束后，向台上的梁稳森做手势示意："梁总会就元申股份在新产品的应用做一个详细的介绍。在发布会结束，我们也会安排了就这系列设备所获得的各项专利技术的专场展示。"周维又将话题再切到梁稳森上。

周维深谙其理：这场发布会的主角是梁稳森，他不能在众人面前倒下。在众人心中，元申股份和梁稳森是画等号的。

在商业战场这波涛汹涌的大海，元申股份的大船鼓满风帆，桅杆绷紧嘎吱作响，船长梁稳森的一举一动都会影响到这大船的行驶。

梁稳森接过话题，继续就元申股份的创新在新产品的应用上做了介绍。在掌声中，梁稳森结束讲话。

会后，梁豪陪着梁稳森走出会场，上车直奔医院。

梁稳森被诊断为肺栓塞。连医生都十分赞叹，他居然能在这种身体条件下坚持在台上站立讲话十几分钟。肺栓塞这种疾病，如果堵塞面积大，可以导致猝死。

所幸梁稳森福大命大，熬过这一劫。

然而，元申股份的危机却并未消散，乌云弥漫，风雨呼啸而来。

随后几日，是元申股份上下最难熬的时候。梁稳森在ICU病房监护，尚未完全脱离生命危险。

周维很快发觉媒体里有人在蹭热度，有报道开始分析元申股份之前几款智能硬件产品的不足，以及销量可能存在造假。这些文字噱头晃眼，在几个有影响力的港股分析媒体上转载。

反元申的舆论有秩序地一浪接一浪袭来。

而香港的投资人对于利空消息十分敏感，股价则应声下跌。最高单日跌幅超过5%，随后十个交易日，元申科技市值缩水20%。

散户一片怒骂自不待言，而私募基金投资者的利益受到更大的牵动。

周维意识到空头已经预先提前埋伏仓位，而又一场资本市场的风暴正向元申股份袭来。

周维的策略："争取投资人，反击空头。"

元申股份的投资人更可谓是星光璀璨，名声显赫。海岸资本正是持有元申最大股份的私募投资人，也占据元申股份两席董事会席位。这么多年，为了保证元申股份的经营稳定性，周维对董事会和公司章程的顶层结构做了精心设计。

从持股比例上看，梁稳森家族和创始元老三席、海岸资本二席。大部分董事决议事项均需要五席中的三席以上通过，所以，相当于董事会仍旧被梁稳森家族控制。

元申股份自重组、上市到现在多年业绩稳定，一直跟海岸资本相处融洽。周维也一直微妙地平衡着公司和投资人的关系，各取所需，步步前行。

周维担心的是海岸资本手中掌握的一个重要武器——他们的股票已满限售期，理论上可以在公开市场上出售自己的股票，这是海岸资本的权利，而此时出售，将极大可能拖垮股价，将元申股份推入绝境。

新品发布会后，周维很快接到了两位投资人董事的"慰问"电话。

海岸资本的高级合伙人Nancy年过五旬，已全家移居美国，五年前正是她认可周维和梁稳森的搭配，并对中国经济高科技信息的持续看好和元申股份既有业务布局的认可，才力主海岸资本领投此轮基石投资。

Nancy在电话中表示将一如既往地支持周梁二人。"希望稳森快点好起来。"在问候电话的末尾，Nancy表示，希望召开一次临时董事会，了解一下目前元申股份的情况。

周维自然应允会尽快安排，他是明白这背后的背景的。

海岸资本实际管理元申股份项目的是中国区董事总经理William，他一直在找机会说服Nancy将所持有的元申股份股票逐渐变现退出。周维知晓这背后的原因，一方面是因为对于项目的判断不同，一方面也有利益的因素。从账面回报上看，若此时变现退出，William作为投后管理团队成员之一，是可以拿到不少的业绩提成奖励的。

所以，当周维接到Nancy要召集临时董事会的要求时，他并不意外。合情合理，按协议，公司发生实际控制人超过90天不能履行公司经营管理的情况时，应当召开临时董事会和股东大会。

小河接到周维的安排，需配合他准备本次董事会的资料。深谙投资协议条款的小河，领了任务之后面露担忧，她问周维，"周总，惯常私募基金的投资条款中会约定，如果实际控制人超过90天不能履行公司经营管理，投资人有权要求公司回购自己的股份，撤出公司，以防止自己的利益受损。但我不知道是不是元申股份的条款也有这个约定？如果——"

小河心中想着的是当年海岸资本总投资金额是数十亿，如果现在要求元申股份出几十亿去回购这些股份，那后果不堪设想！

周维扬起剑眉，胸有成竹："投资条款要为人所用。"

周维的双眸中有着因睡眠不足留下的血丝和疲惫，但炯炯目光一刹那间闪烁而过，似狮如虎。

可笑的是，小河在翻看协议和公司文件时，却发现元申股份的董事会席位一直被梁稳森所牢牢把握，而在外界看来是"二号人物"位高权重的周维居然一直不是元申股份的董事。

这一来，对于彭大海的嚣张，肖冰的弄权，王东宁的阳奉阴违，小河又多了一层认识，她更感到周维在元申股份的不易。

一周后，元申股份临时董事会在元申股份大会议室召开。周维作为述职管理层身份参加。

山雨欲来风满楼,这场会议从一开始就吹着冷风。

与往次例行董事会一样,周维将准备好的上个季度的经营状况、财务分析、下个季度的规划、预算完成情况这几份资料提前发给各个董事。

梁稳森因病无法到场,委托儿子梁豪代自己出席。

梁豪的发型新潮有精气神,穿着正式,但配色充满活力,非年轻人不敢轻易尝试,虽略显稚嫩,却透出令人侧目的阳光气质。

Nancy穿着十分随意,年过半百的她依旧神采奕奕,如同四十岁出头一般。

William则衣着考究,一身精英的正装打扮,上衣是深蓝色条纹格衬衣、黑色羊绒背心,碎金领带,配着笔挺的黑西裤。经典半框Starck眼镜背后透着精明。

几人坐定,周维将董事会汇报材料投屏到大屏幕上,第一页却令几位董事颇为意外。

"元申股份科技目前存在的主要问题"

惯常董事会议题梁稳森都是先说成绩,再说问题。这次轮到周维汇报,他却调了个儿。

周维列举了公司过往一年左右在经营上进行转型的过程中,遇到的主要压力和经营问题。

"出口部分,由于汇率上涨,出口受到严重影响,连续四个月签单额下滑。国内劳动成本逐年上升,毛利下滑。家用医疗智能业务线,虽然声量较大,但实际出货量不乐观,如果考虑上营销费,每卖出一台都在赔钱。而且,因投入了大量的市场和渠道费,自有电商平台首页还要提供大量的广告位。机会成本居高不下。

内销部分，国内的医疗设备领域，被竞品打压得厉害……"

当周维将包含前五个月的半年报的数字展示在大屏幕时，梁豪看到通篇红字负数，各项主要比率均有所下滑。

他自小家境优渥，从未想到盛名在外的元申股份已经面临了如此严重的状况。他看着周维的讲述和PPT上的数字，眉头紧皱。

周维继续："以上所列示的问题，都会在近一期的财报上有所反映。还有七个工作日，这个财年的半年报就会关账。"

而Nancy和William都陷入沉默，久久不语。

Nancy开口："这份报表若公布出去，将对公司股价带来更严重影响，会带来大量抛售。"

周维打开权益变动表，分析形势："恒生成分股一片红，唯独元申股份遭遇当下变故，成为当前众矢之的的做空标的。前一交易日卖空比例占市场总成交额的12%。这个比例是不正常的。做空进一步打压了股价，造成了恐慌情绪。我们看到有机构开始在二级市场大买盘购买元申股份的股票，但每日交易量控制得当，并未触发披露权益变动披露义务。很显然，如果所需股份数量很大，一次无法完成吸筹，则需要通过反复打压股价，来降低自己的交易成本。"

Nancy也将电脑打开，拉出元申股份科技近一个月的股价走势图，和买盘卖盘信息，仔细比对，她同意周维的判断。

William也顾不上精致衣着，解开衬衫领口，掏出纸巾擦汗。

他很早就屡次建议海岸资本抛出所持有的元申股份股票，自己也可拿到一大笔股票收益分红奖励，但Nancy一直不同意，她非常看好元申股份的发展潜力。William这次本是信心满满认为可以借着梁稳森身体状况堪忧的由头趁机说服Nancy，谁知道现在这个局面，如果抛售将可能彻底拖垮元申股份。那手上的股票的价值将大幅减损。

William懊恼地问："背后的机构底细了解吗？"

"新名字，Cayman新注册基金，资金来自境内，但还不清楚实控人。"

一时会场陷入沉默。

周维要的就是这个效果，先抑后扬，绑定投资人与元申股份的利益。

他深谙投资人心理，他让Nancy和William明白，此时抛售两败俱伤，还将损失未来更大的赚钱机会。明白了这一点，他就能说服Nancy此时坚定持有元申股份的股票。这样会极大提振市场信心。

周维停在这儿，把握着会议的节奏："Nancy，您经历过几场国际资本市场的危机，您怎么看？"

Nancy脱口："Barbarians at the Gate.（门口的野蛮人。）"

精明的William突然想到了什么，他走到展示了财务数据的大屏幕前，指着上面的一个"E"字："Expectation？（预测）"

周维眼中透出神秘的笑意，也用英文回答他："Yeah, MAYBE the actual number is BETTER than the expectation one.（是的，也许实际财报数字会好于预测数字。）"

在场Nancy、William会意，两人与周维传递了眼神，聪敏的梁豪大约明白了这背后的含义，他不作声，静观几方的表情。他怎么也没想到，原来自己一直以为钢筋铁骨一般的元申股份的大船居然已锈迹斑斑。

周维坐下来，回归会议主题："当前最重要的是投资人和公司之间的强绑定，一损俱损，一荣俱荣。"

Nancy几次看了看年轻的梁豪，眼中流露出担忧，这担忧均被Wiliam和周维这两位敏锐的人看在眼里。二人各有盘算。

按流程，周维开始介绍下一个议题：下阶段的经营计划，周维要通过这个部分让Nancy更坚定信心握住手上的元申股票。

先抑后扬，下面到了扬的部分。

"医院信息智能解决方案，会成为未来几年的新的利润增长点。目前已经在跟一些医院进行医院信息系统的落地。若最终签单成功，则将向全国推进。这会带来大幅业绩提升。而且，信息系统后期的维护收入，拓展收入的空间也非常大。国内人工红利逐渐消失，随后，我们将逐渐把制造工厂向印度和东南亚转移以降低成本。前期考察已经进行，进展比较顺利。家用智能医疗业务线仍然作为布局之一，这将与未来家用物联网智能设备结合起来。打通人体和家用环境数据，进一步拓展大数据领域……"

稳扎稳打的业务布局思路。

"今年我会大比例增加研发投入，把这两块的先行优势都稳定住。"

周维早就知道William一直游说Nancy转让元申的股票，尽快变现，但他要确保Nancy不要被William影响。周维将各项董事会决议悉数托出，Nancy是资本市场老将，她懂得此时周维抛出的方案是稳定公司最好的办法。

董事会结束，接下来原定的安排是几人共同吃晚饭。

吃饭总是故事的开始。而董事会后的饭局往往才是多方角力的定锤之地。周维要在这场晚宴上完完全全安抚住Nancy握紧元申的股票，跟元申紧密站在一起。

几人向餐厅走去，周维看似随意地讲了句："Nancy，这次感受到了私募市场的火热了吧？"

这却引得Nancy想到了什么，她有些新的想法："周，这次我参加了几次论坛，投资速度和节奏让我非常意外。我倒是很希望可以多了解一些这些年轻的VC的投资理念。"

周维要的就是这句话，他转过头询问梁豪："小豪，不如这样，把我们部门的江小河叫来一起吧？她刚刚从一家国内私募基金跳槽过来，可以随便一起聊聊，给Nancy介绍下她感兴趣的话题。"

今天的场合，梁豪是梁稳森的替身，周维有分寸地"询问"梁豪正是这个原因。梁豪自然是愿意拉个人进来的，这次董事会火药味十足，他已经听得腿发软。他对周维越发钦佩，想来他不是随便要拉一个人来陪聊，自然有他的着棋落点。

正在加班的小河接到让她一同参加晚餐的电话有些摸不着头脑。她放下手上正在写的报告，小跑赶到元申股份的内部餐厅。

周维当然不是"顺便想到"让江小河赴宴。在刚刚的董事会上，他看出来Nancy眼中闪过对元申股份尚显稚嫩的未来可能的接班人梁豪的不安。而且Nancy一直认为中国的民营企业最大的痼疾是严重的裙带关系，没有充分足够的胸怀引入家族外的职业经理人。

周维也懂得，Nancy手握元申股份股票，很大程度上来自于对老帅梁稳森的信任。但梁稳森如今病倒，她最关注的一定是元申股份的人才梯队是不是能够持续让她手持的股票增值。

周维要在接下来的晚宴上打消掉Nancy全部的担忧，需要一个人跟他唱和，梁豪对国内资本市场知之甚少，而江小河想必是能够领会他的想法的。

她应当能。

第二十二章　董事晚宴上带节奏

接了周维电话的小河，一路想着临时董事会晚宴叫自己会有哪些"使命"。

算了，见招拆招吧。

小河再看看自己身上这身衣服，褐色短袖T恤，九分牛仔，小白鞋，加起来不足500块。心下倒是坦然了：又不是面试选拔，老板让吃就去吃。

推开餐厅的门，小河第一眼看到主陪是周维，次陪是梁豪，周维旁边是有过一面之缘的William。

两个月前小河刚刚在他的面试中甩了袖子，今天就遇到了他。可谓"世间之事唯有巧合是必然"。

William作出一副初次见面的样子，绅士地起身跟江小河say hi。

坐在周维另一边的那位女士，小河看着颇为眼熟。想起来了！小河心下满是意外和惊喜，脱口叫出名字："Nancy？您是海岸资本的Nancy？！"

小河久闻Nancy的大名，却只在报道中见过她的照片，从未见过本人。

Nancy年过半百，但是因常年锻炼，身姿依旧挺拔，脸上皱纹虽多，但是每年两次固定的休假却令她的皮肤黑得健康，显得气场十足。相比之下，精致端庄的William则显得过于细肤嫩肉。

周维将小河介绍给大家："我们部门新来的年轻人，我的助理江小河，之前在一家人民币私募基金，跳槽过来刚刚两个月。"

小河跟各位大大方方打过招呼，坐在梁豪旁边的椅子上。

William没多想这中间的插曲，着急续上要卖出股票的话题："梁总这次突然倒下，这身体让人很担忧啊。"

William想趁着饭局说服Nancy将持有元申股份的股票在目前的相对高价时售出，尤其是这次股价波动，更让他心里不安。但是碍于Nancy对于元申股份和梁稳森一直持续的支持，他一直不好开口，便开始了旁敲侧击。

周维摆摆手："其实还好，梁总这次在美国兜了一圈，换成我们这40岁的人都吃不消。他平时每天游泳四十分钟，据说腹肌仍旧隐约可见呢。小豪，这个你有发言权的。"

梁豪是聪明人，自然听懂了William和周维的言外之意，点点头："没错，上次我陪我爸游泳，见他一个猛子扎下去，一下子甩我几十米开外了。"

周维接过话题："从去年开始，我们也在调整人才计划，现在看效果还是不错的。人是最重要的生产力，新陈代谢也是必然，像小豪、小河这样的新人在不断地补充到元申股份中来。我们元申现在中层的平均年龄是34岁。Nancy，中国这一茬的年轻人素质很高，元申股份下一个十年要靠这些人了。"

周维对于Nancy看待问题的态度了然于胸，他也明白William心里的盘算。他希望Nancy看到元申并非是一家父子传承的家族企业，而是有着人才布局理念的现代企业组织。

几道菜依次端上来。

周维开句玩笑:"Nancy,梁总今天特别安排了他的厨师过来,给你做几道你最爱吃的菜。看看,这是他发给我的菜单。我得对着看看,有没有落下的,落下一道,梁总要罚我一个月工资。"

William见周维又要转移话题,不依不饶,将他的问题继续抛出:"周总,我们海岸资本的持股背景你也了解,现在这支基金快到期了,只有这个项目尚在active阶段却未退出分配,现在股价又是连续下跌,Nancy跟我现在压力很大啊。"

小河看着William的样子,心想:你是着急变现拿carried interest业绩回报吧,Nancy才不会像你那么短视。

周维点头表示理解,却不直接回答,转而问Nancy:"Nancy,您在国外多年,从比较客观的角度,怎么看中国今年的VC的这种热度?"

Nancy夹起来一块糖醋小排,却避开这个话题:"嗯,十分钟前刚刚说好了你要请年轻的VC给我讲讲的,现在又转来考我。"她友善地看向小河,"先让我听听对面这位小朋友的看法。"

小河刚刚放到嘴里一块清蒸鳜鱼,她一直在认真听刚刚几位的发言,也会意到了周维今天叫自己来这场晚餐的原因。

现在话题传花给了自己。

她今天首先要跟周维打好配合,从而让Nancy进一步坚定对元申股份的"长线投资""价值投资",而不是在公开市场上出售所持股票而给股价下跌施加压力。她嚼着这块鳜鱼,一边嚼着,一边看了眼周维,周维的眼神是鼓励她说话的。小河很快理清了接下来要说的话。

"好的,那我先说说我们这些入行四五年的人对国内VC的看法吧。"小河稳稳地讲，年轻的声音清脆利落，语速越来越快，她略微顿了顿，看大家都在仔细听，又恐Nancy久居国外对国语没那么熟络，放慢了语速，"我看过Nancy您之前写的文章，您说'真正的VC要投资创新的商业模式和技术，要敢于投资亏损的企业'，这句话我特别认同。如果从这个角度看，中国真正的VC很少。"

Nancy认同地深深点头。

"我今年还想过要成立一支VC基金呢，就投资创新的商业模式和技术，后来没搞成，还丢了工作。"

小河的坦率让Nancy开怀大笑，续上话："所以，幸运的周维就多了一名得力干将。"

"当然啦，这也是因为我的资历的确不够，不过也有一些当下的VC行业系统性的原因。Nancy您看，能够孵化高科技、有创新的企业起码需要5~8年，他们最多能等3年，就这一个年限，就把绝大多数的市场化人民币出资人给吓跑啦，他们都奔着赚钱的二级市场去了。"

Nancy不由得有些喜欢这个直率而又有见解的小姑娘。

Nancy毕竟是看过完整的资本市场周期的人，对资本市场的判断相对准确："优秀的创业者和投资人应当首先心里是想做一些伟大的事情，其次才是顺便赚点钱。这是正确的顺序。当然，这是理想状态，其实比较难。"

梁豪的目光随着众人的话语转来转去，周维是他要好好学习的前辈，而对比他大不了几岁的江小河，他也有些小小的佩服：能当周维的助理的人，果然不是等闲，专业且有见解。

William点头应着Nancy，吸溜一勺子豆腐汤，吞回了来时路上演练了数遍的港式普通话，这场饭局的调子已经被周维定下来，而Nancy的态度也越发明了。他自然也不会多说话惹自己的老板生气。

周维顺着Nancy的话："元申股份现在要做的就是解决医疗和健康领域最重要的问题，梁总一直说我们要做一家伟大的公司，要解决行业的问题，赚钱则是解决之后自然而然的事情。"

在旁虚心倾听的梁豪不由得在心里为周维叫好，周维安排的一切都是为了稳住Nancy握住元申的股票，毕竟基金已经到了退出期，若Nancy现在选择在市场售出，元申股份的股价会一泻千里。他先将利害关系阐明，再适时地上升到资金的价值层面，张弛有度，实在高明。

后面的话题就略显轻松，紧跟风向的William也适时地表明了自己对元申的看好，这时候违了Nancy的心意可不是他愿意冒的风险。

小河看着之前对自己趾高气昂的William，当下在Nancy面前如同乖宝宝。她再看着周维，他在席间就如同手握羽扇的诸葛孔明一般运筹帷幄，牢牢地把握着话题的节奏。

谈判的最高境界就是让谈判对手走到己方阵营，而跟着到此境界的周维的节奏打对子是如此舒适的体验。

梁豪也适时地跟上一些轻松的话题，就餐气氛融洽起来。

餐罢。

Nancy明确表示："周维，元申股份的股票我会稳稳握在手上。虽然William提及的基金到期临近也是实情，但是，我会尽可能最大限度地挺元申过去这一关。我不会此时售出。创新企业需要资本的持续支持，元申股份刚刚走过1.0，未来还有2.0，3.0。我很期待。这次行程很紧,我不去看稳森了。梁豪,代我向你爸爸问好。"

周维感激地握住Nancy的手,再看着旁边有些悻悻的William,这位小神也不能忽略:"谢谢Nancy,您跟William过去在投后管理上帮助了元申很多,William还帮助我们引荐了几家资质非常好的渠道商,梁总也非常感激。未来我们会将公司的发展情况更及时地跟两位同步。"

周维安排司机将Nancy送回酒店。

Nancy临上车前,十分欣赏地拍了拍周维的肩膀:"周维,元申有你是幸事。"

周维谢过,安排梁豪送Nancy回酒店以示礼仪。随后他跟William又如同多日老友寒暄了几句,握手道别,也请司机将William送回。

将客人送走,周维站在元申股份的门口,回望着这栋大楼,若有所思。

小河见他长舒了一口气,面前的这个男人无时无刻不在面临着各种危机,他举重若轻,见招拆招。

小河凝视着周维的侧脸,一如五年前在西安的初次相遇。只是较之当年,他似乎是老了一些,眼尾有些下垂,还略有些驼背了,但那眉眼越发地平和沉毅。

周维转身,正好对上小河的视线。

小河迎着周维的目光,却并不避开。

"周总再见。"旁边几位加班的员工离开办公室,跟周维打招呼。

久经各种场面的周维被几声打招呼"叫醒",他略微脸红,将视线收回到别侧:"江小河,今天表现得不错,现在下班回家。明天不许迟到。"

小河双腿并拢立正:"Yes Sir!"

这个鬼样子哪儿像个三十岁的人。

周维的嘴角爬上一丝他自己都没发现的笑意,小河敏锐地察觉到,继而想到这一丝笑容背后的意思,她的心跳瞬间加速。

周维在席间将谈判的节奏掌握在手,而小河自己也毫不怯场地跟好了他的节奏,将一场重要的餐桌会议完成得如此漂亮,此刻她从周维的眼里看到了比平日里的赞许更多一层的欣赏,这欣赏里还带着一种被契合的喜悦。

周维等着送Nancy回来的梁豪一同去医院探望梁稳森,向梁稳森通报今天与Nancy和William会面的情况。

在路上,梁豪问周维"实际财报数字会更好"是什么意思。

周维却不直接回答这个问题,问梁豪:"现在元申股份最大的困难在哪儿?"

"外面的做空机构?"

"并不是,海岸资本一直在谋求股份退出和变现,Nancy虽然一直支持你爸和我,但是大机构有内部参考出售线,若股价触发这条线,决定权也不在Nancy一人,事情会变得非常复杂。我们目前账上并没有这么多资金可用于回购。现在资金有限,必须稳住海岸资本。"

梁豪若有所思地点头,他现在求知若渴,需要学习的还有太多。

医院，梁稳森等候已久。

梁稳森大病未愈，精力不足，眼袋松弛。见二人进来，他支撑着坐起来，用手梳拢半白的乱发。

周维通报董事会情况："海岸资本应当是短时间稳住了的，不过他们对所持有的元申股票一直是持售出的态度，现在握着元申的股票只是权宜之计。"

梁稳森听罢舒了一口气，旋即眉头又皱："那个工程师的官司呢？"

"我们已经起诉对方诽谤，对方无法提供其自主设计该产品的证据。我们初步判断对方是被利用，前台这个所谓的工程师只是一个引子。后续看到的做空机构的文章跟进得有进有退，显然是有所准备的。我最担心的是一些不明就里的初创公司和媒体会认为元申股份仗势欺人，趁乱收割。"

PR是必须要安排妥当的。

"周维，你晚上跟琳慧打个招呼，我们在媒体上也做些准备，媒体上有她在，攻守总有章法。"

周维应下。

梁稳森问周维："查出来是谁在里应外合吗？"

周维告诉梁稳森，并不用去查，大家心知肚明："这个人送了这份'大礼'给GK的吴跃霆，很快，他就会提离职去投奔吴跃霆了。"

这时墙上的挂钟指向了十点整。

梁稳森和周维同时拿出手机，二人一直在等待来自人民医院的消息。

"人民医院的医院信息系统部署的验收会今天会出结果。跟上市公司审计师已经反复沟通过,只要人民医院发出验收通过最终审核,就可以将大部分信息系统布设合同确认收入。"

梁豪恍然大悟,这就是"报表实际数字会更好"的原因。

丁零零,丁零零……

周维接起电话,按免提,大家听到话筒那边传来的兴奋的声音。

"通过!"

第二十三章　不要被情绪左右

周维一周前交给小河一个她"熟悉"的工作——对世纪资本的募资计划书发表意见。

世纪资本的这一支新基金仍然在募集中，之前梁稳森在上海华尔道夫酒店曾亲口应下愿意出资做LP，但他还是要周维作为专家定夺，做是否出资的决定。而周维则偏偏将这份工作的资料收集转给了对世纪资本最为熟悉的江小河。

当然，小河对这份募资计划书十分熟悉，可谓饱含感情。起草初稿的是她，整理数据的是她，反复设计字体色调的也是她，虽然接手她继续更新这份募资计划书的人是唐若。原本这份计划书里的"团队介绍"里是有江小河的，但是现在这一版，唐若的美艳照片已经替换掉了自己。

这一晚，小河要从专业的角度将自己对世纪资本过往的表现、募资计划书上列示的储备项目，世纪资本这家投资机构的优劣势，整理出报告发给周维做参考。

临近下班，小河仍然在加班整理这份报告，但她心里还没有结论。周维走出办公室，抬头看到坐在位置上加班的小河。

他走近一些："在赶报告？"

"是，关于世纪资本的分析报告，今天晚上就能发给您。"

"直接给我一个结论。"周维语气温和,但给到的工作指示一贯干脆。

小河站起身,她本来的想法是将世纪资本的优劣势都充分展示出来,由周维判断下结论。换作其他一支基金,她的结论是明确的。但是,这是世纪资本,对方是于时,这个结论她下得很艰难。

周维看出小河的为难,不再勉强她,笑笑:"你做过几年的投资,即便不是世纪资本,换作其他一支基金来找元申募资,我也会听你的意见,尊重你的结论的。"周维再告诉了小河,第二天约了于时当面再过一遍这份《募资计划书》,细谈元申股份是否考虑入资。

"你如果能一起参会,那是最好的。"

周维嘱咐小河早点回去:"别回去太晚,不安全。"

小河目送周维的背影离开办公室。有道是"心和则气平,气平则胸宽,胸宽则自谦,谦恭则能处众"。

周维是达到了这个层级的人。

第二天跟于时的会,小河没打算有意避开,本就是分内工作。小河心知于时跟周维之间一直存有龃龉,而于时之前并不知道自己来了元申股份,反正早晚会知道,又没违反竞业条例。而且,小河倒是满心期待想看于时怎么做融资陈述。

第二天,于时比预约的会议时间到得早了些,他就在这一层展示厅逛了逛。这里展示了元申股份的发展历程、重要里程碑、几条主要的业务线和产品。

在一层展示厅中徜徉的于时看着功绩墙照片中的周维。在他看来，周维从面相上看仅仅称之为端正而已，看似很温厚，但是眉宇间却透着一股隐藏不住的霸气。

元申股份两大核心业务板块，商场零售、医疗设备，同时开始涉足文化娱乐等产业。元申股份的医疗设备以国内中端医疗检验设备为主，在B超机、CT机领域均为民营企业中排名第一。商场零售是过去的辉煌，当年元申丽辰百货风光无限，是高档品的代名词。而这曾经的现金牛而今已经没落，今年据说连续亏损，市场上也时常冒出来元申丽辰百货闭店的负面消息。

几年前，上交所组织专家跟各地民营优秀企业家做企业规范并购以及维护资本市场稳定的座谈。周维、梁稳森均是座谈中的嘉宾，座谈结束后，二人对行业格局、未来中国社会变迁的讨论意犹未尽。

五年前，梁稳森的零售业务线在全国屈指可数，医疗板块却比较零散，但是周维却很有远见地将自己对零售业务线未来会面临的困境一一道来。梁稳森深以为然，对周维十分赞赏。之后梁稳森三顾茅庐，周维加入了元申股份。

周维入职元申股份后，重组业绩成长潜力最大的医疗设备科技板块，随后又带领元申股份成功于联交所上市，并在上市前获得来自海岸资本数十亿总规模的投资，上市后股价也一直很稳定，业绩不错。

这"重组—融资—上市"的三连跳在当年可谓是资本运作的神话一般。这一业绩也被记录于元申的功绩墙上。

周维兢兢业业打理元申股份的业务。近两年梁稳森身体不好，周维则慢慢担起全局的实际管理责任。同时，他也在平衡着像肖冰、彭大海等元申创业元老与后进人才之间的关系。

于时回忆起几年前跟周维的几次交集,这二人自打相识就别扭。

彼时周维还在上交所工作,于时在他老东家——国内一家老牌私募基金做董事总经理。当时他投资的一个项目在初审被卡住,于时曾经委托中间人跟周维打招呼打个牌"问清缘由""做好整改",这在当时并非越轨。但是,周维却并没买于时的账。这个项目最终仍然没有闯过IPO这一关,没能成功"鲤鱼跳龙门"。

不久后,周维离开上交所,加入元申股份,将元申股份业务重组,单独拆分出元申股份业务板块,申报上市,在上市之前的最后一轮融资时,于时代表上一家基金做了元申股份的长达三个月的尽职调查之后,最终做出不投资元申股份的决定。所幸,周维获得了来自海岸资本Nancy的融资,并上市成功。

二人就这样各自打了一局乒乓球,推推挡挡第一局。

从此各走各路,一个做私募投资,一个做企业经营,倒也算是相安无事。

谁料到,近年来元申股份疆域扩大,通过战略投资扩展版图,二人在投资领域也时常狭路相逢。

仿佛天注定,每逢二人相遇,必是诸多不顺。三诺影院的投资上,于时暗度陈仓,提高估值全盘吃下当轮投资金额,打了周维一个措手不及。而最近则在佳品智能这个项目上再一次相遇,又是磕磕绊绊,风波不断,以至于时丢了唾手可得的引导基金入资。

而今,于时想着今天自己要放下身段去找周维募资,心里当真不爽。

再看这张照片,周维身后的背景是一幅当代艺术家的水墨马,于时不懂画,更不懂得欣赏国画,但可见这幅画中一匹骏马,四蹄张弛有力,马尾随风飘舞,鬃毛劲力、狂放,如一阵风般向前奔跑。周维现在当真是"春风得意马蹄疾"。

于时被让进周维的办公室。二人正寒暄落座,门被推开,小河抱着笔记本走进来。自打小河离开世纪资本,这是她与于时第一次见面。

小河很自然地和于时打招呼,于时回应,短暂地把目光在小河身上停留后就收回。

这一瞥之间,于时已经发现了小河的状态与在世纪资本临离开时的不同。多年短发留长及肩,顺滑如缎,脸色红润,而她的眼中那抹久违的灵动神采又回来了。

五年前的江小河眼神中就有类似的神采,只是如今更添成熟。

其实于时早知道小河来元申股份,这圈子本就小得很,但是在周维的办公室里见到作为周维助理身份出现的小河,还是令他心里被刺了一下。

与于时的这次见面,小河并不觉得不自在,也丝毫没有在于时面前表现什么情绪。此时的她觉得一切都是新的且安稳的,在世纪资本时的种种不顺,对她来说已经是过去时。而这种安稳的感觉来自周维的日渐契合。

这一层心境和生活的状态让小河更能坦然、淡定地面对于时。

见周维和于时在沙发两侧对坐,她很自然地坐在靠近周维一边的沙发上,摊开笔记本准备做记录。

于时略过融资计划书的阐述,打算将入资时间、入资主体这些程序化的事情碰碰,半小时内速战速决。他觉得这是梁稳森都几乎拍了板儿的事儿,还能有什么啰唆。

谁知道,周维虽语气却依旧客气从容,但却丝毫不买账:"于总,世纪资本新基金的募集PPM我看过了,其实从未来的投资策略和细分方向上,我是有保留意见的。"

于时压抑住心头不悦:"你讲。"

周维说:"一来,今年资本市场的热度看似火爆,其实难以延续到明年。二来,我总体感觉基金所列示的储备项目还是以传统行业项目为主,而不是围绕着科技创新和商业模式的创新。"

于时面色有些绷不住,沉了下来。周维你才干了几年投资,要跟我谈投资策略?

"周维,财务投资人的投资要点跟产业投资人是不同的。"于时向后靠坐在沙发上,倨傲而不屑,"元申股份通过参投基金可以更快地触及新的商业领域和新行业,而且,这支基金所投资的所有项目都会给元申股份先看权,元申股份未来如果希望并购来延展上下游,这支基金所投资的项目都会给元申优先并购的机会。"

周维听着于时的分析,没有反驳。顺着这个话头儿:"你对基金的IC成员席位分配是怎么考虑的?"

于时是不会给元申股份IC席位的,如果周维做IC成员,他还得在投项目的时候跟周维商量,甚至是"汇报",这个可是他不能接受的。"全是GP的成员,LP在这一点一视同仁,都没有IC席位。而且,这也是现在私募基金比较通用的惯例。'专业的人做专业的事儿'。"

"这是个难办的点,"周维停顿了下,"在年初元申股份的董事上,董事会成员制定的投资策略里面曾经讨论过要不要参投基金,在充分讨论之后,形成了一致意见,如果参投基金,那元申需要在GP和IC成员里面享有一定的话语权。"

虽然两位都压着话锋在讲"商业逻辑和惯例",但小河还是感觉出了对话中隐藏的剑拔弩张。

小河心下责怪于时意气用事,不仔细介绍下未来的投资布局思路,他是肚子里有干货的人,而且他与周维本来应当是惺惺相惜才对,却为什么总是话不投机。

小河觉察出自己在场加重了这种紧张气氛,她逮到于时喝水的当儿,站起身来:"抱歉,我要先处理下一件比较急的事儿。"

周维点头应允,没想到于时冒了句"指示":"你再坐会儿,快说完了。"

小河真是想上去踹于时一脚。而周维暗自摇头,此时的于时分明是没长大的男孩儿。就这么尴尬地又聊了几句,周维看得出于时的不满和不客气:"这样,基金的情况我也比较了解了。我跟梁总再商量下,然后尽快给于总作个反馈。"

全程谈话,于时眼神完全避开小河,只面向周维一人。

对周维来说,他本就不想参投这只基金,交谈到这一步恰恰好。可对于时来说,这交谈却没有任何实质性进展,完全没有达到他的预期。于时在心里给周维又记了一笔。

周维让小河送于时。

小河这送客送得全无礼仪,一路快步走在于时前面。她对于时不珍惜今天跟周维的面谈很生气,心下再对比周维,更觉周维的严谨认真让人敬佩。周维在会议之前很认真地对世纪资本做全面了解,历史项目、储备项目、专业人员、既有项目业绩……相比之下,于时真是太不成熟了。

两人就这样一前一后互不搭理走出了元申股份的大门。

到了门口，小河见于时依旧满不在意的样子，一字一句："你总是这样，从不珍惜。"

说罢转身扭头就走，留下于时愣在原地。

于时被"批"了一句，心里却更熨帖了些。世纪资本全员，无论在职离职，敢用这种语气跟他说话的也就只有这么一个江小河。于时再回想今日小河，较数月之前面色更红润，气质更好，但这脾气依旧。

小河送走于时，回到周维办公室，她想给于时再找一个跟周维见面的机会。

而周维如同已看穿小河似的。小河还没组织好合适的语言开口，周维就温和地笑笑，示意小河坐下，告诉她其实他早已经做出不做世纪资本LP的决定，跟今天的谈话没有关系。

"你的分析报告写得很中肯，很好。"周维依旧从容平淡，沉稳的脸上浮现一抹笑意，"但是，你今天是不是更有体会，'任何时候都不要被情绪左右'。"

小河看周维，他额头宽阔，目光深邃。较之于时的恣意，周维的沉稳安静怎能不让人着迷。

这个夜晚，于时盘腿坐在沙发上，沙发旁的角柜上是一杯加冰的威士忌蓝方，烟熏浓郁，入口醇冽。于时这几年已经很少喝醉，但今天他还是贪杯了。他打算应下吴跃霆的邀约。

抽屉里是多日前吴跃霆差王东宁送来的协议，吴跃霆已经签字盖章，只待于时的签署。

圈子里都知道王东宁是那个将所谓的"GK的工程师"带入元申集团发布会现场的人，这也正是王东宁送给吴跃霆的一份大礼。

于时看不起这种吃里扒外的人,直接将当日连王东宁递送的"合融财富,董事总经理"新名片扔进垃圾桶。于时也看不起吴跃霆,他只对钱的味道嗅觉灵敏,却没有任何产业判断和投资分析逻辑。

但今日不同。

这一天白天,于时在元申集团被周维牵着鼻子走,求钱不得,恼怒不已。

梁稳森、周维……这些人手握指挥棒,遴选自己。在世纪资本五年前成立后,自己带着十几个人,每日工作近十六个小时,平均年看项目数万个,虽然也投资到了一些不错的项目。但是,基金的回报率还是远不如于时之意,今年的项目退出变现压力极大。

当晚,晚报弹出,数十只股票一字涨停,而这些上市公司的CEO当日身价立涨几个亿。

"风险投资是错过的艺术"。于时却对这句话嗤之以鼻,他从来不需要错过这两字。世纪资本走到今天,正是因为于时比别人更少一些错过,多一些执着和坚持。

于时答应赴约,这意味着他将可以从吴跃霆手中获得数亿LP注资,完成这一支新基金的募集。同时,这也意味着他必须要以可能的最低价将三诺影院转给吴跃霆,以派上"吴跃霆的大用场"。

在于时头脑里已经有了明确的决定,现在他也需要吴跃霆这个抓手。

吴跃霆对王东宁讲自己善相面,他说他看好于时的面相,他

251

欣赏有知识又有野心的人，还有一个重要要素，要命好，老天才给饭吃。

他邀请于时和唐若来自己的茶室一叙。

吴跃霆外表憨直，但其实心细如发，草莽出身，却是上市公司GK的实际控制人，也并不是靠的嘴上功夫。越深接触，于时越觉他憨直的外表是障眼法，若论资本伎俩和算盘精细，他恐怕是所有投资人都比不得的。

吴跃霆将跟于时的见面地点约在了自己位于二环内的私家会所，这是南锣鼓巷后一套看似普通的四合院，院门前是长势繁盛的银杏树，院后墙外就是北海。

会所大门与其他私宅并无二致，但一打开门却像走进了盘丝洞，曲径通幽。传统家具加江南园林式草木石材的点缀，只觉得整个会所古色古香，幽雅清静。随处放着象牙、木雕，用来分隔空间的镂花屏风雅致精巧，藤制的靠椅上摆着刺绣丝绸靠垫。

于时见到今日的吴跃霆不禁有些压迫感，这老哥儿今天圆滚滚的身子身着中式衣装，黑色老北京布鞋，平头，但他那绿豆般的眼中却透着一股子贼灵气。

吴跃霆握紧于时的手，眉眼亲切如同他乡逢故知。

于时没想到这吴跃霆看着粗拉拉，这手却出奇的软，绵软有肉，似无筋骨。于时被这手捏着，浑身泛起一阵鸡皮疙瘩，抽出手。

"这院子，环境还凑合吧？"吴跃霆问于时，于时点头礼貌一笑。

吴跃霆抑扬顿挫："忆往昔，在这碧波之上，可曾有一位曼妙女子泛舟，边弹边吟《琵琶语》。可谓月圆如镜，如诗如画。"

茶室上门匾写着龙飞凤舞的两个字，于时仔细辨认："乾乾？"

吴跃霆点头。

"这落款是？"于时辨认落款儿签章，却着实认不出了。

"在下拙笔。"

这却令于时刮目相看，原来这吴跃霆的字竟有这般风骨。

于时再问吴跃霆这名字来源。他一边给手势让茶艺师起茶道洗茶，一边解释："源于《易经》'君子终日乾乾。'每一天都要心存警惕，避祸除灾。"

唐若在问答中始终保持安静，招牌的笑容挂在脸上，嘴角微翘，哑光口红显得人端庄美丽。她的分寸感极好，不该说话的时候一句不讲。

吴跃霆这个人有个最大的好处，敢于自嘲。加上其人看上去其貌不扬，土里土气，席间有他总是气氛活跃。然而，此人人情十分练达，他用合融财富控制住上市公司GK股份后，GK虽主营业务依旧不亮眼，但市值却随着收购和股市繁盛水涨船高，远过百亿。

于时不想跟他扯这些慢悠悠说禅弄意的虚头巴脑："交换资源、拓展商机，大家精神上抱团取暖，物质上交换商业要素，互相成就。是这意思吧，老吴？"

吴跃霆听罢，哈哈大笑，对于时伸出大拇指。

恰在这时，王东宁一边用手抹去额头上的汗，一边走进茶室。

王东宁离开元申股份后，在吴跃霆鞍前马后，风生水起。吴跃霆倒不嫌王东宁笨，他不喜欢属下太聪明，听话就够用。

显然王东宁是茶室常客，跟于时和吴跃霆问好后，王东宁端起面前一杯茶一口喝光见底儿,还不够解渴,又续了一杯,见了坐在对面端庄婉约的唐若,却不好意思再一口喝光。

王东宁熟门熟路坐在吴跃霆旁边,屁股只占了椅子前半部分,向前倾着身子。

吴跃霆见王东宁似有话与自己悄声耳语,摆手:"说吧,不妨,于总、小唐不是外人。"

坐下来的王东宁开始抱怨:"吴总,这回发行股份购买资产的收购又泡汤了。王东宁哈着腰,将一长串的审批意见字字不差从嘴里倒出。他揣摩"圣意",继续抱怨,"股市这么好,我们却总是并购不成功。只能眼睁睁看着机会从指缝间溜掉。唉。"

吴跃霆摆手止住王东宁的啰唆。拿出手机示意给于时:"看看这个,"他点开图片放大,是一幅地块规划图。"根据南平最新的规划,南平文化高新区就要东扩,这块地就在东扩的文化产业园区范围内,未来会编入产业调整范围,升值空间足够,值得上手。"

于时不是地产专家,但是对数字异常敏感,400亩。他头脑中换算着南平市单平米的招拍挂信息。地价连同建筑成本,全部下来要百亿了。

这就是吴跃霆要低价拿走三诺影院去"派上的大用场"。

吴跃霆直接讲他的规划:"于时啊,你是聪明人,我投资三诺影院自然不是为了养肥养大这家公司。"

于时很快就理解了这种操作,一旦上市公司并购了行业知名企业,几个涨停就是几个亿。吴跃霆还可以通过体外公司预先埋伏好,到股价上涨后,带动几波行情,适时抛掉手中股票。

吴跃霆饶有兴味地点开了李云清的用户端软件。三诺影院获得融资之后，加大了旗下影院的扩展，线上观影也做得颇有特色，用户数据上涨曲线极为完美。他仿佛是自言自语，又是说给在座各位听。

吴跃霆笑着用白胖的手指在空中画一道弧线，嘴里念叨："这完美的抛物线啊。"

众人视线随他手指滑向"弧线"高处之时，画风突变，吴跃霆突然绷紧面孔，将手猛然劈下，好似一件重物坠地，又暗指三诺影院瞬时消亡。

唐若几乎发出一惊呼。

吴跃霆环视四周，看看大家表情各异。他要的就是这个效果。若不将三诺按照他安排的来，三诺很快就会因资金断流而倾倒。

吴跃霆再展开白胖肉脸，看着于时，缓缓提出诉求："我打算用GK收掉三诺影院，你配合我低价收购。你开个你期待的收益率给我，不要高于市场收益率。那个白面书生李云清，让他滚蛋。"

于时见惯场面，等吴跃霆下文。

"同样，我答应你的也自然会照办，我会把你新基金的3亿差额全额补足，助你完成世纪资本新一只基金的募集。"

吴跃霆招手示意王东宁讲细节方案。

王东宁恭敬起身，小心讲起方案。目前，李云清尚未完成当年业绩指标，按照世纪资本跟公司签署的投资协议，世纪资本连同合融财富加总在一起会控制董事会，此时将可drag卖掉李云清在三诺影院的股份。而吴跃霆会将收购价格控制在一个"合适"的比例，精确到恰好保证世纪资本的收益率，但却让李云清颗粒无收。

吴跃霆要于时与他携手，同意GK收购李云清的股份，并将创始人李云清清盘出局。

赏器，闻香，品茗。于时端起茶杯，看着上面雕刻的字纹，杯身上一个"和"的篆体字。于时品茶。他那惯常被威士忌的烟熏口感浸润的唇舌，遇到茶水的滋味别有感触。

吴跃霆将这精致的茶杯举到眼前，眯着眼，就如同第一次看这熟悉的杯子一样，"茶道的心法就是这个'和'字。'和'取三和，天和、地和、人和，而三和都备齐之要义在于'时'——时机。于时，你的名字取得好。"

于时不搭话，轮不着吴跃霆来品评自己的名字。

但两个聪明绝顶的人都明白，在今年上半年的这几个月，火烧得旺旺的，能在一级市场、一级半市场、二级市场快速连赚三笔钱的时机十年一遇，不可错过。手握资金是那么重要，而且原来那么多人利用资本市场早已赚得盆满钵满。

吴跃霆直言十分欣赏于时，肯冒风险，头脑灵光，对金钱的嗅觉同样敏锐。嗅觉敏锐如于时，同样感到了资本市场热火下不断渗入的凉意。

于时看着他面前油腻的吴跃霆。这样的人从不谈行业分析的要点，也搭不出漂亮的财务模型，他们也不会做长篇大论去搞SWOT分析，PEST模型，五力模型，但他们却有着对金钱的超级敏感的嗅觉。

再看自己世纪资本这几十号人平日里天南地北地找投资项目，谈判条款，还要盯投后，累得跟狗一样，却一不留神，就被谢琳慧这样的媒体报道了喧天抢地。

反观当下，自己所投资的portfolio和在看的这些创业企业，他们面临越来越微薄的利润、越来越大的竞争、越来越狭窄的市场空间,又多少企业在死亡线上摇摆,算着资金还够几个月……

于时是懂得游戏规则的人,吴跃霆又深谙利益平衡的艺术,这两位商业利益嗅觉无比敏锐的人,被资本市场这块蛋糕的诱人甜香吸引到一起。

吴跃霆没忽略在场唯一的女士,他称赞CFO唐若的能干,赞她做了CFO之后公司的资金使用更有价值了。

唐若站起身来,笑吟吟地给吴跃霆敬茶:"要谢谢吴总才对,投资格局和眼光都非同凡响。"

到了唐若发言时间,她从来都把握得好机会,她看一眼旁边的于时:"在跟着时总看项目的这两年,我们看到有一些产品技术出身的企业创始人往往会埋头做好产品,但对营销和企业价值增值的爆发口却把握不准。于总委派我过去做CFO是想着帮着李云清略微调整下方向,于总是要求我们在投后管理上一定要做到位的。"

这话让于时跟吴跃霆听着都极为顺耳。

于时点头:"唐若很不错。"

但对吴跃霆抛出的方案,于时却未置可否。吴跃霆看得出于时对自己的不屑,他早见多了这种阳春白雪的投资精英。他拍拍于时的肩膀:"于总,好企业不是'炼'出来的,是'修'出来的。在这个遍地是钱的时候,你使蛮力太可惜了你这才华了。"

吴跃霆悠悠地又补了一句:"而且,私募基金给别人作嫁衣,成就初创企业、成就出资人,自己赚小头,不是个好生意。"

吴跃霆又点到了于时的痛处:"于时啊,今年的资本市场过旺,对于私募基金的募资来说也并非利好吧。钱放到股市,一天一个涨停，就是10%的收益。给你们私募基金投资，一年才给8%的保底收益。还不如放到股市一个涨停倒个手的呢。"

道别时，吴跃霆意味深长："于时，你是做大事的人，别给自己先限定个框框。"他又画龙点睛地补充一句，"这块地是我跟元申在抢。如果能跟你一起和周维过一招，那真是有点儿意思。"

几人散去后，各有心思。

于时驾车回办公室赴今晚固定的德扑牌局，唐若在副驾。

于时本还没想好现在要不要跟吴跃霆搅和在一起，但今天吴跃霆提及的周维也在竞争这块地，却让他燃起来战斗的欲望。

在男人的心中，战斗的欲望像火种，总会燃起熊熊大火。

唐若瞄着于时，这阵子唐若精心地平衡着自己在于时、吴跃霆、李云清之间的微妙关系。她一边在三诺影院做兼职CFO，一边也看新的投资项目，并时常跟吴跃霆讨论资本市场走势。她很确定，此时此刻这三人都当她是"自己人"。想到今天于时对她那句"唐若很不错"的夸奖，她觉得有些好笑，这个职位本来是江小河的，今日得到于时夸奖的也应当是江小河才对，但是，性格决定命运，是江小河将机会拱手让给了自己。

王东宁最是郁闷。能够这么快争取到吴跃霆投资三诺影院，王东宁是出了力的，当时他甚至还调阅了元申股份内部的数据给到唐若做分析。他是自愿的，他牵线搭桥并不为别的，只为了唐若对他高看一眼。

而唐若却不想欠王东宁一丁点儿的人情，在投资款入账之后，就安排从三诺影院的账上给王东宁支了一笔小钱，算是清掉了这个人情。王东宁收了这笔额外的小钱，心里却不舒服。唐若居然就这么打发了他，而且他后面连续几次都约不上唐若，内心更是憋屈得发狂。

今天看到唐若让两位老板熨帖开心，心下不是滋味。唐若全程看于时的那满含崇拜的眼神都被敏感的他看在眼中，女人对男人的爱的必要非充分条件就是崇拜。唐若这等女人，他是自叹得不到了。

再想想自己离开了元申股份，江小河却在周维麾下春风得意，更觉得心下烦躁。若是换了唐若，王东宁也能忍一忍，毕竟男人都喜欢漂亮又会说话的女人。但这江小河瘦瘦愣愣，上学的时候也没见她有什么本事，怎么作为一个新人反而在周维面前混得风生水起。

王东宁恨死了这些身边的女人，谁说他们有性别劣势？

只是想到吴跃霆私底下找他谈的那件事，王东宁心里的怨恨又缓和了一点。

这些女人，就等着瞧吧。总有一天，会把她们都踩在脚下。

"情场失意，赌场得意"，这话是真理。于时在这一晚的德扑局上大获全胜。

于时在整个圈子里德扑出了名的打得好，他曾经说过，"真正德州扑克的高手是不看牌的，只看对手的眼睛"。

德扑是一个零和博弈，需要不断决策，筹码和位置就是资源。

从小到大，于时一直是天之骄子。良好的家世，良好的教育，超越同龄人的智商和对金钱的敏锐，是于时与生俱来的资本。然而自从进入了资本圈，一切光环急速退去，比他家世好的、比他聪明的，比比皆是。随着在这个名利场里越扎越深，于时没有被打倒,反被激起了极强的胜负欲,带着一身嗜血的杀气,一路走到现在,靠自己撑起一家公司。

世纪资本在资本圈算是一支新兴的基金,业绩表现尚可,虽与大牌私募基金不可争锋,但能在竞争激烈的私募基金行业干满五年,且声望日上,这让于时很有成就感,但最近这些日子他的成就感被践踏得斑驳零落。

脑中闪着一个一个信息碎片,他心有不甘:一介书生周维俨然已是资本大鳄,俨然成为元申股份这艘大船的接班人;近一年新成立的不知名的基金开高薪挖世纪资本的墙脚;股市渐热,十年难遇……

还有那个江小河!她明明如影随形在自己身边,怎么一不留神,不仅让她溜走了,还站在了周维的身旁?为什么?连她的投资人生涯都是他给予的,她怎么敢……

晚上从牌桌前离开的时候,于时收获颇丰。金钱游戏对肾上腺素的刺激,唤醒了于时体内久违的兽性。尽管以他的年龄来说,他已经算是很成功了,可是还不够。他就像是一株迫切想要长得顶天立地的树,外面的世界那么大,而他的立足之地这么小。

下了牌桌,于时将当晚赚到的钱全部推向池中,"喝酒!"牌友们一阵起哄,那心口压抑着的无处宣泄的情绪、无处诉说又无时不刻不在的焦虑和压抑在一刀一刀剜在他们外表健康的体魄上,留下一个个衣冠楚楚的皮囊。

唐若全程并未打牌,她坐在于时旁边,看这男人在牌桌上运筹帷幄,她仰慕成功的男人。

昏暗的电梯中,酒醉的于时向后靠在电梯壁,眉头微皱。

唐若心中一股暖流向上涌动,堵在胸口,她冲上去拥搂住于时，窈窕如蛇般缠绕在于时的身上。于时闭着眼，女人身上淡淡的香味荡漾开来，被仰慕、被需要的感觉让他舒畅挺立。但当唐若将唇向他靠近时，他下意识地避开了。

缘何身体会避开，于时自己也没有确切的答案。他并不讨厌唐若，但却无法喜欢上任何一个女人，此时此刻他醉醺醺的脑子里满是江小河。

电梯门开启之时，于时依旧垂手闭眼靠在电梯壁，显然是刻意避开与唐若同行。

唐若轻捋额前发丝，迈出电梯，神情并无尴尬。

她还有机会。

第二十四章　老将的掣肘

元申股份大会议室，月度经营总结会，气氛沉重。

小河作为周维的助理列席会议，对此肖冰有强烈异议，因周维的坚持才勉强就座。小河知道分寸，她已不是投资人身份，能旁听总结会就该知足。她安静地坐在会议室挨着墙摆放的椅子上，而没有跟着其他高管围坐在长条会议桌前。

梁稳森尚未出院，会议由周维和彭大海主持。两人各坐一边，彭大海一侧是零售业务线的中高层，均为元申起步时即在的员工，在元申内部被称为"土著"。周维一侧是健康业务线的中高层，大多为新晋员工。以往有梁稳森坐在中间调和，而今天梁稳森不在现场，土著与新晋员工之间泾渭分明，气氛剑拔弩张。

按照例行会议流程，肖冰将财务数据和资金状况展示到大屏幕上，介绍财务状况。

跟周维预计的一样，百货零售这条业务线继续亏损。这是连续第六个季度亏损，预计下个季度的资金缺口将更大。

元申股份以百货零售起家，随着近年来零售业态的转型，原有的数百家百货店经营每况愈下，而人工成本却居高不下。在年初周维已经下定决心要调整升级原有百货商超业态，并逐渐剥离出上市体系。但是，方案讨论了无数稿，仍然是纸上谈兵无法落实，只因为一个原因：彭大海。

周维用手用力压住太阳穴揉，年初已经定下要执行的商场业务线调整方案又一次搁置。小河眼见周维举步维艰。

商场业务线的几位高管都是跟着梁稳森打江山的老臣，这么多年裙带成风，连一个保安都可能是某某人的远房亲戚，动不得。

今天，元申股份另外一位创始元老，副总裁彭大海仍然持明确反对态度。

"我的态度没有变，我反对现在做调整。商场业务线是我们元申股份立命的根基，元申的'申'字就是要'露头又落地'，动了这条业务线，落地的根基就没了。我跟着老梁到今年整整二十年，最理解一个词'情义'。如果我们现在在没有做好充分调研的情况下，将百货业务做大调整，后续会有一系列的麻烦，比如员工遣散，土地续租，商铺补偿……这么多的老员工，在元申股份工作了十几年，一旦裁员，我对不住兄弟情义，社会影响也非常大！"

彭大海当年随梁稳森创业征战南北，连着创造了几家销冠王商场，正是因为商场业务线的现金流稳定，梁稳森得以有资金投入到医疗设备器械这个领域，随后重组为元申股份上市后，其他业务线等也才不断发展起来。在某种程度上说，是百货业务线哺育了整个元申股份。

与往次一样，每次提到商场业务线调整，就被彭大海率公司老臣解读为裁员，对老员工卸磨杀驴，会议又是嘈嘈杂杂一片喧闹。

周维缓缓起身："凶险的资本市场，没有给我们讲感情的机会，也没给我们太多时间。前不久，元申股份刚刚遭遇的这场股市做空危机并非偶然,我们现在仍然没有查明幕后主使。但是,很明显,这股暗流仍然蠢蠢欲动,若几股暗流汇聚,随时有可能掀翻元申这艘大船。我在资本市场做了十五年,今年的资本市场最为诡异,若有做空机构再次做空,或者我们遭遇到恶意收购,元申股份必须要准备充裕资金收购股份,有多少我们要接多少。但是,我们有多少弹药?!"

"这是财务部做了未来十二个月的财务模型,若继续保留目前百货经营的状况不变,在十二个月后,我们的资金余额是——"

周维疾步走到白板前,用力写下一个大大的数字,看着大家:

"这是我们到十二个月后剩余的全部资金!单位是——人民币!"

全场安静,大家屏住呼吸。

周维一语打破平静:"百货业务线必须止血,裁员30%,停止全部在建项目,保留一部分可改造资产,没有价值的商场必须关停。"

彭大海猛然起身,眉头紧皱,他一声不吭走到周维的面前,怒目直向,嘴唇发抖,转身离开会场。

会议因彭大海的提前离场而结束,大家纷纷散场,周维浑身疲惫坐下来。

小河走到周维身边,心疼地看着他,她突然想抱抱这个男人。

周维感觉到了小河在旁边:"先回去工作吧,我再坐一会儿。"他看了看表,用手搓了搓脸,提提神,"后面的一个会也要开始了。"

小河等到下班,周维还没回办公室,她想到周维开完会一定是又饿又累,再叫外卖还得等好久才能吃上。她买来一碗粥,加两份小菜。她想着粥养胃，小菜爽口，晚上吃太油腻的东西，睡不好。又怕他吃不饱，加了一块椰子糕。

小河将粥菜糕点放到周维办公桌上，才下班离开。

这个过往随意率性的假小子，如今为着周维的一粥一菜都能踌躇再三。

周维自然懂得今晚摆在办公桌上的粥菜中含着的女人的心思，而小河对他的感情他也是觉察到了的。居于此位，对他暗示好感的女人不在少数。但他向来跟任何人都保持恰到好处的距离，这距离好就好在，任何人都觉他平易近人，但任何人也都不能再多近一步。

他没有做好接受一份新感情的准备，更何况这份感情来自只接触过短短一个月的江小河，还是曾经在媒体舆论旋涡中心的人。

周维隐约觉得，江小河以助理职位来元申工作也并非只是为了谋一份糊口生计，她更重要的目的是要揭开佳品智能背后的一切，洗刷自己的"恶名声"。

当日傍晚，周维夜跑。

周维家附近是大学校园，天气好时，他会到大学操场夜跑。

十几圈下来，周维已经浑身是汗，他压完腿走出操场，正见到迎面而来的谢琳慧。谢琳慧来报道大学生创业创新，刚刚采访完一些参加论坛的大学生。

"这习惯你居然一直坚持下来。"

谢琳慧是周维的前妻，但她的另一重身份——梁稳森的表妹，并不为外人所知。碍于两人都是要抛头露面的人物，加上谢琳慧的特殊身份，所以二人离婚数年并未公之于众。

周维会意，不接续她的话，岔开话题开起玩笑，与谢琳慧向着校门口边走边聊。

"跑跑步，解解压，防止中年猝死。"

谢琳慧以妻子的口吻对周维说："小豪来找过我了，说起了商场业务调整在内部遇到了障碍的事情。其实小豪是早晚会接班的，你犯不着这么拼。而且，彭大海跟着我哥这么多年了。我哥这个人你也知道，重情义，尤其现在他身体又不好，心更软了，最后的结果一定是会拖着不实行你这个调整的。你这样几头不落好，犯不上，就别费劲推了。"

开了一天会、刚刚跑步放松下来的周维，闻言心中一沉。

谢琳慧继续自说自话："今年资本市场是几年不遇的大牛市，这你比我懂。元申股份因为在香港联交所上市，股价一直不温不火，根本没有利用好A股的优势，不如私有化之后在国内A股上。我跟你讲啊，我连报道的腹稿都打好了，如果把元申作为港股回归A股典型，会非常劲爆。"

谢琳慧声调越来越高，如同每一次她被台上的聚光灯罩住一样，她又找到了引领观众的感觉。

而周维大步走，并不应声。

谢琳慧终于说累了，停了一会儿，见周维没有进一步讨论这个话题的意思，改口说："我都是为了你好。不过，你要是特别想搞这个计划，我去找我哥说说。我劝他还是管用的。"

周维依旧不应声，不搭话。

这时前面走过来一对大学生恋人，神情亲昵，看上去是正说着开心的事情，两人大笑，被幸福而青春的光芒笼罩着。

谢琳慧被这一场景感动了，她回头目送这两位恋人，停了会儿，追上已经继续大步向门口走去的周维。她向周维这一边靠近了些："还记得上学的时候吗，那时候下了晚自习我们也是这样边走边聊，你送我回寝室。"

"都过去了。"周维继续大步走。

"这么多年，我做很多事情没有顾及你的感受，我现在常常觉得很后悔。如果……"

周维明白谢琳慧要讲什么，他却不希望谢琳慧对此抱有任何希望，或有任何误会。

"琳慧，一切都是最好的安排，过去的都已经过去了。"周维再一次强调"都过去了"。

二人出了校门，各自回家。

"一切都是最好的安排"，周维现在更相信这句话了。

二人身后不远处，程迈克在伸头张望。

迈克是作为青年投资人代表参加大学生创业周活动的，活动结束之后就被几位大学生当成是"行业专家"拦住请教投资的事情。

最近迈克在股市里投入了大笔资金，是自己原本买房子的首付款，随着股市大涨，账面收益颇丰，他乐得吹嘘，正是心情大好，却见到了周维和谢琳慧二人并肩"亲昵散步"。

迈克向来是八卦信息中枢，转手就拍了这二人背影照给了江小河。配文："哥们儿，八卦下你老板啊，校园情侣，伉俪情深。"

小河点开照片，她最厌恶的人和她最倾慕的人，一对尽人皆知的模范夫妻正在大学校园内"亲昵散步"。

迈克并不知道小河对周维的情愫，发了照片之后还打了电话给江小河，正打算说点七七八八，顺道告诉江小河自己的股市"捞钱"业绩。

"程迈克，我在忙。除了八卦，你还有别的正事儿吗？"小河又加重语气提醒迈克记得回医院检查之前被王东宁打的外伤。"折腾来折腾去，只有小命是你自己的，记得复查。"

这一晚，又是小河的不眠之夜。

她明明记得在某次整理资料时，周维的婚姻状况是"离异"。

第二十五章　这魅力难以抗拒

自打加入元申股份，小河眼见着那坏日子日渐远去，新生活终于开始。

如同每位京城的上班族一样，小河的早晨自挤入地铁后开始。

小河在笔记本上记录着自己的杂想，天马行空，这漫长的地铁之旅成为了畅想之旅，乐趣无限。

入职后，小河在元申股份顺风顺水，新环境新领域，年轻的新同事，每天在食堂跟其他不同部门的同事们吃饭，聊些家长里短，有的没的。在小河心中，世纪资本、于时、唐若……似乎已经是很久远的过去，自己似乎已经渐渐从人生最泥泞的低谷中走了出来。

晚上跟爸爸妈妈视频，爸爸妈妈知道小河在新公司一切顺利，也安心了很多。

妈妈一听新公司有万把员工，可乐坏了。她淳朴地觉得，这么多人里面找男朋友总算是比之前那个只有几十人的基金公司好找吧。

妈妈接下来就又开始旁敲侧击，新工作男同事多不多？多大年龄？有没有男生没结婚又能看得上眼的？以前一到这个话题，小河都是不耐烦地岔过去，今天却有些甜蜜的味道，跟妈妈嬉嬉笑笑地聊起来哄着妈妈。

心情大好的妈妈告诉小河家里小饭馆生意越发兴隆，又想起来最近亲戚们靠着买股票赚了不少钱，"小河，隔壁你刘姨都赚了好几万了，下个月我跟你爸打算把上次你留下给饭馆装修剩下的钱给你刘姨让她帮我买点儿股票，能再多赚一点儿，多赚一点儿是一点儿。你觉得对不？"

"妈，你俩千万别买股票，"小河一边啃着苹果，一边跟爸爸妈妈说，"你回头问刘姨，保准儿她连她自己买的股票的公司的全名儿都记不住，这不纯粹奔着亏钱去了嘛。你俩可千万别买啊。哎，记得啊，跟我刘姨也说一声，让她把钱都提出来了啊。"

这一个月，大爷大妈纷纷涌入证券公司开户，人们狂热地大快朵颐这资本盛宴，每日各只股票一字涨停股刺激着人的神经中枢。

人们不但在享受着"获得"的喜悦，还在享受"去获得"的狂热。

如往常一样，这一天小河早早到了办公室。周维也常常早到，小河盼望着能有那么一小会儿跟他单独说话的机会，而说话的内容倒并不重要。甚至于只是打个招呼问个好，都令她满足。

清晨的大办公室里面空空荡荡的，只零散地坐了几位同事，很宁静。小河走过去，周维的办公室门虚掩着，她悄悄地站在门口，将门再推开一些。她环视着已熟悉的周维的办公室，周维的一件西装外套照旧挂在衣架上应对临时的正式场合，办公桌上整齐地排列着笔筒、水杯、文件夹。

周维的办公室从来都是一尘不染。

"看什么呢？"一个声音自身后响起，小河回头，见到笑吟吟的周维就站在她身后。

小河的脸"腾"地红了，垂下头腼腆地笑了笑，两只耳朵隐隐发烧。眼前的周维已经没了昨日经营例会上被掣肘的无奈和担忧。

"正好，跟你说一下接下来要跟进的几件事情。"

小河随着周维走进他的办公室。优尼酒项目暂时告一段落，股市做空危机也缓解下来。小河手边最近并没有在进行的重要项目，正要找些事情把自己填满。

周维对一切事情都胸有成竹："彭大海在商界摸爬滚打几十年，他自然也明白商场业务早晚要转型，只是现在他还有心结没打开。"

小河想了想："他放不下丽辰百货这个他一手打造起来的零售百货品牌，而且这个品牌是他在元申股份一直扛着的大旗。"

周维点头："是的，彭大海有他最引以为傲的皇冠上的'三颗明珠'，这三家百货商场当年分别是华北区、东北区、东南大区的销冠王。要解开彭大海的心结，就先考虑首先要把这三家店做好转型标杆。"周维继续说他的想法，"我已经安排了对这三家再实地调研一下，设计不同的转型方案，作为转型标杆和亮点推出来。而且对这三家的转型改造大可以不设置预算，超标资金可以特批，这笔资金预算是值得的。而且，这三家商场因为是他最在意的，也是当年效益最好的商场，所以他当时聘任的经理到中层大部分都是他最得力的一些干将，还有一些是他的亲戚、朋友。"

小河说她的感受："彭大海是不愿意输了人情的。"

"用武则先威，用文则先德。"周维查看了日程，"这样，我下周去考察这几家商场的现状,同时也安排建筑设计规划公司等几家相关方,一同安排行程去仔细调研几家商场。时间你来协调下,先出个时间表。"

一周后,在去程的飞机上,小河坐在周维旁边,趁着他打瞌睡,偷偷看着他鼻梁挺拔的侧脸,悄悄地抿着嘴笑着。

只需要这么近距离地看着他,小河就觉得自己充满了幸福。

但是,想到那日迈克发来的"伉俪情深"的照片,小河收回自己刚刚荡漾的心,端正坐直,看窗外云卷云舒。

几个小时后,调研一行人落地长白山机场,驰往酒店。自飞机落地到酒店路上,周维一直在开电话会。小河隐隐地听着是跟医疗设备的专利官司相关的。同行人陆续去吃晚饭,作为助理的小河,一边翻阅调研材料,一边在酒店房间待命以免周维有临时工作安排。

快九点了,周维的电话打过来,他知道她一定在等自己。

"走,吃饭去。"

小河早选好了一家火锅店。

二人到了火锅店,推门而入,这是一家朝鲜族的部队火锅店。迎面可见彩绘墙,墙上画连绵不绝的长白山,题字是"长相守,到白头",作画的人十分高明,画入眼帘,很快就能被画中展示的向往之情感染——谁不想有如长白山般忠贞不渝的美满爱情。

不仅小河看得心里涟漪不断,连周维也禁不住细细打量了这幅画一番。这家店是小河特意选的,她看了点评提到这幅画就有些神往,此时见到周维赏画的神情,心里涌上一丝甜意,整日的飞机、会议疲劳都不见了。

进了店的内间,与入门时沉静的浪漫氛围不同,换成了喧嚣热闹的场景,吃火锅就该火热欢腾。两人在订好的座位上对面而坐。

火锅端上。周维搓手:"开吃!"

二人同时去筷子筒拿筷子,手指碰在一起。小河好像触电一般,赶紧将手缩了回来,就如同是初恋的大学生那样被对方发现了自己的情愫,都红了脸。

二人低头吃饭,都不说话。一时,时间停止,世上喧嚣忽地消失。

两个人的筷子在汤底里捞涮物,小河打破沉默,调皮地用筷子去夹周维的筷子,自己绷不住先笑起来。周维随着也笑起来。

小河抬头看着周维,两人对视,别样的感觉同时涌上两人的心头。当两颗心打开的时候,那么多的不可能,那么多的不适合,那么多的没道理,都消散不见,只剩下玄妙的缘分在牵引着。

商场的考察比预期顺利,提早半天结束。

两人都是徒步爱好者,却常年困在城市水泥大厦与污浊空气中,恰得闲暇去附近转转。空余时间不多,留两个小时上下长白山天池,运气好的话,也许可以在下山后再去泡雪地温泉罢。

今日有雾气缭绕,未见天池波光粼粼,略有遗憾。但白茫茫天地相连仍让人感叹大自然的奇妙。仅需停留须臾,便能洗涤身心。

周维驻足望向远处苍茫天地,小河走近他身边,看着他,男人的胸怀赋予了他们无穷魅力。胸怀宽广的男人,有更明晰的眼睛,更伟大的慈爱,来对待周边这个世界。

小河的眼神越发炙热起来。这一路同行，她听得到自己心里对周维的神往之音，蹉跎了这三十年的岁月，既然命运安排了她遇见周维，为何要克制呢？周维对她的亲近随和她焉能没有知觉，此刻她只想将心意完全地传达给周维。

周维却只看着远方的远方，并未回头给予小河回应，似乎未感觉到小河的眼神。

无论周维有没有回应，她都对自己的感情确认无比。

下山后，两人选了处口碑甚好的雪地户外温泉池。呼吸着浓郁洁净的空气，将自己完全交给这大自然的馈赠。

这一处的温泉为了让温度更稳定，泡起来的效果更好，修成了一个一个的小池子，池中的空间比较小，只能容纳少数几人一同泡温泉。小河将身体没入池水，才发现与周维之间的距离近到容不下第三个人。从来没与他如此靠近过，不知道是温泉水热的缘故，还是因为近在咫尺的周维赤裸的上半身太晃眼，小河的脸腾地红了。周维的身材保持得真好，年近四十的男人腹部还隐隐显出腹肌，更是一丝没有赘肉。

周维的自律是全方位的。

小河透过水汽偷偷地打量着完美身材的周维，又害怕被他发现，连忙收回目光想稍微换个方向，一不小心脚下一滑，竟然朝周维的方向倒了过去。

周维连忙去扶住她，小河整个人倒进周维的怀里。肌肤接触的一瞬，小河只觉得有股电流窜过全身，她甚至能听到周维的心跳，和自己一样也骤然加速。

"小心。"周维说着伸手握住小河瘦小的胳膊，慢慢地将她扶起。

周维的声音就在耳边，好近，小河几乎产生了彼此已经是最亲近的人了的错觉。

小河缓缓地离开了周维的怀抱，内心无数个不舍的声音，理智却让她借着周维轻扶她的力道在温泉水里站直。

"没事吧？"两人几乎同时开口。

随后，两人又不禁相视一笑。

小河抚平自己内心荡漾不已的涟漪，大方地与周维闲聊起来。

因为不在北京的资本圈子里面，换了这等悠闲中带着浪漫的环境，小河就只觉得跟周维的距离感一下子被拉近了很多。周维不再是自己的老板，她不需要再仰视周维，或者跟他保持刻意的距离，她现在看着赤膊浸在水中的他竟不再有丝毫拘谨。

小河收回荡漾的心和炙热的目光。她刻意将语气放得沉稳，一本正经地就像在做新闻报道："当时元申的商场零售业务线正是如日中天的时候，现在回头看，当时将医疗健康板块扶持起来，是抓住了又一个大市场，车轮板块式发展。"

小河笑请周维讲他当年刚一加入元申股份，在半年内就能够搞定几家私募基金大鳄同时入股，融资几十亿，而一年后完成香港上市的辉煌故事。

周维笑一笑，轻轻摇摇头，他不回答小河这个话题。小河明白这是因为其中的艰辛，周维不愿再回首。

周维带着笑意换了话题，化解尴尬："东北的市场很大，我曾经考虑过元申股份跟国际一流的医疗研究中心在长白山择址成立一家疗养院，打造中国最具竞争力和影响力的康养新品牌，也辐射周边的东三省，让更多人能够享受到最好的健康服务。"

周维畅想，兴致很高："现在我们元申的产品已经涵盖医院检验检测手术设备、医院健康数据系统。接下来我要重点布局家用健康终端领域了。"

周维伸出自己的双拳示意："就像一个哑铃，'to B''to C'两边都要稳当。"

两人从工作谈到爱好，小河惊叹于周维年轻时远行去过那么多世界上的知名徒步胜地。

"不过，北京周边也有可去徒步伸展腿脚的地方啦，妙峰山啦、雾灵山啦、莽山啦……我耐力可不逊于你。"小河比周维算是穷游的驴友。

"好！开春比比脚力。"二人相约待春暖花开，零售商场业务线调整告一段落后，去近郊徒步。

都市职场中的缠身诸事所带来的身心疲惫随温泉热气蒸腾舒缓消散，两人觉得仿佛每个关节都得到了舒展，而彼此的默契也在泉水交融中升腾。

自长白山返京，飞机刚刚落地尚在滑行，就听到手机开机的声音，人们忙忙碌碌，当手机有了信号就开始联络合作方，回信息，哇里哇啦打电话的声音此起彼伏。

二人出了机场，周维的司机已经等候多时。上车后，周维让司机先送小河回家。

车辆在机场高速飞奔，车窗外夜色深深。小河记得她跟周维在西安偶遇看星星的那一晚，往事历历在目。那记忆就如同星星，缀满小河的心头。

此时此刻，小河跟周维二人坐在后座上，她体会到一种前所未有的幸福感、安全感。

小河将头轻轻靠在周维的肩膀。这个男人能够给小河特别的安全感,令小河觉得即使天塌下来,这肩头都能撑得住。

周维闭上眼睛,女人发丝轻柔,馨香沁人。他将手抬起,欲揽过她的腰肢,但终究还是将手稳稳地放在座椅上,未越雷池。

此时的于时正在世纪资本的大办公室内踱步,兜兜绕绕,绕到了江小河当时坐的办公桌前。

于时站定。

小河曾经在这张桌子前加班过无数个通宵。于时回忆自己对小河的苛刻、犀利、当众批评时的不留情面。他还记得刚刚加入世纪资本时,对投资一窍不通的江小河曾经被他呵斥"这报告就不是给人看的!"她一边噙着泪一边改报告……往时场景一幕一幕,如同经典电影回放。

于时从没想过江小河会离开世纪资本,离开他。

但她还是离开了。

于时感到心口一阵闷痛,他想见江小河,现在,就现在。他是想到就做不犹豫的人,想见小河就立马起身离开办公室。

于时隐隐记着一次在外开会回来,跟小河同时返程,顺路送过小河一次。他循着记忆开到了小河家的楼下,他自己都很奇怪怎么能够将这条路记得这么清楚。

于时并不知道小河家在哪个单元,当然即便知道,冷静下来的他也绝对不会敲门去打扰。

于时就这样坐在黑暗的车里,放起音乐。他点起一根烟,缓缓吸着,吐着烟圈儿,头脑放空。他翻出那块放到车上已久的小石头把玩着。这块小石头是当年他随手拾来送给小河,在小河辞职当日她又留下给他的。想到此时此刻可能已在家中熟睡的小河，再想着小河可能还嘴边挂着口水的憨憨的样子，于时不禁含笑。

这时，前面刺眼的大灯照来，一辆车从对面行驶而近，停在楼前。在黑暗中，于时看着一个女人下了车，紧接着一个男人也下了车，显然是男人送女人回家。

男人是背影，看不清楚是谁。然而这女人，于时却一眼认出——江小河。

小河站在单元门口看着男人上车离去，一直看到尾灯消失在楼宇转弯处，才恋恋不舍地转身上楼。

黑暗中目睹这场面的于时陡然间目光冷酷似严冰，而眼神中则透露出猛兽被抢走食物的愤怒。他一脚油门踩下去，紧紧跟住了前面的商务车。

深夜的北京四环高速上，一辆特斯拉跟在一辆商务车后面晃来晃去，却并不超车。

商务车司机骂着活见鬼，一路闪躲，却一直甩不掉。两辆车晃来晃去，车内的于时和周维都看到了对方。

"是他！"

周维让司机将车靠近高速栏杆停下，端坐车中，等待于时下车来找自己。

惊魂未定的司机愣了愣才反应过来，骂了句粗话，正欲跳下车与这蛮横霸道的人理论，被周维一把按住。

冷静下来的于时将自己的特斯拉停在商务车旁边，只有一尺远，他却没有下车。

隔着车窗，于时和周维对视。

良久，于时突然发动车，飞驰离开。

第二天早晨。

周维进办公室，他看到自己的办公桌上，摆放着一张小便签和一杯热气腾腾的英式红茶——小河对周维的喜好都记在心里。在小便签上手画了一株向日葵。自然是小河的小心思。

周维走出办公室，靠在窗边，看着不远处的工位上已经在工作的小河，想到昨天晚上在车上，他和小河在车上安静地坐着，不说话，却很舒服。每日紧张迎战，诸事繁杂，周维已经很久没有这种放松的感觉了。

小河用余光也感觉到了周维的注视，嘴角轻轻翘起，一丝俏皮的笑挂在了她微微泛着红晕的脸上。

她不回避自己的感情，追求自己所爱是天经地义。每个人都是编剧，每个人都是导演，每个人都是主演，每个人也都是自己的观众。想演什么样的戏，看什么样的戏，你自己说了算。

确定了自己的心意，小河看着周维的目光就再也不掩饰了。同事们有所察觉，私下里自然诸多八卦，小河并不在意，反倒是状态更佳，整个人精气神儿都加倍。

喜欢一个人能激发荷尔蒙和超能力这话当真没错，她开始理解那些学生时代就开始谈恋爱的大学同学。

小河越发感觉到周维对自己的亲近之意，依然是适当的范围内，但他确实在小河面前更加放松而随性。小河也实在地感受到，她与周维之间，在工作上的配合已经默契到一种很微妙的程度，无论大会小会，周维的一个眼神、半个手势，等等，她都能完全领会。

周维下午外出，离开前不由自主地想绕到小河办公桌前，见她埋头在电脑前敲敲打打的背影,会心一笑不再多言。小河心情愉悦,几乎是哼着歌到下班,今日忙碌告一段落,她想起了被封印在柜中许久的拳击手套。

佳品智能出事以来,很久没再去畅快地流一身汗了。

小河不自觉幻想起周维一身热汗的样子,脸微微一红,利索地收拾好工位,回家取了拳击手套,换好运动装,带好必要装备,就奔拳击馆而去。

也不知道是不是小河的念念不忘有了回响,她竟然在拳击馆所在的商场底层咖啡厅门口遇到了刚与客户道别的周维。

周维打量着她这一身活力四射的装扮,饶有兴致:"看着挺专业。"

小河一甩头:"一起?亲眼验证一下是看着专业还是真专业!"

周维也是健身房常客,工作太忙的时候会顾不上,被小河的样子挑起了兴趣,顾不上刚见完客户,干脆就近在拳击馆里买了套运动服,跟小河走上了拳击台。

热身,再适应了一会儿从拳击馆租借的手套,进场。

这样子的江小河又是第一次见,从她挥拳的动作看得出来真不是半吊子。

小河一边和周维有来有往地打着拳,一边说起自己的练拳史——来北京上学的第二年起,其他女生在追星、刷剧、逛街买衣服的时候,她就已经是拳击馆的常客了。除了拳击,她还喜欢游泳,假期旅行的时候她选择的总是那些适合户外运动的景区,攀岩也不在话下。她就喜欢身心在运动中一体的感觉。

过往的几个月,被工作和心情影响,她已经很久没有体验了。上次在长白温泉时她就被激发出一些天性,因此一回来,就像被运动流汗召唤一般。

"看得出来你天生有运动天赋,"周维气息还均匀,"步伐不错。"

小河看到周维眼中的欣喜,她自己又何尝不是更开心呢,她与周维怎么在什么方面都如此契合。

终于,打拳击打到两人都浑身是汗,气喘吁吁,小河觉得自己全身的细胞都打开了,经脉也顺畅了,看着周维,也是一脸尽兴。

两人分开去沐浴更衣,小河出来时周维也刚收拾好。

她从包里掏出自己调制的"运动饮料"——氨基酸、柠檬加一点点葡萄糖和一点点盐,以最佳比例调出她自己满意的口感,从大学时就有这个习惯,用水杯的盖子盛了一杯盖,递给周维,"尝尝,我的秘密武器。"

周维微笑着接过,先小口,再大口,咕咚咕咚一杯盖就喝完了。

这个江小河,有那么多给人惊喜的小宝藏。

有人路过,停下来客气地叫了一声周维:"周总,好久不见。"是一位穿着运动装刚进来拳击馆的小个子女人,看那神情气质,想必是投资圈内同行。

周维人脉极广,打拳击遇到同行熟人是再正常不过的事情,而她江小河虽然曾因佳品智能的事情"恶名远扬",但也不是圈里所有人都识得真人。只见那人与周维打完招呼就飞快地打量了她一眼,眼神里是有所掩饰的疑惑。

小河也只觉得这人眼熟却想不起姓名,又想起周维对外还没有公开过离婚的信息,连迈克都给她发过"伉俪情深"的照片,看来这位同行也并不知情,有所误会。

她大方地朝一脸疑虑的同行点点头:"你好,我是元申股份的江小河,周维的助理。"

"江小河?!你不是——?"同行微微惊呼,又连忙压下去,"哦哦,原来你去了元申股份,幸会幸会。"

同行脸上的八卦表情出卖了她,小河可以脑补出这同行在想什么:江小河居然还在北京生龙活虎,更居然还混到了元申集团的周维身边当上了女助理!

小河坦然地甩了甩还未干的头发,笑着回应:"很高兴认识。"

她江小河就是喜欢周维,就是喜欢她面前的这个浑身上下散发着令她难以抗拒的魅力的周维。

是的,就是这样爱上了他。

第二十六章　从今天开始追你

夏日傍晚，细雨蒙蒙，淅淅沥沥，如丝如线，打在树叶上，落在地上，溅起一片白茫茫的小水花，留下一汪汪小水坑。

周维穿着轻便的运动装，如同邻家兄长。

小河穿着白色裙子，挽着他的手臂，二人没有打伞，就这样在蒙蒙细雨中散步。

路遇小水坑，周维像孩子一样跳过去，转过身来绅士地将手伸向小河。

小河也欢快地跳过，就势倚在周维的胸口，感受着他温暖的体温，再不愿分开。周维抚摸着小河的肩膀，轻吻着她的头发、脸颊，手缓缓移到她纤细的腰间，搂着她向自己身体贴得近一些，再近一些。

……

丁零零，丁零零。

手机闹钟响了。

一个梦。

小河躺在床上，打开手机，将周维微信的头像放大。她就这样看着这个人，仔细回味着昨晚这个美妙的梦。

小河早起冲澡后，裸着身子站在落地的大衣镜前，正面侧面，绕了个圈儿。她很少这样打量自己的身体，连这落地穿衣镜都是新近添置。清晨微光下，镜中的女人面色红润，黑发齐肩，滴着水珠，一滴水珠落在光滑的肩头，再顺着酥胸流下。她用手轻轻环过自己的脖颈，闭眼想着是那双温厚的手抚摸自己。

她不知道这身子会不会与他交颈拥搂，会不会跟他爱恋缠绕。从小都是丑小鸭的小河，在人前总是男孩儿一样故作洒脱，倔强不惧。唯独在他身边，她可以通身放松下来，充满温情。

小河的早饭也有所改良，不再是面包牛奶鸡蛋老三样，导致脸上不时闷出几个小痘痘。她按着网上的法子熬了养生粥，晚上偶尔早到家，她也会自己下厨，她甚至冒出了一个念头，也许将来自己可以每天做了饭等他回家吧。

小河想让自己变得更好一点，再好一点。

天气越来越暖了，小河的头发已留长过肩。每天早晨她都会将头发打理清爽，而且衣橱中有了越来越浓的女人味儿，颜色也鲜艳了起来。

清晨，元申股份赞助的环园长跑在奥林匹克森林公园举行。

这长跑是为了新推出的"元景"家用健康检测仪做宣传。周维作为元申最年轻的高管领跑。小河也报了名。

天空蔚蓝，明朗清新。夜雨之后，森林公园中处处散发着淡淡的青草味道，树梢小鸟儿清脆地叫，地上玩闹的孩子带来全家人的欢笑。

元申股份的许多年轻人都到了场，叽叽喳喳等待开启仪式。小河环视身边的这些元申的年轻同事们，原来元申有这么多年轻漂亮的姑娘啊，明媚靓丽有朝气，她们热闹地说笑着，等待着周维上台开启今天的长跑仪式。

平时穿着都比较正式的周维今天穿了一身利落的运动装,男性荷尔蒙散发出来,铿锵的音乐响起,周维大步走上台。引得台下一片欢呼声,把小河吓了一跳。周维的好身材她早在长白温泉就见识过,此时一身运动装又是另一种充满了健康能量的魅力,台下年轻的女同事们如同见到登上场表演的偶像一般,"男神""男神"地叫着周维,用手机拍着照。

小河心里不是滋味,这感觉涌出来,很难形容,就如同自家的宝贝被人摸了看了一般。她自嘲原来自以为独特的审美眼光,其实是"大众"审美。是啊,周维这样的男人该是多少人仰慕的对象,我江小河算个什么呢。

细想想,那日她与和周维同车,她自己心猿意马,而周维却端坐如钟。用迈克的话来说,男人坐怀不乱,只有一种情况,女人对他没有吸引力。

小河看看自己,也的确没啥吸引力。即便女人也是喜欢看盘靓条顺的,何况阅人无数的男人呢。

热热闹闹的开启仪式之后,环园长跑开始。周维看上去心情不错,在前面领跑。围着她的是几位人事部的小美女,二十出头刚刚毕业,朝气蓬勃。

小河将心收回,随着大部队出发,耳朵上塞上耳机,享受独家音乐时间。

旁边是位男同事,小河总觉得这人眼熟,似曾相识。

他主动跟小河打招呼。

聊了几句,这人姓李,之前居然是佳品智能的资深工程师,现在加入了元申家用健康事业部做研发。小河这才知道,原来佳品智能的很多工程师都在公司倒闭后加入了元申股份。

小李对现在的工作很满意，社保公积金都按照足额缴纳，有餐补，而且普遍给涨了工资，就是加班多，KPI考核更加严格，淘汰率特别高。当时他们有二十来个同事加入了元申股份，现在逐渐被淘汰，剩下的不到十个了，却都是精兵强将。

小河不禁唏嘘起张宏达的离世，原以为小李应当也会怀念张宏达，小李却不以为意，一边跑步一边气喘吁吁地搭腔："听说跳楼是被投资人逼的，都是钱闹的，不过嘛，神仙打架跟我们老百姓没啥关系。"

小李抛下怅然的小河，快步追上大部队。小河不知道是该埋怨小李的冷漠，还是该反省自己的善感。人走茶凉，这句话是一点儿没错。

小河无心继续跑步，索性放慢脚步，主动掉队。路边不远处草坪上有大人带着孩子们在嬉戏，小河认出来是星星岛福利院的老师和孩子们。

幼儿园的李老师还记得小河，远远见她跑步过来，欣喜地招手迎上来寒暄，抓着她的手就是连环问："哎你男朋友呢？你怎么自己跑步？"小河知道李老师误会了她跟于时的关系，还没来得及纠正，小朋友们看到熟悉的阿姨，笑闹着围了过来。

星星岛福利院收留的都是被遗弃的孩子，大多都有先天性的残疾。小河定期给星星岛捐款，也做过义工。这阵子自己的生活工作从凌乱到忙碌，已经很久没有去看望孩子们了。

这群小朋友像小鸭子一样围着小河，小河蹲下身来搂搂这个，抱抱那个，捏捏这个小肉脸，摸摸那个的小光头，喜欢得不得了，索性在草坪上跟孩子们玩了起来。

老鹰捉小鸡果然是小朋友们最爱玩的游戏。小河从小时候玩到现在，现在她当鸡妈妈，李老师当老鹰。小朋友们咯咯地笑，围在她身边，就好像找到了自己的妈妈一样。

旁边的手推车里坐着年纪太小不能参加游戏的小加加。

小加加是之前小河跟于时去福利院时刚刚被收容的新生儿。可怜的小加加刚出生就被父母遗弃，一晃，她已经一岁多了。

玩累了，小河抱起小加加。小加加睁大漂亮的眼睛，咯咯笑着，将头埋向小河的怀中。

小河感到一阵暖流，也许当年妈妈抱着幼时的自己也是这样的感觉罢。她不由得紧紧地抱住小加加，仔细地端详着。小河这么看着看着，发现小加加的嘴唇的颜色不大对，她想到曾经去拜访元申股份合作的儿科医院时了解过心脏病患儿的症状。

这是紫绀？

小河告诉李老师，这个症状可大意不得，她会赶紧联系医院给小加加检查身体。

已经午后了，小朋友们要回去睡午觉了。

小河跟小朋友们道别，她逐个搂了搂每个小朋友，在他们的小脸上、额头上亲一亲。孩子们眨着晶莹的眼眸，乖巧地等着小河妈妈的亲吻。这些孩子们没有妈妈，而这个妈妈一般的吻对他们来说是神圣而宝贵的。

小河心里有事，也不再继续跑步，什么体脂秤、和周维合影都丢到远处。她走出草坪后，信步在园子里走起来，兜兜绕绕，前面正是终点，周维正被一众人围在中间，大家在兴高采烈地合影，比画着胜利的手势。

喧闹来得快去得快，合照后，众人三三两两散去。

小河转身四周望去，都是身着今日主题蓝T上装的人，却分辨不出周维。这一刻似曾相识，正是的，当年她换了新装，施了淡妆，却遍寻花园找不到周维。几年前两人在西安培训时的一幕犹在眼前。

小河不想再"丢"了周维。

电话拨出去，周维接起来，人声嘈杂。

"要不要去妙峰山？"

"什么？小河，我听不清楚？大声点。"

"我说——我要带你去妙峰山——去爬山！"

到了约定那日，小河清晨爬起来看着镜中自己，麦色皮肤也蛮好，眼线睫毛膏这些她仍旧无法搞定。

清晨下楼，同样穿着登山装的周维已经轻倚在车边等她。小河看一眼他今日的穿搭，深灰色为主，自己是一身浅灰。心有灵犀，又默契地挑了"情侣"款。

车程不短，起程略有尴尬，周维放起音乐，车内气氛日益舒展。小河给周维讲着各种趣事，周维话也多起来。周维实实在在地感受到，小河聪慧直率，坦诚乐观，在她身边能感觉到身心舒爽的愉悦。

途中稍歇，山景宜人，两人下车小憩，大口呼吸着北京城里享受不到的清新空气。小河又把预先调好的"秘密武器"能量水拿出来递给周维，这次她备了两瓶，周维的那瓶味道更淡些，这样的口味更适合他。

周维喝了几口特调饮料，仍在面朝山涧，却见小河嘴角一勾，眼中闪过俏皮。她转身大摇大摆走到驾驶位前，拉开车门坐了上去。

"后半程，换我来载你！"小河打着响指。

驾照她早已经拿到，只是一直没能买一台自己的小车，这时候突然心痒难耐。换作在北京城里车来车往她还不敢随意造次，到了这车流少了许多的郊外，她不自觉地心痒痒。

周维笑了笑，径直坐到副驾驶的位置。

"真让我开？"临上阵，微微心虚。

"哈哈，你不想开啦？那还是我来——"

"开！"

周维在副驾驶上指导她。在短暂的适应之后，小河还真把周维的这台越野车开得四平八稳，心中更加雀跃欢腾起来。

到达妙峰山脚下。

爬山时，前半段还是脚下生风的周维，到了后半段喘气频次增加，小河则气息依然平稳，欢快得像小鹿。

领路的小河专挑难走的小路走，两人一路花间树下，别样浪漫。周维帮小河摘掉头上挂的树叶，手掌上传递来的女生清爽的气息就此留下。

山顶到啦！小河朝着四面八方大声地呼喊起来。

阳光晴好，远山满眼都是绿，绿得苍郁沉稳，千年万年这山就一直这样绿着，没有交替和衰荣。

爬过了山峰，前方不远便是玫瑰谷，时日尚早，玫瑰花尚未盛开，连遍地横生的野草也是那么生机勃勃。

正是日落时分。

玫瑰谷傍晚的黄昏很美，山山岭岭被艳丽的晚霞笼罩着，火海似的燃烧。小河见斜晖将周维的身影拉得长长的，像是电影中的画面一般。周维转头看向小河,她瘦而挺拔的身体被夕阳余晖披上了一层浅金色的雾。

周维就在这片土地上席地而坐。小河踱开几步,在距离他一尺的距离,也坐下来。

太阳落下了山坡,只留下一段灿烂的红霞在天边,在山头,在树梢。

很快夜幕降临,满天繁星点点。周维抬头看着星空,又看看身旁兴致勃勃寻找着一个个星座位置的小河,心中泛起熟悉的感觉。

原来是她。

看着小河,周维的心中变得那么柔软。

小河伸出双臂,做出拥抱星空的动作:"我这个大富婆,坐拥星空的奢侈!"

小河打开那个可以标注星座的APP。这个APP五年来一直运营得不错,小河一有机会看到星空就会打开来看看。

周维眼神闪了闪,也在手机上打开了那个APP:"这个季节可比春季能看到的星座多了。"

小河回过头,周维在看着她的眼睛,意味深长地微笑着。

他的话,他的表情和眼神,他还记得五年前西安的那个夜晚。

这一瞬间,小河再也无法抗拒周维对她强烈的吸引,这是一种从未曾体会的来自男人的吸引。而她脑中不时萦绕地对二人之间存在阶层差异的顾虑,在这简单的纯爱之间,瞬时烟消云散。

她不愿再等待,不想再停留在原地。

小河站起身,大大方方绕到周维面前,与他对面盘腿而坐:"请教个问题。"

周维看着俏皮的小河，颔首，眼中溢满温柔。

"你是单身？"这提问够犀利。

"嗯？"对这"突如其来"的问题，周维看着小河的眼睛，点头。

"你单身，我就从今天开始追你。"

小河利利落落说罢，又有些害羞地垂下头，而时间就停止在这一刻。

周维没有回应他，而他的表情如同终于拆开了一份久置桌前密封的礼物，七分欣喜混着三分安心，他将手向后撑住身体，仰头闭眼，呼吸着几口青草的香气。

小河没有得到周维明确的回答，心里有些忐忑，但她能感受到他的反应明明是欣喜的。小河低头，正可见二人月光下的影子被拉长交叠，看上去就好像在拥抱。发现了这个巧合，小河内心抑制不住地全是旖旎。

周维向前探身，就势紧紧揽过小河，将她的小脸埋在自己肩头。这女孩儿周身散着暖暖的阳光味道。

自妙峰返京，小河和周维的眼神举止不难看出恋人般的热烈，尤其两人在公司若是走廊中偶遇，小河会俏皮地吐下舌头，搞得周维笑也不是，气也不是。

小河每天上班的脚步都更加轻快，世上的欢乐幸福，总共只有那么几种。有个喜欢的工作，跟着喜欢的人工作，都是幸福。

我爱你！

第二十七章　暗流涌动

小河最近迷上了做饭，中午在附近尝试各式菜系。她说自己要成为CFE（Chief Food Executive）。

这天中午，自冠了首席饭菜官的小河挑了一处附近的菌菇汤小馆，她其实对吃的不讲究，东选西选其实是为了让周维吃点不一样的味道。

两个人边吃午饭边聊着工作趣事，最近的行业八卦，将一大锅菌菇汤悉数喝光。

热气腾腾的鲜汤升腾出小女生的喜悦，将小河白皙的脸装扮得绯红。小河佩服周维的是，失了产业园，但是仍旧能够压得住心头的失望，这才是修炼到家的人。唯有错过之后不后悔，方能眼睛向前看，不错过下一个机会。

周维吃罢拿着纸巾随意一抹嘴，拍了拍自己的肚子："最近运动太少，眼看着肚子见长。当年我还能跑个半马呢，现在连扎马步都费劲儿了。就怕过两年就彻头彻尾一中年油腻男。"

小河见他人前严谨而今略有调皮的样子，不由得开怀大笑，周维被她的笑声感染也情不自禁地笑了起来，这一笑就呛了口水，小河见这快四十岁的男人如大男孩儿一般呛水咳嗽的样子，嘻嘻笑着。

转瞬，小河想到了什么，收敛了笑，别开了头。

周维将这微妙动作悉收眼底。

结了账，二人向门外走去，遇到了谢琳慧和肖冰在外间边吃边聊。二人起身跟周维打招呼，小河也大方地朝二人点头示意。经过之前的舆论危机，谢琳慧的付出小河看在眼里，对谢琳慧的敌意已经消除得所剩无几，她是个坦率的人，怎么想就怎么做，反感她时冷脸相对，缓解下来了便能点头打招呼。

谢琳慧深深打量小河，这个比她年轻十岁的女人如今站在周维身边，她知道并不是因为她比自己年轻，而是……其实她心里一直不愿意承认的，江小河确实就是如今的周维会动心的类型，也是最适合站在他身边的女人。女人的直觉太准了。她在此前就已经察觉到小河对周维的感情，最近又听闻了小河和周维的关系的传言，如今分明看得出周维看着小河时那眼中的一抹柔情，而这柔情曾经是独属于她谢琳慧的。

似乎还想抓住这一抹柔情，谢琳慧不肯就此甘心，带着恳求低声向周维开口："嫂子让你周末回家吃饭，小豪交了女朋友，哥和嫂子让我俩也见见。"

周维却没直接应下，而是说要看下周末的会议时间是否冲突，而且正好下午跟梁总有个会，再跟梁总约周末具体时间。

谢琳慧没想到周维会当着肖冰和小河的面婉拒自己，脸色变了变，不自然起来，但很快平复下来。追了句："没事儿，你先忙正事儿，我跟嫂子说一声儿。"语气中落寞了不少。

小河想到元申股份面临舆论危机时谢琳慧不遗余力地出手相助，也是真心对待周维的。此时敏锐地感知到谢琳慧的落寞，心底也是替谢琳慧唏嘘不已，与周维的完美婚姻如此收场，即使小河是周维的倾慕者，都难免有惋惜之情。

想到这里，小河面色平静地看着谢琳慧，那目光中的坚定让谢琳慧避闪。

四人又闲聊了几句，各自别过。

周维和小河往元申大楼走着，一路上，小河踢着小石子儿，若有所思的样子。

"我猜你是生气了吧？"周维打破沉默，难得地逗小河。

小河却十分认真地摇摇头："没，我以前很讨厌谢琳慧。觉得她虚伪、势利又蛮不讲理，但现在我已经没那么讨厌她了。"

"哦？"周维问缘由。

小河不搭话，良久，她顿了顿，一字一句地说："也许，是因为她也曾经陪伴过你吧。"

小河想，这才是爱和喜欢的区别，喜欢一个人是希望单独占有他，不容任何人染指。爱一个人，会希望大家都把爱给到这个人，让这个人享受到天下最多的快乐。

周维听了小河的回答，略微愣住。就只这么分秒刹那，周维认定，江小河就是他要的女人，而他已经让她等待了太久。

零售业务线的改造方案已几于成型，初稿出来后，照理是业务线主帅要明确态度。

周维请彭大海喝茶，两人在环境颇佳的茶室，品茶聊方案。彭大海年长周维十岁，周维给彭大海敬茶。

话从茶始，谈话氛围融洽，接下进入正题。

"大海，我前一阵子去跑了几家'明珠店'，当时你的选址现在看来都是有前瞻性的。周边的商业体都是以明珠店为放射状发展起来的,可以说,是一家商场成就了一个城市的商业中心区"。

彭大海素知周维这味甘性平的性格,也知他城府极深,否则怎会夺权占地搞到自己老哥儿几个的地盘儿越来越小,如今要来捧他,必有后招。

彭大海拿起牙签剔牙,不回话,好似没听到周维的恭维。心里则等他出招:周维啊,你以为叫我声大海,就算是"煮酒论英雄"?我焉知你这不是又一场"鸿门宴"!

周维继续:"大海,昔日辉煌今何在啊。"

周维拿过电脑,给彭大海展示了一份新的设计图纸和策划案,这正是彭大海最引以为豪的丽辰百货长白山店的改造方案。其实周维心中也对当年梁稳森和彭大海创立这元申股份的艰辛不无感慨,他说:"长白山店曾有过顾客熙攘的辉煌,击垮它的其实是形成固有格局后的因循守旧。我们对周边社区、交通、流动人口、商圈进行了综合分析,这家商场周边配套的商业和文娱设施并不多,而且常住人口多,消费需求很旺盛。基于这样的特点,我们将其按照生活方式主题化和购物中心化两个方向转型。"

周维将更明细的方案细节展开讲给彭大海:"生活方式主题化的核心在于改变目前传统的商品陈列方式,基于客户生活方式,打造全新的业态集合馆。购物中心化则体现在加入更多体验配套——引入社区银行、体验式书店、儿童早教机构、武术培训机构、餐饮店。这样,我们就其改造为集餐饮社交、文化娱乐、亲子互动等功能于一体的综合体。这是改造后的商城规划图。"

周维看出了彭大海瞳孔放大,他似乎开始感兴趣:"大海,跟财务部一起,我们对商场全部梳理了下。这样可以进行改造的商城大约占总量的1/10,还有部分可以通过转租、商改办来获得资金流补充，而另外的部分只能闭店来止血。"

接下来是攻心战。周维称赞当年彭大海与梁总也是开先河勇创新的人："大海总，有'舍'才有'得'。"

而彭大海仍沉吟着，迟迟不表态。

当晚，周维将零售业务线调整方案发给梁稳森、彭大海、抄送肖冰。

半小时后，周维查阅邮件接收状态显示，梁稳森、肖冰、彭大海都"已读"，但无人回复。显然，梁稳森心里是支持这一计划的，但他在等待彭大海的明确表态，大家希望水到渠成地推进调整。

彭大海自有他的算盘。

商场里那些不听话的商户，他当年怎么对付？只要足够霸道，任他们表面上闹得多凶，临了都得乖乖听摆布。

小商户是这样，周维、梁稳森也是这样。看起来身份地位不同，对付起来原则上都一样。

回忆起过往的几年，彭大海咬紧牙，腮帮子鼓出两个大包。梁稳森这个老东西却越老越善平衡之道，疑心日重，前几年刻意扶持周维，扩大周维影响。偏巧自己智不如人，近年几件大事屡次失误，被周维夺城略地。自己多年来打拼下来的元申集团二号人物的地位已然不保。这次周维又使暗招，打着"产业升级"的口号，一边缩减他零售业务线的改造预算，一边增加周维旗下家用健康医疗的预算，这是狗屁的诸葛周。

看老东西梁稳森那虚弱的身子骨儿，三年内必然交棒。他那儿子梁豪不是经营企业的料，所以自己的敌人只有一个——周维。

只是对付周维十分不易。

他仔细翻阅了周维一行悉心准备的报告和方案，有骨有肉有道理。但是，须知自己是这条业务线的主帅，而这周维却长手乱伸。自己分明是被老东西和周维一起将了一军！

他暗中调查周维好一阵了，应该说，从周维进元申开始，他就没少盯着周维，总归会有什么把柄落到他手里，到时候再好好筹划一番，利用一切可以利用的，最好能一把就把周维打得爬不起来。他从来不觉得周维能干净到哪里去，无非是表面装出一副"为元申保驾护航"的样子来，但却气恼自己总是抓不到周维的马脚。

但眼下这事情，他心知道理不在自己这边，若再阻挠下去，就是在此刻要与元申股份、与梁稳森作对了，彭大海自知还未到公开对抗、撕破脸的时候。

他必须将商场的业务维系下去，他必须力保大多数商场存活，这是他的集团军。与周维是一场交锋，在这世上哪儿有面临大战自己裁军的道理！

周维，你让老子留十分之一的商场，剩下全部关掉！还是财务模型计算出来的！

核心就是一个钱字，他需要在不被梁稳森、肖冰、周维所知的情况下另外找钱，这钱不是小数目——20个亿。

似乎只有这一条路了，他握紧电话，犹豫再三，终于拨了那个从未谋面但并不陌生的人的电话。

这通电话长达两个小时。

彭大海知道自己走上这条路就没有了回头，但他相信天不绝人。

凌晨三点，彭大海回复周维邮件："支持零售商场改造方案。大海。"

周维和小河虽对彭大海这么快就"想通了"颇感意外，但看上去总算阶段性地解决了燃眉之急。

周维略松口气。

小河与周维走得越近，元申的其他员工对她却越来越不假辞色。平时工作餐总留她一个人，同事聚会都把她排除在外，连借口都懒得找。小河在世纪资本时还有一个程迈克可以说说话，而在元申她确是只有周维。

小河并不在意，她惯于与自己相处。偶然在洗手间里听到过女同事之间的八卦聊到她自己身上：一个说江小河脸皮真厚，贴周总贴得真起劲，接话的用熟视无睹的语气说，你见过哪个第三者脸皮不厚的。

原来大部分人是当真不知道周维已经离婚，才背地里对她这个围着周维打转明显有企图的助理颇有微词。

无妨。

小河绾起已经长了的头发，她有企图也是光明正大的企图，她就是要追求周维，单身的周维。她问心无愧，不需要在意旁人的闲言碎语。

周维的位置是难以听到那些风言风语的，他也很少关注这些。上午和小河在办公室聊工作，中午便自然而然地跟小河吃工作餐。

周维是陕西人，最爱吃面。食堂排队的时候，小河又瞄了下他的手表，百达翡丽。

果然男人的表，女人的包。可惜自己最贵的包也就是三千出头,还是在机场打折时买的。小河家境一般,从小节约,现在虽然说做了投资这一行,外人看来似乎是每天都在数钞票的职业,真实情况苦逼得很,而且要承受巨大的心理压力,每天都在忧虑错过了什么好项目,投的公司出现了什么问题,又被老板骂了。拿着这些辛辛苦苦挣来的钱,小河总觉得与其买个几块皮拼成的包,都不如给妈妈买个按摩椅实在。

他果真与谢琳慧最相配。小河记得在论坛见到谢琳慧几次,都是配着不同颜色的爱马仕Kelly。

小河这几日刚刚升腾起来的对周维的那份涟漪的心,微凉。

二人边吃面边聊,就聊到了最近上演的几场资本市场的收购案例上,资本市场欣欣向荣,收购创富已经不是神话,似乎是司空见惯的事情。一家市值百亿的上市公司,一年的净利润可能不够在北四环买套房子。

周维边吃边跟小河讲自己的看法:"当下的并购案大致分成两种。其中两种方式最为有代表性,一种是A股上市公司的收购。为了冲股价,他们通常会设高额业绩对赌,收购方与被收购方心照不宣,托起股价,做定增,收割韭菜。这种情况下,被收购企业通常会继续保持相对独立性去完成业绩对赌,而在完成业绩对赌后,通常被收购的企业高管就会离开。另外一种,通常巨头收购初创公司的目的也是为了自己的生态系统完整,不给竞争对手机会。更偏向于战略整合,收购方通常会依托于被收购企业现有的盘子,打散重建新业态。"

小河强撑着跟周维聊这些工作上的布局和战略。心里却犹豫着家里的事儿要不要开口请周维帮忙。

前几日,爸爸妈妈经营多年而且刚刚在春节扩大了门面的饭馆被通知在一个月内要被清场,这一笔装修费几十万,耗掉了小河的不少积蓄。小河没想过,她一直辅助着周维做的零售商场业务线调整,第一批"受害者"就是自己的爸爸妈妈和多年的邻居。

小饭馆就租在元申股份旗下的这家位于东北的丽辰百货一层,丽辰百货经营多年,小饭馆、内衣店、杂货铺、文具店……在老城区,人们消费能力不高,这些小铺子的货物价廉实用,且都是邻居街坊,既买东西也拉个家常。

对于元申股份来说,这家丽辰百货已被列入关停转租的清单中,限期清理场地,之后将整块地连同剩余租期同时转让。一家地产商已经看中这块地,会将其改造为投资型酒店式公寓。小河虽然也知道早晚这家元申丽辰百货要被拆掉,而且也提醒了爸妈,只是一直安慰爸妈按照元申的整体方案,应当是会予以这些租户补偿的。

但元申股份完全没有按照对外宣称和计划的实施补偿方案。

妈妈发给小河照片。照片上,即将失业的丽辰百货的员工、失去生活来源的小店主每日早晨都围在丽辰百货的大门口静坐。要求元申股份给个说法:为什么提前解除租约,要求赔偿。

爸爸妈妈本就手上不宽裕,东北老工业基地的国企退休普通员工的退休工资少得可怜,小河记得春节在家这段日子,爸妈每日早起,小饭馆的温馨日常饱含百姓情感,比起资本市场上的尔虞我诈,你争我夺,更令人心觉暖心安稳。

小河早看了妈妈几年前跟元申股份这家丽辰百货签署的租约:"元申丽辰百货作为出租方有权利提前三个月通知承租方,解除租赁合同,而无任何违约责任。承租分必须限期内搬出,否则造成损失出租方概不赔偿。"典型的霸王条款。

妈妈告诉小河，附近熟悉的小店主都知道小河在北京做投资的，就让妈妈问小河是不是在北京认识什么大律师，能帮着大家去起诉元申股份。妈妈还想着让小河看看找找认识的人，帮忙想想办法，这么多年的心血，一下子就全空了。

小河很气愤，之前元申内部通过的零售业务线调整方案和对外的公告稿都清清楚楚地写的会给到租户应得补偿款，这么大的公司，怎么就能说话不算数。

惯于自立的小河不喜欢去求任何人开绿色通道，周维难得对零售业态改造稍加放心，她不想自己的事情再令他烦心。

二人吃饭间，犹豫了好久的小河还是担心，一方面是担心爸妈，一方面是担心周维不知道这些已经出现的乱子："零售业务线调整还顺利吧？"

提到这个话题，周维来了兴致："很顺利，只要够坚定，一切都会顺利的。小河，中国的零售行业要转型，元申的丽辰百货重组调整只是先头兵。

"线上线下融合""围绕消费者的业态变迁"……

若在过往，小河定会兴奋地参与这些讨论。但她今天只能强打精神听着，不时附和地问周维一两句话，心不在焉。

小河还是要提醒下周维重视整体风险："我们老家那儿的元申丽辰百货也在停业拆改中，清理商户很强硬，那些业主受到的经济损失很大，当时又签了霸王条款，现在没有办法拿到一分补偿。"

周维完全不担忧，仍旧大口吃面："他们确实没什么办法，租赁合同上白纸黑字写得清楚，按生意规则做事。"

"这些丽辰原来的摊位小业主就都没有了收入来源了，还是蛮可怜的……"

"在资源要素重新配置中，就会有人为此受到冲击。中外如此，商业规则，很正常。"

小河收回后面的话，看着周维，他当断必断。

运筹如虎踞，决策似鹰扬。

小河想着家中的街坊和辛勤的爸爸妈妈每日计算着售货的流水，如果比平日多卖了几百块钱都会兴奋不已。想着自己曾经面临失业，盘算着手中的积蓄还够几个月的房租。再想想好朋友迈克工作五年多还是攒不出房子的首付款，人前的他是出入高档写字楼的金领，然而房价的上涨永远超过了他的收入上涨……

敏锐如周维，想到那时二人曾在商场偶遇："有没有你认识的人在被拆迁之列？"

"嗯，我爸妈。"小河脱口而出，又觉尴尬。她没有想过周维会主动留意到她的烦心事。

周维笑笑，放下碗筷儿拉了个群："找这个人就行了，会给你爸妈安排好，注意保密。"

只需一句话，就解决了爸妈多日烦恼。这是周维的特别关照，小河宽心之余，也有了一丝不适。

至于王叔李婶张阿姨这些邻居，小河无能为力，也帮不上，他们很快就会失去了生计来源。但是，或哭或笑总要生活下去。

小河继续她在元申股份形只影单的日子，工作很充实，根本没时间留给她去想其他有的没的，工作之余的时间，大多也是在不知不觉想着周维今天的笑容和越发亲近的眼神中过去。

这一晚，小河失眠了。

白天，周维临时要出席一个重要会议，办公室里备用的西装刚好送洗，只得让小河这个助理跑一趟商场。

小河找到周维发来的店铺，店员早已经殷勤地备好了需要取的西装，包在特制的盒子里："周先生好几套西服都是在我们店里订的，尺码早就有。周先生的身材真是太标准了。"

赶时间的小河自行拎起外包装用的纸袋，一边客气地道谢，一边接过盒子放进纸袋，一瞥之下，是五位数接近六位数的价格。虽知周维的行头通常不简单，这价格还是令小河咋舌。

买咖啡时，小河又瞥见商场里运动品牌展示柜里一套眼熟的深灰色登山装，是周维与自己攀登妙峰山时所穿。她忍不住进去翻出吊牌看了看，也是五位数。

呵，自己那套几百块的登山装，居然也好意思觉得和周维是情侣款？小河禁不住自嘲地想，又赶紧将心中生起的不适感挥开。

却如何也没能挥扫干净。

小河睁着大眼睛，看着天花板，睡意全无。

一幕一幕浮现在眼前。

周维偶有闲暇时，会在办公室里提起毛笔写字，小河凑过去看，只觉得写得好看，却说不出个所以然来。从小她就缺乏艺术细胞，别说写毛笔字，连钢笔都用不好。她喜欢的是拳击、游泳和各种户外运动，跑跑跳跳就很拿手。

连肖冰对她的嫌弃，也在不动声色提醒她与周维之间的差距。财务上的问题小河也没法绕开肖冰，每次都在这个元老财务副总裁不动声色的为难中进行，不踢几次皮球别想把财务事宜办下来。肖冰并不掩饰，看着小河的复杂眼神几乎在直接说，江小河你就是个祸水，别以为能迷惑周维，就能在元申混得下去。

肖冰更是反对江小河列席很多会议,好几次内部开会,小河若想发声,肖冰就会用"这是投资决策会"制止她,甚至请她离开会议室,她不是投资人,不要影响投资决策。

"我都了解了。"是周维说得最多的一句结束语。小河每每听到这句话,心里反而会生出一种难以名状的感觉,后来她才想明白,这是来自心底的无力感。

总归,他们跟自己不是一个阶层的人罢。

所以,他的平易近人,就是真的平易近人吧。小河的心情也从那欢歌小鸟沉下来变成了地下的一只啄米小鸡。

窗外漆黑,小河下床翻出一本崭新的笔记本。

本子很厚,封皮右下角是"佳品智能"四个字。这是佳品智能被世纪资本投资后的第一次董事会的纪念品。

小河撕去本子外覆盖的塑胶膜,摊开笔记本。

这厚厚的笔记本纸张材质很好,且因是小河参加的第一次董事会,她一直珍藏没有使用。

在这个晚上,小河启用了这个本子。

第一页,她在中间写下四个字,"佳品智能",外画黑框示意"已逝"。

周边则写下各个名字:彭大海,王东宁,吴跃霆。

周维呢。

小河依稀觉得一直萦绕在心头的佳品智能的背后也有周维。

她想起前不久,周维跟自己吃饭时,两人不知怎么就提起了佳品智能,而这是她自打进入元申股份,第一次跟周维提起佳品智能的事。

小河讲自己一直认为是彭大海利用王东宁搞垮了佳品智能,

又提及王东宁辞职前曾经"好意提醒"自己,彭大海其人尤为霸道贪婪,他做过的坏事加起来,足够被判刑,但是,作为曾经的同学,提醒她在元申安身立命,保住饭碗,不要再招惹彭大海。

江小河抬眼注视周维,看他微表情。

周维正低头吃面,面色平淡,并不放此事在心上,摇摇头应答:"这个王东宁,人品堪忧,以后你们也少接触吧。"

小河应一声"哦",但思想却跑得更远。

她并没有将王东宁当天的话全盘托出。那一天,王东宁一字一句和嘲弄的语气令她反复咀嚼。

王东宁当时说,元申内部恶人当道,并不比你一直讨厌的吴跃霆更干净,反而我更欣赏喜欢吴跃霆的简单粗暴,给钱痛快,不让小弟受气。而且,江小河,周维跟你想的不一样。你了解他有多少?他靠着谢琳慧这个女人在元申上位,又靠着手腕儿除去异己。

王东宁幽幽地说:"在佳品智能这个项目上,你就独独从没怀疑过周维么?灯下黑啊,或者你是床头黑?哈哈哈。"

小河自然明白王东宁的"赠言"中自有离间的成分,也看得出王东宁误会了小河和周维的关系。

但是,周维到底在佳品智能一案中完全清白么。

头疼隐隐袭来,小河合上本子。

几日后,在元申集团庆功晚会上小河的心更是降到了极低点。

当晚,元申集团庆功会,华灯初上,偌大宴会厅里已是灯火璀璨,衣衫鬓影。

元申将借此庆功会将舆情彻底转为"挺元派",以扭转股市做空危机中对元申的不利影响。大病初愈的梁稳森坚持大办这庆功宴，而且召集各个事业部主要成员均赴京参加宴会，不得缺席。也借此是向社会各界通报他身体已经康复，仍然是元申的支柱和图腾。

庆功晚宴的主题是：元申股份血液设备销售额跃居国内第一，一举打破数家国外医药设备对该行业的垄断。

人们笑语不断，以优雅的精英仪态进入会场，寻找着请柬上安排的坐席。在发布会上，梁稳森将儿子梁豪介绍给各个事业部老大，大家自然是称赞梁豪神采飞扬、风华正茂，再赞梁稳森教子有方，后继有人。

周维、小河二人各自按身份就座在预先安排的位置。周维并没有被安排讲话发言环节，但作为高管坐在首桌。谢琳慧被安排在跟周维同一桌，座次相对，是为主陪、次陪位，是为主人配合招待客人。而江小河的位置则是后排区域，遥遥对着这二人座位的方向。座位是梁豪随行政所安排。

小河坐在自己的位置上，身边不时有妖冶的香水味儿擦肩而过，此起彼伏伴着或热情或礼节性的寒暄。同桌的人交换起名片，小河推说没带，就静静地坐在座位上喝汤，桌子上的众人都在热烈地讨论着什么，但他们之间其实并没有在交流，都只是在炫耀。

周维依旧衬衣整洁笔挺，气质清雅如月，正和同桌的人谈笑风生，温文尔雅，风度翩翩。

谢琳慧光彩照人，深紫色晚宴裙，妆容明艳、神采奕奕，似一朵雍容的牡丹，从头到脚永远是光鲜亮丽。灯光，鲜花，掌声，都天然属于她。

小河所在的位置在最角落的圆桌，恰被顶头的大灯灯影罩住，小河就在阴影中看着最前排灯光高亮处的周维。来往嘉宾中不乏气质脱俗而美丽的成功女性，她们妆容精致，向元申股份的高管敬酒。而周维绅士地与她们谈笑，成熟男人对女性的吸引力是致命的。小河想他那表情的温和、眉眼的亲切，原来可能都不专属于自己。

身在投资圈，人人张口千万、过亿，身边似乎都是玩钱的金主儿，但小河自己却仍然攒不够买房首付的钱。

有人羡慕那一挂挂缠绕的藤萝，姿态妖娆地绕在大树的树干上，借着大树的挺立，毫不费力地占据高高的风景位。但小河只愿自己是一株坚强的树苗，经年累月，纵然是小树苗也会长成参天大树，与它一直仰视的那株枝叶繁茂的参天大树并肩。

自庆功会回来，敏锐的周维感到了小河对自己的疏离。近四十岁的他，不知道该如何面对这样一份意外的感情。

每日进出办公室，周维都会放慢脚步，多看一眼小河认真工作的背影。他欣喜于她的主动，却又曾害怕这份主动。而当他决定张开双臂拥抱这份感情时，她却又退避，这退避令周维不知所措。

在工作上，小河仍旧是周维得力的助理，配合默契，但彼此却有各自心事。

他们小心翼翼地走着，唯恐会错了对方的心意，唯恐走错一步，伤了这份美好，伤了对方。

第二十八章　各人各命

北京的暑天闷热难当，马路几乎要冒烟，稠乎乎的空气似乎凝结成团。人们一旦离开空调强劲的写字楼，就会感到周身潮湿黏腻。

小河接到李云清的邀请函，受邀参加三诺影院总部乔迁酒会。

三诺影院的新办公室在科技园区一栋写字楼占据了整整一层，数千平米的办公室，被李云清装修得颇有特点，室内悬挂了许多电影海报。这风格倒是与李云清十分契合，他是美术设计出身，对艺术极为敏锐。

小河走到门口，心情大好的李云清笑呵呵地来迎她，与李云清同行的是唐若。

今日的唐若一袭夹着金丝线的黑色套装，端庄中又多了些时尚。小河突然觉得唐若不去投资一家服装设计公司，真是可惜了这身材和品味。

见到小河，李云清先捶了下她肩膀："笛哥儿，怎么样？新办公室？"

小河向李云清竖起大拇指。

李云清身侧的唐若一直面带微笑，小河仍旧视她为空气人，不想理这个人，连招呼都不想打。

李云清并不知道唐若跟江小河之间的种种过节，拉过唐若："唐若是你老同事啊，我的CFO，这次融资全靠她张罗。你知道我的，投融资这方面是短板。"

李云清带着小河参观办公室陈列，指指这儿评评那儿，兴奋得脸色潮红。唐若则与二人保持一小步距离，装作三人其乐融融的样子。

当时，在小河走后，于时改为委派唐若到三诺影院任职CFO，起初李云清十分抵触，但唐若很快获得了他的信任，信任的最大来源点就是帮助他快速地融到了来自吴跃霆的合融财富的这一轮投资。

李云清在唐若的"努力"下拿到了这笔新投资之后，将资金尽数投入到新影院的设计、建造和营销中，以图快速扩张规模。李云清不是个有城府的人，小河看得出他是发自内心地赞许唐若的专业和能干。

李云清欣慰于此次融资"多亏唐若，我没操一点儿心，而且新投资人吴总入资迅速，支持我扩大规模，且不插手公司经营"。

小河一直对吴跃霆入资三诺影院的用心存疑，直觉。

她再看今日的李云清，却觉得这昔日邻家大哥哥现在看起来却很单纯。

小河想想，李云清大哥这些年一直在企业快速发展，家庭幸福和睦的明亮世界里顺风顺水地走过来，年少成功的他每年飞国外参观艺术展，而与设计师讨论一稿又一稿的影院设计稿，是他最惬意的时候。小河反观自己，在这五年多的投资生涯中，看尽狡诈刁滑，谈判对峙，再加上去年的佳品风波，对人心寡淡，世态炎凉她也体会到了骨髓里。

"李总，唐若，恭喜啊。"熟悉的高音。

三人转身，王东宁满头大汗赶过来。

小河跟王东宁简单寒暄，王东宁掩饰不住得意之心，掏出自己的新名片递给小河，"合融财富，董事总经理"。看来元申上下皆传的所谓"GK工程师是王东宁给偷偷带入会场"一事并非空穴来风。

王东宁语气中优越尽显，"吴总今天实在抽不出身来，让我代为祝贺乔迁之喜。我最近也是跑来跑去，跟大家聊一会儿就得离开。等下还有两个会等着，这个月我得投掉四个项目，东南西北地跑，没办法嘛。"

投资机构的级别"通货膨胀"得厉害，小河向来对这些不感冒，不过看王东宁此时春风得意滔滔不绝，倒是与在元申时的拘谨窝囊判若两人。

王东宁做出跟唐若熟络的样子，低头凑在一起谈笑两句，共同招呼来客。

小河总觉得吴跃霆的钱有问题，也没绕弯弯，当着唐若和王东宁的面对李云清说："云清，吴跃霆的'合融财富'资金来源复杂，引入了这家的投资，未来要谨慎一点儿。"

小河心有忧虑，皱着眉头。唐若含笑不语，王东宁则歪嘴不屑。

李云清看看左右几个人，笑笑："今天不说这些。"语罢，招呼大家去吃茶点。

此时财务经理陈艳来找李云清签字，李云清大手一挥指向唐若，都由唐若安排就好。

陈艳是新加入的财务经理，小河跟她并不熟悉。打过招呼，小河端详这陈艳。陈艳已到中年，略有些发福，上身着一件普普通通的深色短袖衫，裤子也是前几年的流行款。小河总觉得似乎在哪儿见过她，又想不起来。

陈艳看看李云清，有些犹豫，但还是将付款单交给唐若，唐若垂下头，用手将碎发拢到耳后，指尖丹蔻，妩媚尽显，她仔细翻看付款申请单，签上自己的名字批准付款。

能够将财权交给唐若，看来李云清对唐若是非常信任的。以往小河常常随着于时来参加董事会，跟李云清讨论公司发展。如果不是当时执拗离开世纪资本，那时被股东委派为CFO，今天站在这里审批、众人艳羡的也应当也是自己罢。而今却被唐若取而代之了。

小河并不否认唐若的确是个能干又有魅力的女人，她办事利落有效，在人前永远光鲜得体。几年前的自己，远不如唐若这般艳若桃花。那时的自己干干瘦瘦，用迈克的话来说，还不如现在这样有些肉看着顺眼。

小河在人群中看到穿梭的程迈克。迈克并不在受邀之列，他是看李云清的朋友圈转发了今天的欢迎会，不请自到，这会儿已经跟到访的其他嘉宾聊得风生水起。

李云清今日算是大操办，请了不少投资人和客户。小河知道这并不是他惯常的风格，想来是"资深策划人"唐若给的建议。到场的投资人大多已许久没见过江小河了，见她今日露面，颇有些惊讶。大家曾听传闻道江小河离开世纪资本后找不到工作，只能回乡嫁人了，现在看来是个大大的谣言。然而，当得知她回京重返职场是去了元申股份，又都表面上祝贺几声，内心悻悻。

在这个圈子里，朋友圈互相点赞，但又有几个是真心祝福别人飞黄腾达?

这种场合,投资人见面惯常的第一句话都是:最近投了什么项目?小河摇摇头,自己过往这一整年,从投资的角度看,可说是一"事"无成,不仅没有投资成功项目,现在的职位也变为"助理",不再直接做投资。对于一个曾经的投资人来说,这就是失败吧。

小河的露面却着实给这场沙龙带来了额外的谈资。有人对刚给元申造成一个亿损失的江小河居然还"自投罗网"感到纳闷;别有用心的人,则等着看小河"深入虎穴"的笑话;更有"知情人"小声言辞凿凿:江小河,人家现在是元申副总周维的小三儿啊!

小河自然感觉到身上汇聚了不少旁人猜测的目光,她本就不喜这种喧闹场合,今天更不想多待。她把李云清拉到角落里,嘱咐道:"云清,我等下有事先走。第一,注意现金流。我看你现在市场扩张很激进,还是要做回设计影院的本质,单店盈利点要尽快达到;第二,企业估值不是靠宣传推高的,影院经营才是你的核心价值。"

人声嘈杂,小河很大声地说话,但她也不确定李云清能不能听进去。不过话都说完了,就心安了。赶上风口,自求多福,也许自己的这些担心都是多余的。

迈克见小河要离开,匆匆走过来。

小河拍这兄弟肩膀一下:"发财啦?"

迈克当真发了财,他换了新车,非要让小河等酒会结束送她回家。迈克这阵子自己做投融资顾问,做成了几单,累是累,但是趁着这市场还火热,捞一笔是一笔。赚到的钱他又全部投入到股市中，几只股票都踩中了，账面浮盈很可观。

迈克仍然替小河没趁着一波赚到钱着急，耳聪目明消息通达的他还告诉小河，唐若帮着李云清融资这一单，唐若是在李云清那儿拿了额外奖励的，这李云清还感谢她呢。

迈克数落小河："人家哪像你，傻愣愣地帮公司做投后管理，帮这帮那，一分一毫都流不到自己钱包里。"

小河也不应他。几个月前，跟她一起搞基金募资的时候，这小子还说自己"踏实肯干、必成大事"，这才几个月，"踏实肯干"就变成了他口中的"傻愣愣"了。

小河想想迈克对自己的评价倒也没错，唐若和迈克都开着好车，住着大房，而自己还要每天搭乘地铁。唐若今天这身衣服小一万是要的，而自己全身行头不过几百块。王东宁亦迎来了事业新高峰，大家都迎着风口在天上飞，唯有自己仍旧在地上啄食。

小河自嘲，各人各命。

第二十九章　资本风云诡谲

小河在元申集团的工作日益步入正轨。

虽然她仍旧要不时应对肖冰的刁难，但工作总体上是称心的，而自己与周维的关系也从前些日子的突飞猛进到趋于平缓冷静，这种关系给到小河久违的安宁和闲适。小河的衣橱中添置了些粉色系的衣服，留长的头发上也不时会换着别一个小发夹。

运动照旧，只不过小河减了打拳的时间，增加了每天清晨的瑜伽。

零售业务线的调整似乎已经按部就班地在推进，虽然周维和小河都觉彭大海对方案的接受度高得有些不现实。但总归，彭大海的确没再挑起事端，给周维的其他几项重要业务布局留了气口。

周维的医疗产业园规划宏图正在徐徐展开。

周维安排小河与他同赴南平清河镇考察。

元申股份一直在规划做医疗产业园，已经有几个备选地址，而最为合适、沟通进展也最迅速的地块，就是地处江苏南平市的清和镇。

元申股份希望依托这一医疗健康产业园，建立医疗级的网络平台、医疗云数据中心、移动医疗和物联网解决方案、医疗协助平台等几大板块协同的医疗信息系统解决方案。周维提交的规划方案内容翔实，包括效果图、财务测算、预期回报等，且对当地的就业带动作用极大，而且已经搭建好了项目公司、运营公司等全套结构方案。

元申股份作为香港上市公司，面临着国际资本操盘手的压力来得更为迅猛，尤其今年是元申的多事之秋，这个财年的年报对于元申股份来说压力巨大。必须拿下清和镇地块，因为当年报公布的时候，可能会引起轩然大波，必须要新的利好消息去对冲。在当下，还有什么比产业园区更有想象力和吸引力呢？

二人抵达南平市已经是傍晚。

去酒店路上，有当地旧友约周维小聚，周维看一眼同车的小河，正欲推掉。小河知他是留了时间跟自己晚餐独坐，赶紧挥手示意头疼，避开了晚饭。

并不头疼，只是一为避开二人独坐，二为不愿耽误他正事。

叫了些点心，泡上茶，小河翻着清和镇的资料，准备着第二天的会议。

南平高新区东扩规划的明朗化，已经刺激到土地交易成交价码，尤其是这一个季度，近十个点的强势增长，肯定是受到高新区区域东扩规划的影响。

随后几日在南平，周维马不停蹄，而小河每天晚上都工作到凌晨，为的是第二天一亮，周维就能收到最新的资料，应对各种见面会、通气会。

周维对业内公司动向一直紧密关注："GK最近几款新产品销量不好，资金链极为紧张，怎么会这么激进地参与这个产业园项目？"

小河翻着公告示意给周维："GK公司的股价走势涨势很猛。

这家公司最近接连几笔在A股市场上的增发收购，均为产业链上下游的公司。"

周维仔细翻阅公告和资金进出。

小河又查询了GK的背后股东变化，指给周维看，"今天吴跃霆控制的合融财富又注资GK一笔资金，同时提供了流动资金贷款保证。吴跃霆已有充分的资金储备，此时插手清河镇地块，并非一时兴起。"

周维沉吟，这些商界后手招式他悉数于心——下一轮吴跃霆必然是媒体施压。

周维立即召开电话会，同步目前状况，并嘱公关部近日加强舆情监控。

果然，第二天清晨，几大自媒体公众号弹出消息，转发解读GK股份在官网发出的公告，公告宣布即日将正式起诉元申股份专利侵权，声称在元申股份新近推出的家用健康设备上，未经授权侵犯了其专利并造成严重损失，为保护公司的合法权益，特提起诉讼。

媒体上又搅动新一轮的议论，翻出半年前佳品智能的旧账，声称佳品智能的核心知识产权被元申股份剽窃，这才有了极快速推出的元申家用健康产品。

一时间，媒体喧嚣，元申股份的形象从科技振兴行业的民营企业中坚，转成了侵犯同行知识产权的恶盗……

显然，GK为了在清河镇地块的争夺上拿得先机，用这套组合拳去搅乱视听。

在众多不遗余力跟风抢占热点的媒体中，周维已经安排公关部"打过招呼"的一些自媒体知晓利弊，逐渐退出对元申集团的文章转发。而谢琳慧的发文又进一步为元申集团扳回舆论风向。谢琳慧在"中商浪潮"发文,客观阐述,文笔犀利,反守为攻。首先表明观点:元申无剽窃。并表示在后续报道中引入专家的观点,从专业视角论证她的观点。

论证需要时间,一部分偏理性的业内人士持观望态度。

清河镇此行被搅得不甚顺利,有些本来安排的会议被对方取消,二人较计划提前返京。

回程飞机上,小河坐在周维身旁。小河自叹自己当下无法给这男人任何帮助,远不如谢琳慧一支笔。

周维面容严肃,闭眼思考对策,连日奔波令他面容憔悴,而接下来的几天对元申股份来说至关重要。元申股份的诸多决策都需周维殚精竭虑,堪比诸葛亮。

如同心灵感应一般,周维转头看小河,"喜欢读《三国演义》吗?"

"喜欢。"

"哦,喜欢什么?"

"刘关张义薄云天,诸葛亮鞠躬尽瘁。"周维在她心中就是鞠躬尽瘁的诸葛亮。

周维点点头,靠在后座上。这是小河心中的三国。

周维识字很早,七八岁的时候就第一次读三国演义,之后再读数次,每次读都有新悟。他脑子里也常常闪着一些片断的书中话,这时他想到许攸曾对曹操说,"……孤军而抗大敌,不求急胜之方,此取死之道也……"是啊,元申当下正是孤军,敌人则来自四面八方,"唯有急胜"。

下飞机上车,不多时便开到元申股份正门,周维睁开眼,又一句话闪过：名正言顺，大事可图。

关于GK的紧急会议一直开到凌晨，周维及律师团审议反诉公告。元申股份决定正面应诉GK的起诉，同时反诉GK从元申股份挖员工，不遵守竞业禁止协定，且该员工窃取元申股份商业秘密。律师团和香港的公告团队已经在安排草拟反诉公告。

股市风云诡谲。

小河恨不得自己有千手千眼可以帮到周维，她每晚都整理市场舆情，准时发给周维。

港股做空公司"GTS"官网发出英文报告，内载详细调查报告，详述元申股份在渠道管理、营收数据、专利侵权等方面存在的问题。

GTS发出的报告长达百页，对已公布的财报进行了详细分析，揪出来截至这个报告日恰好账龄超过三年，被全额计提了坏账准备的几笔应收账款，大做文章。这金额对财报的影响并不高，但是，GTS抓住认定这几笔应收账款对方为"未披露之元申股份关联人士，存在当年上市时虚报收入"。

"元申股份自上市后，一笔长达三年的应收账款被计提坏账。令人怀疑当年为了冲上市，而做虚假收入，在现在业绩稳定后，又计提坏账掩饰过关。"

"医疗设备业务线逐年毛利下降，受到外汇汇率变动影响，且大量拟出口的产成品滞压保税区仓库。"

……

一时间，各种对于元申股份"言辞凿凿"的"分析预测"成为资本圈内最热话题。

连续三个交易日，元申股份股价持续下跌，三日总跌幅超过12%。元申股份紧急停牌。

周维清楚，吴跃霆老谋深算，他用GK作为引子，现在果然如他所料，带动了一轮港股市场的空头主力进场。

近日来，周维每日睡眠时间不超过五小时，每天早晨八点都会准时到办公室，而小河发来的每日舆情提示必然在清晨七点钟准时到达周维邮箱。从无间断。

按照原定计划，元申股份刊载对GK的反诉公告。刊载之后，监测到的媒体评论风向舆情明显向着有利于元申的方向发展。

这舆情方向一部分还得归功于谢琳慧站队分明的报道，这位媒体大姐大的号召力和公信力非常可观，在明确观点之后很快有了后续文章。

小河是在元申股份的会客室再次见到谢琳慧的，她此时的身份是元申集团的特约公关顾问。梁稳森和周维指派了公关团队的几名成员在当下应对GK的媒体一役中向谢琳慧汇报。

谢琳慧发文，需要尽可能详尽的一手资料，她直接找了周维，列出了她所需要的资料、数据清单。小河作为周维的助理，这份工作自然是由她来完成。小河花了几乎不眠不休的两天时间，细细地梳理出了元申掌握的有用、有利的资料，并且分门别类、做好总结，然后约了谢琳慧，亲自交给她。

谢琳慧旗帜鲜明地支持元申，即使有梁稳森表妹这一层身份，小河清楚，她主要支持的人，是周维。

即是支持周维，小河便不会因为之前的不快而心里别扭，尽管她并不会掩饰自己对谢琳慧的厌恶。

一份是打印好的纸质资料，上面列出了资料的属性、做好了索引和说明，详尽的对应文件则存在加密网盘中，一并交给会客桌对面的谢琳慧。

谢琳慧翻阅着资料，清晰无比的索引，体现出了比之她提出的清单更强的实用性。

真是用心了。

而如此用心的人，就坐在对面，正是数月未见的、曾经被自己一篇文章打进旋涡正中，几乎翻身无望的江小河。

敏锐洞察如谢琳慧，怎会看不出江小河用心的原因。

谢琳慧眯着眼睛打量小河。她留长了头发，眼神中依然闪烁着爽快锐利的光芒，但全身上下却实实在在地多了许多女人味儿，举手投足之间，也不见以往的那种大大咧咧，取而代之的是一种女性魅力，某种不含诱惑的温柔。半年前的那次事件让这个女人满身泥泞，当时谢琳慧就是那个把她推进泥坑的人。而此时此刻，这个女人落落大方地坐在她的对面，神色里没有一丝的怨怼与愤懑。她想起自己曾经预言，江小河再也做不了投资人，而如今不做投资人的江小河并没有停止成长，反而越发令人刮目相看。

是因为周维吧。

"周维善于雕琢璞玉，你在他身边学得挺快。"谢琳慧故意用对周维特别了解的语气说，"他身边也确实需要你这样能干的助理。"

小河道："这是我的本职工作。"

谢琳慧不自然地抚了抚额头，眼前这个江小河让她备感威胁，但她并不想示弱："周维的事儿，就是我的事儿。"

这话就是挑明了在说，她谢琳慧还是把周维当自己人，包括元申股份员工在内的圈子里的大部分人，也还依然把周维和谢琳慧看作是一对儿，小河对此自然是知道的。

拿到小河精心准备的一手资料之后，谢琳慧这个专业的媒体人就地取材，借用元申的一间小会议室，这样更方便她快速地获取资料，但她如此操作是否是为了离周维近一点。

小河一边工作一边协助谢琳慧，奉陪在旁，随时待命，虽然她已经准备好足够详尽的资料，但她毕竟不是媒体人，如果谢琳慧还有需要追加的资料，她就会及时提供。

周维每日必会抽时间到会议室与二人简单商讨第二日发文要点。

周维连日疲惫，面对小河却不自觉放松，见她手捧咖啡，语气缓和轻柔："加点牛奶。"

"哦"，小河微扬起脸看下周维，微微失神之后才猛然想起谢琳慧就在旁边，"周总，您看一下调出的研发周期表，关键时间点我标记过。"

周维点头："已经看过了，就从那个时间点选取关键信息，跟我考虑的一样。"

谢琳慧打断二人谈话，指指行政精心准备的下午茶，摊开手向周维"示意"："都是热量高的甜品、坚果。你知道的，我只爱吃火龙果、猕猴桃这些低热量水果。"

谢琳慧要的就是周维在江小河面前表现出来的对自己的特殊关照。

一日午饭后，小会议室只有小河和谢琳慧两人。

谢琳慧瞧着小河，想起那日旁观小河化解世纪资本的危机，危机因佳品智能而起，谁都看得出来小河对佳品智能的执着。

谢琳慧忍不住摇摇头，叹口气："江小河，你觉得你是一杆好用的枪吗?"

小河从来没把自己当一杆枪,她听得出谢琳慧话里说的是她在被当枪使。

小河几乎不用分析权衡,她江小河何德何能,能被这么利用?而谢琳慧这女人心机难测,她对周维的心思是真的,对自己可就难说了。眼见自己与周维越发亲近,难保不会用她那擅长的四两拨千斤的手法弄出点儿什么事情出来。

小河不理睬谢琳慧。

却听谢琳慧继续说道:"江小河,你挤进元申,不就是为了知道当时的风波真相么。我现在就告诉你。"

谢琳慧语气笃定,江小河进元申自然有她的思量和目的,这毋庸置疑。

这触动了小河的敏感。

小河停下打字,看着谢琳慧要继续说什么。

"《圈套——资本至上,创业之殇》那篇文章就是在这间会议室里写出来的。"谢琳慧将手交叉在胸前。这个江小河离周维太近了,近得让她难以忍受。何况,一切本就是事实。

"当时,写出来后,我征求过周维的意见。他跟我的想法完全一致。"

说罢,谢琳慧丢到嘴里一枚樱桃。注视小河的表情,她知道小河直来直去的脾气,期待着小河的爆发。

小河却面色不改,低头继续翻看文件,打字作响。

谢琳慧今天一定要将这根刺埋在面前的江小河心里,她继续加重语气:"当时,周维觉得,让不知名的你为佳品智能的事情背锅,是最合适的。"

小河一言不发。

谢琳慧终究没撬开小河的嘴，犹如一记粉拳打到了棉花包里。

日子过得很快。

有了详尽的资料支持，谢琳慧文采更加飞扬。很快，连着数篇文章，条理分明，逻辑清晰，有可公开数据、有专家的分析，从各个角度论证元申股份不可能剽窃GK的专利。

最有力的证据就来自于小河整理出的元申股份研发家用健康设备的时间线、独特的研发思路，首先从"半年之前元申股份的研发进度就已经超越了GK"入手，再深入剖析了元申研发思路与GK都有本质区别，反而是GK通过规避竞业禁止协议挖关键技术员工，从而窃取元申的商业秘密的嫌疑难以洗清……

此系列文章一出，元申股份面临的舆论压力逐渐消散。

舆论平息后，元申股份进行了简短的投资人电话沟通会。周维按照做空报告所述事实逐一做出回复，对这笔全额计提坏账准备的应收账款的情况，周维的解释是："由于当年业务转型为渠道销售，因此建立了下沉渠道商网络，该渠道商目前存在资金链断裂的情况，因此，元申股份财务本着谨慎性原则对其计提全额坏账准备，后续将继续进行催收。但这几家渠道均并非元申股份关联方，因此近日某做空机构刊发的所谓报告均使用的是网络所传播的不实信息。元申股份对每一位股东负责，元申股份的董事会保证本公司财务报告制度稳健，且独立的核数事务所自本公司股份上市以来均已作出无保留意见的审核意见。"

周维以规范动作进行了标准回答。电话会的媒体稿以及预先准备好的一系列文章均已发给各家主流媒体。电话会结束后，数篇文章齐发。

午后，元申股份刊发澄清以及恢复买卖公告，在资本市场上的正面阵地战元申夺取高地。

本公司否认GTS公司报告内针对本公司所作出的所有指控。本公司认为：GTS为达到自身目的，故意发布误导性信息，以造成混淆。对该等指控，本公司已经成立独立非执行董事组成的特别委员会，且特别委员会已委派外部审阅方独立审阅GTS报告所载指控。现外部审阅方已审阅GTS报告中经披露的目标公司，并未发现目标公司为本公司关联方，亦未发现存在非正常商业条款所作出的交易。

GTS所有指控来自网络传播的虚假信息，且其对本公司的经营业务模式以及行业的理解完全不专业。董事会保证本公司财务报告制度稳健，且独立的核数事务所自本公司股份上市以来均已作出无保留意见的审核意见。

当晚，元申股份再发晚间公告：

大股东元申股份拟酌情收购公开发行的元申股份，回购总额不超总股本的5%，该回购方案已经得到股东大会审议以及授权，将适时实施。

第二日早市上大卖盘出现，大股东元申股份发出回购公告，出资10亿回购部分发行在外的股份。连续几日，元申股份的大盘面在元申股份10亿元资金的支持下，风卷残云扫掉了所有50元以下的卖单，将股价牢牢控制在50元之上。

隔日，几家主要的投行均表示上调元申股份为"买入"评级。

连续的动作快速提振了股价。随后几日股价开始向上攀升，尾市收盘在55元，股市对弈，元申股份稳住了50元大关。

周维连夜召开紧急董事会，提请董事会推行"毒丸计划"反收购。这早在元申股份的章程中就进行了约定，当董事会判断元申股份一旦遇到恶意收购，尤其是当收购方占有的股份已达到大比例时，为保住自己的控制权，元申股份可以大量低价增发新股，目的是让不明资金手中的股票占比下降，摊薄股权。这样一来，收购成本也会增加，期待能够击退不明收购方。

连续一个月的鏖战，周维已是筋疲力尽。经营上受到的影响和牵绊在其次，关键是资本市场上的鏖战已进入白热化。

随后的交易日早上刚一开盘，元申股份守了多日的55元价位之下出现了几千万股的卖单砸盘，就在多空交锋关键时刻，元申股份发出大额买单，不停地消化这些大卖单。午市复盘后，抛售逐渐趋缓。但下午两点，突如其来的大手笔抛单将50元以上的买单全部砸穿。

元申股份紧急入场再加大回购，将50元以下的卖单尽收。耗资巨大，而元申股份的数十亿资金已经全部投入到回购股份之中。

指挥作战的周维，看着大盘的买卖金额，恰如战场中的元帅。随后，元申股份董事会宣布，30亿元流通股增持计划已经兑现，随后，将继续维持"适时增持"。

但元申自有资金体量有限，若全部用来应付做空游资，那么经营使用资金会极为吃紧。

幸而周维早有准备。

数日之前，对资本市场变化十分敏感的周维已经跟元申股份的既有投资人Nancy达成协议，当股价跌破设定限额之后，Nancy会用她的关联基金Lion Capital助力周维吃进大卖盘，助力救市。

但此时Nancy要周维向梁稳森转述一个新的条件,这条件令梁稳森有些举棋不定。

"Nancy提出她的Lion Capital也要占据一席董事会席位",周维将Nancy的要求转述梁稳森,"明天一早,Nancy需要明确回复,她才来得及安排资金。"

对梁稳森来说,这是一个很难做的决定。

如果答应了Nancy的要求,元申股份持有的董事席位将不够绝对多数,换句话说,梁稳森将失去对元申股份董事会的控制。多年以来,梁稳森家族牢牢控制着元申的董事会,即便彭大海、周维、肖冰等人职级定格,薪水可观,他也"一碗水端平",从未将董事权力假手他人。

而今,Nancy提出这个增补董事的要求却是合情合理。

梁稳森明白此时既要接受Nancy的要求,又不能失去自己对董事会的控制权,两难。事情即将陷入僵局,但资金需求迫在眉睫!

当日夜晚,Nancy与梁稳森终于取得折中方案:梁稳森同意Nancy的条件,给到Lion Capital一席董事席位。但为平衡投资人和元申管理层,同时加给周维一个董事席位。这样一来,在元申股份董事席位上,共有七席,梁稳森控制三席,周维一席,Nancy通过海岸资本和Lion Capital基金共控制三席。

梁稳森权衡再三,以Nancy与自己的多年交情,想必Nancy不会暗下黑手。好在同时也增补了一席给到周维,如果算上周维的这一席,梁稳森仍旧可以控制董事会七席中的四席,占相对多数。

随后几日,如预想一样硝烟弥漫,幸得Nancy的关联基金在二级市场助力接下卖盘。

每日午市开盘后,胶着之际,Nancy就会甩出大买单,不断吃掉卖单。Nancy的入场托高了元申股份的股票，起到了救市作用。

终盘，元申股份报收于50.3元，相比前一个交易日下跌了3%，但总算守住了50元高地。

周维锁定胜果，召开记者通报会，除再次解释当前元申股份的经营良好外，并发出严肃声明，一锤定音："此次做空机构所带来的恐慌情绪将会蔓延到整个中资港股市场，对于中资港股而言，一旦遭受打击，不但股价受损，还会收到一连串来自投资者的法律诉讼。甚至可能在股价持续低迷后，选择无奈退市，而仍然交易的中资港股股价也会持续遭到打压。元申股份严厉谴责这种不负责任的媒体做法！"

这一场股价保卫战，得到Nancy大力协助的元申股份险胜。

凌晨两点，连续通宵加班的周维突然起身后，感到一阵眩晕，跌坐在椅子上。昨晚的业务会开到凌晨，他只囫囵睡了一会儿。到此时，他这才意识到自晨至今自己只喝了两杯咖啡。

小河听闻周维办公室异响，急急跑进办公室，见到周维脸色极差，给他倒了一杯温水，轻轻放在桌角。

周维抓住水杯，顺势也握住小河的手。

这让小河猝不及防。

这曾经是她梦中出现过的场景，梦中有那么多次，周维就如现在一般握紧小河，再揽过她的腰贴近自己。

小河心里扑通扑通地跳，今日的周维尤显憔悴疲倦。她将另一只手温柔地放在周维的头上，他头上的白发已经清晰可见。周维闭上眼睛。小河心疼地轻抚着周维的头发，就像是抚着小孩子。

周维感受着女人轻轻的抚触，又想起两人曾有过的短暂的暖昧甜蜜时光中,江小河可爱又可笑的一幕——

那一晚,他工作至深夜,开车回家路上,突然手机振动,一看,是小河打来的。

他想着这么晚了,小河一定因急事找他,连忙接通了正要开口,却听小河口齿不清地问道:"周维,你喜不喜欢我?"

听着那层朦胧的睡意,周维哑然失笑。这小河莫不是睡到中途,半梦半醒间,给他来的这个电话吧?

"你该睡觉啦。"周维也不知道如何回答,只得哄着小河去睡。

"哦,那我去睡啦。"小河嘟哝着挂断了电话。

……

良久,周维睁开眼睛,如同从小睡中刚刚醒来,他注视着小河的眼睛,那眼睛中充满着怜爱。周维感觉自己越来越习惯有小河陪在身旁,她给了他安心。

周维伸手欲揽过小河,但是,小河却略欠身,避开了。

周维到医院探望梁稳森。

元申股份的资金被股市这一役消耗巨大,30亿资金全部投入托市。整整一下午,梁稳森、彭大海、周维、肖冰四人就在病房里将资金状况和重大开支详尽盘点讨论。

肖冰先说了财务状况:"经财务预算,目前的两项重要开支:元申商场的改造计划和医疗产业园区开发计划,只能二选其一项,否则后续的资金跟不上。"

彭大海听说有可能影响自己的元申丽辰重振的预算,放大嗓门儿,坚持元申商场的重建是元申立命之本,需要继续投入推进,不容商量。

周维则提出清和镇地块，元申离竞标成功只有一步之遥，但是很快需要缴付保证金。

梁稳森知道，医疗产业园是一直以来是周维的梦想。建成后，将成为中国最大的医疗产业园区。但元申商场的改造已经过半，如果停止将前功尽弃。只能保一个，这对他来说是两难的选择。

梁稳森连着咳嗽几声："周维，你怎么想？"

彭大海和肖冰都以为周维会坚持继续争夺清河镇地块，却没想到他其实早已在心中做了决定："我目前倾向于放弃清河镇地块，力保商场改造如期完成。下周我会去清河镇现场，会将目前的情况再分析下，做最终的判断，再跟两位同步吧。"

梁稳森不语，看着周维。周维的主动后退，令梁稳森略有意外，又深感欣慰。

梁稳森转头厉视面露尴尬的彭大海和肖冰。

原本彭大海和肖冰在周维到医院之前，已经在梁稳森处吹了耳边风。却没想到周维顾及大局，主动表示放弃医疗产业园区，这令二人之前准备好的煽风点火的说辞完全没了用武之地。

周维继续说："而且我们接下来要开始收缩战线，尤其是现在的资本市场看似火热，但只要看一下上市公司的商誉积累已经到了什么程度，就懂得崩盘一触即发，只是时间早晚。我们要盘整业态，回笼资金。"

梁稳森眼神黯然，满脸疲倦："当资金离场的时候，金山银山都会崩。"

随后，梁稳森将话题一转，看似随意地抱怨了几句梁豪仍旧是"不够扛事儿"，"都是周维在盯着，太辛苦"。又嘱咐周维要注意身体，不如让梁豪这些年轻人多做事，家用健康业务线未来就让梁豪撑一撑，要多锻炼。这寥寥几句，明意上是对周维的关怀，却又隐藏着要周维切莫功高盖主的意思。

周维自然会意，应声几句，这时已临近中午，肩背的酸痛向周维隐隐袭来，他伸伸胳膊，揉揉脖子，抬起头，跟梁稳森道别，自医院向外走去。

推开医院的大门，刺眼的午后阳光向周维袭来，刺得他不由闭上眼睛。许久，他睁开眼，用手遮着额头，抬头看天。蓝天清净，白云飘飘，一只风筝在空中飞。

周维忽然觉得自己身上也被绑了绳子，这绳子让他无法舒展身体。

小河这段时间得了空，常往医院跑。

那日环园长跑时，小河发现星星岛的小加加身体出了状况，立马给小加加联系到了北京做小儿先天性心脏病最好的医生，刘主任。

刘主任为小加加做了全面的检查。诊断结果是复杂先天性心脏病，法洛四联症。镜像右位心，畸形复杂，属于先心病中最难解决的一类，术后极易出现并发症。刘主任告诉小河和星星岛的李老师，小加加现在已经出现了紫绀这种明显的手术指征，如果不尽快动手术，存活率极低。

"越晚动手术风险越高，需要尽快做决定。"

从李老师手上接过来小加加，明显感觉小加加比同龄孩子更显弱小，小河轻柔地抱着，坚强如她也止不住眼中的泪水。

生命是如此短暂而脆弱，身边人熙熙攘攘为利来为利往，他们筹划职场高升，憧憬攫取金钱，欲壑难填，却忘记原本温暖的阳光、饱腹的食物,以及活着就是世上最崇高的事。

小河谢过刘主任,当天为加加就办了住院手续,并交了全部的手术费。此后,小河将全部空余时间都用来陪伴小加加。

今日如常,她来探望术后住院的小加加。

程迈克本来约着小河要聊"合作机会",听闻小河在医院探望小患儿,这新晋土豪驾着新买的车赶到医院。他拍着胸脯告诉小河和李老师,未来小加加一切医疗开支他全包了。说到做到,迈克当下给李老师转账一万块,用于小加加最近杂费开销。

说罢,迈克再跟小河讲几句最近的股市神绩,告诉小河缺钱说一声,就急匆匆赶去下一个场子。对迈克来说,时间就是金钱。

小河目送离去的迈克,隐隐为神采飞扬、亢奋的迈克担心。

在医院门口,小河恰遇到周维探望同院住院的梁稳森。

周维问小河来医院的原因,听闻小加加的遭遇,随小河同去探望。

小加加看到小河走进来,将小手伸出来向小河要抱抱,就像见到妈妈一样。小河翻出给加加带来的玩具,跟小加加做起了游戏。

没一会儿,玩累了的小加加用小手抓着小河的手指,满足地睡着了。

这是周维看着小河,眼前温柔的小河,与那日利落地处理佳品智能围攻、奔赴三地查优尼背后造假的小河是同一个人。看似大大咧咧的她心思细腻敏感,单纯善良。

周维跟谢琳慧结婚之初就很想要个孩子,但谢琳慧事业心过重,不仅一推再推,怀孕了都执意打掉,直到两人离婚也没能如愿。

周维走到床边，轻轻摸了摸小加加的小脸蛋儿。接续转过身来，凝望着与加加同样纯净的小河。

小河却将视线避开。周维知道这几个月小河一直在躲避自己，敏锐如他，也知道小河避开自己的原因。

而对于元申股份来说，一切回归原状。在做空危机之后，随着国内A股市场股价的火热抬头，元申股份的股价较做空危机之前又上涨许多，不仅回到正轨，甚至更加顺利。Nancy的Lion Capital在本次元申集团的做空危机中，入局本是为了助力，但因后期股价回升，获利颇丰。Nancy准备开设北京办公室，独立于海岸资本单独运营。

夜晚，小河摊开她的小本子。这本子上已经记录了关于此案越来越多的线索，"入虎穴得虎子"，她要让自己光明正大地重返投资界。

小河已暗暗将元申集团历史数次融资文件中的股东权利摸清摸透。

回溯当时，自周维接洽Nancy伸出支援之手之时，小河就猜到未来会有董事会人员会做这般增补调整。她早看出周维的神来之笔：自此，周维在七位董事会上的那一票表决权，具有了一锤定音的力量。他若偏向Nancy，则Nancy方4∶3占大多数；他若偏向梁稳森，则梁稳森方4∶3占多数。

小河素知周维的步步为营、滴水不漏。每一仗，无论好事坏事，周维总是那个得利最多的人。

今日，面对这幅思维导图，小河第一次圈起来周维的名字。佳品智能事件整件事情参与方众多，个个是人精，却均受损：王东宁失了工作，彭大海并未得利，张宏达跳楼，于时受牵连募资不顺，自己声誉毁损殆尽……

未损反得利的，独有一个周维。

周维半途接管佳品智能这个烂摊子，并极速安排债务重组获得佳品智能的知识产权，又以安抚原团队为由，聘入大批佳品研发元老充实元申集团的家用健康业务线产品，并稳稳地控制了这条业务线。

而这次参与应对GK知识产权的诉讼一案，小河的调查显示：周维旗下的家用健康产品一直不温不火，虽是背靠元申大树，但预算一直被彭大海和肖冰压制，甚至于梁稳森也有意压着这条线，似乎是在等待梁豪回国接管，"建功立业"。这在小河与梁豪的一次无意交谈中也得到了证明，梁稳森曾经单独指示梁豪要对国外的家用健康产品线多做体验和研究。只是梁豪天生不是沉着搞调研的人，因此迟迟未有进展。

而张宏达出事，佳品智能破产，时间可谓"恰到好处"。再晚些，这果子就被随后回国的梁豪摘了。偏偏是，周维刚刚将项目投资审批权都拿到战略投资部的时候，张宏达就出事了，佳品智能破产。而这个时候，彭大海作为一个"对佳品智能公司的了解过粗以酿成损失"的人，不被处分就不错了，需要回避此案。所以，梁稳森只能安排周维善后。

这样，果子就恰到好处地击鼓传花到了周维手上。

在临近三十这个年龄，江小河从不回避自己对周维深深的着迷和爱恋。但是，随着这么多事情的发生，她很矛盾，很忐忑。

更何况，周维正是那个最终拍板发出《圈套——资本至上，创业之殇》一文，将全部脏水都泼到江小河身上的人。

过往，小河一直以为周维这个人只可能出现在自己的梦里。当他真实走到自己身边的时候，她又感到似虚似幻，令人捉摸不透——虽然他现在离自己那么近，可不知为何，总觉得他会一瞬间就像一朵白云般飘远、飘远……飘到天空中，再也碰不到。

自己不属于周维，而周维也不属于自己。他们是两条平行对开的列车，只是在某个站点偶然相遇。但是，人生的轨道早已限定了他们不同的行驶方向。

小河在纸上周维的名字上圈了一圈又一圈，如果最后她查明的是那个她最不愿接受和相信的结果，她该怎么做？

她想要挽回声誉，堂堂正正地重返投资圈，就必须要将周维的一切曝光给世人。

不久后，小河将面临这个选择，她该怎么做？

第三十章　资本需要赤子心吗

元申集团与合融财富针对产业园区的正面战一触即发，而这场硬仗将不逊前不久的股市保卫战。

即便成功地令周维在股市上受到重创，吴跃霆仍然不敢掉以轻心，他又拉进几家省内的地产势力入股成立了合资公司，一同进入清和镇地块的投标，利益共享。这种分蛋糕的入局方式，他屡试不爽。

小河紧张跟进清河镇地块投标，吴跃霆为了竞争胜出，已经搞出了那么多的麻烦，她真的算不准下一步需要应对的会是什么。

周维依然从容淡定，此前的舆论和做空危机对他来说似乎只是一件很小的事情。小河由衷感叹果然还是周维才有大将之风，她的修行还差得远。

但是小河还是略微觉得，周维的轻松有一点点不自然。

小河绾起长发，或许还是自己想太多了。

她今天约了李云清在一家三诺影院旗下的影院见面，对于"合融财富"和吴跃霆，小河始终放不下心来，她要跟李云清聊一聊，从聊天内容拼凑出一些背景。

李云清居然是和于时一起出现的。日间李云清与于时在世纪资本开会，随口提到了小河的邀约，于时称正有事情也去他们约定地点的附近，就一起过来了。

小河意外见到于时，倒觉得正好趁于时也在，把自己的想法一起跟李云清和于时说了。是以于时过来冷漠地打了招呼，正准备离开，小河却把他叫住了。

在影院门口的小水吧，小河也不嫌烦，拉着李云清询问起一些与"合融财富"有关，又不会涉及商业秘密的问题，李云清当着于时的面，说得还是十分谨慎，但尽管如此，小河听着，眉毛还是越皱越紧。

"我不拐弯抹角。"小河坦诚地说，"GK和元申这一阵的竞争状况，不用我说你们也都知道，我并不想评价吴跃霆的这些他自诩的'常规'手段，但我不想你们也跟他搅和在一起，会出风险。"

"证据呢？"于时冷冷发问。

"我的直觉，"小河看向于时，"而且，你也有这样的直觉，不是吗？"

"你站在什么立场？你是元申的人，吴跃霆对付元申的手段确实无所不用其极了些，但商场如战场，只要没有违法，可以逐利的事情都可以操作。"于时言语间掺杂一丝讥讽，"看你们周总有没有招式降住吴跃霆。"

是啊，小河是站在吴跃霆对立面的人，她这么说显然是缺少说服力的："于时、李云清，你们都是我在这个行业里看重的人，我只是诚心地把我的感觉告诉你们，仅做提醒，不做说服。"

于时冷哼了一声，站起来："以周维的能耐也用不着你来当说客。吴跃霆是什么人、他有没有问题，我比你清楚。"说完转身离开。

小河真诚，于时冷漠，李云清打圆场说他会好好再考虑清楚。

小河忙前忙后，一直紧紧盯着清河镇地块的事，一有风吹草动，就连忙跟进。

吴跃霆的合融财富与元申股份的竞争进入了胶着状态。

胶着的争夺结果在今天会揭晓——今天是公开投标并当日宣布答辩结果的日子。

周维独赴南平，与吴跃霆、王东宁住在同一家酒店。一大早，周维走进早餐厅，就见到了吴跃霆和王东宁，双方并没有寒暄，周维独坐早餐台。

吴跃霆见周维休闲打扮，拖着箱子，心下想这周维难道今天不参加竞标陈述，要直接打道回府了？

这时，王东宁转给吴跃霆看了刚刚收到的内部信息：元申退出竞标。

吴跃霆清楚，竞标胜券在握，他一口将手上的小蛋糕塞到嘴里。

王东宁看着周维仍旧面容平静接打电话的样子，心叹这周维是果真没白担着"诸葛周"的称号，做空危机、回购股份、应对诉讼、退出竞标……这些成败之事，从他这平静脸上，竟丝毫看不出一丝波澜。

原来，在抵达南平这几日，周维一刻也没休息，几个会面下来，在了解了其他几家竞标对手和开价之后，他最终决定退出本轮竞标。

周维有着超过年龄的稳健的行事风格，元申股份这艘大船上载着几万人,员工和他们的家人,他心知,任何一个人在心绪不宁的时候,在行动上总会露出一些形迹,他不容自己那求胜心冒将出来,令自己动作变形酿成大错。他殚精竭虑,务求平稳。

一年后,当于时、周维再相遇时回顾这癫狂的一段日子时,他们感叹的是各方场内玩家高手又何尝不知这只是场时间和风险的赛跑。只是被胜负欲和贪婪蒙住了心,他们自我催眠,存有侥幸罢了。

而当周维主动放弃竞标消息传到北京的小河耳中,却全然不是滋味儿。

小河得到消息的前一刻,还在马不停蹄地查阅竞投资料,确认自己有无遗漏。到最后一刻,她才发现周维竟然瞒着她。

一瞬间,小河仿佛又回到了佳品智能出事时的那段时间,她忙里忙外,却是那个最无知的人。

为何事先周维丝毫没有透露给她任何消息?他早已经决定放弃那块地了,却还是看着自己紧张兮兮地忙碌着,每天收发消息和当地对接提供资料。

周维办公室空着,他还在回程的飞机上未落地。

窗外淅淅沥沥下起了雨,小河突然很想念小加加。

小河走进病房,却看到了于时。

"你没去南平?"双方见到对方都有些诧异,同时问话。

于时看似随意地解释:"世纪资本在吴跃霆的合资公司上参与份额很小,更多的是形式支持。我不去南平,正是不想出面,跟他搅和太深。"

小河心知于时虽然嘴硬,但还是将自己的劝告放在了心上,想必事后也调查了许多,考虑了许多。周维会考量到的问题,于时也不会毫无知觉,只是立场不同,取舍便不同。

于时是前几日偶然路过福利院,才知道小加加住院的事,这是第一次来医院,却不想偶遇小河。

小河对于时从地块上抽身感到欣慰,将话题转到小加加身上:"小加加恢复得还不错。"

难得二人不再剑拔弩张,于时也不再提及商业往来。

小加加现在刚好醒着,一双水汪汪的眼睛转来转去,看到小河就自然地伸出手来,纯净无瑕的笑容挂满了脸。

小河瞬间被这笑容治愈了,不禁微笑着逗起小加加来,和她玩了好一会儿抓手指的游戏,逗得小加加咯咯直笑。

于时静静地在旁边看着这一大一小两个孩子。他看出来小河有心事,却不便开口询问。直到小加加静静入睡,小河转过身来,脸上又泛起不开心的表情来,于时莫名觉得有些心疼。她怎么了?

她想不通周维为什么这么做。看着眼前的于时,难道周维认为她会把放弃清河镇地块的消息传给于时和李云清?她回想着,她确实在公开竞标答辩之前见过于时和李云清。

或许谨慎的周维在关键问题上,一直不能信任任何人,也包括自己。

一想到这里,小河的心底一阵刺痛。

于时不知道小河在想什么,但她的表情变化已尽收眼底。于时想抬手摸摸她的头给她慰藉,沉吟一会儿终未抬起手臂。

小河见小加加身体转好,心中痛楚微微缓解,但还是提不起情绪,向于时告辞。她不想让于时看到她的这副模样,更不想让于时知道自己内心纠结的是什么。

周维退出竞标后,清和镇地块将毫无悬念地归属于吴跃霆。

为庆祝再下一城,吴跃霆安排了私人飞机直飞他在澳大利亚的酒庄跟几位圈内友人同聚,于时被邀请同行,借以结识一些潜在的合作伙伴。

此时的澳洲正被浓浓的秋意所包围。

落叶植物争奇斗艳,空气中飘散着略潮湿的草木幽香,缤纷秋意触眼可及。而白天的气温会保持在人体最舒适的20℃。

酒庄内,于时、吴跃霆和他几个朋友酒杯碰撞声和歌曲的前奏声混杂在一起。酒喝开了,人们散坐各处,吴跃霆举杯给于时敬酒:"三诺影院这次派上了大用场,文化娱乐产业想象空间大。"

多年做投资,于时眼见着眼前的事事顺心,但身体直觉又带给他强烈的不安。

吴跃霆看出来于时的烦躁:"放心,我们已经将地基打得稳稳妥妥,只待将这铁塔扶上底座。"吴跃霆拍拍于时的肩膀,"我已经安排好了评估公司,把地块的运营收益权评估作价报告搞出来了。三诺影院把这地块的收益权的估值撑得不错,单靠科曼的医疗部分,估值可不能这么漂亮。"

吴跃霆已经半醉,他将王东宁叫过来,让他将后面的安排给于时讲讲定定心。

王东宁小心谨慎地汇报:"券商报告、评估报告、审计报告已在准备之中,都是吴总朋友,标准格式,一应俱全。业务重整的'市值管理'系列方案也都安排好了……"

于时厌烦地摆手打断王东宁的话,他知道元申股份这一次被曝光的内部信息就来自于这个"奸细"王东宁。

王东宁有些尴尬地看着吴跃霆，一边自我麻醉提供消息是为了"报恩"吴跃霆之前出手相助，一边也在感受着这资本翻手为云覆手为雨带来的成就感。

王东宁不理睬于时，站立起身，挺胸拔背，举起酒杯一饮而尽，惯于压抑自己的他，从未像今日这般手握力量。他现在帮着吴跃霆打理着资本进出，单日过手的流水都是七个零起，连昔日的上司都需要他来牵线搭桥才有机会成事，他感到这杯中酒和空气中都飘着金钱氤氲的"香气"。

于时闭眼，葡萄美酒夜光杯，这偌大的酒庄就似一只大酒杯，将他们泡住。

于时的身体已经醉歪在沙发，但头脑却清晰如明镜。他在小河的提醒后更加多留了心眼，早盘算好不参与吴跃霆后续的乱七八糟，只待吴跃霆按承诺将三诺影院并购款到款入账，就退出这个游戏。

此刻的于时脑中就像上演着一部光怪陆离的电影一般，将未来几个月会发生的事情走马灯地"彩排"了一遍。

于时再想想吴跃霆已经做好的安排，不由得替又一茬被套进来的散户默哀。当下，只要时间足够快，这多米诺骨牌不被掀翻，就能一直这样将赚钱的链条传递下去。

于时知道现在有一个最大的变量不可控——多米诺骨牌第一块纸牌被推倒的时间。

好在三诺影院的变现是在整个游戏步骤中靠前的位置，他就搏这一次吧。

于时仿佛看到了清爽短发的小河向自己走过来，他使劲揉揉眼睛，眼前晃着的却是油腻的吴跃霆，猥琐的王东宁。这些人和这种"生意"让于时一阵恶心,这并非他做投资的初衷。胃里的污秽顶着酒气向他的喉咙一阵阵涌,于时奔到卫生间一阵狂吐。

吐后的于时用冷水洗脸,冲了一遍又一遍。

回到酒场,吴跃霆又开始在朋友面前扯大旗,于时冷哼一声,腾地起身走过去,伸出长臂一把揪起吴跃霆的衣领子。于时双眼通红,逼近吴跃霆的肉脸:"姓吴的,你真让人恶心!你搞什么装神弄鬼!我是来跟你做生意的!"

按着原计划,于时跟李云清摊牌,李云清将面临两个选择,或者同意现在将公司出售给吴跃霆的上市公司,或者自己去想办法筹钱经营,而来自于吴跃霆的后续投资将全部被停掉。

跟于时会面结束后,李云清急急拨通了小河的电话。

他现在完全理解了小河当初的提醒,吴跃霆的注资对三诺来说是一剂毒液。一夜之间,李云清觉得自己是在被当作皮球被吴跃霆、于时等一众人在地上乱踢。

接到李云清的电话,了解到三诺和李云清当下的处境,小河却并不意外,这一切跟她预料一致。

小河推门而入。这三诺影院的新办公室,在当日乔迁之喜时,喧闹嘈杂,今天却肃静清冷。

"小河。"熟悉的声音响起。

江小河回头,三诺影院CEO李云清,还穿着他惯穿的灰色帽衫、牛仔裤,脚踏一双帆布鞋。

小河指指墙上的一幅画:"你新画的?"李云清果然还是个骨子里的艺术人。难得他始终保持着这份情怀。

"嗯。"

"是教堂？"

"嗯。"

这是伊斯坦布尔索菲亚大教堂，查士丁尼时代完整地保存下来的唯一建筑。若换了往日，李云清会兴高采烈地给小河讲这教堂的前世今生。但今日，李云清避开这个话题，他现在甚至埋怨自己过度沉浸于艺术的世界，而对商业诡谲太过忽略。

李云清回想起当时周维和于时都看过自己这个项目，最后他选择要于时的投资，主要是因为世纪资本给了更高的估值："也不知道当时如果拿了元申股份的投资，周维做我们的董事，我又听你的劝告，离吴跃霆远一些，现在会是什么局面⋯⋯"

"不提他人，说正事儿。"提及周维，小河又神色黯淡下来。

从南平地块的事情后，小河对周维的感情就仿佛被打进了冰窟。这几日小河给自己安排了各种需要外出的工作，尽可能地避开周维。此前与周维逐渐形成的契合，似乎就只剩下一丝存在过的踪迹。

小河将心里的浓雾挥开，她不愿意让感情上的纠结影响她的工作状态，眼下最要紧的，是李云清和三诺影院的前途。

小河接过水，看着忧心忡忡的李云清，较那天新搬到办公室时的兴致勃勃判若两人。

"于时通知我，要么现在同意把公司整体卖给吴跃霆，要么立马找到钱撑下去经营公司。两条都难⋯⋯都是'你们'这些个协议条款。"李云清重重叹气，"我跟吴跃霆交流过几次，发现他的确根本没指望将三诺影院做好，他只把三诺影院当成一个在股市上赚钱的工具，如果把三诺影院卖给他，三诺影院就完了。"

李云清问小河有没有别的办法。

小河直言不讳:"按投资条款处理。你只能二选一。"

接下来是长久的沉默。

李云清点上一根烟,静静地吐着烟圈。

而提到的这个对赌条款,小河也并没有纠正李云清话中的"你们"二字。她自然记得这些条款,投资协议上所有的条款都是当时她跟李云清谈判所得,她不知道该怎么回复李云清。以更高的估值抢下这个项目,同时通过对赌条款在未来做调整,将投资后的主动权把握在自己手上,这是投资人很常见的处理方式,而这也正是当时小河跟于时商定的谈判策略。

小河仍旧记得当年自己跟于时商量这些的情景,而今日,自己则坐在李云清的办公室,想着如何帮助他解开当时自己设的"套儿",也实在是有些讽刺。

"对赌条款是对你来说影响最大的条款,若对赌不能完成,则世纪资本可以要求现金补偿。如果做现金补偿,是一笔巨额资金,你拿不出来,于时将有权将公司出售,而你必须随着出售掉你的股份。"

"'水能载舟,亦能覆舟'。我现在更明白了宏达那时的痛苦。"

小河静静地不说话,回忆着当时自己站在世纪资本谈判而达成的投资条款对于三诺影院接下来的影响。站在李云清的角度,小河觉得自己应当算是"始作俑者"吧,这对赌条款确实已经成为了公司的紧箍咒。

李云清又吸完一支烟,将烟头掐掉:"站在客观的角度,不把我当作你投资的项目,你怎么看三诺影院的未来?"

"客观的角度？"小河有点儿意外这个问题。

小河很了解李云清对三诺影院倾注了什么，是理想，是期冀，是未来，她也很希望他能成功，这既包含了对邻家大哥哥的祝愿，更包含一个投资人的职业向往。

小河打开包拿出电脑。她翻出高端影院的分析报告："最客观的就是数据。"她将电脑展示停留在这张列示了行业内主要的几家高端影院的用户量比对折线图上，用手指着曲线给李云清看，"云清，这张图我整理了几家行业竞品的数据。你看，在过去一段日子，三诺影院的口碑和客流量确实在提升，但是，本来排序在后的几家竞品也追得很紧。"

李云清对这个问题耿耿于怀，告诉小河在这个事情上他跟世纪资本和新进来的合融财富这两家投资人的分歧很大，李云清希望在选址上精细化，而两家投资方，也包括世纪资本委派的CFO唐若，都坚定地支持要加大市场投放，迅速拉升客流量，提升品牌知名度。

小河站起身，非常严肃地告诉李云清："这就意味着你在透支三诺的品牌。而且，市场投放带来的虚火一旦停掉，三诺后劲乏力。"

推门声响，是唐若婀娜地走进来，一身价值不菲的Chanel职业套装在她身上显得气场十足，妆容精致的脸上更是一副轻松惬意的模样，仿佛三诺影院的困境与她无关。

小河没想到唐若也在，这个李云清脑子糊涂啊，他难道还指望唐若这个利欲熏心的人帮他想办法？

小河丢给唐若一张冷脸，坐在沙发上不说话。

唐若则莞尔一笑，但语气凛冽："云清辛苦打拼多年，也该到了收获的时候。今年的资本市场形势这么好，江小河，我问问你，创业企业有几个靠盈利能让创始人实现财富自由的？市场投放拉高行业地位，做并购是对云清最实在的方案。"

熟谙财务模型的小河站起身来："竭泽而渔！我现在最担心的是三诺的资金链很快会不堪重负，甚至断裂掉。企业要有充足的资金去生存，这个优先级是第一位的。若换成是你自己的公司，你这么精于算计的人，会这么激进地投放市场？"

唐若十分镇定："如果能出售给吴总，变现退出，皆大欢喜。你为什么要阻碍云清赚钱实现财务自由呢？"

"唐若，你哪儿来的信心会有人收购三诺影院让云清财务自由？而不是利用现在的协议安排，以极低的价格收购掉三诺影院，然后把云清一脚踢开？"

唐若避实就虚，不答小河的诘问："按照协议约定，如果时总要求执行业绩对赌，我自然会执行，达到世纪资本对三诺影院的控制。"

唐若又反问小河一句："江小河，换作是你，也会这么做。不是吗？"

小河站起身，在办公室里来回走着，想着。李云清的目光就随着她的脚步移动，办公室里就只回响着小河越来越快的脚步声。

脚步声戛然而止，小河走到唐若面前，干脆利落："唐若，你错在失了一个大前提——李云清跟我对三诺影院的期待是做一家好公司，建设一个优秀的影院品牌，而不是只把它看成一个金融交易工具。"

这个话题在投资界永远没有答案，也许大部分投资人都在双手互搏。

小河见李云清的表情更加沉重，眉头皱得更紧。她理解现在李云清对自己的矛盾心态：当时跟他签订让他今日即将失去控制权的对赌条款的人正是自己，当初说服他接受通篇对他股份权利的各种限制的人也是自己。

半晌，李云清吐出一句："你说的道理是对的，我也一直当你是兄弟一样。但是，这打了死结的条款也都是你给我设的。"

唐若抄手，看江小河怎么回答这个无解的问题。

江小河腾腾腾几步跨到李云清面前："李云清，你信不信任我？"

信任？李云清近年来是越发不信任资本，他默不作声，没有回答。

小河见他闷葫芦一样，顿时来了急脾气，一阵风似的抢白："李云清，字字句句你要听清楚，投资人设的每一条条款自然有内在道理，你没什么可抱怨的！我问问你，业绩指标当时是谁拍着胸脯说能做到的？你现在做不到业绩指标是谁的运营管理出了问题？"问题连珠炮似的甩在李云清脸上，小河也说得上了头，"这都是抢项目落下的臭毛病，这都玷污了投资和创业。"

昔日邻家小妹妹的这一席话倒是把他从沉郁的情绪中解救出来，把他"骂"醒了。

小河停住话，收收情绪，放慢语气说："云清大哥，我已经没有机会再让张宏达说句'信任'了。所以，你必须信任我。"

没有了信任，我们会变得多疑、紧张，彼此的关系就将因此承受巨大的压力。因为信任，所以简单。

"我去找于时。"

当小河走出三诺影院的办公室时，她充满仪式感地回身看了一眼三诺影院那橙色的LOGO。

三诺影院应当有好的结局，不要成为第二个佳品智能。

这一晚，唐若脑中回想起江小河说的字字句句。女人，最看不得的就是一个比她更优秀的女人。

唐若将自己全身缩在被子中，用手抚摸着自己光洁的颈项，闭眼回味着那一晚她跟于时发生的一切。

那一晚，德扑牌局后醉酒的于时已经被她拥入怀中，在只有她和于时两人的电梯里，她情不自禁地扬起脸来想吻他，他明明已经意乱情迷，却在双唇相碰之前的瞬间，扭开了头，然后轻轻地推开了她。

即使电梯里并没有其他人，即使他已经醉了，即使他并不讨厌她，即使她已经不顾一切地主动求欢……却还是被本应该防备松懈的他推开了。

被推开的那一刻，她脑子里疯狂地闪动着一个名字——江小河。这是一场三人局，局中看得最清晰的人是她。她从一开始就看出来，江小河这个女人在于时心目中非同一般的位置。于时自己还尚未明白，或许说是，不愿承认。

她恨江小河。

多少年后的唐若才明白，江小河也好，李小河也罢，她其实都不恨。她自己就是那只传说中的不能落地的无脚鸟。一生都只能在天上飞，累了就睡在风里。这种鸟一辈子就只能落地一次，那就是它死的时候。唐若她需要一个对手刺激着自己不要停下来。

她也盼归巢，但她的巢，又在何处？

第二天傍晚，小河找于时谈三诺影院，谈判目的只有一个：说服于时不要执行对赌，再给李云清一些时间。

走进熟悉的写字楼，一层大堂依旧明亮。小河心里涌上林徽因的一句话：在记忆的梗上，谁没有两三朵娉婷，披着情绪的花，无名地展开。

她进门跟熟悉的保安打招呼。以往她总是加班到很晚，写字楼里的几位保安都认识她。今天却又不再一样，她已经没有员工的门卡，进不了到电梯间，在门厅做访客登记。

小河拿着访客门禁卡，刷卡进到电梯间，电梯上行，她对着电梯中的镜面照了照自己，头发更长了一些，发尾落在肩头，额头上的刘海儿被她用小夹子夹起来，露出光洁的大脑门儿，干净清爽。她当然记得，在几个月前这电梯中的镜面里，那个脸色蜡黄、神情憔悴的江小河。

小河刚走进世纪资本的办公室，就听到一阵笑声——正赶上德州扑克牌局。她想起来，这是世纪资本在周五晚上的例行休闲娱乐，凑齐六人就开局。

这一晚，于时、迈克都在，还有其他几位久违的同事。小河走近自己原来的工位，已经被分配给了新来的同事。而自己之前养的那株成天萎靡不振的绿萝，也被新主人养得绿油油的。

真是"物是人非"。

五年前，刚刚跟着于时看项目的小河，总是大大咧咧地敲敲门，探探头，看着于时不忙就直接进去说事情。

后来，就越来越客气，越来越讲规矩。

再后来，就离开了。

……

牌桌上没有老板员工之分，于时解开了衬衫第一粒纽扣，边玩儿边吃水果，让紧绷了一天的大脑彻底缓冲释放。

迈克离开世纪资本后，在股市上连赚几笔，讲起股票来滔滔不绝，这次回世纪资本玩牌算是"荣归故里"。今天又见到小河，诧异又兴奋。

小河中途入场牌局，换下一位去开电话会的同事。几圈下来，小河手中筹码不逊于时。

中场休息，大家准备吃夜宵。

迈克输得最惨："小河，今天这几局，眼见着你这牌风大变啊，连我都猜不透你了。"

小河心中有事，将手指放到嘴边"嘘"了一下，摆摆手。

迈克输了筹码，但是毕竟在股市上真金白银地赚了钱，心情仍旧亢奋："哦，小河你最近过生日吧，得送你个生日礼物啊。你要什么，我承包！"

"得了。这礼物，你给不起。"正借着这个机会，小河转过头面向着于时的方向，"于时，我想跟你要个生日礼物。"

于时点头，站起身。小河会意，随着他离开牌桌，走到窗边。

"不要执行对赌。"

于时看到小河的状态较上次在小加加处偶遇时更显沉稳，眉眼儿舒展了很多，他放心又揪心。

于时递给小河一杯水，看着小河："你记得我在你推这个案子的时候，给过你对于李云清的评价吧？"于时端起巴黎水，喝一口，柠檬味道激爽喉咙。

小河提醒自己，面前这个男人已经不是自己的老板。她点点头，明白了于时的意思。于时看人有道，他对于李云清的评价倒是都应验了。

"我早就跟你说过,李云清对企业运营不够杀伐果断,对企业的发展节奏不够有掌控,在企业发展到一定程度会出现问题。而且,我认为他不够有饥饿感。此时此刻,卖掉这家公司,是对世纪资本的最优解决方案。"

饥饿感是创业者非常必要的品质,就像小狼要成为草原狼必须先饿几天再赶到大草原上,这样捕杀才会变成一种生理反应。创业者如果没有杀气和狠劲,连一名合格的商人都谈不上,更何况创业。

于时继续:"条款你清楚,不需要解释了吧。"

小河点头,将话题向解决问题的方向拉回:"有没有可能设定一个可行的KPI,然后将对赌期执行延长一年?不要现在出售给吴跃霆,你我都知道吴跃霆这个人从不把心思放在经营上,如果三诺影院卖给他,公司就毁了。你怎么想?"她不指望取消对赌,但是希望能够说服于时延长对赌期。

在小河跟自己的谈话中,于时感到小河跟以往很不同,说话更斩钉截铁,尤其这句"你怎么想"其中透露出的平等谈判的意味格外浓。

于时直了直身子,将自己从过往面对小河的放松姿态中做了些微调。"没有可能。"他很干脆地回答小河,"给LP的融资文件是你写的,世纪资本投资三诺影院这只基金还有两年到期,除非三诺影院现在进入到IPO筹备阶段,否则不可能上市,世纪资本的股份也退不掉。"小河能够感到于时跟她说话时语气是平等的,还带着一些解释的意思,"而且,这家公司被并购的时间窗口也不多了。如果今年内不能将这个项目处理掉做退出变现,未来两年可能时间窗口都没有了。"

"于时,对李云清来说,三诺影院太重要了。我看着他对于三诺影院的感情,就如同你对世纪资本一样。"

果然。

"小河,当我不能给LP带来收益时,一样要关门大吉。记得我曾经告诉过你,资本需要的只有回报,这是Trust。任何创始人都不要用投资人的钱去实现自己的梦想,完不成对赌,他一定会失去公司的控制权。这是规矩。"

于时见到小河时,心里是欣喜的,但话到现在,一想到小河今日来是为了别人跟自己"讨价还价",心里那根刺就扎得又深了一些:"李云清没有选择,他现在只能选择卖给吴跃霆,这是对他最好的选择。除非——"

"除非什么?"

"除非有人开出更高价收购三诺。比如——周维。不过,我只等一周。"

下一局牌局已经开始了,迈克招呼于时和小河过去打牌,而于时和小河都再无兴致。

于时看着小河,小河别过头,避开这目光,一时间二人都陷入了沉默。

"好,元申集团是否参与三诺收购,我会尽快给你反馈。"

小河说完,转身欲离开。

于时追问:"你去哪儿?"

小河报了个接下来开会的地址。

"我送你,同一个方向。"

小河有些犹豫,还是答应了。

到了车库，小河发现于时又换了新车，电动，全景风挡，鹰翼门果然拉风。

小河走神地想，到了夜晚还可以放倒座椅看星星。想到星星，这思绪就又换挡到了周维。周维还开着那辆已经有些年头的奥迪，然而，他的平易近人也就是平易近人吧，他手上那块表的价格也远超这辆老爷车，一直不换或许就只是因为信得过老爷车，不信任新车。

于时开着车，小河坐在副驾驶，一路无话。

在即将到达小河下一个开会地点时，经过一个小公园，一群小学生戴着黄色的帽子，如同一群小鸭子，叽叽喳喳地从公园中走出来。

于时将车停住，二人在车上看着这群欢快的小学生。

于时感到这么久以来弥漫在二人之间的浓雾，因各种事情的叠加而更加混沌，似乎再不可能消散。

于时转过头看着小河。

小河用余光感受到于时的注视，她将头偏向自己这一边的车窗。车窗玻璃反射，恰能看到于时在注视着自己。于时自然也看到了车窗玻璃中反射的二人，他索性就直接注视着小河在"镜"中的身影。

二人的投影，映着车窗外的晚霞。

拐了个弯儿，已经看到园区正门，小河谢过于时，下车。

于时掉头，开车离开，他放慢车速，看着后视镜，他不知道小河会不会回头看一眼这开远的车，看看他。

但是小河没有。她径直快步走进了园区，没有犹豫，没有停留，没有回头。

　　小河说不清楚自己是否曾经爱过于时，也许爱过，也许没有，但这份模模糊糊的爱，已经消散在生命的过往。也许没有发生过佳品智能危机，也许没有唐若的出现，也许没有遇到周维……

　　但是，没有也许。

　　有些"缘分"总是在擦身而过之后，才发现曾经无限接近过。但是，一时的错过，就是一生的错过。人生中很多事情都没有回头的机会，甚至没有解释的可能。

　　那么，那些错过的，就让它消失不见吧。

第三十一章　防守两个对手

周维听闻小河讲述吴跃霆欲收购三诺影院，并不意外。

他甚至于对吴跃霆的后手招式也了然于心。他告诉小河自己早有收购三诺影院的想法。

"不同于吴跃霆的虎狼之心，我收购三诺只有一个原因——防守。"

防守？

随后周维将大批资料发给小河，嘱托她当晚阅读完毕，看后随时可以打电话给他。

小河在小屋独坐，翻阅这些资料。文件被整理得很有条理，显见周维早有准备。

从资料里，小河读懂了周维所说"防守"二字的含义。

防的是两个人：彭大海、吴跃霆。这两个人，居然在收购三诺影院这个项目中成为了周维共同的对手。

小河将逻辑完全理顺：原来，三诺影院在获得新融资后，将大量资金用于各处新影院场地的租赁，且租赁期很长，通常为10年。但是，这租赁选址蹊跷得很，选在元申商场内的占五成。

小河在李云清处了解到了当时三诺的决策流程。云清回忆，当时是由唐若和王东宁牵线，使李云清与彭大海结识，彭大海给了三诺影院较市价低很多的租金，且保证租赁期不关店。李云清也耳闻元申商场在关停并转，所以，他要元申承诺了一个非常高额的违约保证金——一旦商场被关，元申需要偿还很多保证金。

谁料彭大海居然答应了，这样三诺才与元申商场签了较长的租赁合同。

而这些三诺选址中的商场有一部分已经在内部被划为"内定的关店调整"的范围内，虽然在元申内部，这些事只有少数几个人知道。也就是说，彭大海是故意将这些已经内定为关店的商场顶层出租给三诺影院的。

彭大海他不怕将来关店时，会导致与三诺的合同违约吗？

彭大海怕，他当然怕，因为要赔付大量的违约金。但是，元申集团当下财务资金紧绷，比彭大海更担心的是梁稳森。梁稳森一定更担心违约和名誉受损。好了，那么不违约的办法是什么？最简单的就是维持其中尚可经营的商场不关店——而这，正是彭大海真正的盘算。

防守的对手除了彭大海，还有吴跃霆。如果吴跃霆收购了三诺，则意味着未来元申商场中的顶层影院经营者均为吴跃霆这个铁手腕，而影院作为重要的娱乐载体，是商场品质提升的重要一环。若是被吴跃霆接了去，相当于在元申的心脏处扎下一根钉子。在未来的十年，将需要一直防备着吴跃霆不时的暗箭。

小河想通了，立即拨通周维电话。

"你希望可以一箭双雕，"小河将自己的考虑悉数道出，"如果三诺倒掉，彭大海可以不费吹灰之力鸠占鹊巢拿走三诺影院，把这条业务线'占山为王'。"

"聪明。"电话中传来周维的赞赏，"元申商城是三诺的重要场地业主方，如果现在三诺倒掉，彭大海作为零售商城的业务负责人，将自然而然地接手这盘零售商城的'不良资产'。而如果收购三诺，我更希望三诺的团队能够将新的影院运营能力带入元申集团，把这条业务线真正发展起来。"

"嗯，收购不仅仅是收购这盘业务，"小河记得当年刚入行时听周维讲课时的分析，"成功的收购还包含引入有经验的团队。如果仍旧让彭大海这些人乱搞，这条有潜力的业务线就彻底废掉了。"

"是的。但是，我希望收购成本尽量低。"周维在说这几个字时，特意加重了语气。

小河心里是两种声音：一种声音是对周维气魄的钦佩，另外一种声音则是对李云清可能成为下一个张宏达的担忧。对周维来说，他当年的确是以"尽量低的收购成本"得到了佳品智能这一块业务。

"所以，我们现在下一步的安排？"小河问。

"参与收购。"周维说，"我会找梁稳森正式汇报，但梁总目前疑心很重……"

小河接过话："而且彭大海必然横生枝节，所以梁总一定会更加迟疑。"

"你说对了，必要时，我会发起一次临时董事会，争取Nancy的支持。"周维语速加快，"小河，你负责为我争取时间，想尽一切办法维持三诺影院的经营，一定不要让三诺垮掉……"

"明白，如果三诺垮掉进入清算，那么，吴跃霆就可以凭借现有投资协议不费吹灰之力夺走三诺影院。"

两人照旧那么默契。

心灵的感应仿佛有一种韵律，似钟与鼓的交错和声，或日与夜的循环交错。

两个人可听到对方的呼吸声。

周维的温和声音在耳畔传来："小河，我担心你，我，也很想你。"

这是小河第一次听到对于周维来说已近于表白的话，她鼻子一酸，泪水涌出。她不忍在这又临大仗之前牵扯周维的心。

至于周维在佳品智能一案中的所作所为，她会在与周维肩并肩再胜此役后继续调查事实真相。她爱周维。

"我也是，早点睡。"

周维和江小河有意让元申"接盘"三诺影院的消息，在元申内部不胫而走，果然激起轩然大波。

这一晚，恰好是梁家的家庭晚宴，庆祝梁豪的生日。

梁稳森见着长大成人的儿子，心里宽慰很多，席间梁豪提起三诺影院的消息。梁豪这阵子在世纪资本各个部门走动，深感周维在各条业务线的好口碑和影响力。自梁豪不经意间的谈话，梁稳森已意识到一些新提拔的中层和后加入元申的员工唯周维马首是瞻。

梁稳森又问谢琳慧跟周维是否有可能复合。

谢琳慧沉默许久，告诉梁稳森已经没有可能，而这是因为周维新招的助理的介入。

这场家庭晚宴自温馨起，至心事重重结束。

梁稳森自然知道以当前的低价收购三诺影院快速突围，无疑是对元申股份更正确的选择。但是，收购之后，就意味着这块新业务又可能被周维划至麾下,而激起老将大海、肖冰的不满。

在元申内部,彭大海、肖冰等随他打天下的创业旧部,和周维这样的新锐经理人之间的矛盾冲突在过去一年越演越烈。而收购三诺影院,恰如其时地成为一个爆发点。

今日是周维原定就收购三诺的预沟通会。

梁稳森在办公桌前正襟危坐,脸上没有任何表情。他手边是周维提交的《收购三诺影院建议书》,脑中回响着老将彭大海的话:"森哥,没有什么是绝对不可能,只要利益与诱惑的分量足够"。

重组零售百货业务线的计划进行到最艰难的时候,就在刚刚,彭大海跟梁稳森汇报了各地的糟糕状况。"森哥,派过去接管零售业务线的都是周维进入元申股份之后招聘进来的新人。"

梁稳森一时感到头脑眩晕,有些缺氧,翻出来氧气瓶吸了会儿氧,感觉恢复了一些之后,他悄悄收起氧气瓶,闭上眼休息了一会儿。通知跟随自己多年的财务副总裁肖冰来自己办公室。

梁稳森让肖冰讲她对这两件事的看法。

"老梁,"肖冰称呼梁稳森不叫梁总,惯常都叫老梁,"大海所言不虚,其实不仅仅在零售业务调整上,周总在各条业务线上用人都偏向于自己招的新人。我很早就看不惯了,我统计过,老元申的流失率很高,怎么说呢,虽然说从简历上看新员工的资质较老员工的确更高,但是,这些新人向来只知周维不知元申,而我们老元申人当年一手一脚打江山的苦和累,这些后来的人怎么会懂得。而且,老员工的年龄又不如这些新人,业绩显得差。而周总又咬着'一切用业绩说话',这些老员工们也只能打碎了牙往肚子里吞,最后也只能辞职或者'被优化'。"

梁稳森再问:"你怎么看周维建议收购三诺影院?"

"老梁,对于收购三诺影院,我也有保留意见。现在整体资本市场转冷,我们肯定要将两个团队合二为一,合并后的团队谁来管理,裁掉哪些人?谁来统帅这条业务线?这些都是要现在想清楚的问题。以周总的风格,恐怕又是要借着'竞争上岗能者上'优化掉自己人,而且要把这业务线抓到他那一边管起来的。"

肖冰提醒梁稳森,周维在元申股份内部的势力已经远超过梁稳森其人。

梁稳森又想到妹妹琳慧曾无意中叹息,周维与她已复合无望,因为江小河,也就是他现在的助理的介入。

"江小河是个什么样的人?"梁稳森问肖冰。

肖冰可逮着机会,恨不得咬碎了牙齿,她将江小河从面试时的不可一世,到入职后连连挤走老员工,到争相出风头,到迷惑周维……悉数道来。

"老梁,这个江小河与三诺影院的创始人李云清是多年老友,江小河的老东家世纪资本还是三诺影院的重要股东。这里面一定有利益输送!"肖冰斩钉截铁,几近老泪纵横,"老梁,咱们的元申不能就被这些外来户给一点一点蚕食了啊。"

梁稳森眉头越皱越紧。

梁稳森与周维约着开会讨论投资三诺影院的时间到了。

肖冰前脚离开,后脚周维就走进梁稳森办公室,问过好,坐下。

梁稳森看着周维,有日子没见他,显见得周维是黑了瘦了,但却格外的意气风发,甚至有些令他炫目。是啊,男人在四十岁左右的时候,正是最黄金的年龄。梁稳森回想着自己在周维这样的年龄,正做一个濒危小公司销售经理。历经艰辛,才逐渐扯起元申股份这一杆大旗。

汇报开始。周维讲清楚这个项目他的收购逻辑,而且他非常明确地指出来彭大海所带领的团队并不得力,因此,一直以来在影院业务经营上不尽如人意的。

梁稳森却突然感到面前的周维令他十分压抑,甚至有些喘不过气。他不由得向大办公椅的后半部坐深了些,并示意周维坐在对面远处的沙发。

"周维,今天我不想谈收购三诺了,对这个案子,我需要时间多了解一些情况。过阵子,你安排一次投委会讨论会吧,做个全面的汇报。"

今日梁稳森的话锋不对。周维见一向头脑清明的梁稳森居然连逻辑都不听完,这太不符合他的办事风格了。

"梁总——"他咽下了后半句话。因为他看到梁稳森的脸色突然发白。

梁稳森自知需要吸氧了,但是他不想让周维知道自己每况愈下的身体状况。在他眼中,当年那温和谦恭的周维,早已变成了一头攻城略地的狮子。

他乏力地向周维摆下手:"今天先到这儿,你出去吧。"

敏锐如周维,心头涌上一层异样,退出了梁稳森的办公室。他头脑中闪回之前探望病中的梁稳森,曾叹息自己"廉颇老矣"。

偌大的办公室只剩下梁稳森一人,他吸了氧,缓缓站起身,走到办公室的镜子前。镜子中的自己,白发散落在额头,却也盖不住额头的皱纹，脸上的肉垂下来，老态尽显。再想到意气风发、正当年的周维，他不由得心中生起一丝羡慕，他说不清这羡慕中，还夹杂了些什么。

周维与梁稳森的沟通十分不顺，而小河需要拖时间的难度更大，这难度却不是来自内部，而是来自即将呼啸而来的那场几乎毁灭一切的股灾！

而南平清和镇官网发布消息，确定高新区东扩的计划将进一步调整，这块清和镇的黄金宝地一夜之间成为烫手山芋，原已谈定的下家不再接盘。吴跃霆出现了十亿的资金亏空，若在过往，十亿资金于他不是大数，腾挪得开，但如今资本市场下泄，那些将资金存入合融财富的老百姓，本指望着每年给20%的利息，听闻股市下跌，纷纷围堵在合融财富门口挤兑。合融财富昔日喧闹的办公室，大门紧闭，被追讨资金的人群围堵。

股市一泻千里的同时，吴跃霆资金告急。

吴跃霆之前对三诺影院承诺的投资款才打款了一部分，剩余尾款尚未交割。李云清听闻吴跃霆遇到了资金障碍，打电话给他确认，却发现联系不上吴跃霆。唐若、于时也找不到吴跃霆的踪影。

三日后，合融财富的官方App首页也被更换了页面，点开首页，即可见警情通告：

"合融财富实际控制人吴某某通过虚构标的，以'合融财宝'产品挪用了出借人资金，并非法吸收公众存款用于房地产开发，证券投资，涉案金额巨大，同时涉嫌内幕交易和操纵证券市场……"

小河眼看着迈克炒股创富梦碎，股神神话幻灭。小河认识迈克五年余，这是她第一次看到迈克痛彻心扉地哭泣和悔恨。

迈克将小河约出。他蓬头垢面，头发黏腻，与上次见面时的意气风发的样子判若两人，巨大的冲击之下，他已不再抱任何希望："小河，我把我妈给我的买房的钱，和我全部的积蓄都放进股市里，加了很大杠杆，现在出事了也不敢跟父母说，怕他们受不了。"

正所谓流水落花春去也。眼看他起朱楼，眼看他宴宾客，眼看他楼塌了。

蒋成功本来已经布局了上市前的临门一脚，只要拿到一轮融资之后，就准备借壳儿，因股市断崖，宣告失败。世上没有神笔马良的存在，纸面上绚丽的财务数据和极为完美的增长曲线终究没有成为实际的财富。心烦的他约唐若喝酒，唐若没回，也不接电话。他转而约小河，小河正感冒着，还是撑着身子，一边咳嗽一边陪着蒋成功边吃边喝聊了一个通宵。结果到了第二天早晨，小河的嗓子哑着连一句话都说不出了。

王东宁是吴跃霆马仔，也因曾参与其中被没收违法所得，并被逮捕调查。

傍晚时分，江小河接到了李云清的紧急电话，三诺影院全部银行账户均被冻结！

李云清告诉小河，接到经侦通告，吴跃霆关联公司涉及非法集资，挪用资金，存在自融行为。经调查，其中部分资金也流入到了三诺影院的银行账户，因此需要冻结三诺影院的全部银行账户，并要求三诺影院将全部投资款退还，以补偿合融财富背后有损失的投资者。而一旦被冻结了银行账户，公司就相当于断了水源，而且更糟糕的是，李云清告诉小河，他刚刚咨询了律师，认为三诺影院极大可能会被要求退回吴跃霆通过合融财富投入的全部的投资款。

于时也已被约谈，要求配合调查。

三诺影院危在旦夕，公司的经营陷入绝境，而这次的绝境较之前更险峻——不仅仅是内因，还因资本市场的急剧恶化，投资人都捂紧了钱袋子，三诺影院没有任何融资的渠道，当前要尽快理清楚资金和资产状况。

第二天清晨，上班时间已过，小河在三诺影院办公室却没有找到李云清，电话也打不通。小河推测着李云清可能的去处。

最后在那家她和于时、李云清碰过面的在建影院找到了李云清。

此时的三诺影院，资金链即将断裂，已经陆续停电关张。小河看到李云清的时候，只见偌大的电影院里，没有灯光，漆黑一片，李云清这么大一个男人，就坐在最佳观影位上，沉默不语。

小河心中难受，她想起张宏达。

此时李云清的处境，与当时的张宏达何其相似。

小河走到他身边的座位，轻轻坐下。李云清这时才注意到小河，转过脸去，眼角似有泪痕。

三诺影院之于李云清的意义，小河比谁都清楚，他遭受了这么沉重的打击，小河也感同身受。

但同时，她又有点憎李云清，憎他懦弱，憎他情绪化，憎他不争气！三诺影院遭遇这样的事情，身为创始人的他，不想办法去解决、去挽救，却一个人躲在电影院里默默掉眼泪！

眼泪有用么？

小河抬手重重地拍了李云清一把。李云清被拍愣了，拍醒了。这个当年不起眼的邻家妹妹，如今眼里闪着黑暗也掩藏不住的坚定，一抹决不轻言放弃，勇于直面一切困境的光。

首先要搞清楚财务状况和未来几个月的必需开支，再看看公司还有哪些可以做抵押质押的资产，到银行借钱，同时同步准备新融资……

"这个时候，你必须在三诺的员工面前好好站着！你是他们的希望！"

还有哪些资金来源？

银行？不可能，三诺影院是轻资产企业，且过往年份均为亏损，财务报表并不支持。银行这条路不通。

对于创业公司来说，梦想和信念都是从属的部分，真正的生命线是资金。

一直以来，三诺的财务资金都由唐若管理，李云清却告诉小河：唐若已经失联。

唐若失联的原因与吴跃霆案发相关——她跟吴跃霆同居的别墅被警方搜查，被抄家了。连同样被卷入吴案的王东宁都没想到有这样的狗血情节，唐若跟吴跃霆居然保持着这种关系。

唐若远比王东宁精明能干。吴跃霆几个月前刚为唐若注册了公司，本打算拿下了清和镇地块，就放到这家公司做运营，再转身将资产注入到GK公司去。而今GK公司已挂ST，甚至有可能被要求退市。

一切归零。

唐若被要求退回了之前在合融财富收到的全部高额"奖金"，

别墅亦被清查,她一夜赤贫,搬回自己租屋的她将自己关在家中三天三夜,足不出户,几乎不吃不喝。她并不后悔跟了吴跃霆这几个月,她不爱吴跃霆,但她非常确定吴跃霆对自己能力的赞赏。

重新搬回自己租屋的她告诉自己没有做错,她只是怨自己命不好,就只差那么一点儿,只差那么一点儿……她唐若就可能成为耀眼的资本运作的女神。

在这一阵狂热的火焰里,多少蒋成功、多少唐若、多少王东宁都在感慨"差了一点儿"就触及天边灿星,却跌入凡尘,美梦烧成灰烬,而本来意图盛开绽放的花朵均化为乌有。

第三十二章 倾听内心的声音

第二天是周末，小河按着与李云清的约定，早早赶到三诺影院，她在办公室里面走着看着，慢慢踱着步。三诺影院的员工还没上班，办公室空荡荡的，甚至可以听到自己的脚步声。小河恍惚想到了在那个午夜，她一个人走进张宏达的办公室的时候，那时的佳品智能的办公室也是这样静谧得让人悚然，这又是一家资金流已经紧张到即将绷断的公司。

啪，猛然办公室的灯大亮起来。李云清端着两杯咖啡，头发蓬乱，胡子拉碴，走过来跟小河问了好。

小河就随着李云清向里间的办公室走去。

三诺影院办公室的长条桌都是整块木头，上面低低地垂着黄色的灯，人与人之间的工位没有隔板，大家随意地在桌子上放着娃娃、小镜子、明信片、摆件、绿植，每个人的风格迥异。小河走过，看得出这里坐的是二十岁出头的小女生，那边座位属于一个新妈妈，这个就是个毛头小伙子了，因为椅子下面的滑板车。小河想起来曾见过这个滑板小哥踩着滑板车在办公室穿行而过。

李云清将办公室的每一间会议室都安了一个电影的名字，在门上挂一幅剧照。二人路过了《西雅图夜未眠》。这个会议室的名字真好，这是小河最喜欢的外国电影。她几乎背得下来全部台词，不禁脱口而出："Magic, It was magic. Destiny takes a hand."

接下来走过《阿甘正传》。剧照上的阿甘坐在公园的木条长椅上，偏头凝望着斜上方。配文："Miracles happen every day"。

李云清和江小河都来自东北小镇，在北京这偌大的城市打拼。阿甘的精神支持着自己。

李云清说："我已经办银行贷款了，抵押我的房子，我做连带担保，可以贷款500万。"

小河接过咖啡，将头发用手拢一拢，扎在脑后，爽利如常："开始吧，先说财务情况。"

李云清请陈艳进办公室："陈姐，小河不是外人，跟她说下咱们现在财务上的情况吧。"

陈艳今天嘴唇泛白，脸色憔悴。她摊开小本子，将公司要做的开支、还能收到的款项一笔一笔的来龙去脉讲得很清楚。

小河听着这些数字，脑中快速计算资金能撑几个月。果然陈艳报完一系列数字之后，又转身看看李云清："即便资金解冻，最多也只能用一个月。"

"一个月?!"

小河手拍沙发扶手腾地站起身，这个数字比她估计的要更短，她盯着李云清问："现金流怎么搞成这个样子?!"

李云清向前探身，端着水杯的手微微颤抖："这几个月烧钱太厉害了！当时有几家基金在跟进新一轮融资，在唐若和吴跃霆的建议下，三诺就加大了市场投放还有新影院的装修开支，现在吴跃霆跑了，后面的投资款没了，而且我还要限期退还这么多投资款，一下子……唉。"

小河叹了口气，资本市场之前虚火繁盛，热钱大量涌入，而今日的创业竞争如此激烈，疯狂涌入的资金一旦抽出，这些初创企业即面临死亡。

而唐若，是最清楚各路消息的，精明如她怎么会没有这点起码的风险规避意识。她又清楚知晓吴跃霆的算盘，但她完全将三诺影院当成一个工具。

现在没有其他出路，资金是企业生命线，硬着头皮去融资吧，但是在现在这样一个由热急剧转冷的资本市场之下，融资成功的可能性几乎为零。

从三诺影院出来，小河没有坐车，一个人沿着街道缓缓走着，边走边整理思路。

李云清。每个人都有脆弱的时候，小河希望这位邻家哥哥，这位不逢其时的创业者能带着他的公司挺过来。

小河，抬起头，一座外墙挂了三诺影院LOGO作为宣传的商场映入眼帘。她对接下来要做的事情有了主意。

接下来几天，她拉着李云清一起，挨个拜访因为三诺影院资金问题而将影院断电的诸家商场业主。资金链跟不上是现实的问题，小河发挥出她做投资人时锻炼出来的口才，对业主们动之以情，晓之以理，许之以将来的利益，争取减免房租。李云清也向业主承诺，在此期间，各家业主只要让三诺影院正常经营，扣除运营成本，将来房租必然一分不少，保证业主们的盈利。对业主和三诺影院来说算是双赢，总比关停了纯亏本强。

持续营业对于影院的口碑影响极其重要，这个问题解决了，才能做后面的事情。先要保证这个影院品牌的正常经营，口碑和用户还在，就是坚持下去的基础。

经过一番与各家业主的讨价还价,终于与他们大部分达成了共识。

然而,对房租成本影响最大的,偏偏坚决不肯让步,并继续施压,对影院断电、停电梯——正是元申集团旗下的商场。

元申的商城不仅没有给到三诺任何房租减免,反而发出律师函,威胁要诉讼三诺影院因不能正常营业影响了商场形象,并要求三诺影院立时离场。

对元申内部的盘根错节,小河守口如瓶,未向李云清透露半分。所以,李云清对这种情况表现出迷惑:小河向他明明白白传达了周维希望元申股份收购三诺以破局的消息,但另一边却又是这一家元申股份要逼三诺入绝境。

正如小河所料,对三诺影院的这一番卡死的安排,是彭大海亲自下的指令。彭大海原本还忌惮作为三诺影院的吴跃霆,既然现在吴跃霆案发,彭大海当然要对三诺这块肥肉大快朵颐,更何况零售商城这是自己的地盘,任谁都插手不得,他"白捡来"的一条业务线,任何人都插手不得。

待逼走了三诺派驻的店长和店员,彭大海立即将李云清做的设计简单拾掇了一番,改换门脸变成了"元申影院"重新开张营业。

江小河笑彭大海这堂堂副总裁的蝇营狗苟,但她知这是场大仗,所需的是沉着应战,步伐不乱。而且,她笃定地相信周维一定有办法,她要做的,就是为周维争取时间,再多争取一些时间。

她转头去继续稳住那些谈好了的业主。

其他业主陆续恢复了三诺影院的营业,小河短暂地松了口气。

不经此一役，她都没发现，自己这个过去经手的项目动辄以千万起谈的前投资人，在这种几十万体量的业务上议价能力也挺强。精打细算又平衡各方利益本就是她的职责所在。

节流的同时是开源。接下来的重点是三诺影院增加收入。

接下来，仔细观察过三诺影院的客流量和用户画像后，小河又有了新主意。观影的人有很大一部分都是亲子同乐，儿童观众的占比很可观，那可以在影院增设儿童演艺场，吸引客流增加收入。

跟李云清一碰想法，这个操作需要的成本并不高，可执行性很强。但是需要有人去和相关团队谈，这是商务部的工作，而李云清的公司并没有成熟的商务人才。

事到临头，小河分析了这类商务工作需要做什么，干脆决定自己去跑一跑这个商务工作。五年前她还在佳品智能时也侧面了解过，这五年多来她在投资圈也少不了与各创业公司的商务部门打交道，所谓一事通事事通，能和业主谈让利，就能跑下来这个商务。

在小河的忙碌之后，三诺影院旗下的各家适合的影院都一一开出了儿童演艺场，租借的乐器、道具由专人负责，收费合理，等待电影开场的一家人可以让孩子在这样半公开的场所展示才艺，锻炼心态，还能更多地吸引往来的客人，影院门口更热闹了。

又给三诺影院开了一个收益源。

尽管如此，三诺影院面临的问题本质还没有解决。李云清虽然将房子抵押做担保，但抵押所得的几百万借款太不经花，只能短暂地延缓三诺影院的死亡，要么就需要有可以担保的资产抵押给银行来贷款，要么找到新的投资人。

这两样，三诺影院都没有。

小河一边想着招财神，一边翻着手机通讯录，一个名字刷进她眼里——蒋成功。

蒋成功是富二代创业，股市断崖并未影响到他根基和心情，听电话那边的喧闹，蒋成功正是灯红酒绿，舞曲摇曳。

小河一刻不停赶到蒋成功所在的酒局。

从酒局中被强拉出的蒋成功嘻嘻笑着表示十分乐意借钱，但他提了一个条件：要小河说服周维，若有一天周维接管零售业务线，要给他在采购方面倾斜。

"你为什么觉得周维会接管？"小河敏锐提问。

哦哦，却被蒋成功支支吾吾遮掩过去。

小河带着她的谈判筹码，直截了当："我没那么大本事说服老板，所以也不想现在口头诓你。但有件事我现在就能答应你，对你也有好处。"

小河与他虚虚实实缠斗一番，最终说服他提供借款500万，一年后到期还本付息，条件是未来一年，三诺重点影城的饮料主推品，全部换成优尼新出的品牌：优尼茶。

她早感觉到蒋成功与彭大海之间有利益关联，今日更感觉到猴精的蒋成功手上可能握有彭大海的把柄，要不然，他怎么会"预感到"彭大海会失去这条业务线，而周维会接管？

小河清楚彭大海其人在元申集团势力盘根错节，商场那批自彭大海家乡招进来的保安队，留着跟彭大海一样的发型，自称"大海队"，明为保安，实为打手。

爸妈曾向她痛诉多次，元申商场的保安随意到小店铺吃拿卡要，大家也不敢声张，权当交了保护费。这些若非亲眼所见，亲耳所闻，小河怎么也不能相信这居然是发生在元申集团这样一家声誉甚望的公司。

只是她当下还没想到办法如何拿到蒋成功手上握的这个把柄，这需要一个恰当的时机。

回到三诺影院，还是必须搞定投资款才能解决问题。

两周后，上海暴雨如注。虹桥机场出港航班大面积延误。李云清、江小河拖着疲惫的身躯，仍然滞留在虹桥机场等待起飞通知。

在过去的几周，李云清已经将自己能用上的关系都用上了，但总是收到坏消息。资本市场的恶劣，令全部参与者都勒紧了裤袋，紧缩任何放贷、投资。趁着这个周末，小河陪着李云清、陈艳见了沪上几位熟悉的投资人。

此时的机场贵宾休息厅人满为患。半年前，这里也同样人声鼎沸，但那时人们聊的是股市、投资、募资、创业……整个贵宾休息厅"日活""C轮""拆VIE"此起彼伏，俨然一个大秀场，众人眉飞色舞。

而今日，大家再聚在一起，却眉头紧皱，满腹哀怨。

"我上个月就说卖，我老公非说再等等……"

"我投的这公司跟上市公司把收购意向协议都谈好了，结果……"

"没事儿，肯定会救市的，不用担心……"

……

小河看着这满眼的熙熙攘攘、热热闹闹，突然想到一句话："潮水退了，才知道谁在裸泳"。

三人仍旧在机场等待登机的通知,候机楼里的空气中弥漫着令人窒息的汗味儿,小河头疼欲裂,出去透气。在走廊中,她看着行色匆匆的人们,她希望三诺影院在这场热潮退去的时候,还能衣冠整齐,活得有个模样。但现在她不知道是否能实现,因为在她跟李云清之前列出来的《可能投资方清单》中,几乎已经全都被打了叉。

今天抵沪争取的这家,在股灾之前对三诺影院表现了很大的兴趣,现在这家投资机构已经被小河从名单中画去了。

连日来的融资奔波在今天画上一个句号,失败的句号。

小河想起来白天的场景。

今天三人早晨抵沪,跟这家在资本市场尚好时曾经表示了投资兴趣的投资机构见了面。小河与这家机构的合伙人之前曾经打过交道,算是熟人,已经到了准备出term的阶段,但是因为吴跃霆横刀杀入竞争,表示几乎不用做尽职调查就可投资,最终李云清在唐若的建议下没有接受这家的投资。这次再访,江小河是为三诺影院争取一个最后的机会,哪怕只有一千万的投资款也足以续命。

小河当时一直因李云清舍弃这家而接受吴跃霆的投资耿耿于怀,一个懂企业、懂行业,又有持续投资能力的投资人能给企业带来的增值太多了,比如在这关键时刻可以"救"企业,但是,现在这个光景,再去俯下身去、找人家融资难上加难。

这家私募基金的合伙人之前已经很详尽地了解过三诺影院的商业模式、客流数据、影院情况、未来规划、财务预测、融资金额等。会议上,这位主管合伙人跟李云清聊得依旧很投缘,他认可公司的基本面,但是也将自己的难处讲得很透彻,"现在这个资本市场环境下,我们是不会出手投资任何项目的。"

李云清拿起矿泉水喝几口掩饰住失望。他又看看这位合伙人,讲了自己对这个行业的理解,唯恐自己之前有什么漏下的亮点,他仍旧充满了最后的期待。

"感谢李总,这样,我们认真地再考虑下。"

小河又从投资人的角度补了建议,这位合伙人很礼貌地听着,也不时点点头示意。但是,她看得出这位合伙人的心思已经不在。

合伙人见李云清明显神色黯淡,赶紧又说了几句话圆场:"当然了,我们也会再进行评估,只不过会略多需要一些时间。"

小河心知这都是常见的VC拒绝客套话,这家融资是没戏了。

果然,出门后,小河接到了这位合伙人的电话:"小河,大家都很熟了,直接讲吧。现在的股市急转直下,我们的几个项目本来都在会里了,现在也全搁置了。现如今资本市场的情况又很不明朗,我们不会投三诺影院的。你有空来上海,我们再聚啊。"

小河拒绝人多次,这次换了她也是会拒绝的,她倒没什么压力了,她用力地弯起嘴角:"谢谢,我理解的,特别感谢您今天跟公司见面。"

这位合伙人又意味深长地跟小河说:"之前那篇关于佳品智能的文章传得漫天遍地,但是,我们都知道你不是这样的人。"

时隔数月,又听到这熟悉的公司名字。

小河安慰李云清和陈艳,别担心,周维虽然这次没能劝说梁稳森同意出资收购,但是他总会有办法的,他会给三诺上下一个交代。

李云清未置可否,被元申集团收购是现在最双赢的一条路。

但是,小河注意到陈艳却轻微摇头,叹了口气。

小河拿着饮料回来时,看着一位拎着箱子的人过来跟陈艳和李云清打了招呼。

小河看着这人的面孔非常眼熟。她在困倦混沌的大脑中搜索这人,却想不出这人到底是谁。

小河看了看一直沉默不语的陈艳,自从认识陈艳,小河就总觉得她在有意地躲避着自己,跟自己保持着适度的距离。小河也一直奇怪,典型的艺术家气质CEO李云清,整个公司又都是年轻人,为什么单独财务上是找了陈大姐这么一位和三诺气质完全不搭的财务经理呢。

小河凑过去,找陈艳搭讪,问陈艳来三诺影院工作的由头。

陈艳寥寥几句:"其实没什么特别的,我之前在的那家国企工资太低了,现在我一个人带着孩子,想找一份工资高一些的工作。就应聘来了李总这儿。工资高了很多。"

"是啊,在北京生活其实压力好大。我一个人还好,您还要带着孩子。很不容易。"

小河注意到陈艳手边在小本子上记录着每一天的银行余额,这是个精细的人。她端详着陈艳,她素面朝天,但是仔细看五官都很精巧,看上去是家庭近期遭受了变故。憔悴掩盖了她的秀丽。小河很确定陈艳是在刻意藏着什么事情,而这个事情李云清知道,却不能直接告诉自己。

小河脑子又在脑海中搜索着刚刚经过的人的样貌,猛然想到那个人是之前佳品智能的员工,陈艳为什么对佳品智能的员工这么熟悉?

小河转身对着陈艳,盯着陈艳:"陈艳姐,你有事瞒着我。你到底是……?"

陈艳叹了口气，眼中泛起潮气："小河，张宏达是我先生。"
张宏达。

小河又听到这个熟悉的名字，世界上的事情充满了各种偶然性，确切地说，是人事之间的偶然相遇均有因有果。

小河恍然大悟，之前觉得陈艳面容熟悉，原来是在张宏达的办公桌上看到过小小的全家福照片。小河只记得那照片上的女人年轻秀丽，却没想到眼前憔悴的陈艳正是张宏达的妻子。

李云清将陈艳加入的缘由告知小河。他与张宏达相识多年，是谈得来的朋友。而在张宏达跳楼自杀后，他见陈艳和孩子失去了经济来源，就将陈艳聘任到三诺影院，让她帮自己管财务，也是让他们能尽快从失去亲人的痛苦中走出来。但陈艳一直叮咛李云清不要跟其他任何人提及自己的情况，是以李云清也一直向小河隐瞒了下来。

经历了丧夫之痛的陈艳，对一切资本有着深深的怀疑和憎恨，尤其是对元申集团。

陈艳语气清冷，将佳品智能最后半年的情况讲给小河听。

"其实在宏达出事之前，曾经有一个人来找他。当时，宏达将全部的希望都寄托在这个人身上。"

小河静静等待陈艳说出这个自己熟悉的名字。

"这两次来找宏达的，都是周维。"

陈艳认定周维是佳品智能破产的始作俑者，还因为他是佳品智能破产的最大受益者，在佳品智能破产后，周维几乎将整个佳品智能原来的家用健康业务线"搬到"了元申集团。

"他拿走了人，拿到了专利，这才保证了后面你们看到的元申家用智能健康产品的快速发布。"

小河无声。

没错,应当是周维,小河早感到是周维。

只不过,现在是确认了罢了。

经过这么久以来她所侧面了解的情况,她知陈艳所述非虚,如今当事人又有如此指证,她再无幻想……

于时与周维达成了心照不宣的默契,他们一个拿走钱,一个拿走业务,"各取所需"。

陈艳除了恨周维,更憎恶另外一个人——谢琳慧。

谢琳慧跟张宏达、陈艳相熟多年。谢琳慧却在张宏达死后的报道中将一切脏水都泼到了张宏达和江小河身上,只字不提周维和元申。

航班飞行全程,小河一路无话,全无困意。

第三十三章　决战最后一刻

第二天是周六，小河清晨起床，浑身无力，手臂支不住自己的身子，一歪倒在床上，泪水便流下来。

小河终于病倒了，发烧到39℃，头痛欲裂。

捂在被子里的小河虚弱无力，脸色白得跟纸一样，眼睛一眨不眨地看着墙上的壁纸花纹，模模糊糊她回忆过往与周维这短短几个月的接触，董事危机、长白山戏泉、妙峰徒步、股市鏖战、医院偶遇……一幕一幕。

周维啊周维，你到底是一个什么样的人？我江小河到底爱上了一个什么样的人！

两天一夜，烧终于退了。这一晚，小河将自己灌醉了。

所见所闻，所知所感，哪些才是真的？

酒醉后的小河打上车奔向元申集团办公室，车上的她头痛欲裂。

这一路上，她的心里全是周维。

病后初愈又酒醉后的小河，强撑着身子挪进元申办公室，周维那间办公室还亮着灯。

小河猛地推门进去，周维正在工作，看小河这般酒醉醺醺，赶忙走过来扶住她。小河却蛮劲一把甩开周维的胳膊。

她靠在门口，注视着周维的眼睛，泪水流下。

周维一时愣住无话，满眼心疼。

小河的舌头已经不大好用，颤抖的声音充满哀怨与疲惫："佳品智能是你搞死的？是你为了尽快……尽快将这家公司以……以最低的成本收进来，所以直接消灭掉这家公司！而且……你就是那个害得我做不了投资人的人！是你吗？"

小河再向前凑身，眼神倔强地盯着周维，两条腿却不听话软而无力地一歪。

周维上前托住小河，拥她在怀中。

两个人就势坐在地上，小河倚在周维怀里放声大哭。

周维只是紧紧抱着小河，抚摸她软软的头发，吻去她的泪水。

小河哭累了，昏沉沉睡在周维的怀里，嘴里还嘟囔着含混不清的周维的名字。

周维靠墙坐着，给小河盖上自己的衣服，他紧紧地拥着小河瘦弱的肩膀，轻抚她的耳朵、脸庞、微翘的嘴。

周维翻出手机，手机上有他几个月前录制下的关于佳品智能全部过程的加密音频，音频中周维娓娓道来，将佳品智能事件的来龙去脉复原，将在此事中自己的所作所为一一复述。

周维录这份音频的时间是在二人妙峰山回京的那天晚上，周维知道小河对这件事的耿耿于怀，既然自己是最清楚这全貌的人，他要亲口讲给小河听。

周维将音频发给小河，小河的手机屏幕弹出来一个讯息通知，讯息发出人是："爱爱维尼熊"。这个昵称是小河偷偷给到周维的，取他单名"维"字。

周维轻轻俯下身，将脸贴紧小河的脸庞。我的小河。

第二天清晨，小河是在周维的办公室沙发上醒来的，身上盖着周维的大衣。

小河按压住宿醉后疼痛的太阳穴，起身，环视办公室。

周维并不在，电子钟上的时间显示9点，他应当已开始一天的会议。茶几上摆着热粥和点心，外卖袋子上是今天的日期，周维是为自己准备了早点才去忙碌的。

手机上周维的头像亮着红点。

小河点开，反复听了几遍周维发来的讯息。周维的复述与自己累月以来调查的结果吻合。她知周维没有隐藏，没有避重就轻。

周维的第一句话：小河，是我安排将佳品智能走私的线索提供给了海关和经侦。

周维将背后一切事情原原本本地讲述。

当时，彭大海开给张宏达的投资条件是，要求张宏达将第一笔投资1亿的30%也就是3000万用于采购彭大海自己的关联体外公司的元器件，而这批元器件残次品率高、价格奇贵，同时承诺在张宏达采购这笔元器件后，他会将剩余1亿的投资款也足额打给张宏达。张宏达抱着侥幸心理，也为了大局，只好照办。

这中间遇到的插曲，小河永远记得。当时资金受到外汇监管打入困难，小河、王东宁协助张宏达价格将1亿资金以借款形式注入到境内公司。此时，元申成为佳品智能的表面上的债权人。

谁料，元器件采购后，投入生产带来的废品率极高，在各项规格指标均不达标，无法通过检验投放市场，变成了一坨一坨垃圾。

张宏达去找彭大海痛斥这家元器件公司，并催促彭大海尽快再打入剩余1个亿投资款解决这个资金亏空,但彭大海却指责是张宏达的生产工艺有问题。

这个时候,发现端倪的周维去找了张宏达两次了解背景,但张宏达只是将事实陈述,在提供证据上退缩——他对"共事过"的彭大海还抱有一丝希望。

周维无奈,没有硬证据的他无法再走正规流程处理此事,而且彼时周维感觉到了梁稳森对自己的日渐防范。他只能用自己身为投委会委员的身份强行阻止了后续1个亿的投资资金,以保全元申资金不进一步被彭大海通过佳品智能洗出去。

于时与周维几乎同步了解此事,大发雷霆,要求张宏达将剩余资金必须全额回购世纪资本,否则将起诉张宏达的失职。而这将毁损张宏达的创业楷模形象,也相当于判了他的创业死刑。

资金转不起来,剑就悬在头上,张宏达只得走私了几批进口元器件,谋求高利润快转几次补足资金窟窿,然而,走私的事情虽然密不透风,终究还是被周维发现了端倪。

此时,彭大海利用梁稳森对老将的照顾,继续抓住一切机会游说梁稳森追加对佳品智能的投资。周维知道这个时候,佳品智能就像是彭大海的一个提款通道,而他必须关闭这个通道。他将线索提供给了海关的同学,海关和经侦派驻人员很快查明真相,正式立案。给了张宏达和佳品智能的覆灭加上了最后的一根稻草。

至此,张宏达为了给世人和家人留下一个完美的形象,选择用一把火烧掉仓库中的走私品,并结束自己的生命,将一切掩盖住。

大家看到的结果是:张宏达自杀,佳品智能破产,周维制定方案,利用元申作为最大的债权人的身份优势,迅速接手了佳品智能尚存的资产。并将这条业务线连人带知识产权均划归自己麾下，这也客观地壮大了周维哺育已久的家用健康智能产品业务线。

周维也如实地告诉小河是自己给这次的事件的公关稿定的调子：找个参与执行的人承担火力。也是他亲自审阅并批准发出了谢琳慧的那篇《圈套——资本至上，创业之殇》一文。

周维录制的音频的最后一句话是："对不起，小河。"

当小河走入三诺影院办公楼时已是晚上十点，三诺影院的办公小楼灯火通明，员工们仍然在加班，虽然坊间已有传闻三诺影院的资金流即将断裂，但是终归这里是他们工作了几年的地方。

小河走进办公室，那位滑板小哥正笑眯眯地溜着滑板过来跟她打招呼。之前小河借过他的滑板，结果摔了大马趴，算是熟人。

小河问他为什么每天都会这么开心。滑板小哥幸福地告诉小河："下个月我女朋友从老家来北京，她是小学老师，陪我过暑假。"他转身幸福地滑远了。

如果他知道下个月这三诺影院就会倒闭，他就可能失业，他还会如此单纯而甜蜜地笑么。那些佳品智能失业后没了着落的员工的沮丧无助的样子尚在小河心头挥之不去。

这一天居然恰好是李云清的本命年生日，李云清的太太从家中烘焙好了蛋糕带到公司来给大家分享。

就在蛋糕端上来的时候，于时恰好进门。

自股市倾泻而下，小河尚未见到过于时。这一次见他，样貌没有大变化，但看上去十分疲倦。这一轮股市下跌对世纪资本最大的影响就是新一期的基金的LP本来即将close，但是，原已决定出资的一家上市公司由于受到了股市危机的影响，决定放弃出资。

于时募集了半年的新基金，最后只能按照原定募集金额的八成完成。

然而，这对于时来说，已经是很好的结果，如果没有这支新基金，世纪资本的那些金融精英恐怕也面临三诺影院的员工一样的失业遭遇。

因股市倾泻直下，吴跃霆和于时筹划多时的强制要求李云清将三诺影院出售给科曼的计划终究落空，现在他还需要随时应对配合警方调查吴跃霆一案。

小河庆幸"股灾及时到来"，于时尚没有实际参与吴跃霆的资金运作，世纪资本才得以保全。

李太太迎着于时将蛋糕送上，于时接过蛋糕，小河眼见着他暗沉的脸渐渐舒缓了下来。

一直以来，李云清和太太相濡以沫，他们将这三诺影院当成了自己的家一样。身边的员工们见笑容可掬的李太太又带了好吃的来，纷纷向李太太打招呼，嫂子嫂子叫个不停。一时间办公室热热闹闹。

小河跟李云清太太寒暄了会儿，看上去她也知道了公司面临的境况。她拉过小河，给小河切了块蛋糕，细心放上一整颗草莓："好多事情我都帮不上，就常常做些好吃的拿过来，省得这些小年轻出去买夜宵，帮他们省点儿开销。"她感谢小河这阵子在自己丈夫最困难的时候尽心帮忙。

小河看着李太太看着李云清眼神中的关切，握住她的手轻轻拍了两下，表示收下感谢："嫂子，真羡慕你们夫妻二人。"

李太太被说得有些不好意思，脸上泛出的红晕又道明了她的幸福。

李云清走过来，轻轻搂了下李太太。夫妻二人刹那对视中的互相支持，被小河尽收眼底，心下温暖。

李云清、小河、于时三人，加上陈艳，一起到李云清的办公室沟通接下来的安排。李云清的办公桌上还摆着几份催收律师函，下个月资金如果不能进账，公司将面临破产危机。

这个月的工资和社保虽然七拼八凑有了着落，但账上还剩的资金已经不够发下个月的工资和社保了。如果工资和社保断了，这些老员工未来买房买车都会受影响。

李云清声音很轻，如黑夜下的水流缓缓流淌："对我来说，带领三诺影院上市曾经是我最大的梦想。但是，最近很多事情发生，我越来越明白，创业其实是一种乐趣，最重要的是，能够带来乐趣的是创业本身，而不是创业的结果。《东邪西毒》里面有过这样一段话，'每个人都会经历这样一个阶段，见到一座山，就想知道山后面是什么。我很想告诉他，可能翻过去，你会发觉没什么特别，再翻过来，可能会觉得这边会更好，但我知道他不会听，以他的性格，自己不走一走，又怎么会甘心呢。'再给我一次机会，我还会创业的。"

李云清说如果元申股份能收购三诺影院，他只希望自己的员工还能够有稳定的工作和生活，而自己一切股份都可以放弃。

陈艳转过头，抽泣声响起，她又经历一次企业的存亡。

小河走过去，环抱着陈艳的肩头。在她耳畔轻轻说："陈艳姐，周维跟我说了来龙去脉，等事情过去，我会将一切原原本本告诉你。"小河不忍心将张宏达铤而走险走私犯错的事情在现在这个时候向陈艳道明。

走出三诺影院的办公楼，于时和小河并肩沿着科技园区的小路向门外走。

于时在料理了吴跃霆一案对世纪资本的影响之后，常常去星星岛福利院，小河也常常去看望小加加。但是，二人每次探访都会错过。连李老师都感叹这二人居然能如此完美地错过每一次的见面机会。

小路很短，他们都在刻意放慢脚步，令这十几米长的小路多承载一些记忆。

于时打破尴尬："小加加的术后恢复得不错。"

小河应："嗯，长胖了些。"

于时说："你成熟了很多。"

小河回："你也是。"

周维在元申的处境日益艰难，彭大海春风得意。

小河和周维清楚，必须要将彭大海这个罪魁祸首端掉。

彭大海利欲熏心，元申集团是他觊觎已久的肥肉，而他所做的一切都是为了将来可以在手掌心把玩元申集团。元申集团不是任何一个人的私产，元申集团属于每一位员工，每一个股东。如果彭大海得胜，这将是元申集团万名员工和股东的悲哀。

端掉彭大海，让元申集团这艘锈迹斑驳的大船重装启航。周维和小河又一次双剑合璧。

小河自陈艳处拿到两本账本，凭借她对佳品智能的了解，她很快圈出来几家疑点供应商的名字，她指给周维。

"这就是周维所提及的与彭大海有利益关系的供应商。"金额与周维所述基本一致。

周维和小河还共同注意到了一个疑点：自元申集团作出零售

业务线调整的规划之后,彭大海却并没有按照预算来,反而将更多的商城投入了改造,而这些钱却不是来自元申集团。

"钱从哪儿来的呢?这可不是千八百万,粗粗估计也有几个亿。"

两人端着咖啡,盘腿对坐在沙发两侧,头脑中梳理着一个又一个局中人,忽地,两人同时脱口而出:"吴跃霆!"

就是吴跃霆没错,自小河发现三诺影院租赁于元申商场的不正常的条款,就意识到吴跃霆与彭大海必有利益纠葛。

小河起身分析背景,语速飞快:"吴跃霆贪欲十足,他一定会要求抵押元申商场的资产,同时提供远远少于这些资产实际价值的资金给彭大海,而这个时候彭大海为保护自家地盘已失去理智,必然求之不得。"

"如果彭大海参与非法金融组织,并私下低价抵押处置资产被证明是确凿的事实,那么,彭大海不仅将被逐出元申集团,他甚至会被判刑。"

周维想得更深一层:"现在的难点在于,没有实际的证据。"

"蒋成功是一个突破口,"小河想想,"但这个人无利不起早,且精明得很,他手上一定握有彭大海的把柄,否则为何彭大海会在零售商场上给到他那么多倾斜?他又为何会预料到彭大海会翻车而让我代他向你示好?"

两人商讨后,小河坚持由自己去找将蒋成功谈判。此时由周维出面反而容易让蒋成功产生警惕。

小河约到了在酒吧的蒋成功。

"这个就恕我无可奉告咯,"蒋成功依旧一副岁月静好,纷繁庞杂与己无关的样子，反正他老爹有的是钱。他并不介意小河的单刀直入，并且一直很欣赏江小河这一点，但还是一口回绝了她。

"来，喝酒！"小河一笑，和蒋成功举杯，"我不为难你。"

见小河这般轻松，蒋成功又来了好奇心："这么说吧，你要问的，我能答。但是先给我个理由。"

"理由很充分。"

"哦？"

"因为你手边的证据现在还值钱，很快就过了保质期。"小河举杯，"就好像你的优尼酒，开瓶时香气喷鼻，放置一会儿就味道寡淡。"

"保质期？"蒋成功腾地坐起身，他的确手边有证据证明小河所述的元申集团几家公司是彭大海的白手套，但这个把柄他本是一直要抓在自己手上将来以备彭大海有一天翻脸不认人的，并没打算给他人"使用"。

"王东宁，你认识吧？"

"那三姓家奴？"蒋成功对王东宁鄙视得很。

"他已经被取保候审了，这说明他已经把该讲的都讲了，只不过公安机关在并案调查，所以迟迟未发出结果。你应当知道王东宁也跟过彭大海的。所以，如果王东宁的证据先你一步，你的证据就过期咯？那你对周维还有什么价值？周维掌权后，又会怎么对你？"

"没人动得了我，哈哈。"

"你的咖位我知道。但是——"小河话锋一转，"优尼酒呢？设计得这么漂亮的酒却卷进了这么不堪的交易，嗯，琳慧姐的文笔你是了解的，你那群拥趸小迷妹会哭死了吧。"

小河打的七寸是：蒋成功对其设计的产品有"洁癖"，决不允许被抹黑。

小河看得出，蒋成功已经开始犹豫。心下揣测，这时候还需要一个人临门一脚。

正想着，隔壁一桌客人过来，一看，其中一人竟然是谢琳慧。

小河心中立时有了主意，她主动起身找谢琳慧打招呼。

之前一起面对元申股份的舆论危机时，小河虽然已经对谢琳慧改观不少，但还是不想与谢琳慧再有交集。不过，今天不一样，这个谢琳慧就是可以给到蒋成功临门一脚的人。

两个女人别过人群，圈内人倒是皆知这两人与周维的关系，各自脑补这两个厉害的女人会如何互怼，甚至静待她们的争吵。

"周维在元申很艰难。"小河很直接。

"我知道，在周维这么艰难的时候，你是不可能无缘无故约其他男人出来喝酒的。你找蒋成功，也是为了周维？"谢琳慧洞察力很强。

"是，而且现在需要你的帮忙。"

小河将背后故事大概讲过，机敏如谢琳慧很快会意。

在场人大跌眼镜，两个女人居然是揽着肩膀有说有笑地走了过来。

后面与蒋成功的谈判就变成了两女对一男。谢琳慧与江小河表现出来的亲密让他意外，看来周维家事已定。而且，他心知极为关注自己公众形体语言的谢琳慧的态度是代表了她表哥梁稳森的态度的。彭大海大势已去。

一周后，蒋成功决定将手里尚在"保质期"的证据给周维和江小河送个人情吧。

389

这日下班后,小河坐在车后排,梳理最近几件事的思路。

彭大海所作所为正在逐渐显露于周维和小河面前。但是,梁稳森的态度却不甚明朗,如果梁稳森要包庇彭大海,再多证据都不能扳倒他。但是,如果彭大海涉及了金融欺诈,那就会有大案组将他拿下,任谁都无法包庇。

突然一个刹车。

小河一头撞在出租车前排椅背安装的显示屏上,屏幕碎裂,小河的额头也被撞破,鲜血渗了出来。

司机在前排破口大骂,原来前面有辆车突然变道,还好司机刹车及时才没撞上去,而那辆肇事车辆已经扬长而去。再看看周边,监控死角,追责都找不到车主。

小河疼得直龇牙,掏出手机调成镜面检查伤口,倒没什么大碍,消个毒贴个创可贴应该就没事了。只是这车上的显示屏被撞碎了,小河一口应承她负责赔偿。

司机也不是不讲理的人,这个小事故确实不是乘客的责任,不过,一边继续骂无良司机,一边为自己破碎的显示屏心疼。下车的时候,小河留给司机师傅五百元当车费:"无妄之灾,注意安全。"

司机没多推辞,道谢不已,叮嘱小河赶紧去消毒伤口,开车离开。

小河在路边找了家药店,买了酒精清理伤口,贴上创可贴,她没那么娇气。

药店离家还有段距离,索性放慢脚步,权当散步。

天色已晚,室外既炎热又有蚊虫,少有行人。小河倒是不在意,抬头看了看天空,虽然远远没有西安那次看得清楚,但眯起眼睛也可见零散的几颗星点缀着漫无边际的漆黑夜空。

有星空,必然会想起周维。

这时,身边嗖的一声响。旁边的阴影里突然窜出一个陌生男子,从后一把抓住小河,一只抓着毛巾的手捂住她的嘴并往树丛里拖。她平日勤练拳击,应激反应很快,力量也不输于寻常男子,但这男子突然偷袭,且异常强壮,毫无防备的小河瞬间被拖进阴影。

若仅是力量上的差距,小河尚有信心使用巧劲挣脱,心中并不慌乱。然而小河突然闻到一股刺鼻的气味——毛巾上显然浸过类似迷药的药水。小河想起这类药物生效时间较长,而且需要大量吸入,她压住心中惊惧,连忙屏住了呼吸。

男子捂住她的手力道极大,她一边抵御着迷药的入侵,一边寻找突破点伺机发动。

不知道这陌生男子图的是什么,想来也不是一般的歹徒,难道是彭大海的人?万万没想到,彭大海竟然连这种事情都做得出来。

看来这歹徒是想弄晕她之后再行下一步。小河奋力用脚蹬击着地面,发出微弱的响动,转移歹徒的注意力,同时也指望附近的路人能注意到。

但此处路僻人少,夜色是最好的掩护。

小河与歹徒周旋着,用手摸警报器。在哪儿,在哪儿,差一点儿了……

就在小河即将失去意识时,警报终于鸣响!

刺耳的警报声引来周边散步的人群,小河感觉捂住她的手一松，刺鼻的气味消失，她歪倒在地上，剧烈咳嗽起来，感觉身后的男子迅速逃离了现场。

小河瘫坐在地上，大口喘着气，惊魂未定。当时小河百般不情愿，妈妈却唠唠叨叨一定要她把这个警报器挂在包上。今天，妈妈又给了自己一条命。

这样一看，今天回程路上发生的那场小车祸，也并不是单纯的意外。

"合融大案"的调查审讯进展牵动人们的心，唾骂者有之，恨不得千刀万剐者有之。每日更新的警情公告也成为元申集团上下茶语饭后谈论的事项之一。

元申集团的人断然没想到，创业元老彭大海会与"合融大案"有牵连。直至电视画面上见到被逮捕的彭大海，画面中的彭大海头戴假发，但明眼人还是能一眼认出他。

小河接到爸妈来的电话，絮絮叨叨一堆，全都是在描述元申商场里的"大海队"现今如何凄惨的，那兴奋劲儿比当时周维出手留下了老两口的小店面还高，他们绘声绘色地将以往那些欺压过各家店主的"大海队"的现状细细数来，如何的丧家之犬，如何的人人喊打……

小河丝毫不耐烦也没有，她比爸妈更加痛快。

小河没有告诉爸妈彭大海的"大海队"差点要了自己的命，她只愿爸妈觉得自己一切安好。

第三十四章　最好归宿

一切似乎已经尘埃落定，其实不然。

三诺影院的危机尚未解除。元申集团经此大变，上下人员惶恐，而彭大海被逮捕后留下的烂摊子仍需要小河配合周维一一处理。

这样，小河与梁豪有了更多的接触。她发现梁豪这个年轻人阳光、上进，身上并没有几分富家子弟的傲慢，而总是很虚心地向人学习，也特别喜欢围着小河请教，学得也特别快。逐渐地，她与梁豪就亲近了一些。

一周后，小河安排了一次正式的讨论收购三诺影院的投委会委员沟通会。

参会人是投委会委员：肖冰、周维、梁稳森，彭大海因被逮捕缺席；列席人梁豪。

梁稳森已经打算让梁豪逐步参与到元申股份的业务中来，此次列席，是为了让他观摩会议经过，从中吸取经验。

小河非常清楚这次会议的重要性。会议的结果无非二者之一，收购或不收购。肖冰这些老元申一定是齐声反对的，但她深知决策结果其实只看一个人——梁稳森。

在会议当天，小河提前半小时到会议室，将电脑接好投影，投影的显示切换也都调整停当,将提前打印出来的《收购三诺影院建议书》逐一放在每个座位上。小河提前到会场,却并非单单为了调试设备,她还有一个想法:提前跟先到的投委会委员沟通几句。就用这提前的十五分钟,小河就有了可以提前的准备,等下在正式开会的时候就会有的放矢,保证一次成功过了这预沟通会。

而她的提前准备,没有等来肖冰和梁稳森,倒是梁豪,在小河之后没几分钟,就走进了会议室。

这段时间她也看到过梁豪在公司里忙碌的样子,她赞叹这位出身优渥的年轻人勤奋、上进,虽然暂时还不能接下重任,将来却值得期待。

小河与梁豪打了招呼,梁豪亮晶晶的眼眸充满活力,他径直走到小河旁边的座位坐下。

梁豪告诉她,在一部分三诺影院旗下的影院被彭大海接手,改成元申影院之后,他特意去走访过,发现运营状态与三诺影院相去甚远,因此才对收购三诺影院上心起来。

梁豪翻阅着桌上的建议书,主动说:"小河姐,三诺影院这个项目,我还有几个不明白的地方,你可以跟我讲讲吗?"

小河翻开建议书,给梁豪讲解起来。

到了开会时间,小河却仍然没见其他人到场。她觉察不对,但也不动声色,继续给梁豪讲解建议书。她发现梁豪其实已经对这个项目了解得很深入,只是有经验上的不足,导致有几个专业的点上他的理解还没到位。经过小河的解说,梁豪频频点头,对于自己又掌握了新的业务要点很是愉悦。

梁豪又偷偷跟她说,他发现彭大海彭总在各地的百货市场运营都挺乱的，有机会还要跟小河姐讨教一下这个乱象怎么解决。

二十分钟后，梁稳森、肖冰、周维终于陆陆续续走进了会议室。

汇报开始，江小河打开投屏，点开资料，有条不紊地讲清楚了这个项目的收购逻辑。

说完之后，肖冰低头喝茶。梁稳森沉吟不语。

彭大海案发对梁稳森来说是极大的打击，虽然现在警方追查境外赃款进展比较顺利，但他仍忧心忡忡。然经此一役，在元申内部，梁稳森感到自己已渐失人心，而周维已经成了大家心中的领袖……廉颇老矣。

梁稳森深深叹了一口气。

这沉默令人不安，终于被梁豪打破。

"我可以发表一下我的看法吗？"梁豪大方地站起来。

梁稳森微显诧异，又有欣慰和鼓励，抬抬手示意梁豪说下去。

梁豪当即全面地分析了建议书中的要点，从他的视角提出了收购三诺影院之于元申股份的利益和意义。他还明确指出来元申股份一直以来在线下休闲业务线上不尽人如意，而从前期调查来看，三诺影院经过多年积累，虽因盲目扩张资金链断裂，但其核心影院在重要经营指标上均为行业较好水平，若将运营较差影院重组关停，将可逐步提高赢利能力。尤其是自有观影会员社区，可圈可点。

看来梁豪在会前做的功课十分充分，且根据会议前小河的讲解，基本吃透了这个收购项目，看懂了其中的优势和对元申集团的价值。

会前的准备没有白费，小河这才发觉自己给梁豪认真讲解起了多大作用,那几个要点正是能影响投资人作出收购决策的关键。正是那番讲解,让梁豪理顺了思路,才会有眼前的这一幕。

小河趁机提出请大家一起观看一部短片。

短片在会议室的投影屏幕上放映出来,画面中,是李云清和三诺影院的员工在快乐地工作,一家家三诺影院的建设过程中,李云清带着众人挥洒着汗水与激情,从大布局到细节,一点点地将如今的三诺影院设计影院呈现出来。短片中的每个人都在奋力投入,面临困扰时的焦急和影院建成后的喜悦都无比真实。

有一段画面是早晨上班的员工对着镜头挤眉弄眼地说:"大家猜猜院长昨晚是不是又睡公司了?"镜头推过去,公司给加班准备的铺盖上果然躺着人,员工嬉笑着叫醒那人,揉着眼睛顶着"鸡窝头"坐起来的是一位年轻人。

"咦……院长没加班啊!"

这时李云清从办公室推门出来,镜头晃过去拍到他凌乱的头发,有一撮还竖了起来,艺术气质尽显。

"哇,原来院长压根儿没睡觉!"

"院长"原来指的就是李云清。

李云清顾不上镜头还在对着自己,禁不住打了个呵欠,员工的声音继续说:"院长,请吃早餐。"画面上一只手递给李云清两个包子一杯豆浆,李云清感动地接过去,那只手却还是伸着,他诧异回头,员工的声音又说,"院长,报销啊!"

李云清一拍脑袋,连忙摸索了一下口袋,然后抬头问了句,"没带钱,扫码可以吗?"

随着员工的爆笑声,定格在李云清的脸,转入下一画面……

看着这一段剪出来不过几分钟时长的短片,每个画面都似曾相识，梁稳森不禁回忆起自己一路走来的经历。当年他也是那样带着一群浑身都是干劲的年轻人埋头就是干，与他们打成一片，无独有偶，当年他也是被员工们叫着"院长、院长"。只不过李云清是"影院院长"，而他是因为在工作上要求严格被戏称为"监察院院长"。同样是通宵达旦地加班工作，但再忙再累，氛围却是轻松的，而且他的员工也跟他开过"买早餐收费"的玩笑，连那句"没带钱"都一样，只是当时没有手机支付，他说的是"先欠着可以吗"。

这一幕幕，仿佛昨日重现，梁稳森动容了。

汗水背后谁没流过泪？遭遇的危机从来都不小，起落的光景他如今回想起来都宛如昨日，若非自己每一次的咬牙坚持，不放弃任何机会，哪里还有如今的元申股份？李云清的如今不就是他梁稳森的往昔？他也曾经这样从无到有一点点积累、打拼来！他也是在大家的支持下走到今天！

清晰的收购逻辑，可见的利益，以及这一张打得恰到好处的感情牌，让梁稳森不禁想起了他与他的夫人相濡以沫的那段岁月，这里面都是奋斗与真情。

当梁稳森看到视频里李云清和太太一起给员工们分享亲手做的蛋糕的画面，终于点头。

梁稳森作出了这个决定，随后又将欣慰的目光投给了梁豪。

小河听了内心雀跃欢腾，脸上的笑容快要溢出来了，高兴得差点跳起来。

周维顺势提议：收购后提议任命梁豪与李云清为新"元申三诺"影院的联席首席执行官，两人各有分工，共同发展这条潜力巨大的业务线。

大家全票通过。

梁豪再次站起身,感谢任命:"感谢大家信任,我做联席首席执行官,第一件事,就是要聘请一位我认为最合适的首席财务官。"

大家微微愣住仔细听他推荐的是何方高人,只听得梁豪继续,他早有准备:"这个人,她勇敢、智慧,对三诺了解,又是我在投融资和财务管理上的老师!"

说罢,梁豪眨眨眼睛,探身向前,主动向小河伸出手,露出一排标志白牙。

小河看向对面的周维,眼神轻柔含笑。她旋即打个清亮的响指,与梁豪击掌。

梁稳森带头鼓起掌。

尾声　心事成往事

　　元申股份的功绩墙快速反映了人事调整的变化。在这一天，彭大海的照片被从元申的功绩墙中全部清除。而梁稳森和周维二人会后交谈且面带笑容的照片被列在元申股份一层的功绩墙上，二人谈笑风生。

　　小河常常脑补可能会有一场Nancy、周维和梁稳森三人进行过的紧张激烈的角力和谈判，但她在之后追问过周维，却总是不得答案。过程已然不重要，结果是Nancy在董事会上全力支持周维，董事会上全票通过选举周维任总裁，全票自然也包括梁稳森。

　　小河至今搞不清楚梁稳森最终决定将接力棒交于周维的原因，是他重新找到企业家胸怀和风范，是Nancy和周维已经控制了董事会的大多数而施压，或只是Nancy的循循善诱。她更愿意相信的是周维的大势所在不可逆。

　　江小河作为被正式任命的"元申三诺"影院的CFO，将办公室搬到了三诺的园区。

　　李云清与梁豪被共同任命为重组后的"元申三诺影院"的联席CEO，向周维汇报。假以时日，小河相信李云清会成为元申的得力干将。难得，梁豪与李云清在正式接触后，发现两人很合得来，相处了没多久，李云清就开始将一些影院的选址方向策略交给了梁豪，梁豪干劲十足。人果然在自己感兴趣的领域才能发挥得更加畅快。

李云清也彻底从颓靡中恢复过来，整个人神采奕奕，意气风发的样子比之创业初期又多了几分沉稳和胆识。小河相信，经历过这一次，即使再遭遇什么困难，李云清也不会再被轻易打倒。

于时的世纪资本换股成为了元申股份的股东，虽然股份占比极低。世纪资本投资三诺影院的账面损失是一半，未来是否能收回全部成本，全赖于元申股份的股价上涨。周维和于时未来的见面恐怕是不可避免了。

谢琳慧如鱼得水，她对这一场资本市场的巨大震荡的报道依旧文锋犀利，吸粉众多。她这几日正在为参选"年度十大女性媒体人"而拉票。

王东宁要回乡了。

在资本市场下行之时，原来满山遍地的好工作机会转眼消失，加上王东宁又有这么一出不光彩的工作经历，他在京找了一个月工作之后仍然没成，他只能回老家再看机会。

临行前，王东宁邀请一众熟人吃顿离京饭，谁知在北京本就没什么知心朋友的他，又有了这次被"取保候审"的污点，人人都躲。最后，到了饭点露面的居然就只有小河和迈克。三人不胜唏嘘，索性放下碗筷和一桌饭菜，径直到旁边东三环这家知名的高层酒吧喝酒，这儿正可俯瞰夜晚北京的万家灯火，璀璨旖旎。

离开学习和工作多年的北京，而且是这么不光彩地离开，又遇人走茶凉，王东宁心下伤感。

迈克在股市上损失了全部的存款，眼看着银行账上成百万的数字灰飞烟灭。所幸的是迈克依靠着自己之前跑项目积累下的人脉，被一家 FA 机构招至麾下，总算是重新上岸。但终究他是从"股神"跌落回到劳苦大众之列，他挽起袖子，不醉不归。

三个同龄人开怀畅饮。池中金发碧眼的乐手轻声哼唱着。

小河点了 Gin Tonic，迈克点了 Mojito，王东宁随着迈克也点了同样的酒。

迈克举杯："来，咱哥儿几个从头再来！"

小河低头喝酒，Gin 分量够厚。

王东宁看着小河在元申得到了倚重，而迈克虽然归零，损失了全部存款，总算有了新工作可以留在北京。王东宁心下郁闷非常，闷着头自己喝了几大口酒，舌头开始发硬，醉了。

王东宁伏案大哭，向小河道歉，他道歉是自己气急败坏爆料给谢琳慧，也是自己向北京西部高新区写了举报信，又瞒着周维找肖冰加盖了公章，害得于时的世纪资本没有如期拿到西部高新区的引导母基金入资。他悔恨自己为吴跃霆在彭大海、于时之间穿针引线，创造所谓的共赢……

"东宁，经历了这么多事，我们的生活都已被改变，对错已然不重要。重要的是，未来我们还有机会选择。对吗？"

小河不知不觉中醉酒，有些头晕，她举起手中的杯子，酒水清亮，透过酒杯看到了熟悉的面孔——唐若和蒋成功。

江小河放下酒杯，居然在这儿又聚齐了。

显然唐若也看到了这边的三人。她支着已经醉歪的身子，晃晃悠悠，但依旧摇曳生姿，挽着倜傥的蒋成功向着小河走过来。

唐若已然醉酒，咬不清楚字词："好久……不见，小河，你变漂……漂亮了……"

小河将酒杯微举至鼻尖处的位置,算是回应,再不搭话。

唐若嘴角一勾,眼神迷离,将头轻轻靠在蒋成功的肩头,身子也紧紧依偎。

小河转过头去,她欣赏那个事事不甘人后的唐若,而不愿看到唐若今日买醉放纵的样子。

蒋成功则悄悄比画了一个胜利的手势给小河和迈克。他终于俘获了这猎物,小河想到之前蒋成功对唐若的评价,心下为唐若叹息。唐若不可能成为蒋成功的情感终结者,到酒醒时分,受伤的永远是女人罢。

迈克摇摇头,他对唐若并没好印象,但是见她今日的萎靡也觉叹息。

待蒋成功挽着唐若离开,迈克盯着小河看了看,好像发现新大陆一样冒出一句:"小河,之前跟你好基友这么多年,怎么我从没发现,其实你真的很漂亮!"

迈克不依不饶:"哎哎,你一定是谈恋爱了对不对?对不对?赶快招来。"他为着小河高兴。

小河大笑,不置可否。

酒过三巡。

王东宁仍然呼呼大睡,迈克叫了辆车,热心肠的他自己都站不稳了,还要先送这哥们儿回家。

小河也叫车回家。作为股东元申股份委派的CFO,她要辅助CEO李云清和梁豪做好三诺影院,一起度过这个资本寒冬。李云清早告诉小河,陈艳大姐亲自给她收拾了办公室,摆上了她爱的绿植。

小河坐上返家的车。又到圣诞节,车窗外,灯光渲染出无数个光点,霓虹灯光闪烁,像银河从天而降。

生命中的过客很多,一瞬一逝,点滴不留。而有些人,只在你生命中出现一刻钟,就注定在你心中永远地存在。

心事成往事,一切都是最好的安排。